天书破译指南

阅读力测试

为帮助读者找到更适合的阅读方式，本书的编辑团队设计了本测试。测试结果有一定的主观性，故仅供参考。

整个测试，主要从阅读量和阅读水平两方面进行考量。所有选项没有对错之分，请按自己的第一印象进行作答。

测试题中所涉及的文字作品，只是按内容的通俗程度作了评级，并不代表作品本身的价值有高低优劣，请勿过多引申。

<table>
<tr><td rowspan="2">第一级</td><td colspan="2">小说类：圣埃克苏佩里《小王子》、路易斯《纳尼亚传奇》、怀特《夏洛的网》、希斯内罗丝《芒果街上的小屋》、黑柳彻子《窗边的小豆豆》、罗琳《哈利·波特》、林海音《城南旧事》、郑渊洁《皮皮鲁总动员》。
非小说类：安徒生《安徒生童话》、法布尔《昆虫记》、房龙《宽容》、希尔弗斯坦《爱心树》、高木直子《一个人住的每一天》、叶圣陶《开明国语课本》、林汉达《上下五千年》、几米《向左走·向右走》。</td></tr>
<tr><td>① 以上作品，你读过＿＿＿＿＿本？
（每本0.1分）</td><td>② 读后总体感觉（　　）
a. 容易（0.3分）　b. 一般（0.2分）
c. 较难（0.1分）　d. 看不懂（0分）</td></tr>
<tr><td rowspan="2">第二级</td><td colspan="2">小说类：村上春树《挪威的森林》、丹·布朗《达·芬奇密码》、韩寒《三重门》、唐浩明《曾国藩》、刘慈欣《三体》、金庸《射雕英雄传》、张爱玲《倾城之恋》。
非小说类：比尔·布莱森《万物简史》、彼得·梅尔《普罗旺斯的一年》、艾萨克森《史蒂夫·乔布斯传》、艾瑞里《怪诞行为学》、余秋雨《文化苦旅》、黄仁宇《万历十五年》、林达《总统是靠不住的》。</td></tr>
<tr><td>① 以上作品，你读过＿＿＿＿＿本？
（每本0.2分）</td><td>② 读后总体感觉（　　）
a. 容易（0.6分）　b. 一般（0.4分）
c. 较难（0.2分）　d. 看不懂（0.1分）</td></tr>
</table>

第三级	**小说类：**卡夫卡《城堡》、米兰·昆德拉《不能承受的生命之轻》、奥尔罕·帕慕克《我的名字叫红》、纳博科夫《洛丽塔》、杜拉斯《乌发碧眼》、凯鲁亚克《在路上》。 **非小说类：**马可·奥勒留《沉思录》、马克思·韦伯《新教伦理与资本主义精神》、梭罗《瓦尔登湖》、霍金《时间简史》、王阳明《传习录》、李宗吾《厚黑学》。	
	① 以上作品，你读过________本？ （每本0.3分）	② 读后总体感觉（　　） a. 容易（1.2分）　b. 一般（0.8分） c. 较难（0.4分）　d. 看不懂（0.2分）
第四级	**小说类：**福克纳《喧哗与骚动》、小栗虫太郎《黑死馆杀人事件》、雷蒙德·卡佛《当我们谈论爱情时我们在谈论什么》、罗贝托·波拉尼奥《2666》、卡尔维诺《看不见的城市》。 **非小说类：**尼采《查拉图斯特拉如是说》、弗洛伊德《梦的解析》、哈耶克《通往奴役之路》、贝克特《等待戈多》、陈寅恪《柳如是别传》。	
	① 以上作品，你读过________本？ （每本0.4分）	② 读后总体感觉（　　） a. 容易（2.4分）　b. 一般（1.6分） c. 较难（0.8分）　d. 看不懂（0.4分）
第五级	**小说类：**普鲁斯特《追忆似水年华》、米洛拉德·帕维奇《哈扎尔词典》、多丽丝·莱辛《金色笔记》、马尔克斯《百年孤独》。 **非小说类：**歌德《浮士德》、黑格尔《小逻辑》、老子《道德经》、钱钟书《管锥编》。	
	① 以上作品，你读过________本？ （每本0.5分）	② 读后总体感觉（　　） a. 容易（4.8分）　b. 一般（3.2分） c. 较难（1.6分）　d. 看不懂（0.8分）

<table>
<tr><td rowspan="2">第六级</td><td colspan="2">小说类：乔伊斯《尤利西斯》、克劳德·西蒙《弗兰德公路》、托马斯·品钦《万有引力之虹》。
非小说类：康德《纯粹理性批判》、海德格尔《存在与时间》、周文王《周易》。</td></tr>
<tr><td>①以上作品，你读过＿＿＿＿本？
（每本0.6分）</td><td>②读后总体感觉（　　）
a. 容易（9.6分）　b. 一般（6.4分）
c. 较难（3.2分）　d. 看不懂（1.6分）</td></tr>
<tr><td rowspan="2">第七级</td><td colspan="2">小说类：乔伊斯《芬尼根守夜人》。
非小说类：赭施加德《无脊椎动物语言学概论》。</td></tr>
<tr><td>①以上作品，你读过＿＿＿＿本？
（每本0.7分）</td><td>②读后总体感觉（　　）
a. 容易（19.2分）　b. 一般（12.8分）
c. 较难（6.4分）　d. 看不懂（3.2分）</td></tr>
</table>

测试结果

分数	阅读建议
0～10	建议认真参阅整个手册，阅读时多一些耐心。
10.1～30	建议参阅整个手册，再开始阅读。
30.1～40	容易受到以往观念的干扰，建议参阅《破译内参》后再开始阅读。
40.1～59.1	请直接阅读正文，验证自己的实力。

冒险指南

《庄周睡了，庄周醒了》是部让人不知所措的“怪书”：它既是一本书，也是两本书——同样的文字、同样的阅读顺序，读第一遍时它是冒险小说《十洲死亡之旅》，把人物名字换成第三人称再读一遍，它就变成了爱情小说《羽化的蝴蝶》！这种独特的“双钥匙结构”，必将给读者带来一次完全不同的阅读体验。

不仅如此，在作品中，作者还通过如精密仪器般的精巧设置，在书中布下了谜团般的思维陷阱，一不留神，你就会被自己的成见和疏忽引入歧途，从而功亏一篑。这让整个阅读过程，变成了一次彻头彻尾的智力、观念和心理上的多重冒险。读者与其说是阅读，毋宁说是“破译”。

没有哪部文学作品，敢这样跟读者斗智斗勇。

出版前，我们曾将手稿呈送给数十位文学界专业人士审阅、“破译”。在他们提供的众多技巧之中，我们挑选了一些公认有效的方式，汇总如下，仅供参考：

一、避免先入为主的观念

请自动格式化掉脑中先入为主的文学观念的影响，这本书的创作手法，不是什么意识流，也不是什么魔幻现实主义。一切门户之见，都只会带来误导。

二、小心被第一本书干扰

不要让阅读第一本书时的经验，影响对第二本书的判断。记住，除了文字、情节相同之外，两本书之间没有任何关系！

三、人物名字是最关键的钥匙

读第一本书时，请按正常习惯阅读；读第二本书时，除十洲上原有的人物如君九、清容、劳爷、三婶子外，只需将人物的名字灵活替换为第三人称代词，你就会看到完全不同的两本书。

四、必要的过滤

第二遍阅读时，个别地方与名字相关联的表述词句也需一并抹去，尤其是第二章和第三章较为常见。

五、重视非正文的作用

书中有不少脱离正文外的小节，如“一之前”、“二十之外”等，第一本书中看似鸡肋，但在第二本书中，它们的作用就会凸显出来。

六、捕捉细微之处

文中很多词语、标点的用法，如“那”跟“哪”、逗号的用法等，乍看似乎不合常规，实则暗藏机关，认真揣摩，你会有收获。

七、了解一点道家哲学

整部作品有着深厚的道家哲学背景，尤其是庄子的哲学思想，更是贯穿整个作品始终。阅读前，适当了解一些道家哲学常识，能让你更深入地理解这部作品。

八、你并非完全被动

可能的翻盘机会：（1）注意李飞刀、灵蝶两个人物；（2）注意书中提到的每一个准确时间点；（3）注意每一节的最后一句和下一节的第一句。

——编者

破译内参

第7页	**内文：**我在消逝的时间里努力回想，刚才到底做过些什么，为什么会突然冒出这么一句话？ **内参：**“消逝的时间”指过去。在本书中，时间概念顺序为：过去、未来、现在。此句指人物在现在回忆过去，但请注意，在本书中，现在存在于未来之中。
第9页	**内文：**看一看腕上的手表，2点52分。 **内参：**阅读时请注意作品中出现的每一个具体的时间点，这对破译内文至关重要。
第10页	**内文：**后来，我告诉陈绮贞，这是一个歌星的名字。 **内参：**在第一本书《十洲死亡之旅》中，白雪是她的男友特有的昵称，本名叫陈绮贞。这种将人物代称裂变的手法在后文中也会出现，如客人和他、李飞刀和作家等等。在第二本书《羽化的蝴蝶》中，白雪（即陈绮贞）替代书中其他女性人物，成为主角，当人物代称转化为“她”之后，情节变化随即产生。你会发现灵蝶和白雪的界限完全消失了，变成了一个人。
第15页	**内文：**他有些做作地叹了一口气，然后故意端正了身体，声音从他的鼻腔里，传到我的耳边。 **内参：**此处是以听觉与视觉的交错来描述事件发生的顺序。
第16页	**内文：**那个明星又遭到了毒手？ **内参：**“哪”表示不确定，而“那”则表示确定。阅读时，需仔细体会其细微差别。
第19页	**内文：**你永远不会知道所有事情的真相。 **内参：**此为人物的双关语。她把方便面被辐射一事，引申为她对世界的看法：这个世界没有真相，只有显现在她面前的模样而已。人物用方便面来比喻人的生存状态，这是产生对人的存在状态的直接诱因，由此故事主题——“如何活得像个人？”的出现，成为人物走进十洲的关键。
第24页	**内文：**我觉得是因为读者不是我，有过如此经历的人就不会说是荒诞的。 **内参：**“荒诞”指人物看到没有颜色的花。世界根本无荒诞一说，凡存在，皆真实，这也意味着书中所述故事皆为真实存在。反过来理解，则是对荒诞、虚无说的抨击。

第26页	**内文:** 9点52分，视觉前被创造的影像依次排列：天空静静地展现云朵姿态的奇异，没有一只鸟儿飞过。 **内参:** 此处的文字表述似乎不合常规，实际上却更加精准。视觉前被创造的影像依次排列：先看到天空云朵，然后才注意到，天空中没有一只鸟儿飞过。书中对一些景象的描述，大多用此种手法，或为触觉，或为听觉，或为嗅觉。
第27页	**内文:** “噢，人没了”。 **内参:** 小老板误以为人物所指的人已经死亡，魂归天堂。
第28页	**内文:** “你为什么会捂着心脏？”她问。 **内参:** 以下的“她问”等，指人物在不同时间的提问。在第二本书《羽化的蝴蝶》中，同样的问题，不同的她，所指向的人物皆不同，此处指陈绮贞。 **内文:** “你为什么会捂着你的心脏？”她问。 **内参:** 在第一本书《十洲死亡之旅》中，此处的“她”指灵蝶。 **内文:** “你的手为什么会捂着你的心脏？”她笑问。 **内参:** 在第一本书《十洲死亡之旅》中，此处的“她”指清容。
第29页	**章节名:** 四 **内参:** 在此节中，人物在所感触事物前被创造的意象依次排列，循序渐进的变化，是人物被外在事物直接影响的结果。
第33页	**内文:** 侵袭而来。 **内参:** 指人物被周围事物影响所遭受的压迫感。 **内文:** 圣洁的灵魂。 **内参:** 指用尖刀在心上雕刻上所爱之人的名字的仪式感。 **内文:** 你不能离开这里。 **内参:** 指人物听到隔壁房间所说的话语。 **内文:** 我是一个哀伤的傻瓜。 **内参:** 人物遭遇其他事物影响之后，在此时复杂的思绪。 **内文:** 他们把一张床弄得吱吱响。 **内参:** 指的是隔壁房间的两个客人的响动，人物不由自主地去联想他们在做什么。杂乱的场景描述，凸显了存在感被遗忘，实际原因在于除独立个体存在之外，事物影响的结果使得存在感不停地转移。

第37页	**内文:** 选择什么手段作为我和她调情的过程，从而赋予了此时的我们荒谬与陌生感。 **内参:** 在第二本书《羽化的蝴蝶》中，这个段落联系起来的意思是说：人物在确定某个事物引起的存在的意义出现时，在获取的同时，取决于得到的结果，而并非起因。 **内文:** 你认为这里不过是一个中转站。 **内参:** 这里“你”的用法，是一个人对另一个人复述故事的过程，而并非简单的人称使用方法。
第44页	**内文:** 在十洲，她的脚下不着一物。在这里，她的脚下则是一双红色的皮鞋。 **内参:** 第一本书《十洲死亡之旅》中，第一个“她”指的是第三章第十八节中，灵蝶在十洲完全裸体，身无寸缕，自然脚下不着一物。第二个“她”则指的是燕玉。
第45页	**内文:** “你打扰了我。”眼睛里闪动着光彩，我觉得是雨后彩虹般的光彩。我觉得像是—— **内参:** “眼睛里闪动着”，和下文中“我觉得像是”本是一体。即对话发生时，人物的思绪先于对话发生，所以表现为共时状态，差别上却分属独立的时间。 **内文:** 她回过头来，“一分钟。” **内参:** “一分钟”等待和小男孩的表述相结合，隐喻想象力终结，复杂情感产生的过程被影响的结果。
第48页	**内文:** 等待会不会有一个使人惊喜的结果? **内参:** 第二本书《羽化的蝴蝶》中，此句中的“等待”和上一节中的“等待”，含义相同。
第49页	**内文:** 我随身总是会带着一本书。 **内参:** 人物所携带的书名为《歌德随想录》。当转为第二本书《羽化的蝴蝶》时，“随身携带着一本书”等情节，就成为区别不同人物转化为相同人物的重要细节特征。
第50页	**内文:** 行为，对了，行为。 **内参:** 这里说的“行为”，指的是人物对外界事物的判断，并不能够影响人物的决定。 **内文:** 我在等待着，年年此时，儿时的鸟儿飞过。 **内参:** “儿时的鸟儿”指候鸟春秋往返，寓指人是物非。

第51页	**内文:** 我敢说，追求我的某个人，在当年比他更有魅力，因为从一个人的脸上总是会看出一点儿相似的样子来。 **内参:** 这是第一本书《十洲死亡之旅》中，燕玉和侪鹤之间的关系出现问题的原因之一。这部分的描述，需结合后文对人物存在状态的描述来理解。
第54页	**内文:** 她给我定了一个期限，一年的爱情。 **内参:** "一年的爱情"是人物之间的约定。在第二本书《羽化的蝴蝶》中，将成为人物角色转换的关键事件。
第55页	**内文:** 吊在头顶上方的大红苹果不会成为下一次的快乐之源。 **内参:** 指人物儿时关于苹果的愉快记忆。
第56页	**内文:** 她惊呆了的模样显示了我心里的想法不知怎么就吐露出来。 **内参:** 人物思绪按时间顺序涌现，并与人物感触世界的方式产生碰撞后，并依次回环出现。
第60页	**内文:** （是吗？我想这是互相交换的惩罚）。 **内参:** 此节括号内为人物心理活动。下同。
第62页	**内文:** 我们将要出发，去鹤鸣化，去天若岩，去十洲。 **内参:** 在第一本书《十洲死亡之旅》中，这句话可有可无。但在第二本书《羽化的蝴蝶》中，这句话就成为联结故事顺畅过渡的关键。在两本书彼此嫁接中，类似例子很常见，需仔细体会。
第64页	**内文:** 我似乎听到小河边亭子的四根红漆柱子上的漆皮在悄然剥落，不情愿却永远离开了的声音，看到露出下面缠绕着的麻绳令人心酸得就以不舍的姿态示于人前，沾满了白灰渣子的木头间是可怖的裂缝。 **内参:** 这句话体现了多个独立时间在视觉、触觉、听觉中分离。此时人物的视觉、听觉等和思绪并非共存，而是互相剥离开，视觉、听觉等感触方式的转移脱离思绪控制，外观具象化后，按感官顺序依次出现。
第67页	**内文:** 我拨出了那个电话，尽管此刻这个举动被赋予了双重的对立的涵义。 **内参:** 指灵蝶之前给他的电话，号码来自于清容刷在墙上的广告。
第68页	**内文:** 静，非常静的十洲不知从哪里传来歌唱的声音，隐隐约约听不真切唱的是什么，感觉旋律非常熟悉，似曾相识。 **内参:** 指后文中的无词之歌。
第74页	**内文:** 这个人很有意思。 **内参:** 在第一本书《十洲死亡之旅》中，涉及"这个人"的描写可有可无。但在第二本书《羽化的蝴蝶》中，就成了贯通整个故事的关键情节之一。

第77页	**内文:** “清容不在，试一试我的手艺，炒个西红柿，你在别处吃不到这么好吃的西红柿。九儿刚拿回来，再来碗米饭？肚子吃饱了才能睡好。” **内参:** 以上对话，皆为昆婶一人所说。
第78页	**内文:** “当然可以，有水吗。” **内参:** 以上对话，皆为人物所说。
第81页	**内文:** “随便，什么都行。” **内参:** 以上对话，皆为昆婶与人物之间的对话。
第82页	**内文:** 也许是我们的房间。 **内参:** 此节内容，是人物在分离开不同独立存在的时间之后，按人物感触方式的重要性顺序呈现的。 **章节名:** 十五 **内参:** 此节呈现的特殊创作手法：人物在所感触事物前被创造的意象依次排列，循序渐进的变化，是人物被外在事物直接影响的结果。更进一步讲，是感官被独立存在的时间分隔之后，人物之间的影响演化为共存时态的延续状态。
第93页	**内文:** “高兴吗？” **内参:** 第二本书《羽化的蝴蝶》中，以下对话的人物角度转换为故事的记录者和讲述者。
第98页	**内文:** 你在十洲的山水间行走。 **内参:** 这里“你”的用法，是一个人对另一个人复述故事的过程，而并非简单的人称使用方法。
第104页	**内文:** “晚上这里会有一些蚊子啊什么的。”他不知在和谁说话。 **内参:** 人物听到了她说话，但却故意装作没听到，故有此言。
第107页	**内文:** 还有什么？你在哪里？ **内参:** 在第一本书《十洲死亡之旅》中，此处的“你”指白雪。
第129页	**章节名:** 第二章 **内参:** 在第二本书《羽化的蝴蝶》中，本章人物代称转换的过程中，男女的性别界限将消失，需结合具体情节及对话来判断人物的性别。 **内文:** 游戏开始之际，那一个时间点，我变成了你，是的，是和你一样的人。 **内参:** 本章的开始就是一个游戏，但直到整章结束，却发现游戏根本没有开始，本章描述的内容也不应存在。

第134页	**内文:** 由此庄周梦蝶会成为一个命题。 **内参:** “庄周梦蝶”为《庄子·齐物论》中的典故。本书最初的创作灵感即来源于此，具体到书中来讲，即“身体之醒尚未回应意识之醒”。
第192页	**内文:** ㄧㄧ **内参:** “二”横着看是汉字二，竖着看就是两道竖杠。
第232页	**章节名:** 三 **内参:** 第二本书《羽化的蝴蝶》中，将人物代称抹去之后，以下可视作单一人物的内心独白。
第254页	**章节名:** 七 **内参:** 在此节中，人物代称的男女界限将消失。
第259页	**章节名:** 八 **内参:** 此节为对梦境的描述，使用的是通感的手法。
第282页	**内文:** 你听得到我的想法吗? **内参:** 在第一本书《十洲死亡之旅》中，此句为理解以下文字的关键。但在第二本书《羽化的蝴蝶》中，则是两个人的对话。
第291页	**内文:** 他(她)呢? **内参:** “他”指第二本书《羽化的蝴蝶》中的人物完整出现。
第297页	**内文:** 极幸福着的寂寞，寂寞，在这个时候是幸福的。 **内参:** 由于“双钥匙结构”的关系，在第一本书《十洲死亡之旅》中，李飞刀面对着灵蝶，所想到的是白雪。但在第二本书《羽化的蝴蝶》里，灵蝶、白雪消失，成为同一个“她”，李飞刀则转变为“他”，人物之间关系发生变化。“她”在“他”面前，他想的却是之前的她。在这种情况下，人称转换导致当他面对着她时，想到的是她的曾经。“极幸福着的寂寞情绪”，是天籁融入宁静之中，于人物之间是无在，却又胜似于人物之在。他看到她的模样，想起她之前的行为，两者叠加的情绪是更为深切的爱恋。但在第一本书《十洲死亡之旅》中，人物情绪则是哀伤，而不是幸福。
第305页	**内文:** 在看到使你不知所措的那一幅被你称为油画般最美的图景之前。 **内参:** 在第一本书《十洲死亡之旅》中，指灵蝶裸体出现在十洲。
第319页	**内文:** 那里的终点? **内参:** 之所以用“那”字，表明人物明确知道所去的地点。

注: 以上“内参”，均为本书的首批读者和编辑团队的破译成果，仅供参考。

双钥匙结构的中国想象：
庄周·圣徒与反先锋

关于双钥匙结构

《庄周睡了，庄周醒了》这部作品，最使人惊叹之处，便是用同样的文字与情节，在顺序不变的情况下，呈现出了两本完全不同的文学作品：

按照一般的阅读习惯读第一遍时，你将看到第一本书——《十洲死亡之旅》，讲述的是一个人是怎么消失的故事。这是一本冒险小说。

将人物名字抹去之后，从第一页重新开始第二遍阅读，第二本书——《羽化的蝴蝶》又将呈现在读者面前，讲述的是一个圣徒如何将爱人的名字刻在心上的浪漫故事。这是一本爱情小说。

第一本书和第二本书的文字与情节相同，却彼此独立，各自拥有不同的人物和主题，且都构思严密、叙事清晰、故事完整，完全是不相干的两部作品。

这并不是读者通常理解的一部作品常见的双线索或者是多线索并行的作品，也并非是常见的俄罗斯套盒般的大故事套小故事。在以往的文学作品中，里面的人物一般都只有一个名字，对应一个固定的故事情节，就像一把钥匙只对应一把锁一样。但这部作品的奇特之处，就在于它有两把“钥匙”，而且用不同的钥匙去开同一把锁，就能进入完全不同的两个世界。

打个比方，就好比一本书读第一遍时，是《西游记》。将人物名字抹去后，再读一遍，居然就变成了《红楼梦》！

同样的文字，为何能呈现出两本完全不同的作品呢？

在我的理解，双钥匙结构的奥秘，就存在于三个关键词中：人物代称、时间、空间。把握住小说文本中三者之间的关系，也就找到了破译本书的关键。

关于人物代称

我们先来看人物代称。在第二本书《羽化的蝴蝶》中，人物代称从具体的名称如“李飞刀”、“刘一川”等，转换至“你”、“我”、“他”、“她”之间的灵活变化，**再加上文字必要的过滤**——（转换代称时，与名字相关的描述抹去，称之为过滤），进而导致了作品叙事视角的转变。

这一特点，在第一章中表现得尤为突出。这一章中，人物代称的转换、过滤频繁，在我的理解，是为解决第二本书里的人物出场、情节推进时，避免和第一本书的人物、情节发生冲突。其代价，便是第一章故事推进的节奏，相对第二、三章而言较为缓慢。而第二、三章中，人物代称转换则主要为以“他”、“她”为主。

第一本书《十洲死亡之旅》中的“陈绮贞”，明显是个配角，仅正面出现过一次。但在第二本书《羽化的蝴蝶》中，却幻化为爱情中的女主角“她”，这正是人物代称转换之后的结果。

人物代称灵活转换之后，**男性特征与女性特征的界限随之消失**。比如，小说文本第163页：

> 它压得我的影子在阳光下几乎变形。
>
> “影子变形？你真的这么认为？”

这句话在第一本书中是由灵蝶说出的。而在人物代称抹去之后，转化为“他”，描述瞬间转变成了另一个人物，并且，人物的女性特征随即转变成了男性特征。随后，人物关系在“我”、“灵蝶”、“刘一川”、“客人”等人物之间不断跳进跳出，进而推动了情节的进展。所有这一切，都是以“我”作为叙事者的，而将这些人物包括“我”的人物代称抹去，灵活转换为“他”、“她”之时，第二本书讲述的故事也就变得指向明确，逻辑清晰，情节推进顺畅。

从小说文本整体角度出发，会发现在第一本书中如“李飞刀”、“陈绮贞”、“刘一川”、“灵蝶”等人物，没有关于区别男性或女性外貌特征的描写，甚至多数人物也并没有传统小说创作中一些必要的背景描述，能够将人物进行区分的仅有人物代称。也正是这一点，解决了人物代称在第二本书中转换存在的矛盾。

关于非正文的作用

叙事视角变化所引发的文本变化，突出的一点便是具体章节中每一节的最后一句，与下一节的第一句联系得更为紧密。我理解，如果仅如此，作者就无法解决在同样的文字与情节中，呈现两本书的可能，这也正是小说文本中出现非正文部分的原因：在无法解决可能矛盾的情况下，以脱离于小说文本的非正文方式，来解决第二本书中的叙事逻辑问题。

非正文，对第一本书来讲可有可无，读者可以阅读，也可以选择跳过。但对第二本书来讲，却至关重要。

比如，第一章第二十二节，在第二本书中情节的变化和第二十三节是脱节的，叙事逻辑出现了漏洞，但在第一本书中却根本不成为问题。“第二十二之后，二十三之前”的非正文，正是为了解决第二本书中，两个章节联系所存在的问题而存在的，并完美地消弭了第二本书中各章节间可能的漏洞。

关于对时间的定义

我们再来看解读整个文本最重要的部分：时间和空间。这部作品独特的文本结构之所以成立，是建立在对时间的重新定义与理解上的——这不是爱因斯坦所理解的时间，也不是柏格森所理解的时间，更不是霍金所理解的时间。

什么是时间？首先，作者认为时间顺序应该是过去、未来、现在，而非过去、现在、未来，此观点是具有颠覆性意义的。在作者的另一部作品《自杀者的爱情与狗》中，明确提出“过去，是早已消逝的未来。未来，是尚未到来却已注定消逝的现在。现在，是不断消逝的过去”。

这听起来有点儿怪。那么，该怎么理解上述对时间的定义呢？我们可以将历史的经验作一下提炼，或许能从中了解到时间的真正含义。

对于文学所表现的时间，一种解释为感知世界过程中的心理时间或者生活时间，比如以乔伊斯、普鲁斯特所代表的意识流小说——这正是时间通过感知的方式被理解的局限性。

在我们所感知的世界中，客观的时间和自然的时间（包括宇宙时间与历史时间等等），在时间的发生过程中刹那即逝，难以被抓住。导致的结果，便是文学在表现自然时间与客观时间时的无能为力，似乎只能以心理时间或者生活时间进行记录——比如，在意识流小说中，一瞬间发生的事情，就需要用大量的文字进行还原。文字相对于时间，容量太小，很容易满溢。

也就是说，如何感觉时间，和如何理解时间，是两个问题的方向。我们的世界被时间统治，而对于时间理解的偏差及时间的深不可测，为我们理解世界为什么以某种姿态存在，而不是另一种状态存在蒙上了一层神秘的面纱。

关于时间的空间化

在此情况下，必须搞清楚一个问题：什么情况下时间才可以存在？

如果任何存在无时间性，那么我们只能得到一个结果：宇宙从未开始，世界就此终结。正因如此，当我们说到存在的时候，理解就出现了偏差。**实际的情况是：从时间的意义上讨论存在，我们讨论的就是一个缺乏时间内涵的存在**。而把存在的现象，如日出日落、开花结果等理解为时间的维度，事实上那只是主观意识中**时间的空间化**，而远非时间的真相。也就是说，当用时间标志事物发展的某一个位置（或者阶段），我们得到的结果，实际上只是将时间空间化了——这恰恰是导致我们对时间问题迷惑的根本原因之一。

而对空间的时间维度理解偏差，由此带来的问题是：

一、什么时间是能够捉到的时间（现在）？

二、什么时间是流逝而去的时间（过去）？

三、什么时间是还未到来的时间（未来）？

最终我们会发现，在偏离时间道路的方向上，永远得不到正确答案。

关于时间的运行方向

人类经验告诉我们，在能量本身是有效的状态下，物质（事件）才可能存在变化过程，实际上，这正是时间从有效转向无效的过程。**能量的转变从形态上产生的变化，即成为时间的运行方向**，这不是通常认知下的线性时间之箭，而是呈发散状的非线性时间。无数能量的转变形成世界，则是在时间存在的前提下相互作用、碰撞的结果，最终形成了神秘、博大，不知何始，不知何终的世界模样。

进而，由时间控制的逻辑，造就了世界的神秘。**世界的变化，某种程度上是物质的相对位移，空间是基础，时间是其决定因素**。时间相互作用的意义，在于世界在此基础上，才能够形成原因与结果两者之间的对等关系：因，可以成为果；果，也可以成为因。因此，**对于文学中的世界，唯一的可能，是我们只能够借助时间去观察、描述真正的世界**。

世界的呈现，具体到某一事件过程，是在纷繁世界中的特殊表现。被证明了的只有一点：被特殊性事件掩盖了的，是决定事件为何发生的关键时间。**时间，被遮掩于存在的面纱之下，每一个时间都被与之相邻并发生相互作用的时间所禁锢**。

宏观上观察，世界如此不可思议，甚至是神秘莫测的，无法全部理解的。但在微观上，每一个时间，对应的则是无法计数的时间之间的相互作用。时间在多个方向上任意过渡，取决于每一个时间作用力的大小，是连续地吸收其他时间的结果，进而循环，彼此互为因果。这就是心理时间或者生活时间中的可逆，与自然时间存在的可逆的重要区别：前者模仿世界；后者，将自然世界从A点直接搬到了B点，进而在文学的意义上生成（而非创造）了第二个真实且神秘的世界。

关于时间的变形

实际上，《庄周睡了，庄周醒了》独创的双钥匙结构，为我们提供了一个相对空间，每一个准确的时间点即是一个时间坐标。第一本书相同的文字能够成为第二本书的基础，在于时间的变形：第一本书中的时间，在第二本书中的位置发生变化，导致时间方向产生变化，进而使得依附其上的事件发生质变。

我们再来看时间变形在文本中的作用。在第一本书《十洲死亡之旅》中，每一个具体的时间点成为小说文本线索的关键，这些时间点有一个共性，即小说文本呈现的时间点是交错的，空间同样是交错的。第一本书中的人物有清晰指称，如李飞刀、灵蝶等，时间清晰、空间明确并交错构成第一本书的基础。

而在第二本书《羽化的蝴蝶》中，这三点发生变化，清晰人物指称消逝，将人物名称抹去，灵活转变为“他”、“她”之后，会发现这些交错的时间与空间，突然被拉平，变成了线性结构，第二本书得以呈现在相同的文字与情节中。无论在文本结构方面，还是在故事情节推进、人物塑造、作品主题方面，都与第一本书完全不同。

比如说第一本书《十洲死亡之旅》的第七节，作者一笔写出了不同时空中的十余个场景，且不同人物指向清晰，情节逻辑严密。而在第二本书《羽化的蝴蝶》中，将人物代称抹去之后，交错的时空被拉平，神奇的第二本书中的完整情节内容出现。作者在第七节向读者展示的，不仅是超凡的创作技巧、逻辑严密的情节处理、复杂的人物关系，更是文本结构破坏性消解中重建叙事创作理论的充分实践。在这一节中两个完全不同的故事脉络特别清晰，更能体现出在相同的文字与情节中，呈现两本书的双钥匙结构特点。

第二本书《羽化的蝴蝶》，时间与空间的变化对于小说文本结构变化的重要性，作者在作品中多次提及，这些特别明确的信息时刻都在提醒着读者。

关于小说中的庄子哲学意象

小说文本多次提到犹如梦幻般的意象：没有颜色的花朵、会跳舞的桌子、耳朵出虫、蝴蝶、无物、十洲等。其中尤为重要的，在我理解，便是“蝴蝶”、“无物”两个特殊意象。

如小说第三章第二十一节，此时小说的文本进入尾声，“无物”与“蝴蝶”两个意象成了导致人物升华的关键。作者以独特的笔触，描述了人物意识到无物前的镜像：

就是在这个时候，客人感觉到天空在下雨。抬起头，阳光普照。不远处走过来几个人，一条狗叫着跑在前面，不时停下来回头汪汪叫着。

片刻之后，客人终于轻轻地吐出一句："名为，无物。"

梦幻的村庄、不存在的雨、阳光、几个人、一条狗，充满禅意。而导致"无物"概念出现的，则是人物之前看到的"有着蝴蝶翅膀样的土地，而房子就是蝴蝶的身体。"

"蝴蝶"的意象，是庄子哲学的重要概念。作品中第一章第三节，对于"庄周梦蝶"，作者的描述是：

身体之醒尚未回应意识之醒。

作品中多次出现"蝴蝶"意象，并明确提到"庄周梦蝶"，从而引发"无物"这一重要的、决定人物升华的意象。而"无物"之说，正与庄子学说有密切联系，对第二本书也有着重要的影响。对于人物所言的"无物"，及随后产生的心理变化，我认为不能作单一理解，必须以此为基础，进而从小说文本整体角度考虑。

我们可以结合庄子《齐物论》原文中的"无物"之说进行理解：

无物不然，无物不可。可于可而不可于不可，不可于不可而可于可也。故为是举莛与楹，厉与西施，恢诡谲怪，道通为一。

关于《齐物论》，学者陈鼓应先生解释说："主旨是肯定一切人与物的独特意义、内容及其价值。"而"无物"之说引发故事情节导向关键性变化的，即人物自身对世界的理解出现变化：从纷繁的世界表象转向关注事物本质的自然状态。人物所体会到的"无物"之说，便是全新理解下的世界，从而反省生命存在的意义，即：

人，何以为人？人类价值存在的意义是什么？怎样才能够体现作为一个人的价值？或者可以这么说，**一个人，怎样才能够活得像一个人**？作品通过故事情节给出的信息：答案就在中国传统文化蕴涵的普遍价值观中。

关于十洲

十洲，是作品中另一个重要的意象表达。这是神话传说中的古仙山名，神仙的居所，那里没有痛苦与彷徨，是极乐世界所在。神仙，向来是中国传统观念中有着某种理念化身的称呼，只有近乎完美的人才可以成仙。在他们身上，传统道德观念得到了完美体现。当人物在现实世界中，被各种问题羁绊、困扰，陷入精神枷锁中时，回归传统道德观念，必然会成为人物的选择。

从小说文本自身所透露出的重要信息是：无论是第一本书《十洲死亡之旅》人的消失，还是第二本书《羽化的蝴蝶》中圣徒式人物的爱情故事，都发生在十洲。其他能够引发人物决定意义上转变进而精神升华的事件、景物，也皆存在于十洲。因此，毫无疑问，十洲的存在，是具有隐喻意义的。

关于两本书各自的主题

第一本书《十洲死亡之旅》，讲述了一个人是怎么消失的故事，所传达的信息，实则是作品中一个重要主题：即人的命运。从小说文本中我们可以发现，人的精神是否不可避免经历物欲的侵袭？作者塑造的消失了的主人公是否是无法避免的命运？如果这样，人的存在价值意义何在？这就是第一本书主题所要表达的。灵蝶的消失是必然的，只因为意识到人的价值不应该是她此时在世界中的存在状态。

第二本书《羽化的蝴蝶》所呈现的主题：圣徒式人物的爱情故事，便是情绪的终极表达，这便是爱，由此人物得以重生。从两本书各自不同主题来分析，虽然作品中两个主题、两个故事各不相同，但从更为宏观的角度考量，却都在追问生活中人的价值如何实现。

作品正是以神话传说为载体，演化成了这部现代小说。神话传说，是精神世界的原始客观具象，其所呈现的最为朴素的伦理观，在历史变迁中最终形成了民族精神蕴涵的普遍价值观。承载其间的，是圣徒式人物所追求的民族精神所映射的普遍价值观：人，之所以成为人的价值所在。而这一点，作者在作品中以爱情故事作为客观具象作了表达。

《十洲死亡之旅》提出了问题，《羽化的蝴蝶》回答了问题，即人类面对的根本性问题：人，何以为人，如何实现作为人类所独有的存在价值。这是生命的意义所在，也是传统文化的普遍价值观，这就提高了小说的立意。在原创性的“文本结构破坏性消解中重建叙事”创作理论的指导下，双钥匙结构的双小说文本出现，这才让人真正地耳目一新、身心一新。

形式是为内容服务的。我认为，作品中，传统文化所蕴涵的价值观是内核，现代原创性创作理论是表现形式。作品表现形式显然是现代的，但在精神内涵上，从某种意义上而言却是反先锋的。

关于文本细节的解读及意义

第一本书《十洲死亡之旅》中，李飞刀等人物去往十洲。故事中时代背景模糊、没有整体层面的时间背景，只有具体的几点几分。这样我们无从判断这是发生在什么年代的故事，只知道这个故事发生了。

但作者通过具体情节的描述，又使读者不难体味到，**书中所描写的**“**时代背景**”，**其实正是当下中国人的生存状态**：物欲造成的人际关系之间的变异，这是整个社会精神空虚、心态浮躁的根源，由此时间对于人的不确定性，更是加深了这种情绪。比如说对于时间的奇特描述，和开篇第一句话“我们的想象力已然逐渐枯竭”有重要联系。作品中人物意识到这一句话，是在梦境中，随后的描述中陈绮贞出现，成为引发人物去往十洲的关键。而作为故事中的作者本人，则清楚地告诉读者，他同样意识到这句话是在飞机上，在意识到这句话之后，同样遇到了陈绮贞。

那么，这个神奇的时间出现之时，是起飞时是早晨，到达目的地还是早晨的航班。怎么来理解这个隐喻？比如说当天早上7点出发，到了目的地还是当天早上7点，要注意的一点是，是同一天的早上7点。那么，中间十几个小时飞行的时间去了哪里？这种时间的不确定性和存在流逝的必然性，使得人物失去了自己与对方的存在，那么就没有存在的必要。

相似的情况出现在第二章。开篇就是一个游戏，然后情节推进至游戏内容，此节结束却称“当茶已沏得，但是我面对着你，却说不出来一句话”。既然如此，游戏就无法开始，这一节的内容就不会存在。这样写，我认为是有隐喻的，是人物对如何确定人的价值的存在与虚无的思考。

也就是说，存在感如何确定？作品中时间的重要性是基础。世界是有了对方（另一个存在）才会显得更为美好，而这个美好是自己一个人不能得到的，这就为现实社会的浮躁开出一个药方：人们需要彼此关怀，没有人能够脱离开对方而生活。从另一个角度也说明作为个体存在的人，在精神上的孤独，之所以孤独，是因为没有面对之人。而面对之人的意象，这一点在作品中多处有准确描述，比如说第二章。

从作品多处对时间概念的描述，进而从时间的角度考量，这种孤独感就是时间于个体的永恒。因此，孤独感存在于个体意识。从一个时间点至另一个时间点（尽管起点即是终点，开始即是结束），时间就在那一刻消逝了，感受不到自身存在的悲剧命运，促使人物踏上了前往十洲的道路。而拯救了所有人物的，或者说使人物最终精神升华的、重新审视人何以为人的，便是“无物”之说。

作者将某个结果直接呈现，而并不论述前因。将原因以准确的意象、清晰的隐喻的方式蕴藏在故事中间。由此一个消失的人的意义就在于觉醒，在十洲的世界里对生命的反省。这一过程是艰辛的，给予人物启示的，正是十洲世界所隐喻的蕴涵在中国传统文化中的普世价值观。

以上，就是我对双钥匙文本结构的一些个人理解，希望能为读者的阅读提供一些参考。实际上，这部令人叹为观止、独一无二的作品，其奥秘和魅力远不止于此，绝不是我这篇文章所能详细陈述清楚的，姑且抛砖引玉，让更多的读者体会到它的精微妙处吧。你不会失望的。

现在，就请打开第一本书，开始你的《十洲死亡之旅》吧！

张　辉

（青年学者）

庄周睡了，庄周醒了

孟繁勇 著

時代文藝出版社

图书在版编目（CIP）数据

庄周睡了，庄周醒了 / 孟繁勇 著. -- 长春 ：时代文艺出版社，2013.12

ISBN 978-7-5387-4496-5

Ⅰ.①庄… Ⅱ.①孟… Ⅲ.①长篇小说－中国－当代 Ⅳ.①I247.5

中国版本图书馆CIP数据核字（2013）第292716号

出 品 人　陈　琛
产品总监　郭力家
责任编辑　李天卿
特约策划　李友渔
装帧设计　庄　蓓

庄周睡了，庄周醒了
孟繁勇　著

出版发行 / 时代文艺出版社
地址 / 长春市泰来街1825号　时代文艺出版社　邮编 / 130011
总编办 / 0431-86012927　发行部 / 0431-86012957　北京开发部 / 010-63108163
网址 / www.shidaicn.com
印刷 / 北京上元柏昌印刷有限公司
开本 / 889×1194毫米　1 / 32　字数 / 246千字　印张 / 10.75
版次 / 2014年4月第1版　印次 / 2014年4月第1次印刷　定价 / 36.80元

图书如有印装错误　请寄回印厂调换

八方巨海之中有祖洲、瀛洲、玄洲、炎洲、长洲、元洲、流洲、生洲、凤麟洲、聚窟洲。有此十洲，乃人迹所稀绝处。

——东方朔《十洲记》

冒险开始了。

请按照一般的阅读习惯，

开始阅读第一本书。

这是一本叫《十洲死亡之旅》的冒险小说，

讲述的是一个绝色美女突然从世界上消失的故事。

第一章

零之前

怎么样才能活得像个人？

零

我们的想象力已然逐渐枯竭？

回答这个问题，请先听一个发生在十洲的神奇故事。那里有听得懂鸟语的人和会跳舞的桌子。你会看到仅有一只翅膀的鸟儿飞翔在天空，还有古老的爱情：用刀剖开胸膛，以便在心上刻下所爱之人名字的神奇。

或许你不相信。我要说的是，这些都是我亲眼所见。

故事发生在位于十洲的旅馆，清容[1]是这家客店的小老板。在传说中，她是世界上唯一能够听得懂鸟语的人。也是在十洲，一个美丽的姑娘，古怪地消失了。我怀疑有人杀了她。我想搞清楚到底发生了什么，一个大活人怎么会突然不见了呢？

那一天晚上，当清容的母亲昆婶从三婶子的左耳朵里熏出两条黄的、三条白的、两条红的小虫子的时候，三婶子的牙齿已不再疼，开口讲话的时候口水再也没有从嘴角流出。显然这比会跳舞的桌子的传说，更让所有在场的人惊讶，这件超出想象似乎不符合常理的事情真实发生的时候，客人[2]的反应则是：“耳朵出虫治牙疼。唉，不可能的事情出现在眼前的时候，为了消化它还是回去睡觉。”

三婶子是在晚上8点左右来到清容家的旅店，她来的时候左手捧着右脸，一句含糊不清的声音随着门铃清脆地响起飘进院落。三婶子右脸肿得眼睛都眯起来，看见昆婶出屋来，她流着泪对昆婶诉苦说，那几天虫牙把她折磨得实在不行了：“吃饭吃不进去，你看有虫牙的牙齿都是黑色的，一、

---

[1]清容，以及后文中的君九、劳爷、昆婶、三婶子等，均为居住在十洲上的人物。在第二本书《羽化的蝴蝶》中，名字不需要变为第三人称。

[2]客人，以及灵蝶、侪鹤、燕玉、李飞刀、白雪等，均为十洲之外的人物。在第二本书《羽化的蝴蝶》中，名字需灵活转换为第三人称“他”或“她”。

二、三，右边有三颗虫牙。喝水时，水还不能碰到那个牙上，我受不了疼，我只有流眼泪，其实我不想流，可我管不住它。你看吃药能顶10分钟不疼，过了药劲就更疼。一晚上一晚上睡不着觉，你看脸都疼得变了形。昆婶你说为什么我们家里人都是虫牙呢？”

这个时候住店的客人们早已吃过饭。用她的话来说，“看见我牙疼的样子你们是不会吃进去饭的”。说话的时候口水顺着她的手流下来，她就会看着人笑笑，另一只手擦过去。

三婶子向人诉苦，清容早已搬了一把椅子放在院子里，昆婶吩咐清容拿来葱籽和猪油，安慰着让三婶子坐在椅子上，返身回屋取出面盆和透明的水杯来。这时候客人们听见动静从屋子里出来，昆婶对客人们说：“这个你们平时看不到，以后牙疼起来没办法或许能管点用。”

清容取来一碗白面倒在面盆里，用普通的清水搅拌，最后和成面团。君九找来一块红砖，红砖正中央挖有深约二寸、直径二寸半的洞，洞内沿边皆布满黑色的油腻。三婶子手捧着右脸坐在那里。

虫牙疼的时候，可以从耳朵里熏出颜色各异的小虫子？没有人会相信，流传在民间的传说是真是假？

住在旅店的客人们看着三婶子手捧着脸的样子，瞧着清容认真地在一边和面，来这里寻找逝去爱情的燕玉，忍不住好奇心，还是问了出来。当她看到神奇的一幕发生，她认为这就是早已消失的爱情之所以仍然存在的证据。她的理由是：既然不可能成为现实，那么，古老的爱情在当下，血淋淋地剖开胸膛，将名字刻在心上的传说也一定存在。

三婶子说以前试过几次，没有见效，可能是白天用的，方法没有用对，所以没有熏出来。别人用了说能熏出来，可是自己为什么就熏不出来？牙齿疼怎么能从耳朵里熏出虫子来，那简直不是奇闻吗？

三婶子说，听人说，昆婶这么试过，能够熏出来虫子，虫牙疼得没有办法就来找昆婶，还真能够熏出来。以后你们要是有虫牙疼得受不了来找昆婶就行。

三婶子的话引来一阵笑声。燕玉问："确实能熏出来？我认为不可能。"燕玉目光扫过客人们，手在脸上比画着说："牙在这个地方，耳朵在这个地方，不可能，怎么会有虫子出来？"12分钟之后，燕玉看到了耳朵里熏出来的小虫子在纸面上扭曲蠕动。之后很长一段时间，燕玉对朋友们说起这件事情时，看着对面之人的表情不免得意："真是可惜，你们没有看到。你问面圈是干吗用的？面圈的作用是为了防止烟气跑了，这样烟气就都会到杯子里面。不一定是葱籽，昆婶说葱籽和韭菜籽都可以。我看见三婶子半个脸都是肿的，说话嘴里流口水，昆婶从她耳朵里熏出来小虫子后就不疼了。最后我们说试试到底能熏出来几条虫子，找了一张纸，把杯子里的虫子用牙签挑出来放在纸上，为什么知道是7条小虫子？因为我们把虫子数清楚了，我放着让他来看，看他相信不相信。"

在燕玉看到熏出来的小虫子之前，昆婶拿过和好的面，将面从中间掏开挖成圆圈，捏成条状压扁套在三婶子的耳朵上。红砖上的洞也放了一个面圈，将猪油与葱籽搅拌后放在砖洞里面。清容用镊子夹起一小块烧红的煤渣放进去，葱籽就烧着，冒着白色的烟气，一股香味扑出，随后转为一股怪怪的味道让人不得不捂住口鼻。昆婶赶快将杯子扣在面圈上，白色的烟气一会儿工夫便充满了透明的杯子。昆婶飞快地取下透明杯子，扣到三婶子的左耳朵上面。

三婶子坐在椅子上头偏过去，昆婶不时询问她的感觉："疼不疼，有没有痒的感觉？"3分钟后，昆婶拿下杯子来，杯子是透明的，就能看见杯壁上面有小虫子，肉丝似的，麻籽大小，蜷起来成C型，有黄的，红的，白的，小而短，能看见它们在杯子里面蠕动。

"杯子里面的烟气太热，人就受不了，不能时间太长了，太长了人会休克。在耳朵上最多5分钟，因为葱籽对我们来说太刺鼻，时间久容易休克。

这种方法不能老用，有虫牙一年用三到五次就行了。”昆婶对三婶子说。

但奇迹还是在眼前发生了，这于是成为燕玉向侪鹤说起耳朵出虫的事情时，面对侪鹤不屑一顾的表情反驳的证据：“我也认为挺神奇的，怪不得牙齿这么疼，有这么多小虫子在里面，不可思议。她当时也没有说什么，就是挺惊讶的。就觉得不可能的事情还是发生了，就这么简单。昆婶说，如果虫牙在左边，杯子就放在右耳朵上熏，右边有虫牙，杯子就放在左耳朵上熏。你有没有虫牙？肚子里呢？”

在燕玉惊讶的尖叫声中，不可能的事情就在客人们的目光之下发生了。杯子里的烟太多了，有一定热度，三婶子说烤得耳膜有些疼，昆婶就此停熏。燕玉好奇地用手摸摸杯子，热热的，有些烫手。

烟气缭绕，看不清杯子里的虫子是怎么从耳朵里面爬出来的。燕玉从昆婶手里接过杯子，李飞刀找来牙签将放在纸上的虫子一个个挑起来在灯光下面细看。杯子是潮湿的，水滴发深黄色，杯沿上则有类似烟油的黄色。虫子在众人的目光下蠕动，细长的身体弯曲着颤抖，努力抵御着来自牙签的暴力。

客人双臂张开伸展成一字，看着在纸上颤动着的小虫子，“耳朵出虫。唉，不可能的事情出现在眼前。为了消化它还是回去睡觉。”客人推开门回到屋子里，而燕玉则将纸上的虫子一直拿在手里观察，后来向侪鹤述说亲眼看到的事情时，侪鹤的回答是：“哼，一个冷笑话。”

当燕玉面露微笑小心翼翼地拿出纸来，侪鹤看着纸面上已僵硬的虫子时，惊愕的表情成为日后燕玉说服他最终来到鹤鸣化[1]——那个能将名字刻在心里的地方的理由。在转变心意之前，侪鹤看着纸上的小虫子，觉得自己将要疯掉了，但当他看到燕玉的得意神色，也只好强压下了心里的不快。

“**你去了那里**？”她问。显然她知道他去了什么地方。

---

[1]鹤鸣化：十洲地名。

不等侪鹤回答，燕玉就让他看纸上黄的、白的、红的小虫子。她是要他知道，她在乎他方才去了什么地方，却不想为此争吵，更不想破坏看到耳朵出虫治牙疼的传说变为现实之后，所保持的一种近乎圣洁的情绪。

什么事情都有可能发生，这真是一个好兆头。

侪鹤却并不理睬，对燕玉说："**我会去那里**，为了你的一些奇妙想象。我必须去做点什么，不对吗？"

"你知道，我并不想要你这样，"燕玉说，"你知道我想要什么？你从来不认真听我在说什么。为什么我们要争吵？你看看这小虫子，我觉得这是一个……"她的眼睛像照相机镜头一样闪动，似乎要把侪鹤的表情定格。

"好的征兆是吗？"侪鹤说。

"不是吗？"燕玉表露出天真的神情看着侪鹤。这在那时的侪鹤看来，燕玉的举动极为幼稚。

"是又如何，又能够怎么样？你什么时候才能抛弃你所谓的征兆回到现实中来？"侪鹤推开燕玉，"不要让我看什么耳朵里出来的小虫子，什么红的、黄的、白的，什么颜色也只是小虫子而已。这不比你看一本神话书时相信故事中发生的一切更好。"侪鹤抱住了燕玉。"当然，我相信。为什么不相信？但是我要一点儿时间来接受，你不用去找证人。是的，我相信任何事情都可能发生，或者是发生的时候面貌不同，只是我不能理解，就像在你眼中某个迷人的征兆一样。"

"我喜欢你在我的身边。"燕玉没有转身，声音从披散开的乱发中飘到侪鹤耳中，"哪怕你在别处，心也要和我在一起。"

可当燕玉和侪鹤离开十洲之前，两个人来到鹤鸣化之际，侪鹤的耳朵似乎听到的并不是燕玉的笑声，而是燕玉所说的三婶子临走时的一句话："有些老人传下来的事情，你不相信真不行。"

一

这个似乎只存在于传奇中的故事（我确定，是传奇中的故事）你相信吗？

好吧，现在从头开始说起。

如果你认为，我是一个讲故事的人，你该不该相信，只存在于传奇中的故事在现实中出现？如果愿意相信一个作家的诚实，那么，这一切是怎么发生的？

问题是，我，是否是你所认为的一个作家？假如这个世界上如你所言，还有作家这个职业的话，那么这两个字的含义，究竟是什么？

我常常从梦中醒来，然后一个人在似乎无边无际的黑暗中发呆，回味方才几分钟的恐惧或兴奋。从什么时间开始的？我并不确定，仿佛本来就在那里，只不过，我从来没有观察到。渐渐地清醒，梦中的一切似乎回想不起来，犹如在买瓶酱油的路上遇到一个人，打着招呼却一直在想这个人是谁，很熟悉的陌生感总是在这一刻纠缠着我。有时会有莫名其妙的一些话浮现于脑海。例如：我们的想象力已然逐渐枯竭。但为什么是我们，而不是我？往往这时我的身上一阵阵地冒寒，我感觉汗水像奔涌的河水穿越不知何时打开的闸门，湍急的水流不再是往日里的温柔模样，撕裂开我的身躯，却连一点点泥沙的痕迹也不会留下。厚密的窗帘遮挡了仿佛是另一个世界的星光，让我感觉到身上的力量没有了支撑，快速地从我本就虚弱的身体中流失。我感觉到快要崩溃了，从地底泛起无边无际的恐惧逼迫我摸索着去打开灯，寻找些许的光亮去告诉自己还真实地与这个世界有着哪怕一丁点的联系。

我在消逝的时间里努力回想，刚才到底做过些什么，为什么会突然冒出这么一句话？对于一个人来说，梦是最刺激又不需花费太多金钱的，你可以尽力想象。如果你能控制自己思维的话，并不会因为你身高几许，而改变奇遇或惊异。拧亮台灯，当刺目的光亮白茫茫一片使你眯起眼睛时，一切都结束了。那一刻，我真切地认为，我是在残酷谋杀仅存的想象力。

我时常在梦中寻找，这让我觉得活着的这个世界还是有许多的乐趣。寻找什么？起码对于很多人而言是一句无意义的话。为什么活下去会是寻找某一个乐趣，这不单单是只有我一个人搞不懂的事情，从生命开始它就会一直存在，要么你让它发生，要么就在交锋中干掉它。尤其是我的想象力像这眼前刺痛双目的白光，而这几乎使我要盲掉的光芒，仿佛向我打开了通往另一个世界的入口，而我还没有来得及踏出第一步，我的身躯就已经飞了过去，呼啸而过将肌肤撕裂的气流让我不得不集中精力对抗疼痛，从而忘记了观察这是一条怎样的通路。我感觉到另一个世界距离我极近，就在我触手可及的某个不为人知的角落，像暗影中伏身而卧的黑豹观察着你，等待扑向我的那一刻。结局在哪里？这倒并不是最重要的，重要的是另一个神秘的世界，会在我的眼前出现，我渴望。但我却痛苦地期盼难以想象的世界永远不会出现。

我习惯了在梦醒之后，看一眼时间。几点几分了呢？我饶有兴致地想，在此时，这是否是现实与梦境的界限？如果是，那么这是开始还是结束？这另一个世界是如此泾渭分明，甚至不给我一个幻想的机会。

当然你会在梦境中遭遇爱情，这或将是所有人的救赎？我想这就是人们被数不清的种种潜在存在着的事物影响的结果，所有的人绝不会想象出存在着的世界里从不会出现的事物。就像我在生活中观察到的人们一样，他们都是一样的，这让我在痛苦之中却发现自己会在梦境中笑出声来。重复会成为一个人在某一个时间段内最有意义的事情。重复，不断地重复，你会看到生命在另一个人的存在意义上的形态，这才是这个世界的真相。

这样一个姑娘的出现就会顺理成章，在梦境的世界中象征着希望。模糊的时代背景，没有年月日，只有具体的几点几分。时间，在你的梦境中，只为你一个人存在。这样也好，还能够告诉梦中的我仅有的几分真实感觉，而不至于将醒之际怀疑时间的丢失：于无知无觉无形之中，时间就丢失在我的身旁。甚至没有人会告诉你，什么是白天或是夜晚的太阳与星光，明天或是后天，时间观念在这里没有任何特别的意义，神奇的世界只会为你一个人存在。可是这样的话，我怀疑到底应该如何确定，我和恋爱中的姑娘约定的时间？比如说，两点吧，那么到底是哪一天的两点？是明天？梦境中没有明天。是后天？梦境可否让一个人自由控制在这一时刻那可憎的时间？

我不确定是否知道了这一时间，或者说总算是有了一个可以期盼的时间。我，可以和属于我的姑娘约会。我沉浸在喜悦之中，我的心都要飞起来了，平静后，却发觉，2点？看一看腕上的手表，**2点52分**。我的思绪仍然停留在平静之后记忆的时间，2点？是过了3个小时后的2点？还是27个小时之后的2点或是51个小时后的2点？我有些迷惑，爱情淹没了我的世界。于是3个小时后的2点，27个小时后的2点，51个小时后的2点，我来了，她却没有出现。我只记得，她在我的梦境之中。迷乱使我的记忆模糊，我记得，她隐约是在一个似乎是确定了的时间里出现的。

后来的后来，在属于未来的过去的时间里，她终于出现了，只不过仿佛时间并不在我这一边。

我急切地向她诉说思念。

她说马上就要走了。

人们为什么总会在幸福即将来临的时刻粗暴地打断幸福？我们莫不是不渴望幸福？她说，她喜欢的是一条船，一条在月光下飞行的船。

这是一个在时间中穿梭的人，也是在知道她的职业是空姐后，才决定她就是我未来及当下要找寻的人。有时候爱情就是这样，去找一个心中所想的人，会是开始一段感情的基础，而并不是梦境中出现的美人儿。我喜欢空姐这份工作，起飞时，是早晨，到了目的地，还是早晨，她喜欢这个感觉，而我更喜欢这个感觉。由此我不能回答一个问题：到底是喜欢她的职业？还是喜欢她在我身边出现的那一刻——仿佛她比我拥有更多的时间。她或许会说出一个答案，她所代表的爱情存在，与我在梦境中隐喻幻想的没有差别。

“那十几个小时就像是在梦境中飞翔，很难形容这是怎样的一种感觉，但却无比真实：时间不见了，似乎时间已经死亡，只留下人们喜欢的人和事。”她说这些话时脸上写满了幸福，于是我就想，有这样的航班吗？我一定要试一次，感觉不可触摸的时间缓缓地停止，那一刻，我是以何种心情来面对这似乎是不可能的事情的发生？而那一刻，我郑重地和她说的是：“不管你相信不相信，我知道。”

白雪的名字独属于我，当我初次见到她的时候，她胸前工牌上标识的文字，使我忍不住笑出声来。后来，我告诉陈绮贞，这是一个歌星的名字。有一次她说：“我不知道，你在说爱我的时候，指的是那个歌星，还是她”。那时，我并没有意识到隐藏在这句话背后的意思是什么，但她随后提出了一个名字，并告诉我：“这是独属于你的权利。”

也就是在此之后，我经常和她说的一句话是：“我的心跟着你去了。”白雪总会笑笑，笑容在她娇嫩犹如婴儿般的脸上出现，笑容中都仿佛雕刻着爱情这两个字。我当然想不到后来会有一年的爱情，这个约定的时间几乎杀死爱情本身。在约定的时间面前，我不知道怎么救赎脆弱的爱情，如同我不知道信仰是否仍然是古老爱情存在的理由：古老的爱情，一把锋利的尖刀，将爱人的胸膛剖开，伴随着呻吟声，所爱之人的名字将雕刻在微弱跳动的心脏上。

她那时出现在我记忆里的模样，仅仅是笑容，然后她会紧紧地抱着我，双臂用力箍着我的身体，一下又一下地将她的胸膛贴近我的胸膛。我一直认为，这个表示情侣间亲昵的举动应该是由我来做，但是说实话，我喜欢她这个样子。因为我知道，她不会明白我说的是什么意思，她从来也没有问过，我的内心也从来没有向她解释过。

“我会把你说的这句话刻在我的心里。”她会说。

我认为这样挺好。

“你知道一句话怎么样才会被刻在心里？”对于她的问题，我只能老老实实地回答：“我不知道！除非情况恰恰相反。”

她会轻轻地笑出声音，她会贴在我的耳边，她会咬着我的耳垂细语轻声。我总会在那一时刻感觉到，一股香甜钻进我的耳朵，她细碎的长发会攻击我的全身，口中喃喃低语不知在说些什么。

我极想躲开，却又迫切地想知道她在说些什么：“什么？”

我感受到的回答，是被神秘世界里的爱情所控制的姑娘显露出的最急切和最贪婪的热吻，我只能用急切与贪婪这两个词，我不知道还有什么能够形容她此刻的举动。或许，是我听到了，但是我并不认同，就此佯装没有听到，我回答了，我的记忆却拒绝重现它。我只能喘息着望着那在暗红色的灯光下闪现出妖艳的墙不断幻化，这就是那个不可触碰的世界？会将所有人的想象力当作食物一样吞噬？当我此刻回想之时，却无论如何也找不到这句话了，恍若就在嘴边，却迟迟不能说出。

“像刺青一样刻在心里，有没有这样一个地方？会将甜蜜的话语以血淋淋的方式保存？”她问道。

我恍惚看到，鲜红的血从她口中滴出，却凝固在半空迟迟不见坠落，像极了被无形的线串过的红色珍珠。

“会将甜蜜的话语以血淋淋的方式保存？应该有吧。”我相信会有，只不过也许是在属于另一个人的梦境中。那么，假使她真的找到了这样一个地方，我是否会知道？

“我觉得，只在有魔鬼聚集的地方才会有这样一个地方吧？”她翻到我的身上，牙齿咬合在一起，“我倒是真愿意把你的话刻上去，让你亲眼看一看。”

“听起来感觉很好，但这是多么令人难以置信的一件事。魔鬼？或许是天使？”

“你不相信？”她用力咬住了我的嘴唇，软软的有些痛，我似乎感觉到，我要像她一样飞翔了。那几个字刻上去的时候，会不会是这样的感觉？

“我相信。”我挤出了一句话。

“什么？”含混的话语从她的长发中飘出。在那一刻，我真的相信她去过那个神秘的国度。剖开她的胸膛，那几个字刻在那里，伴随着跳动的心脏向我重复诉说诡异的奇迹。

我觉得很奇怪，为什么我说的话总是……

“你就是那个魔鬼！”她加重了语气，“你就是我的魔鬼！”

我不能确定是否感觉到，我的嘴里咸咸的并散发出血腥味道，感觉世界的身体功能被早已消失的想象力抛弃。视觉前面呈现的表象，滑稽得不如一个小丑脸上的油彩，只会摧毁在过去、未来、现在这三个时态中存在的所有信仰，谁会相信呢？

就是这样，我那时的想象力恰恰被感受世界的视觉、味觉、触觉等等所剥夺（那时我并没有意识到，这并不是想象力被强行剥夺的真相）。丝丝疼痛袭来，一股又一股香甜的气味却又笼罩了我的身体，在我的眼前幻化出种种匪夷所思的图景。

她伏下身，一头秀发洒在我的胸膛，身体有些颤抖着说：“出航，如一艘出航的小船遭遇了暴风雨后远远地看到了泊岸，船上却不曾有一条鱼的收获。你愿不愿意？”

这句话我真真切切地听清楚了。

“什么愿不愿意？”我费力地回答。

她抬起身，一只手压在我的胸前，一只手撩开遮在脸上的纷乱秀发，认真地看着我。她的手在空中柔美地划过一条颤动着的弧线，然后轻巧地落在我的脸颊，一字一句地说：“去，为，我，刻，上，那，几，个，字！”

“去，哪里？”

我挣扎着，极力想听真切一些……

就在那时我听到了一句话：“如果就这样死去，你，会不会想念我？”

二

“我怀疑一切，包括我自己……”

在哪一天之后，她说：“我们出发，被剥夺的想象力会指引你的方向。”

于是，我开始试着享受旅行的乐趣。

我想对她说，世界上最沉闷乏味的声音，便是火车轮子与轨道之间互相撞击的声音，但是有时又不能不说这是一种有些使人迷醉的乏味，彼此结合为一体不能被分离的结果，证实了存在本身即是具有多重属性的对立，乏味与沉迷两者之间包含的其他内容被剔除的可能性，就在于你在某时倾向于那一边。

直到遇到他，我听到“我怀疑一切，包括我自己”这句话时，他正在边吃边喝。

火车上的人们是很奇怪的一群人，各种模样的人会在所有人的面前表演着在私人空间才会做出的一些举动，而不会感觉到有什么别扭或不安，若是在其他一个空间里你是不会看到如此场景的：有的人一上车就会呼呼大睡；有的人会东瞧西望，看定某个东西就会目不转睛地一直看下去；有的人打牌；有的人聊天；还有的人会做出一些自己也不知道是什么的动作来。假使对面有一面镜子的话，所有的人都会惊讶自己几秒钟之前的模样。我以为最聪明的人会以吃东西来打发无聊的时间，但这也确实需要一个好胃口，什么样的人在移动的大铁罐子里会有胃口？不像我看一本无趣的小说好让时间过得快些。

“我怀疑一切，包括我自己。”我第二次听到这句话，我不确定，他是不是在和我说话。我抬起头看了一眼，他拿着一只鸡爪子啃得啧啧直响，笑眯眯地看着我：“不是吗？就比如我现在，是不是吃点什么就会很高兴。你看一本书也不见得用心读，还不是一样在打发时间？嗯？”

他脸上流露出得意的神情，看着我合上那本无聊的书，看着我的目光转向他。“你的意思是你非常无聊？你宁肯打扰另一个陌生人。”我的心里不知怎么有些鼓噪，不过他这些不寻常的言语，倒是使我很感兴趣。

“被一个不认识的人面对面盯着看的滋味并不好受，你是怎么想的？我全知道。对不对？看见你，就知道你喜欢这个调调。来一个尝尝？既然大家都在这个铁罐子哪里也去不了，还不如好好享受一下这个时间里仅有的乐趣，找一个暂时的同路人打发打发时间，不比你一个人闷头看书强？嗯？”他的笑意中透露出一丝奇怪的真诚来，接着他从袋子中取出一包鸡爪子。

我一时有些语塞，他提到了时间。我看了看周围有着木然神色的临时同路人，在这趟列车上，时间随着轮轨枯燥而有节奏的声音飞逝，而只有他似乎在享受这一刻。

“你说什么？不是这个，是那个怀疑什么的？”我对这个人有了一点儿兴趣，就如他对我感兴趣一样。我看着他的眼睛泛起光亮——这是一个孤独的人。

“噢，那个。”他有些夸张地打了一个嗝，用沾满了油的手把嘴里的骨头抠出来放进塑料袋子里，轻轻地咳了一声，清清嗓子，拿出餐巾纸擦了擦手说：“那个，我是说，难道你不认为这很有意思？或者我会是另一个隐藏在一群精神病人里的正常人？不是？否认？当然，现在有意思的事情越来越少，不是吗？嗯？”

我心里暗暗地笑了，他有些紧张，我又重新打开了书，随便翻到了某一页。

“哈哈。”他突然大笑了一声，这个声音如此突兀，使得邻近的人都向这边看过来。我抬起头，他拍了一下大腿说：“你让我想想，那句话怎么说来着？嗯？就是那句，什么来着？算了，这不重要，重要的是……”

“重要的是我不认为你能清楚地表达你想要说的话。”有时候一个人不一定能说清他到底想要说些什么，我对面的这个同路人也一样。正如随着火车轮轨的前行，车窗外的景色已不再吸引你，他已经不再使人感兴趣。我想尽快结束这场没有结果的对话，哪怕是一个人面对时间的流逝而只能捧起一本无趣至极的书。

“你的意思是我说的都是废话？嗯？你是这么想的，我要说你和其他人一样，只会看到一个人的表面。你的想象力被剥夺了！”他有些做作地叹了一口气，然后故意端正了身体，声音从他的鼻腔里，传到我的耳边，“表象之下的困惑之于人的难题就是一种思维模式的变化，进而言之，表象之于现实的意义妨碍着我们的思考，这也就是为什么我说点什么你感兴趣的话题，比如说‘我怀疑一切，包括我自己’，你就可以和我说上那么一两句。是这句话把我们两个陌生的同路人联系起来，也就是在某一个角度上来说我们是一样的人？可是……”他的嘴角挤出一句：“我们是一样的人吗？要是换一个其他的方式呢？聊聊又有哪个明星生孩子了，谁又是谁的亲戚？昨天晚上做的春梦？还是又梦到了哪一个意淫对象？那个明星又遭到了毒手？嗯？如果可以的话，当然，这是可以的，没有谁能阻止你去想一个问题，得看看你长着一颗什么样的脑袋。你明白，只不过是我先说出来，对不对？嗯？这里面其实隐含着一个争论了许久、现已为人所知、但你总不会去注意的事实：**事实表象之下的内在联系，决定了最终呈现于人前的结果**。这些结果也许是有些绝对化的、不分年代的情景再现，但是如果我们要对这些事实提出质疑，那么现实中的生活基础就会丧失它的根基。在此之前，传播渠道的不同导致的个人理解方式不同从而掩盖了真相，给予我们的只是被错误判断的狂热和别有图谋的话题引导——那你还看什么书？你就这么打发时间的？嗯？”

他得意的嚣张展示无疑，但并不能隐藏他的欲望。说完最后一个字，他眼睛里闪现着一种很愉快的表情。但是我知道，这是因为他说这一通，并不在乎对方能否理解，而关键的一点是，在一个被剥夺了想象力的人面前，他说出来了。如果我的观察没错的话，他是在为自己一个人得意，而不是因为找到了一个可以倾诉的对象。也许他并不需要一个聊天的人，只是因为对着空气说话会成为他人眼中的疯子；而面对相仿的人，运气好的话可以有一场期待已久的战斗！时间，在此时才会显现和其他任何事物与众不同的、非凡的珍贵！

我一时有些明白，他是在做一些特别的举动，来试探他认为值得交谈的陌生人。这个家伙！他在观察，有没有人会是他的同路人！（**你们呢，你们的想象力被强行剥夺了吗？**）然后再作出决定，是不是有一场在他看来也许有些意思的对话来和密闭空间里的时间相对抗。在他看来，很明显，所有人被拘禁在触觉、视觉、味觉、听觉等感触世界的监狱里，那存在于过去、未来与现在的时间秩序中，被强行剥夺的想象力，才是孕育世间神奇故事的源头。

而我，则是被他选择的答案，两个人相遇之前，就早已确定了结果。

“你明白了？太好了。为什么人们不相信自己的直觉？触觉、视觉、味觉、听觉迷惑了神奇的另一个世界？嗯？非要把一些事情有一个感觉或是什么理发的判断才会作出一个决定？”他故意把“理性”说为“理发”，他在显示什么？与众不同吗？为什么理发和理性能够联系起来，仅仅是他的一个口误？

“你瞧，你在想那个理发的事？那么，在这里能发生什么？”他的双手张开，站起来，又坐下，身体贴到离我不到三寸的距离，压低因为兴奋而颤抖的声音说：“每一个人都像你我一样？还是每一个人都是这个铁罐子里暂时的奴隶？不用这样看着我。为了到达某一个目的地忍受你不能忍受的？你有办法逃脱吗？嗯？”他身体猛地后仰，砰的一声靠在座位上，震得旁边张着大嘴沉睡着的人猛然睁开眼睛，慌乱地四下里瞧着，当看着他的邻座哈哈大笑时，竟也不由自主地跟着露出笑容。

他挤挤眼睛，嘴唇向旁边傻笑的人努了努：“所以，任何事情都是一样的，就在于能不能看到它的里面。我知道，你明白的，嗯？”他加重语气，指了指自己的胸前，再一次流露出笑眯眯的模样观察我的反应。扭转头，看一眼傻笑着的邻座，这个同路人头向后仰，又尝试着睡去。

我一直以为神神道道、说奇怪的话的人要么是疯子，要么是别有所图，绝不是什么天才，那是人编了个故事骗骗你，好让你认为他与众不同，根本是没有的事。我看着他的脸：古怪的表情挤出的笑容使得他的眼睛迸射出奇异的光彩，鼻翼呼扇着像一对张不开的翅膀，手指尖不时在眉毛上轻扫，仿佛是有什么东西趴在上面使他奇痒难耐。哈，这是一个在现实中失意的人，之所以引起你的注意，只不过是因为在这个移动的铁盒子里，他更愿意看着一双眼睛，而不是面对一堵墙或空气。这样的人明显就是“疯子”，所以看一个人是不是有问题，就是观察他会不会对着空气或一堵墙说话。否则，你可要小心。

我当时就是这样，我以为这只是旅途的一次偶遇，讲讲各自的故事，发现这个世界还有其他人的日子过得好或不好，抒发些免费的同情，或是暗暗心里有一个安慰，胸口不再有那么多压抑的琐事使人烦恼。大家只为打发时间而已，我却没想到这只是一个开始。

他的手又抓起鸡爪子吃起来。不过，这次他并没有与我分享的意思，他已经不用这样做了。他确实吸引了我，不管他是不是脑袋真有点什么问题，我倒是认为，他可能是此时此刻在这个扭动着身躯向前奔跑的大铁盒子里唯一逃脱了的人。

如果现在我的面前有一面镜子，那么我脸上的表情肯定非常奇怪，也许会惊吓到其他人，否则她不会“啊呀”一声，而他的腿不会被洒上热水，鸡爪子不会随着他刚才的得意被甩在空中不知飞向何处，那个以睡眠的方式和无聊对抗的邻座也不会猛然跳起身拍大腿。

之后的日子里她告诉我，当时我的脸上像是被人粘上了一块口香糖。这在后面的故事中，你会看到所有的一切场景。那时，我还不知道，她是一个空姐。这是在后来的后来终于来到的时间里，才会发生的事情。

不过我当时认为，这是她在掩饰什么，尤其是她面对我时不说话，只是默默地盯着我看的时候，要知道这意味着什么？可恶的是这只是一个漂亮女人的狡黠而已。此后当我站在天若岩[1]又一次面对着她的目光之时，我突然想起了这一幕，不过我想我不会因此掉进月光下的水塘里[2]。

“不过我看得出来，就算是真有，也是被他粘上的。我知道，大不

[1]天若岩：十洲地名。

[2]即后文中的月潭。

了是又一个人被他迷住。可惜，我不知道是该为你可惜，还是为他可惜。是可惜你错过了一个人，还是可惜他是人一个？很少有人能够听他说上10分钟，在他看来，这是因为他太正常。”

后来在十洲，我，则是迷住了她，你该不该相信这句话？就如同只要你生活在这个世界，就不会忘记她的倩影？我告诉她：“不对，不是我迷住了你，而只是有了一个可以被你思索的机会，而一个女孩子，对一个男人的行为有着奇怪的……或正常的思考，那就是你快被迷住了。”

“中国式的黑色幽默？而这只是迷住了而已，不会是别的什么，对吗？就像他对我一样。”她仰起头叹了一口气，在我看来这个动作美极了，一种冲动蜗牛般痒痒地爬上心头，对吗？是我的心头？这一刻我的思考仿佛没有了准确性，只是感觉到必须有一个词语来描述此时，但是看着月光下她近乎完美的倩影，心神迷离间，恍若梦境，却唯恐醒来。直至她的声音将我从虚无中扯回，重重地摔到地面，不，是拉回到她的身边。“就像这奇怪的……正常到迷人的夜色一样，也就只能迷住了我这样的人而已。不过，我和你，和他，是一样的人吗？为什么会迷住我？”

好吧，我承认，她在火车上的举动，让我好奇。好奇，这是不承认被她的美丽所俘获的脆弱理由。

那时，她手里端着两桶曾被人质疑有质量问题的康师傅方便面。她后来说：“方便面被辐射？我拒绝接受，但无能为力，该吃就吃，该买就买。包括我在内的人们都善于遗忘，并且，你永远不会知道所有事情的真相。”

火车咣当一声，像是打了个嗝。她一时站立不稳，方便面飞出去，在他的身上留下些汤汁后滚落在地，连邻座的腿上都挂着些方便面。我忙乱地接过她手里的方便面放在小桌子上，担心她随时会将手里的另一桶方便面洒落在我的身上。而她在他对她的指责声中回骂，在我看来，这完全不像是年轻漂亮女孩子的举动。她从紧绷的、裹着浑圆臀部的裤兜中，费力地抽出面巾纸甩到他脸上。邻座则小心翼翼地提起裤子，接过她递过来的面巾纸擦着污渍，口里倒吸凉气，抬起头上下打量她，眼睛里的怒火却一点点熄灭，终于没有说出一句话，自顾自地整理起了衣服，眯起眼睛吸上一口气，时不时装作没事一样侧目扫上一眼站在旁边和他大吵的漂亮女孩。

“这不像是一个漂亮空姐的所作所为。”我后来说。

“像什么？”她问。

我没有回答，我知道，她根本不在意回答。

那时候，车厢里有些混乱的场面终于平静下来。她坐在他的身边，漂亮的大眼睛冷冷地看着我。她的眼前，是我的微笑。她又扭过脸看了他一眼，他的鼻腔里像是要喷出火来似的急促煽动表示愤怒，这一对翅膀终于决定要脱离他的鼻子，但这个表情委实有些使人发笑。她起身坐到我的身边，眼睛眯起轻笑，她的声调拉长，缓缓对我说：“有没有烫到？真是对不起，你，不会见怪吧？”这种感觉很是奇怪，一句很普通的话由她此时说来，却有别样的效果。

之后我才明白，这句话也许并不是对我说的。

面对这样的女孩子谁会见怪？我记起这样一个句子：她不过是个普通的女人，可她总是让人难以捉摸。她的诱人的奥秘中，有一种捉摸不透的魅力。

分别时我终于知道了她的名字。对于此时的我来说，也许有了她的加入，周围的一切都变得简单。或许真如她所说，正如多年不见的老朋友，别说见面，想想都感觉特别亲：“这个感觉可不是每一个人都会有，尤其是我！有时间就来找我们，聊聊天也可以，这是我的电话。”灵蝶拉起我的手，从背包里找出笔来，在我的手心里写着：“不打电话可不行，不要担心那几个长途加漫游费。下次约好见面，一定要告诉我那个会说话的桌子的故事是怎么一回事，我想看看我有没有好运气，也能遇到那个孩子。”

我不确定是不是刚才说了会跳舞的桌子，她听到的却有会说话的桌子。我有些怀疑地看着她，又不好说什么，脑海中回想的却是片刻之前，看到她眼角流溢出意味深长的微笑。

他的脸色有些不好看，我看着他笑笑。只有我知道，这笑容只是迟钝的我对灵蝶的回应，是特别坦诚的那种笑容。这使得灵蝶对我的最初评价是：“你是一个有趣的人，只是过于木讷了一些。”后来，当灵蝶站在天若岩一块突起的岩石之上，对我说出这句话之后，我还没有来得及回答，她便回转身来，“你在想我接着会不会跳下去？”随后便在月光之下向前踏出一步，碎石纷纷落下之际，她说：“我不会，因为当你在想的时候我完全可以跳下去，而我现在还站立在你的面前。”

我不知道怎么回答她，也不知道在那一刻该如何面对她，我的意识僵硬如她脚下的天若岩。很长一段时间之后，当我回想起她转身时的情景，我才意识到不管怎样的回答都只会使我落入一个圈套，我只有沉默。我感觉到很奇怪，让我想起来原来这种沉默，在与白雪接触的过程中发生了多次。我想那时就和君九[1]一样，在她眼里或许只是一个孩子。这也成了当清容在听我说出这一切之时一模一样的反应。虽然她没有说出口，她的眼神却像是在看着君九，如同她在听到我询问那张会跳舞的桌子得到肯定的答案之后，我的手放在胸前一样。

或许正是这样的眼神促使他一把扯过灵蝶，这个动作让我皱起眉头。他狠狠地将她搂在身边，大声地说：“从此以后，我们就认识了，看看现在是什么时间？7点22分，好，能记住这个时间吗？如果下次见面了我会问到你。嗯？我还等着和你好好聊聊，反正都已经来到这个陌生的

[1]君九：十洲上的人物。

地方，鬼才知道为什么要来这里，能不能现在告诉我为什么来这里？我们还要走多远才能走到你提到的那个传说之地？嗯。”他低下头看了一眼在他怀里挣扎的漂亮女孩，“我预感到，我们之间会有什么伟大的事情发生，这会是爱情与友谊的战争开始前的序幕吗？”他抬起头看着我，脸上有了一丝笑意，“嗯？”

看着两个人乘车远去，我的手心里竟然有些出汗。她的手冰凉，却仿佛在融化着我的手。后来我想，我也许是担心手掌里的汗水把那几个数字弄消失，不过这个想法刚开始便结束。伸出手掌，1394568，几个娟秀的字迹在我的掌纹中排列出一个妩媚的圆圈，映衬着火车站广场有如外星飞碟般灯架上的几个探灯，灯光下细密的汗水在手掌中竟然有些闪闪发亮。

我突然感到嘴角向上牵动，眼睛微微眯起，眼眉上调，气流从胸腔迫不及待冲将出来、挤压着空气。我猛然觉醒，努力抑制自己的情绪，却忍不住，发出了轻轻的声响。

我知道，身体内抑制不住的力量使我笑了。

三

夜色从黑暗中窃取了神秘的力量。

静听隐在黑暗中的时间在石英钟快如疾豆的声音中奔跑，我不由得感觉到迷离，是时间在从我的身边流逝？是她在无情地离开我？还是我的生命在庄严地向我宣布时间的逝去？明知如此，而我却毫无办法可以挽留她。

假如没有时间的存在，我又以何种方式去感知我的存在？这个想法无疑使人放弃现实的思索，醒来后努力回忆简直使人头痛欲裂。找根香烟点燃，却又不想抽一口，或许只是想点燃它，耳膜中传来那一点如豆光亮在黑暗中滋滋响起的声音，使我感受时间的离去，生敬畏之心。把烟放在桌子边上，看着它在黑暗中燃起，却如我一般。此时真如某人，“心绪踌躇，状如浮萍[1]”，仿佛什么地方也难容下我的身躯。

这种感觉压迫着我，退无可避，逃无可逃。我努力去想任何事来逃脱这种漂浮之感，我强迫自己的视觉浮现白雪的镜像。

就在那时，我突然看到，在她的身体之上盛开了一朵没有颜色的花朵[2]——不是白色，而是没有任何颜色。是不是……只是因为她没有颜色，我才会注意到她？尽管我常把白雪称之为是“解语花”，但我绝不会想到她会以这样一种面貌出现。

她孤零零地怒放在我一个人的面前，这是世间最奇特的独一无二的一朵花，而她只为我开放，或是因为花的开放，才证明我的到来和花的存在？而在此之前，这朵花并不存在，只是因为我，没有颜色的花才存在，或者只是因为没有颜色的花，我才来到这个地方看到她？冥冥之中我与她的相遇是注定的？

这朵怒放在我面前的没有颜色的花来自哪里？我所存在的世界之内？我所存在的世界之外？她来自哪里？天堂或者地狱？如何来到我的视觉之前？为何来到我的视觉之前？我的视觉创造了她？我无从知晓，唯一可以确定的是：我出现在她的面前，而非她出现在我的面前！因为她是无果之花！怎能追寻？是否先我于存在，在时间的世界开始之前？我只能追随着她，在她的微笑注视面前！那么是什么在我与她之间架设

[1] 引自日本最早的诗歌集《万叶集》。

[2] “没有颜色的花朵”指解语花。解语花，取自《开元天宝遗事》：“帝（唐明皇）与妃子（杨贵妃）共赏太液池千叶莲，指妃子与左右曰：‘何如此解语花也’。”后遂代指美女可人。

了一座相遇的桥梁？使我得以窥见她绝世的风姿？

我看到这朵没有颜色的花的花瓣一片片飘落在无形之中，是不是因了我的存在使得它飘落？在她面前，在飞舞着的花瓣落下之时，我分明感受到花的哀伤。我不知道，是否因为我的存在，花的哀伤才会是哀伤？

我觉得是因为读者不是我，有过如此经历的人就不会说是荒诞的。而这件事情本身是在我的视觉中创造的影像：在白雪身体之上绽放的一朵没有颜色的花，或者说甚至是一朵没有人见到过的一朵花？怎么知道我说错了？如果说这是非常荒诞的一件事情，这只是一个梦？不确定了？**有时看着一些事情的发生会认为荒诞本身才是最为荒诞的事情，只因视觉创造的影像的不确定来源，便无法确定是确定之物**。谁知道？花朵为什么就不可以是没有颜色的？只是因为没有见到过没有颜色的花朵就可以认为这朵花不存在？正如那张桌子为什么会跳舞一样，是桌子在你的世界中从来不会跳舞吗？抑或只是因为你的世界中没有一张桌子在跳舞，就可以判定这个世界上就没有会跳舞的桌子？如果是一张只有两条腿的且会说话的桌子呢？那么你是否会懂得另一个世界的语言？会不会还是觉得很荒诞？三条腿的会说话的桌子呢？随着这张桌子渐渐地像一张桌子了——只不过是像你世界里的桌子了，你也许会闭上嘴重新思考？为什么是两条腿的桌子，假如它的词语里有“两条腿的桌子”这个词的话；或是这朵没有颜色的花反而认为人很是荒诞？从花的角度来说，不可思议的是创造无色之花的视觉没有这种想象的思维能力，以为这会是世界的全部，人怎么会认为一朵没有颜色的花会认为人是荒诞的呢？可你怎么知道花是不是也是这么思考的？

一个梦境而已，在梦境中我与我争吵不休。我笑了，却无比沉重，仿佛笑容成为压在肉体上的万斤坠物，我的身躯在重压之下化为包含有骨头渣的一摊肉泥，这正是没有比这个更为荒诞不经的事情。这只是庄周梦蝶，身体之醒尚未回应意识之醒。可使人哀伤的是，诸种可能性被你粉碎如没有颜色的花瓣飘落于无形。

这样的思考使人极累，或者这不能称之为是思考，而只是漫无目的、随性的胡思乱想而已。尤其是在一个陌生而且熟悉的地方找到了临时的居所，安放你旅行的身躯，这种感觉会越发强烈。仿佛是一个绕来绕去的跑道，起点既是终点，却只有在代表胜利的最后的那一圈之后，人们才会认为某一个人是胜利者。

有意思的是，谁创造了这一切?

天亮了，在这个有些简陋的、标称三星级酒店却只有电风扇的房间里度过了最初的使人沮丧的时间。如同在城市高楼工作的白领，起床、穿衣、洗漱，夹起公文包冲出去，往往是看到出租车的屁股卷起尘土离你而去。支起耳朵倾听发出种种沉闷声音的街道——这个城市的人们开始了他们新的一天。

没有什么不同。实际上和任何一个城市相类比都是相同的，只是一些不同的人和不同的钢铁水泥、不同的街道和不同的四个轮子的汽车而已。那为什么我们还会乐于从一个城市到另一个城市? 这是谁说过的话? 按说书人常用之语，“就此打住，此事挂牵”。

睡眠不好使我的头脑像年久没有上油的钟表，上满发条后每走一步总会使得一些锈迹跌落下来，犹如时间一去不复返地离去，却总会留下一丝痕迹。现在既然在过去与未来之后才会发生并且标有不确定的印迹，那就不如不去想他。我得把这清晨的陌生感压抑在心底，因为没有哪一个人愿意看到一个皱着眉头且铁青着脸的人，来影响他一天的心情，哪怕是并不相识的人也一样。

我有时觉得很奇怪，我为什么会装作心情愉快。某些时候有一些心情如某一个雨天过后，绿绿枝叶上的一滴雨露，难道不是另一种难寻的状态？为什么非得心情不佳之时，要装作另一个好像不是自己的人来告诉他人，你非常乐意说一声今天天气不错？

9点52分，视觉前被创造的影像依次排列：天空静静地展现云朵姿态的奇异，没有一只鸟儿飞过。

这个地处偏僻的县城似乎有些熟悉的味道了，我故意绕了一圈又一圈，只是为了能够第二次、第三次地走过那条街道，让卖早点的小老板一次次出现在眼前。这很无聊，却是我此时唯一能够指挥身体去做的事情。

街道两边有了一些人或是景色有些亲切的意思，还有路边那个准备收摊的早点铺，忙乱过后坐在凳子上惬意点起一根烟的小老板看着也不再陌生。熟悉的街道或人群总会让一个人感觉到舒服，这意味着我没有被这个城市所抛弃，最起码暂时与这座原本不属于我的城市的距离拉近了一些。它不会理会一个陌生人从哪里来，去往哪里，它暂时接纳你，一个为了不再漂泊而漂泊着的普通人。

"为什么青石板铺就的小街巷只会出现在这样的地方？"我坐在早点铺的有些油花的小板凳上，接过小老板端过来的小米粥——在这个地方能种小米吗？

"那就由你来把这青石板搬到你那儿去？"只有我一个客人，也很少有人在这个时间来吃早点，如果真的如常人所理解的那样，在什么时间就该做什么事情的话，那么，在应该吃早点的时间我在干什么？心绪踌躇，状如浮萍，仿佛什么地方都难容下我的身躯。还有那一朵没有颜色的花怒放在我的面前。

旁边两个大木桶里放着使用过的碗和碟子，看样子生意不错。小老板伸手打开地上的小木箱，从里面拿出一个罐子，夹出点儿菜放在碗里，端过来放在我的面前："尝尝，这是自家吃的。"

我笑笑，面对这样的热情你是不能拒绝的。夹起一筷子尝了一口，小老板笑出声来。

“我看见你在这里绕了几圈，你不是本地人，你是干吗的？不是真的想把这青石板搬走吧？”

我没有料到小老板会这么幽默，不提防鼻子里就吸进了米粥，急促地咳起来，眼泪也逼出来了，这倒是一件乐事。“我要去那里。”我平息了咳嗽，指着远方说。和一个不相识的人说我要去做什么是一件很古怪的事情，他是否会明白我的意思？还是只想要一个交流的机会？

小老板“噢”了一声，那大张开的嘴伴随着他的头上下晃动着，“那里很远，为什么要去那里，找这里的青石板？青石板可不好运出去。”他的嘴巴确实很大，唱歌的人是不是都有一张很大的嘴？

陈绮贞是一个著名的歌星。她有着同样的名字。她的嘴唇，性感的嘴唇，笑的时候张开很大。她说要张开大嘴，把我一口吞下去。

“不是。”说不说呢？告诉小老板我的目的地其实是十洲？

对着一个陌生人倾诉会是一种解脱。他的嘴张开确实很大，他的歌声应该会从那个洞里跳出来，至于听起来会怎样，这就不知道了。

“是这样，我有一个非常非常好的朋友。告诉我每次从这里经过总会觉得这里是最美的地方，但是她从来没有来过这个地方。她又没有时间，所以我想，我就代她来了。”

“从这里经过又从来没有来过？”小老板的眼神中流露出疑惑。我突然想起，她总说会有惊人之举，对于某事有疑惑的人总会把不明白的事情记在脑子里，但这只是遗忘的前奏。

“她从这里经过。”我指了指天上。

“噢，人没了。”小老板点了点头，转过脸看了看在一旁的女人。

我不知道该怎么向这个小老板解释，只好笑了笑：“她是在飞机上看到的这个地方。你明白，她的工作是在飞机上。”用手摸一下胸膛，奇怪的是，我的心并没有跳得那么快，以至于我能听得到自己有规律的心跳，而这正是我所渴望的。

我的听觉创造了什么？需要存在于过去、未来之后的现在的记忆来告诉我。

“你为什么会捂着心脏？”她问。

“我在想把那几个字刻在这里时会不会疼？”我答。

“你为什么会捂着你的心脏？”她问。

“我在想你的行为会让我感觉到……”我不确定。

“感觉到你会伴随着我一起跳下去？”她笑。

“你的手为什么会捂着你的心脏？”她笑问。

“我并不是不相信，我在想当那张会跳舞的桌子出现在我的面前时我会不会相信。”我笑答。

“你会看到的。”她肯定地说。

我静静地等待，事情并没有发生。一丝遗憾弥漫，我只能对我自己抚慰一番。

“明白，明白，她是在天上看到这里的，对不对？你们这些有闲钱闲工夫的人呐！”他的心里会是这么想的，并且会把我记在他的脑子里，当作一件乐事去向某人诉说。小老板转身向着女人：“你听明白了？她是在天上看到这里的。看人家，这日子过得就是不一样，从天上向下看，觉得不错就要来地下看一看，那要是都看见了……唉。”回过头看着我笑，“你说的那个人是一个女人吧？那可有你看的了。”他转身意味深长地看了女人一眼，转过头来冲着我尖声乐了。

“真是一件乐事。”对于他来说。

听到小老板的这句话，我竟然一时觉得，这个我从来不认识的陌生人，在这一刻是最能理解我到底说的是什么的人。

四

这个判断对不对?

渴望的休息会不会最终成为折磨你的刑罚?我抬起头,要知道一个人在一段时间里一直平平地躺在一张床上,这个姿势非常累人,但是我想看一眼窗外的天空。

我静静地躺在略一翻身便会咯吱作响的三星级酒店(它欺骗了你,但是你接受了)的床上,任由电视机里的节目传出噪音。对于我来说,不喜欢的任何声音都可以是当作噪音来理解的,只不过不想关掉它,是为了掩盖隔壁房间更大声的噪音。

"……是不是你说了算……"一个男人的声音透过墙壁鼓噪而来,我的思绪不得不被吸引。你不能享受一个人的世界。**谁躲藏在巨大的时钟里叫醒每一个深感孤独的人**?肯定会。他拿定主意要干自己的事,他脾气暴躁。

我突然发现,自己的思绪无法集中,被隔壁的声音所影响,竟然被这莫名的声音所左右。

昨天的此时,我来到这个不知名的地方,也许我根本就不想知道这里应该叫作什么,而只想知道此时此刻,我来到了这里,来到了这个被她在飞机上看到的称作非常美丽的地方。会是这个地方吗?

9点52分,她的飞机总会在这样的时间飞过这个地方的上空,我在一步步接近她,既然在她看来,这是一个有着迷人气质的地方,为什么直至现在她的飞机还没有出现在这片天空上?也没有任何巨大的轰鸣声穿过我的耳膜,是她不在我的视线中?还是因飞行高度的缘故而使我看不到她?我和她不在一起,而她会看得见这个地方,却感触不到,那么美在何处?我真实地踏上这片为她所喜爱的土地,却看不到她的模样。我不知道，这或许正是她的世界与我不同的地方。现在，这个地方我代她来了。我知道，会在十洲和她相遇。

“……你不想这样，到底是……搞成了现在这个样子……”到底是谁搞成了现在这个样子？杂乱的沉重脚步声使得整个楼层都在颤动，一个房间里的人可以有如此巨大的力量。这个时候飞机的下面是什么模样可以使一个人心醉不已？就像是在清晨看到了初升的太阳，然后踏着轻盈的步伐想去哪里就可以去哪里，自由自在地在任何地方停留，诱惑着路上的一切欣赏着自己。

是否有人可以去决定你的行为。我觉得她的时间会是我的时间，我在同样的时间来到她喜欢的地方，为什么感受不到她的欢喜？是两个人之间有了距离，还是我根本就不会感知她的心情？那么，这个地方的美丽就只能是属于她的，而不会是我的。属于我的，只会是她在谈起这个地方那一刻时的一种心情，而这种心情使我感受到她的美丽。

那么我为什么还是要来？沿着路上的青石台阶小心翼翼地走过，仿佛那里有水，雨后的清水并未流失殆尽，仍给人幻想远去的时间。是什么引导我去往何方？孕育出此刻的心情，仔细瞧瞧，是一片黑色的森林，听一听，泉水的声音距离很远，找不到是在哪里去往何方，隐没于未知的地方，涉过水面和她紧紧地拥抱，时常安详而且幸福地闭上眼睛，我们。也许去往何方并不重要，重要的是在某一个时刻身在何处？

来了！我们！她，他。你，我。所有的人。

“……谁听谁的，谁听谁的……就是那幅画……”

这是一件非常有意思的事情，可以代另外一个人感受时间于某个地方，我怎么可以告诉她，我于此时此地看到的眼前一切？同一个时刻，我的时间会不会成为她的时间，使她感受这里的美丽。或是我所感悟并描述的这个地方，能否是她所感受的美丽？思考一些本无答案的问题是一个打发无聊时间的好方法，放任你的任何想法如野马般狂奔，而不是寻思找一根缰绳来使它驯服。抢在巨大的钟表所显示的时间前面，犹豫着尝试走近是没有用处的，这个想法使我的心跳加速，但我不知道怎么才能这样做。就这样老生常谈的奇怪时光，就像燃起的一根烟慢慢化为烟灰落在地面。

他的脾气很暴躁。她不会忍受，她的一派风度会使得每一个见到她的人去想象绅士是什么模样。现在正是考虑这些的时候了。

“……个大混球，你有病……几个小时前……不要和我再说‘孤雁不……[1]’”

我正在犹豫是不是要把电视机关掉，但终于还是没有起身。那一刻本来是想起身的，是的，我应该起身走出门去，敲开隔壁的门……但是敲开以后，我会对着某个不知来自何处的陌生人说些什么？或是什么也不说，只是请他们注意一点儿。那么注意什么呢？我的表情为难，兴许隔壁未曾谋面的人能明白我的意思，说实在的，这可是挺难办的事情。

“……你，离不开你……爱你，你走……”

越来越不成语句，只能偶尔听到断续的几个字，是电视机的声音太大，我应该把声音再调高一点的。既然我的思绪已经被打乱，听听别人的故事或许也有利于此次未知或已知结果的旅途，可是我怎么会不想起身？我的目光看着墙壁，想象对面的房间里正在发生什么，这是很奇特或是奇妙的一种感觉。这种感觉只有身处其境才能体会。因此或许是奇妙，因为极似童话中的魔衣橱，打开之后就是另一个神奇的世界。也可以说是奇特，我的心脏有力地跳动，目之所及都在告诉我这是在某一个地方真实发生的事。如何来表述呢？仿佛世界在向你打开不同的门。虽

[1]取自杜甫《孤雁》诗：“孤雁不饮啄，飞鸣声念群。”

然身处时间的同一水平线上，只不过身处不同的位置，却会是两个世界的人，一个人的生活轨迹由此分向不同的方向。会是两个世界的人吗？她会不会在飞机上，如果她此刻正在从这里的天空飞过，她会不会感受到，我在此时会和她的世界相连？

“……着脚来……看不到你……”似乎是有哭泣的声音传过来，但是我不确定，为什么一定是有人哭了，只因为我模糊地听到了什么？一堵墙的距离就可以作出这个判断？

我的目光转向两层钢窗之间，几只不知名的飞虫上下往复找寻着一个出口，可谁又知道这几只飞虫是不是在做着不知疲倦的游戏？是什么时候？记得是小时候。是什么情况？记得也是这样的事情。也是这样的几只飞虫吗？也是几只飞虫飞旋在窗外，往前一下又一下撞击透明的玻璃。屋内温暖的灯光吸引了飞虫们，这样充满难解诱惑力的灯光对于飞虫们而言可是真实的。

“……几天呀……你变了。是你变了还是我变了……”声音交替出现，这使得我不得不暂时放开那几只飞虫，不自主地屏住呼吸仔细倾听。虽然我并不想这么做，但是这个时刻就像是入了魔，下意识的，隔壁的存在影响到我此时的存在形态。本来，我在想什么来着？我们身处同样的时间，却经历不同的境况，这真是非常有意思的一件事情。也许可能是这个？我的思绪根本无法集中。

“怎么会来到这样一个破地方？我真是着了魔了才会来！”

看来着了魔的并非只有我一个。隔壁传来很大的某种物品破碎的声音。巨大的声音将我从床上震得坐起来，位置就在电视机旁边，挂着镜子的方向。我看到，我在镜子里抖动，还没来得及冲着镜子里我的这个怪模样笑一声，镜子便啪的一声从墙壁上脱落，从饮水机上方飞出去，像是一个老人不小心绊了一脚，摔在铺着廉价地毯的地面。

"……以前去……画……那里也没听到你说什么，你的心长毛了，你的心变了……"

是一个女人凄厉到嘶哑的喊叫声，这已有点不似人声，像什么，像被人捏住了嗓子挤出来的一句，尖厉、变了调。像是从一个人手中夺走他最爱的一件物品时的样子，而这时这个人已准备玉石俱焚同归于尽。这是我听到近在隔壁，我所不知的世界里一个人所喊出的最后一句话，然后是你独自面对一座大山时的寂静。说来也怪，伴随着电视机播放的剧集里男男女女的吵闹，却静得隐约能听得到飞机的轰鸣声渐渐由远及近，向我侵袭而来……

侵袭而来，
圣洁的灵魂，
你不能离开这里，
我是一个哀伤的傻瓜，
他们把一张床弄得吱吱响。

五

不能被压抑的声音无处不在，犹如被曲解的词语总会给予人符号化的象征性解读。那么如果记忆是逝去的时间，在尚未到来的时间里如何回忆？

我到底……这是怎么了？为什么我要来到这里？这里就是我要来的地方吗？自从我踏上这里的土地，仿佛一直有一个声音在我的耳边鼓噪。我极为厌烦，我认为这是许多在我的生活中没有意义的事情范围内最为无聊的问答。

"你在自我放逐？"

有这个必要吗？

“你是在自我放逐！”

为什么我要来惩罚自己？

“除了不一样的面孔，和一听就是外乡人的口音外，你和周围的人没有任何区别。”

……没有……任何……区别……

“从未有过的孤单。”

从未有过的孤单，是的，我感觉到从未有过的孤单……

我深深地感到恐惧，我不愿意在一个陌生空间里待下去。视线内没有丝毫令人感觉到一个人曾经存在过的痕迹，我宁愿没有任何目的无所事事地走到有人的地方。这个太迟了的决定使我得救，于是我漫无目的地走出酒店，外面的天空很蓝，是令我很舒服的那种蓝。我的目光甚至有些贪婪地看着头顶上的这片天空，久久不愿离开。直到我的脖子酸得有些僵硬，直到我的眼睛中的天空渐渐地变为了灰色，直到眼前的变化使我感觉到恐惧。我极度愤怒，可我的愤怒连一秒钟不到就消失了，有一种变化在我的身上发生，虽然我不知道那是什么。

我不愿承认，我喜欢的蓝会渐渐地变成灰色，虽然这和无法阻挡的和数不清的难以接受的事情一样，使遇到的每一个人感到眩晕。它就像黑色的长发中却有着显而易见的一根白发，等待着的快乐却并不是你看到的模样，虽然你可能再也见不到解语花。

我缓缓低下头，瞧着脚下飞扬着尘土的地面。皮鞋、布鞋、球鞋、露脚趾的鞋、不露脚趾的鞋……穿着各种鞋的无数双脚残酷地将我拉回了现实。我认为这是残酷的一面，但是同时我却觉得有了些许的慰藉。

我极力想从街边上找到一些似曾熟悉的景象，这在任何一个城市对于哪怕是陌生人也不是件难事，总有些情景确实是会发生过的：牵着妈妈的手双脚似乎离开了地面前行的孩子，总试图对吸引他的那些玩意儿打个“招呼”；打开店铺迎客却连头脸也来不及梳洗的小商贩，已经把音箱开到最大声音，宣告今天又一个好生意的开始；或者是耳朵里塞着耳塞，却在不断说昨天、前天、大前天琐事的看不出是学生还是职员的年轻人……但种种都会毫无例外地使我感到眩晕，而这种感觉恰恰是我极力阻止的。我只想找到一种东西，取代在我身边盘旋着的莫名的恐惧，如果这是代价的话，眩晕与恐惧的交换只会使我放弃抵抗，而抵抗是我唯一感知此时的证据。

就是在这个时候，我又一次看到了那朵没有颜色的花，我知道，这朵无色之花最终会指引着我与她相遇，随着周围无数双脚所荡起的微风摇曳，像一个最迷人的女性那样展现着自己曼妙身姿。我为她倾倒，她却使我有些迷惑，是的，迷惑。很多时候都是这样，在所感知到的能给你片刻幸福的时刻，你总会感到有些迷惑，或是因为这异样的幸福有一种不确定感，使我只想赶快将她握在自己手中。我的眼前有了无数的亮点，我俯下身去，那朵花却慢慢地离我而去。我赶上去，她始终和我保持不远不近的距离。

我就以这样的姿态在青石板铺就的街巷呈之字形走着，我的心情正像是寻找宝藏，如此的境遇散发些许虚幻的味道，表层的渴望却又使她展现在你的面前。无数景象在我的眼前铺陈开来，我有些莫名的兴奋，但我清醒地知道，这只是我痛苦的开始，交换的是未来，而得到的则是某种虚无。在某个特殊的时间，是什么时刻？夜里？白天？是在哪一个地方？天涯，或是海角？可能都会感受到这一点，直到不可思议的幻化为此刻。我细细地、贪婪地咀嚼着，生怕它淡淡地隐去，空让人思念，只留下孤独后的恐惧。我不愿让这一刻轻易溜掉。

我越来越近，却又似在一步步地远离她。角落里，隐藏着的幸福正在悄悄地经过，是什么使她以独有的方式来到我的面前？却让我在她的逼迫之下欲迎还拒？

这不比相聚更使人高兴，也不比思念更使人悲伤。她是怎么说的？我的头脑里一时无它，被这一句话搅得像一个醉酒的人第二天睁开眼睛时一样。我依稀记得，她说过："如一艘出航的小船遭遇了暴风雨后远远地看到了泊岸，船上却不曾有一条鱼的收获。"她喜欢的是一条船，一条飞行的船。

"漂浮在云海之上到底是一种什么感觉？"她问，

"会不会是在梦境之中飞翔？"她问，

"月光下不断闪动的粼粼波光会不会照亮我们的归程？"她问，

这些话就像一个人在你的心底烙下准确无误的痕迹，总会在某个时间里冒出来。有时候我觉得她更像一个诗人或是一个作家，而不会是我。对于语言我渐渐失去了感知的能力，或者对于真实的渴求只会是一种遗忘，我也许从此不会再对世界有使她惊喜的另外的表达方式。

"因为，你是一个作家。"这是她的开始，却正是我的结束。有时候两者之间的界限像是现实与梦境的界限。我无法得知这是什么时间发生的，而这一点，对于一个有着敏感内心的作家来说，却正是感触世界的能力渐渐失去的时刻，并且是梦境，并且是现实。作家，这两个简单的字给我带来的恐惧与痛苦，永远会比我给予她的快乐与羡慕要多得多。

"每一个人都会是一个别人无法探知的世界。"在这个时刻我只能这样回答她。我不明白的一点是，为什么会是她而不是我来说这些动人的话，但是并不是说我在你的面前就会成为一个说话颠三倒四的人，尽管是你在听我诉说。这样我就会成为一个在你的面前看着你那使人妒忌的面容却十分孤单的一个人。我想要努力改变这一离奇的境遇。为什么她会成了我？我成了你？我们之间无法分清彼此？或者只是一个人不同的侧面？把缺陷隐去，将值得炫耀的每一个侧面组合起来，最终成为一个完美之人？

只是一种完全抛弃了自我的迷恋，不会让一个人失去思考的能力，而我在此之前竟然并没有想到要去作一些抵抗！我或许挣扎，但是却使得这一过程变得充满了另类的乐趣。沉迷是由此而生的吗？**选择什么手段作为我和她调情的过程，从而赋予了此时的我们荒谬与陌生感**。

在这样的时刻，总会感觉到她离我远去，而我总会仰起头看着她御风而去。

因此我来到了这个地方，并将继续前行，直到十洲的山水出现在我的视线之内。

那朵没有颜色的花在我的面前怒放，在我目力所及之处跳跃着在青石板上前行。我用惊慌的仿佛被诅咒的手去接近她，犹如一个第一次出海的渔夫望着水面祈祷着撒下了他人生中的第一网，而在我听到一声问候之前，我的脚步犹如踏入了云端……

六

这是一个使人着迷的时刻。你认为这里不过是一个中转站，休整一下就要去真正迷人的地方，其间似乎已知结果的等待使你兴奋。

你在认真诉说，于是我知道了你的名字。于是知道了门在你的身后重重地关闭，当声音响起的时候你的左脚已经踏在台阶上，背包还在你的背上不安分地摇摆，你的左手已将一串钥匙扔出开着的楼道窗户外。你曾经无数次望着那打开的窗户露出的长方形空间，做欲丢势练习，当听到钥匙哗啦一声撞击在窗户的边框反弹、最终斜斜地冲出去的时候，你的脸上并没有笑意。

按照你的说法，是这样的？对吗？

你是在一个朋友那里听说了十洲，你认为这对一个总是漂泊在异乡的人来说，是一定要去一次的地方。你从来不觉得你生活的城市是你的城市，你总是设法离开她，直到你很久以后又想念起早晨的小米粥与咸菜、油条。于是32个小时的火车旅行之后，接着面对近10个小时的长途汽车，也并不会让你感觉到这真是一次艰苦的旅程，但只是这样吗？你总是和其他人有那么一点不同的地方，这正是你所骄傲之处，却也正是你承受压力之所在。

“不是吗？”你问。

你打了一个哈欠，连日来的行程总会使人疲惫，从一个地方来到另一个地方，直到疲倦使得身体麻木，于是在这个时候，你发现了在星空下可以睡得最安稳的经历。曾经困扰你的心绪不宁在另一个地方悄然散去，像是在迷雾之中找到了方向。一道阳光从你的上方倾斜而至，一点一点给予了你光明。你不愿回到属于你的城市，这里有你熟悉的一切，却唯独没有使你感受到被接纳的状态。不知从什么时候开始，你每天躁动不安，**起床后的空白成了一个仪式**，**祭台上陈列着的道具成为你的所有**。你渴望可以从容地在大街上行走，而不是急急地去赶已经启动了的公共汽车。你渴望不是最后一个打卡的人，单位里的“小头目”阴沉的脸色仿佛永远在你身体上扫视，是谁给了他这权力可以去审视他人？

你只能忍受，**却不能逃离**。

有那么一刻，酒精成为你的麻醉品，你尝试重新去规划生活，但你发现重要的不是你，而是你周围的人。于是你成了一个在时间中痛苦反复着的一个人。生活的轨迹或许就像是运动场里的跑道，对于你而言却意味着只要发令枪响过，那么就不会看到终点，终点是否就是死亡？痛苦着或是幸福奔跑的时候，你想到了退出比赛，这是你逃离的途径。

作弊并不是你的选择。挣扎着停下，笑容却并不在你的脸上。

说不清楚是哪一天。也许是在你出神思考某件事的时候，也许是在一个聚会上和同事或朋友开怀畅饮的时候，你发现这个你似乎熟悉的世界在某一个时刻突然就不认识了，周围的一切就那样改变了模样，陌生感使你胆战心惊。你就是在那个时间里陷入了绝境，清晰变为模糊，简单变为复杂，仿佛你看到的世界已然没有了颜色。突然你就想起了一句话："为什么要吃野菜呢？现在还有人会去吃吗？不吃就只能饿死，最终还是……"

你说："是她说的这些话。"

但是我并没有问过你。

你不愿夜晚的梦想随着阳光的来临而消逝不见。你不愿再忍受，但你没有勇气走出这个熟悉的世界，于是你仍在忍受。是否痛苦已不再重要，你知道，这一切终究将会过去，你已经快要有些麻木。没有人愿意在这种状态下生活，就像岩石渗出湿润，一片一片聚集于一点，终于凝结成一滴水坠落地面。于是什么好玩的、有意思的事情都会成为你暂时的栖身之处，你惧怕一个人的时间，又渴望一个人和时间相处。你不想这样下去，你认为你还有很多事情要做，但这种情绪阻碍了你，你不想让时间吞噬你的生命。

你知道，你在等待一个机会，不知道什么时候会来到的机会。

有时候你觉得你活着，那是什么样的一个时刻？有时候你觉得就像是一块石头，你清楚地知道这是不对的，你不能这样浪费你的时间，你还有多少时间可以浪费？看一看隔壁的一个人在一天早晨突然就成为一位老爷爷，这种感觉让你莫名恐惧。别人的世界最终会成为你的世界？或者为什么别人的世界不会是你的世界？你不该这么想，或者说你不知道去哪里寻找。你尝试换另一种方式，但最有可能发生的是，这一刹那之后，便又重归于庸碌之中。你感觉到了从心底泛起的痛楚，使你在床上呻吟着打滚，你的生命在挣扎中喘息，等待不知何时到来的下一次机会再次使你苏醒。

你说，这一切，我总有一天会经历到。

我现在认为，你说的对。

你不知道为什么会这样，那些从小就背诵的格言警句，对你来说更多的时候只是一句格言而已，在恋爱的时候从嘴边吐露几句会博得佳人的欢心。她是那么崇拜你，但也仅限于此。就像是昨天夜里那两个争吵不休的人，他们是恋人？旅行总是使得恋人们更为亲密，如果说哪个地方能够立即分辨出一对情侣的话，那毫无疑问就是在旅行的途中。两个人腻在一块旅行还不互相讨厌，那就在一起吧！不过，你不再对她说格言，她也不再是眼睛睁得大大地盯着你，那是什么时候发生的事？

在旅馆的房间里总会发生各种各样的故事，你觉得这两个喋喋不休争吵着的男女是在玩，是在自得自乐，找一些能让精神为之一振的刺激。很多人以为不能在一起了，实际上，俗语讲，打架的夫妻不会离。画眉深浅入时无，那样的时刻，有谁会天天对坐？你笑一笑，没有争吵似乎意味着没有了话题，彼此之间不会再和对方说一句话，多么可怕。而争吵也就意味着还是想让对方理解你想说什么，两个人还是在乎对方的。

“你不想这样。”你模糊听到的这一句话让你觉得，这两个人还是彼此相爱。

祝你们晚安。

你走出了旅馆，你极想看看这两个人长什么模样，他们要去哪里？但是这个念头只出现了短暂的3秒钟，你作出了一个决定，你看了一眼收银台后墙壁上挂着的钟表，8点02分。3分钟之后，如果他们两个人不出现，那么你就要出发。然后你笑了，为什么时不时会有这种奇怪的想法，他人的世界不会按照你的时间来运行，当然，他们是不会出现的。

你背起行囊，跨出旅馆的大门，走进这个陌生的城市。街道的早晨就和所有人的早晨一样，没有梳洗总会显得灰头灰脸。于是你想点一根烟，为突如其来的想法庆贺一番，这证明你并不是麻木到任由痛苦占据身体，你还在观察这个世界。

你走着，你并没有去询问，也没有打算去询问，你一直认为这个怪怪的决定可以让一个人享受一次傲慢。这个词挺怪，但是你愿意使用一个随心所欲第一时间在脑海里闪现的词，这也许是最为真实的感受。虽然大多数人不会这么做。这样一直走下去，凭着感觉会到达那个地方吗？你相信你会。

“你相信你会？”当你来到了十洲之后最后离开十洲之前，你对李飞刀说出的就是这句话，你并不相信灵蝶会如李飞刀所说。当你在鹤鸣化看到那一幅使你的呼吸几乎停止——用你的话来说：让人不知所措的一幅油画般的最美的图景之前，你并不了解你自己，同样并不了解的还有这个被你抛弃的世界。

“你相信你会？所以最后一个离开？”李飞刀的话在你理解，只是因为你还没有来到。

此后在离开十洲的日子里，你无数次想象再次见到灵蝶的情景，你相信你会。你清楚地记得，从灵蝶的话里，你仿佛闻到了巧克力的味道。

在你走进这片土地之际，没有来到的时刻之前你为这个念头莫名激动。你已很少激动，为了这个普通的在他人眼里也许很荒诞的想法激动更是难得。你想愉快，你对着每一个人笑意绵绵，就连那个在路边早点摊忙碌着的小老板也抬起头看了你一眼和你一起微笑。你为了这样一个微笑，决定坐在那里，去吃一个微笑着的人为你端来的一碗小米粥，这个决定使你在付钱后离开时感觉到快乐。

“再见。”你说。

是什么时候的事，你迷上了这个时刻？

你知道这里有一个人能听得懂鸟的语言，不管是什么鸟——清容，她是十洲旅馆的小老板。你不会相信，但这是多么神奇的、令人神往的一件事。当你听到从远在千里之外的朋友口中绘声绘色描述的神奇之时，他会和谁坐在一起享受神秘的一刻？有个人哭了，面对震惊还是面对陌生的地方？会跳舞的桌子是个什么样子，那个小孩子会将你带到什么地方看到怎样神奇的一幕，他并没有告诉你。也许有也许没有，没有有时候反而更好，因为你不会失望。**存在于现实中的世界**，**如果没有了会跳舞的桌子**，那会是多么枯燥。那么你总还庆幸还有这么一件事情存在，哪怕是在想象之中。你知道那里会是你一生中一定要去一次的地方。十洲，这两个字直至你来到离开之前、之后、之时从中得到的乐趣仍然使你兴奋莫名。当第二天你作出决定踏上行程之时，你很庆幸你的勇气，你不愿告诉任何人你去了哪里，这样会让她挂牵。你的一句话是：“为什么熟悉的人反而让你受到伤害，陌生人却能够给你温暖？直到陌生人变为熟悉，又开始下一次轮回。”

这是一个什么样的地方？你在脑海中无数次描绘这个地方。现在你距离十洲越来越近，你似乎能听得到鸟鸣的声音从远方传来。你要在这里调整因疲乏而僵硬的身躯，你要以最好的状态去感受，**一个怎样的美丽传说才能孕育十洲的神奇**？你不愿放过任何一处可以让你心动的地方。站在街边注视着你的长着白胡子的老者，身后是一张红布铺开的八卦图，他看着你的眼睛，你知道他在观察你是否会停下脚步。3秒钟之后他走到你的身边，你微笑，看着他的白胡子，听到他讲出第一句话之后轻轻摇了摇头。正如街边正在炸油条的早点摊小老板，你看着面团在小老板的手中拉长，他在这一刻满足，或者你宁肯相信他是在满足着。之前你从来不会去注意一个小老板，而且是一个街边早点摊炸油条的小老板。

你从远处走了过来，看到一个时而低头时而疾行的人沉迷。沉迷，这个词使你感觉到非常激动，因为你很少有机会对某件事沉迷，你珍惜这种感觉，但这种感觉往往离你而去。他的模样让你感动。感动，你在内心里笑了，笑意从你的眼角流出。你很是满意现在这一刻，你对这个人有了些兴趣，他会不会是一个好伙伴，一个旅途中可以对着景色一起欣赏而不用说话的人，而你则愿意为此死去。你不想听什么样的语言或文字的表述来打破你对于任何景色的遐想，你只想一个人静静地感觉，所以你只能一个人踏上去往十洲的道路。

你很是奇怪，因为在这个地方很容易就可以判断谁是一个外乡人，而且他是以这种方式出现在你的面前，你抑制不住内心里的某种情绪，那不是好奇，你认为每一个人都有权利做他喜欢的事，只要他不是在妨碍你。你突然想到，你是不是也在时常妨碍他人？对方又在作何感想？于是你远远地跟随在后面，路过的行人看似见怪不怪躲闪，没有一个人回过头来打量他，他们只是给走到面前的人让出一条路。

你看到他直起身，似乎是抬手，抬手擦去了眼角的一滴泪。在你所站立的方向你看不到他在做什么，只是一厢情愿地认为他是在擦去眼角涌出的泪水。为什么会是涌出的泪水？你的心里轻笑了一声，涌出的泪水来不及擦去，所以他抬手擦了又擦。然后你看到一个手中翻着一本书悠闲行走的人，晃动着娇小的身躯前行，时不时看上一眼书。她此时睁大眼睛看着他。显然这个擦眼泪的人吸引了她的注意，驻足瞧着他走过，她仿佛是怔了片刻，扭转头看着他就这样在两堵墙之间探求。这使你可以走过她的身边，你极力忍住好奇不去观察，却没有想到她跑过来。你站住脚，看着她小跑着来到他的前面，在必经之路小心翼翼地站立。你笑一笑，看到他终于慢慢地直起身，抬起头，你从两个人身边走过。

你说，事情就是这样发生的。我有些怀疑，但我没有说什么。

你说，你走进了你渴望的前方，身边的人渐渐多了起来，你走进被一片晨起的阳光遍洒的金黄色之中。

唉，你不由自主地叹息一声。这一声叹息让我觉得，在我的前方，将会是多么漫长、艰苦的旅途。你突然想吃一颗糖，一颗有奶香味的，甜甜的糖。虽然对你来说一切都是奶糖的味道，但是这一次，你只是想吃一颗奶糖。

当你离开十洲之际，你的手摸索着去掏出一颗奶糖的时候，你想起来了，在十洲，她的脚下不着一物。在这里，她的脚下则是一双红色的皮鞋。

七

我看到没有颜色的花朵慢慢幻变为一双红色的皮鞋，一个非常好听的声音在我的耳边响起，像鸟，画眉鸟，声音周围满溢出一股香甜。我哈哈一笑。笑容还未退却之时，目光便呆呆地看着红色皮鞋，有些出神。这种感觉我第一次体会是在什么时间？多么简单，一朵没有颜色的花就此成了一小片，红色。

“你善于在行为举止上做文章？”

我抬起头，遍布潮湿的青石板上一双小巧的红色皮鞋。巷子上方长条状的空间泻下的阳光里，肉色丝袜泛着点点火焰色、红色的方格子裙、米黄色的半袖T恤，手里拿着一本书，眼睛里闪动着——

“我把你叫醒了。”

“你打扰了我。”眼睛里闪动着光彩，我觉得是雨后彩虹般的光彩。我觉得像是——

“我帮了你大忙。”她突然说。

我发现思绪总是被她打断。

再一次的相遇？我很奇怪她这么说。不过，她说过吗？如同忘记了许多事情，我不记得了。

“你不用和我说，什么也不要说。”她说。

我觉得她说话的模样，像是一个刚上任不久的上司的目光，而且是一个年少得志的上司，笑眯眯地盯着我，尽管她的手里拿着一本《歌德谈话录》——那就是一个装腔作势的文艺上司。

“我去前面，一会儿就回来，想等就等等我。”她回过头来，“**一分钟**。”

在我耳边出现的似乎是白雪的声音。我确定这不会是白雪的声音，这像是……一个上司的声音。我很是奇怪，怎么就像是一个上司，会是谁的上司？那个声音，如画眉鸟一样的声音不见了。

一分钟，现在是什么时间？我会在这里等待？我有没有作出决定？于是我看到她转身离开，那么我为什么不想着离开？还有一分钟，那么这段时间怎么度过，这算是一个约会？还是成为一个人年老回忆之时一件荒唐的往事？那么我在这之前的一分钟时间如何度过？是不是有点浪费？我因为这确切的时间将身在何处忘记得干干净净，我只是觉得一瞬间被时间固定在此地，双脚像是被钉在了青石板上，不能动弹分毫。

我清晰地感到在此之前的时间仿佛是在孤独中度过，一分钟的约会值得去这么做，或者干脆回转身向另一个方向前行，都会是一件使人难以接受的事情。你喜欢这么做或者是习以为常地笑笑并非都是错误。有一个念头，我觉得是一个很恰当的想法，能说明我此时心情的想法马上就要出来了，却看到一个背着硕大旅行包的小伙子在前面不停步地渐行渐远，渐行渐远。

迎面走来的小男孩手里拿着一根带着新鲜绿叶、看来是刚从树枝上折下的枝条，敲打着青石板，乐在其中。那个大人为什么喊他，敲打青石板会影响到他吗？大人，上司，一个人的快乐是这么容易就会被人打破。男孩子显然放弃了努力，也许是他不愿意和一个大人作对，他不想惹他。男孩子回过头来看了一眼，敲打青石板的声音重又响起，男孩子很喜欢这样做。我往路边站了站，随即敲打声停止，他走过我的身边，青石板响亮的敲打声重又回响在这条街巷。

没有人像男孩子一样在乎这个声音，而我在这里站立着，等待一件莫名其妙的事情发生。那句话就挂在我的嘴边，我闭上眼，她刚才和我说了什么？这种事情她一点都不会惊讶，她是一个值得信任的人，她很是坦诚，对了，就是这种坦诚让我不知所措。因为我现在不是一个快乐的人，我此时的状态简直糟透了，以至于在那个时刻我只能沉默。也许我在纵容自己，或者是在纵容她。纵容，为什么突然会有纵容这个词出现？有时候常会有一些莫名其妙的词语出现在我的脑海中，那时我就不能确定是我在思考——我根本没有想过这个词，但它偏偏出现了。像是行走在郊外恰遇一个借钱给你的人，而你早已过了约定的时间，视而不见那只会使你本就尴尬的神情成为他人口中的笑料，此时打招呼说什么话想来都是没有任何意义的。

“没有经过大脑便是一堆最真实的惊呼。”这句话是谁说的？我又有些犹豫，我一定是还没有回过神来，那朵没有颜色的花朵就这样消失不见。枝条敲打青石板的声音却向我猛扑过来，越来越响地在我耳边鼓噪，但这声音却使我开心。“想等就等等我。”难道我真的是在等待某件事情的发生？并非真是这样，我不敢确定。等待这种行为会比我所理解的要复杂得多，那么这个莫名其妙很无聊的等待会给我带来什么？

我甚至都不知道她是谁，我甚至都不知道她会不会回来，一个陌生人的等待，我甚至有些怀疑我正在等待的即将发生是不是必需的，而我在等待什么？

对于我来说这是第一次，是不是因为这个原因从而使得现在的等待变得合理？对了，合理，我知道了，是合理，我一直在判断这个等待是否合乎我对生活的经验所带来的判断。这是个玩笑或是一幕现实中的荒诞剧，而这将会使我失去一次接触另一种经验的机会，我曾经毫不可惜地拒绝了一次又一次这样的机会。只是因为，我的理性告诉我一个未知的答案。就因为这个理由，我错过了一个又一个、非常多的“奇遇”。是奇遇，对于我来说，我似乎有些搞清楚我为什么会是现在这个样子，我已经被我自己所限制，没有人借来孙悟空的金箍棒[1]，我自己为我自己划定了一个规规矩矩合乎要求的圆圈，外面的一切神奇或者是我最想得到的所谓“经验”就这样从我的身边溜走。我却在沾沾自喜一个人的胜利，这是多么可怕的一件事，既然我需要在某一个时刻去找寻能给予我改变的事物，那么我赖以辨别一张钞票是真是假的能力就不应该丧失，附带着还有能把正在进行的事情无缘无故搞得一团糟的能力。就像那个大人，他本该从敲打在青石板上的回声中找回他的童年，这个发现会让他激动，现在是他自己孤独一个人。那张挂在雪白的墙壁上的木制的大大的长方形相框中的照片上，曾经帅气的小男孩再也不会出现了，是他一个人亲手放过了这种非常奇妙的事情发生。它从此就会离他远去，而下一次的机会遥不可及。从此大人所遭遇这种明显带有偶然性的机会随着敲打声音的远去而不复再得，我想我明白那时我为什么会开心

[1]金箍棒：《西游记》中，为防备自己不在身边时师父等人被妖怪捉去，孙悟空用金箍棒在地上画了个圆圈，并叮咛无论如何不能走出圈外。此处借喻人物的困境。

了，我生命中大部分的生活在我的某一个决定之下导向了另一个方向。时间堕入万劫不复的境地，我不知道究竟有多少事情会随着我的某一个非常理性的决定，成为另一个我永远不会得知的结果。我的世界从此向我关上了另一扇可能的大门，我相信在此时之前那会是一个天文数字。我很难讲这个结果终究会给我带来什么，也许它们将会成为我另一种经验的开始，也许将会从此埋藏在我的脑海中成为挣扎着的不可胜数的想法。从而我的一切将会成为周围一切的固有经验，这取决于那一个是我身边的人，**我认识或者是不认识他**，**熟悉或者是不熟悉他**，**彼此之间交往的时间长久与否**，**会不会成为另一个人判断的理由**？能否成为另一个经验的发生？明确一个方向的努力将会是我或与我相似之人唯一的正确选择，不是我的话那又会是谁出现在这个时刻成为另一个等待的主角？最初发生的偶然一直延续下去，如果是这个结果，那么我没有理由不再等待。这是合理的，我做了一件使我感到满意的事情，它们将会随着等待成为更加不可预知的，始终会在某一种未完成状态下的鲜活生命。

在此之前，我竟然没有留意她是在哪一刻走的，又会在哪一个确定的时间里回来，而时间就这样消失在了并不知道时间的等待之中。

八

等待会不会有一个使人惊喜的结果？

我相信万事皆有预兆，我所看到的一切，我指的是平时不注意的地方，它们都会有一个预兆，都会预示将来会发生什么事情。在今天？明天？还是已经发生只不过我没有意识到的现在？这就看我那一天的心情了。至于说一阵风吹起了裙子的左边还是右边？一双筷子掉在地面上是横的还是竖的，是交叉还是分开？我认为这不是偶然的，一定有什么我不知道的含义。我有时候只能猜出来一两件——几百件事中猜出来一两件证明我的想法是对的。虽然概率较低，但我想最起码我离真相更近了些。

他总是说这是没有自信心的人的表现：你把你交给了冷冰冰的物质？”他并不知道，这是多么有意思的一件事，反正有时候他不会真生气，相反，他有时会说这是我吸引他的一个方面。既然这样，那就接着来吧，我又没有妨碍到别人。

今天看到一个人，他很有意思。那时我刚在城外的小河边尝试着去感受这里的生活，我随身总是会带着一本书，因为如果不管是什么样的心情来了，忧郁、伤感、焦虑、不安或是其他的什么，反正不管是什么样的心情来了，而我又不知道如何形容它，我不知道我会有多懊恼。我会看一会儿书，随便从行李中抽出来的一本书，没有目的性，只是随心。我觉得不管抽到哪一本书都应该是有理由的，我喜欢这种感觉，我也不认为这是没有自信心的表现，有时候**把命运交给命运，哪一个命运会成为另一个命运的主宰**？这不是挺好玩吗？直到我遇到那个人？

李飞刀会在地面上寻找什么？我相信这是一个他自己喜欢的名字而已，只是他自己喜欢，他的朋友啦、家人啦是不是喜欢我就不知道了。我一直以为名字不是我自己要取的，没有征得我的同意就给我安上了一个名字——一个一直到死都会被周围的人叫来叫去的名字。就算是不喜欢也没有办法，假如将名字改过来，也会有人说，她以前是叫作某某某的，多无聊，他们喜欢的是这个名字，还是名字包含着的我这个人？还不如就这样，随你喜欢不喜欢，总还是有人喜欢的，哪怕是只有一个人，自己喜欢也可以。

我特意看了一下时间，**8点15分**。这是命运的安排？我第二次遇到了他？第一次是不是他，我不敢确定，但是他们，姑且算作是一个人或者两个人，又有什么关系。没有人会知道，除了我以外，没有人会知道我把他算作是一个人还是两个人。行为，对了，行为。

有时候我总是觉得自己在打一场战争，是的，是在打一场战争。这场战争无论是谁赢我都不会高兴。我知道，**战争唯一的原因就是我自己**，就像是小学时考100分时的兴奋，简单的快乐随着小树上的刻度一点点离我而去[1]。侪鹤认为，我是一个对任何事情都很敏感的人，他认为是，就是吗？我看倒是他敏感才对，干吗说是我的问题？

我看到小李飞刀的样子，不知怎么就想起了一件什么事情，当然我不会告诉小李飞刀，他刚才的行为和一个什么人很像，就让他猜一猜一个漂亮的姑娘为什么会对他有兴趣也很有意思，这会不会让他睡不着觉？会让他在一个人的时候快乐得大叫大跳？现在能够使我快乐或跳着大叫着兴奋莫名的时候越来越少，我不知道这个时刻会在什么时间来临。使我抬起头仰望着蓝蓝的天上飞过的鸟儿的时刻越来越多，或者是一个人发呆的时间越来越长。但是我认识的所有人，介绍我时都会说，“这是一个开朗的好女孩。”侪鹤会说他迷恋此时、彼时、那时。我和他们在一起有多少时间？会让他们对我有这个判断？我不知道，不过我慢慢地也就认为我自己是一个开朗的好女孩，就像是我认为他是一个蛮成功的男人一样，但是他昨天为什么会发那么大的火？我只不过想和他在一起，在任何一个我感到幸福的时候和他在一起，对一个女孩子来说，这难道错了吗？

我在等待着，年年此时，儿时的鸟儿飞过。“我很孤独。”在我的心里冒出来这么一句话，这让我吓了一跳，孤独吗？每天时间安排得满满

---

[1]以前儿童过生日时，家长常将孩子的身高刻在门框或树上，以记录其成长。

当当没有一点儿空隙，一桩工作接着另一个工作，一个人接着见另一个人，聚餐、跳舞、约会，这么多的事情等待着我。为什么会感觉到孤独？孤独这两个字和一个“开朗”的好女孩应该是没有任何关系的。但是孤独现在找上了我，我早就有预感，那一天遇到的那一个人，是那一天？对，是那一天，遇到的那一个人在街上找什么？在找丢失的时间，这是一个行为艺术家无聊的行为艺术，否则行为艺术家们便无事可干，那么就得想着弄出点别人看不懂、不明白的事情来，这不就是艺术家们在干的活儿？艺术家们就是干这个的。我觉得他在表演一个笑话，时间不就存在于每一个人身边，你用得着去寻找时间吗？

“要学会管理自己的时间。”这是他对我说的，他是我深爱着的人，就算是他昨天对我发脾气，我也深爱着他。以后还会不会，我从来也不愿意去想，现在我能把握住，对了，现在的时间我能把握住就不错。对于我这样一个现在感觉到“孤独”的（就算是他在身边我还是感觉到孤独）开朗的好女孩来说，这就是一个预兆，可恼的不清不楚的时间终于会有一天把我抓住。

每一个像他一样的人都会这么说，这么来要求自己。现在我有点明白，这是为了不让一个人在独自一人的时候品味孤独。他已离开太久，他忘了这是一种怎样的美，这很可怕，但是当我和他说起时，他听不懂我在说什么。我不怪他，我只是不愿意他像我认识的某个人一样，我敢说，追求我的某个人，在当年比他更有魅力，因为从一个人的脸上总是会看出一点相似的样子来。那么某个人的一生不会是他的一生吧，也许不会，也许会，或者真的只是另一个人的翻版？我想告诉侪鹤我的担心，我想告诉他这是最为可怕的事情，这个世界如果可以有令人恐惧的事情，我的所爱成为某一个人的翻版就是其中之一。侪鹤将要和他们一样，这是我想要的？我无数次在深夜问自己。深夜，为什么是深夜？这有什么预兆，这预示着什么？是不是说……算了。

白天面对熟悉或不太陌生的面孔时，什么来着，我当时的心情？但当深夜来临，周围的一切都进入了一种很特殊的氛围之中，这时我能听到清脆的钟表声如剪刀一样咬合，咔咔声响起，我却有些不敢想这个问题。对了，是有时候，怀着一种打发时间的心情，我不愿意一个人待着。我终于有一天告诉他，“你好像并不快乐，是我的原因吗？”

“我现在只有在回忆中寻找快乐与安详。”

这就是他的回答，躺在床上看着头顶的一片雪白时发出的声音，为什么是这样？他不能感知到我的担忧，但是连我对他的爱也感受不到了吗？

我回到原地，他还在等待，多好啊，他真的在等待。我觉得这是一个诚实的人，诚实得有些好玩。噢，不，我想对于这样的人来讲不应该用“好玩”这个词，那就用“轻信”吧。“像其他美好的事物一样”，歌德是这么说的。轻信在这里也是褒义，我觉得我没有对他不敬的意思。多少页？245页第四行[1]。245页第四行，这里面有什么含义？我总是对四呀五的什么连在一起的时候很注意，应该有什么含义，我相信。一分钟也是这样，一分钟就可以让他从他的世界中来到我的世界，哈哈，是的，是这样，我叫醒了他。这个人，好有意思的人，不能说奇怪，对。我知道他肯定会说：“你打扰了我。”这就说明他确确实实是一个行为艺术家，就在刚才。要是这样的话，我还是真帮了他的大忙，要不怎么他什么也不要听我说呢。这个，我可不在乎。“他和我的关系是奇怪的。”不好，她翻到248页，这个我认为不好。“要是能把这部歌剧搬上舞台，那当然是件好事。”419页，这个数字还不错。

李飞刀的行为，和我看到的那个行为艺术家的一样，一个落魄的

[1]本段中的所有页码，均指《歌德随想录》一书。

画家画下了这个落魄的行为艺术家的行为，那幅画的题目叫什么《庄周睡了，庄周醒了》？就是这样，一个落魄的画家和一个落魄的行为艺术家，只要是艺术家为什么都会是落魄的？李飞刀说他是一个作家，我看是一个作者吧，那么他也是一个落魄的人喽。一个落魄的作家和一个漂亮的女孩相遇，而且看样子会去同一个地方，他会不会写点什么？我倒是不认为一个人说他自己是作家就是作家，那是什么？我真不知道，我的周围没有作家。但是，作家好像不是我惯常想象的那样，这很有意思。一个作家，作家是干什么的？有机会要问问他。如果我是作家，就写点什么东西，就是在这个时刻，这是一个开始。就是在那个时刻，我想起来了，就在看到了那幅画的时候，我感觉到孤独向我张开了怀抱。

世界总是公平的，总是，是的，总是会给每一个人一个提醒，就看你能不能参悟它。侪鹤为什么会表示出愤怒？不知道他是怎么想的。他为什么会这样对我？要知道，你遇到了我，那么这就是你的公平。

九

“你遇到了我，那么这就是你的公平。”无论是在什么样的时刻，甜蜜或者争吵，自责或者忧郁，这句话总是会从她的口中说出来。

为了那时的感觉，必须在此时甘愿忍受现在许多的烦恼……和痛苦吗？

曾经是爱她的理由，现在却变成了令人厌烦的事情，爱她，或者恨她，都是同一个理由吗？既然是这样，那么我把什么当作了爱情？我要的是正常的生活，而不是随心所欲的……夸张。为什么会想起来旅行时在车里放上那么多的书籍，随时在表演？挤满了不知什么用途的小玩意儿能拿来做什么用？或者只是将我当作一个司机和搬运工加保镖而已？

不，我不能这么想，我是她所爱……的人。浪费时间、浪费我的时间、浪费我们的时间。曾经那些她手捧书籍阅读时的甜美模样，现在则成了我的梦魇，如同那一朵没有颜色的花，出现在了不合时宜的地方。在她看来，换一个空间读书那就会有不同的效果出现，她认为她把她的一切都呈现在爱人面前，这是她的虚伪？但是，我或者必须承认，也许这是一种坦诚。我以为不会说出来给任何一个人听，你，会不会是……一个例外？这是我自己一个人的世界。说出来只会让周围的人耻笑，我早已受够了，她不在乎，这是我至今还爱着她的原因吗？

还有那一幅说不清楚是什么的画，一幅只存在于她脑海中的那一幅莫名其妙的画。为什么我放下所有的工作，会跟着她出来寻找一个也许并不存在的地方？只是因为我曾经来过？但在我的记忆里，是她曾经来过，然后她告诉了我。现在却是情况恰恰相反，她认为，这是我抛弃爱情的征兆。我告诉她这是根本不会有的所在，她没有听从我的意见，反而认为托词不会使得奇迹消失。

没有准备，没有考虑，没有理性。只是听一听就开上车远行，那么我听到的已经足够多了，如果这样的话，我又该这样来多少次？我现在只有在回忆中寻找快乐与安详，我根本不会知道，她会不会明白对方的感受，曾经迷恋她的理由，现在却成为我的负担。

我不得不跟着她来，我想重新找回两个人的世界，那曾经的快乐难道就这样消失不见？我不想放弃她，或者说，我不想放弃自己。不知什么时候开始，她给我定了一个期限，一年的爱情，我不知道怎么面对，我只记得，她是在笑着说出这个看似玩笑的期限，我却从此不能入眠。我做了什么？如果她爱我的话，一年的时间会带给我什么？爱情吗？是她的爱情，或者是我的爱情？一种情感而已，我试图说服自己，当我听到她说起“我知道一种绝美的花，我想把它弄到手”的时候，我不再了解她，虽然我知道这是歌德的诗句，在她的口中反复吟诵的时候，我知道下一句是"我本来想前去寻访它，可是我身为楚囚"。我认为这是一种自杀行为。如果她爱我，她会留在我的身边，现在这个时间快要到了，我知道就要到了，宣告爱情的终结或者是另一个开始。在这一个时刻来临之际，我却忘了是什么时间。一想到这样……爱下去，我便心惊胆战。

现在她有些变了，我不知道为什么同样的事情在从前就是美好，而现在却成为困扰我的烦忧。几个小时以前她竟然在这里想买一本《三联生活周刊》，这个时间，这个地方，买得到吗？这个地方，酒店里竟然会有蟑螂，这个时间，隔壁房间某一个人整理行李的声音竟然会传进你的耳朵，头顶上是哗哗洗澡的一个人在唱着我爱你。这样的地方连卫星台也不会有。她不会买到。我告诉她，我笑着告诉她理由。

我竟然看到她也笑着从身后拿出一本《三联生活周刊》来，这是为什么？看到她的笑容在脸上浮现，我竟然想到要去吐血，是真的，我的喉咙里想要吐出些鲜红的血来，好让她知道我的感受。我那时的感觉就像一个鲜红的草莓在热毒的阳光下被一点点晒成干瘪样，我必须告诉她我的想法。

可是，我对她的爱告诉我应该理解她的行为，爱在可笑且可悲的名义下看起来壮烈牺牲了。看着这本杂志，曾经的爱恋一瞬间沉入深不见底的大海，现在这种情况越来越不能让我看着她的眼睛。我在躲闪她纯真的像一朵刚开放的玫瑰般的眼睛，恰恰是在这个时候我不能原谅自己，她真的是做错了什么必须让我感觉到厌烦的事情，不是吗？总该有一个理由，吊在头顶上方的大红苹果不会成为下一次的快乐之源，我已经厌烦了这个游戏。总该有一个能说得过去的理由，让我面对她的笑容时能够说服一个曾经是那么深爱着她的人，我愿意把她当作我的太阳，我也愿意自己在这份阳光当中去感知，什么？我一直都不太确定，但是我爱她，这就足够。是的，是她一个人在看这本杂志，和我有关系吗？也就是在这个时候，我发现，我不能融入她的世界。

我不能这样，之前却并不是这样，最初时不就是她的这个模样吸引我的？我当时是怎么说的来着？对她说的第一句使她认为我与其他人与众不同的话——“你想和艰险待在一块儿，好的，你并没有刻意回避。”这就像是几个小时以前发生的事，现在却让我感觉到厌烦，厌烦，厌，烦。她说是带过来的，她猜到这里没有卖。是因为看着她会让人认为这是一个有品位的人，这不是我认识她、了解她的一个方法并且……并且正是我喜欢她的一个行为，就是在那一刻有了些想和她接近的……想法。正是这样，这句话刚出口我就意识到我不该如此，因为我想到这就是我喜欢她的原因。但我没有想到我接下来竟然嘲笑她说，正如拎着苹果笔记本的人就似乎是一个小圈子的人一样，看着就亲切。我突然发现我不能了解自己，是我不能控制我的思维？

我告诉自己，是她在故弄玄虚，这本就是属于一个人的事情，而她却要拿来给大家看，看看她的与众不同，她的心根本平静不下来。不搭调，装模作样，我们每一个人都在装模作样，就怕别人认为和他人不是一路人，一个圈子？是不是很可笑。这些心里的想法，她听到了吗？**她惊呆了的模样显示了我心里的想法不知怎么就透露出来。**

她听到了？她听到了！她听到了？

积压的怒火爆发只会更强烈，她问我准备好了吗？准备好了什么？我竟然不知道，但是我猛然意识到，我冲上去抱着她，我听得见她在我的怀里喘息，剧烈的疼痛使我的双臂都在颤抖。她突然静了下来，“孤雁不饮啄。”她在说什么？随后的一切她仿佛是暴风雨下急切往家赶的小孩子，每一次她都会是这个样子开始，已经是第三次。可是从什么时候出现的问题？就是从她想来到十洲开始，那么她的这个决定对于我来说就是一个惩罚。

我知道，她是在警告我。

然而她的做法根本行不通，我是否该告诉她，我曾经尝试过？我曾被周围的一切搞得心烦意乱，我想着离开，当我呼吸着外面的空气时，有那么一刻，我发现我渴望得到的自由却使我茫然。我一直对自己说，我为什么要待在一间毫无生气的房间里，躺在床上对着屋顶的一盏灯发呆？外面有那么多好玩的事情可以让我的身体享受快乐，何苦，外面的世界有那么多的人，那么多的事，可以使我的心远离我最不愿面对的孤独。那么走出去吧，但是等我的身体享受完快乐回到家时，周围的一切在我的面前消失。我发觉，我的心更加不可抑制地在颤抖，我面无表情躺在某个角落，我却能感觉心已经在慢慢地流泪，只会感觉到深入骨髓般的孤独。

你却告诉我，这是嘲笑这个词，之所以诞生在世界的理由。我该怎么理解这句话？我之前误会了嘲笑的含义？

我的心已不再平静，只有在外面的世界才会暂时平复我的心。我不知道为什么会这样，说实话我不愿这样，我只想能安安静静一个人待一会儿，可是我却办不到。从什么时间开始的事？我的身体背叛了我的心，我的心在渐渐远离我的身体！这就像一个人看着另一个人，充满无言的痛苦，却没有方法让他和他说上一句话来彼此安慰。**我累了**，**我累了**，**我累了**，**但是我找不到一处可以安放我身体的地方**。

我知道，在我热血沸腾的扑向这个令人激动的花花世界的时候，我就已经把身体交给了这个世界。当我想让我的心回到我的身体中去时，这个世界却告诉我，你，已经离不开我！我不相信，当我想拿所有的一切来换取初时曾经的我时，这个我参与其中的世界却背叛了我。或者，是在这个世界不需要交换之时，我强迫自己做了一个交换，那就是内心的宁静。

她仿佛知道似的，从来都是毫不犹豫地不让我再说下去，她好像有某种预感，我不是很清楚。我一直想说，我试过了，我放弃了一些对于我来说很重要的事情，但是结果是更加迷乱。

现在是8点30分，她已经出去了将近一个小时。我知道她在努力使心情变得更好一些，换作是我，我也会喜欢迎着初升的太阳去重新发现熟悉的一切在这一刻会呈现出什么模样，但是绝不是此刻。

我们该出发了，我要给她一个惊喜，我不愿让她再次品尝痛苦。为什么她要来十洲，传说就会那么可靠？或者只是一个赚钱的噱头而已？给清容再打电话确定？我犹豫着。我不想打电话？还是打电话？让她准备好？我们3个小时后可能就到？准备房间？准备清水？准备另一个开始？最新的三联有没有到货？为什么她明知道这里不会有最新一期的杂志仍然会有所要求？她借此想表达什么？她能买到吗？

她应该快要回来，见到她，我一定给她一个笑容，不一定是她愿意做的，在那个名为十洲的地方，人们只会表示自己并不好奇。我应该告诉她，这一切只会白白耗费时间，也许得到的结果就像是一个人想听得懂鸟儿的鸣叫一样。

终于回来了，她笑着，奔跑着，距离我渐渐近了。

怎么，不管我愿意不愿意，我们在路途上将会有一个新的伙伴吗？我看到她的脸上露出只有在和我谈到那幅并不存在的画时才会显现的神情。

我想我永远也不会见到曾经的她，如同我永远也见不到那幅画……

十

“那么，我敢肯定，我们一定还会再见面。”

她笑着说再见，转身离去。

我看着她消失在人群之中，红色鞋子呈小之字形轻巧地载着她不见了踪影。我敢肯定她的心里准是充满了某种满足感，像她这样的女孩子偏偏会时常以这种方式来显示她的青春。偶然对于她来说，也许想着要创造就会想当然地出现，偶然其实是必然的双胞胎玩的一个调皮的游戏。就像她遇到了他，那么主动权会否在她的手中？洋溢着某种灵性最终使得她的面容在今天这样一个时刻烙印在我的脑海中，又一个不甘心在离开熟悉的环境时被当作背景的人，她在尽力吸引对方，面对这样的一个人，她是该认为我将是幸运的那一个人？**或者是暂时借来的时光中的一抹记忆**？

但那将会是怎么一回事？我觉得我和她之间仿佛是调换了位置，我的行为并不重要，而她的行为才是属于我的。那么如何吸引感兴趣的人的注意力就成了这场角逐中的焦点。**我们之间共同面对的就是到达目的地之前在陌生的一个地方如何打发无聊时间的问题，只有在这个时候，我们是否是同路人才会成为所有人的困扰**。

我转过身，轻轻叹了一声，当这个声音从我的胸膛急迫地冲出之时，我隐约看到一个数字出现在我的眼前，我的脑海里突然出现了一个人模糊的面容，一瞬间我似乎要被融化其中。我回转身，那涂满墙壁的两三个数字被小广告遮蔽，这个地方怎么会出现这样一个电话号码？我笑一笑，不过这也是一种很有趣的幻觉。

“为什么我会等你回来？”

我问她，而不是她来问我。或者是对于她、或许是对于我来说，不知又有怎样的话语会说出来，就那样轻松说出来。她什么模样离去的，就又是什么模样回到了我的面前，**我有刹那的疑惑之前的时光发生的不可确定，这一瞬间无法定义**。如你清晨看到的第一缕阳光，它在你的感觉里更多的时候平淡无奇，神奇的变化就出自于你的眼中，但是往往此时的人们并不这么认为，直到什么是重要的事重新成为你思考的前提，而这一切之前仿佛从来不曾存在。当然我不认为这有什么不对的地方，就算是从此不再回来也是一个选择。或许，她只是悄悄地在一个我看不到的地方观察我的反应。

“我想要把最美好的事情重温一遍，这是我对抗某种不可捉摸的时间的法宝。我想这最好是在某个意料不到的时刻出现，但是这样的时候是很少见的。要么是你该睡着了，要么就是你没有足够的时间回味。我是说还没有准备好回味就有其他事情来打扰我们。”

这就是一分钟之后等待的结果，我确实有些不知所措，我明显看到她在此刻就像一个离家出走的孩子突然在异乡被家人找到的样子，急于倾诉，却又不知从何处讲起。她就这样猛然间将她的某种状态，以她独特的形式传递到我的感知范围，这让我对于站立在面前的这个人有了一丝错觉，我竟然不由自主地看了看周围，看她是否在和另外一个人说话，而我只不过恰好不识趣地就站在她身边。

“是吗？假如我没有听错的话，你是在说我们？你要明白，当个听众的滋味其实并不好受。”这句话终究没有使她有何反应，当然，我并没有说出声音，我只是动了动嘴唇。她的话语在来到我身边的时候突然就变了一个样子，对于我来说，我不是太习惯。然而对于她来说，这一切只是一个开始，话语的闸门打开之后似乎拉近了两个人之间的距离。于是我听到一番在她这个年纪不应有的属于另一个心平气和之人的表露。

“终于有一天我下定决心要去找一个地方回味，因为我发现在我那里我没有办法去想，有太多的事情，这需要时间。我怕我有一天会把这些美好的事情都淡忘了，**是怕而不是担心**（**是吗？我想这是互相交换的惩罚**）。那么我就没有办法活下去，我不认为我活得很好（**噢，她在谈论**

一件挺玄妙的事情)。我发觉我做了很多事，但不是我想做的。我只有在回忆中才能很好地活着（对于她而言，回忆的过程必定是痛苦的，世界的镜像在于不再重现)。我试过好几次，我发觉我的生活很乱，很奇怪的生活，这不是我想要的，仿佛从某一个时刻开始，我在和自己告别，告别什么我不知道，因为不知道，所以才可怕（嗯，这个吗……她是认真地)。我不想把这些不知道的东西和我的生活结合在一起，这不是一个人的状态，像一条鱼，来到了不该它来的水域，要么死在这片水域中，要么活着离开（这一点，倒是真的，我该说些什么，以使她恢复理智，随便对一个陌生人坦诚相对，对双方都是一种难以承受的压力。除非对方是一个对任何事都感兴趣的人，原因即是某人的一切都建立在他人的基础之上并有大量的时间，也就是说从来某人也不会有属于个人的空间。显然她不会是的，那么，她的这种开门见山式的方式我已有些不适应。她是做什么的？)。活着离开的希望并不是不存在，而是……"

不得不承认，她说出了我的感受。或者这就是我在期盼着的事情，只有在这一刻来临的时候才会显示出我的决定是值得的，那么我得到了我所想要的，而她会不会得到她所想要的，就成为一个残酷的现实。

"为什么要和一个素不相识的人袒露心扉？"有没有义务在这个陌生的地方来听这样一个陌生的人对我说这些不着边际的话？只不过等待我想象的事情发生，实际上我认为我不能承受她的信任。我只能打断她的谈话……

"你是说坦诚？啊，你是这么认为的？"她似乎很是高兴，看着我的那双眼睛明亮起来。也许直至这个时刻她才认为刚才的话并不是在对牛弹琴。

她笑着对我说："这样吧，如果你愿意和我们一起出发，那么就在前面那条小河边上等我们。你只能从那里出发才能到达目的地。那里有一个小亭子，木制的那种，休息一会儿也不错。如果你不在，我们就知道，不过还会在那里再见面，难道这里还有什么能吸引你的吗？来到这里的外乡人只会去同一个地方。”

我仔细地回忆，她绝对是笑着在向我提起这个建议。这是对我等待的奖励？哈，顺风车的邀请？这是一个控制欲非常强烈的女孩。

“但是，任何人都不能强迫你。”她仿佛能听到我在想些什么。她是那种不了解他人就为其下定义的人？我想。

“那么，我敢肯定，我们一定还会再见面。”

她笑着说再见，转身离去。我看着她消失在人群之中，红色的鞋子呈小之字形轻巧地载着她不见了踪影。我向前走，热闹起来的小河边一行柳树像美人一样一个个静静地望着对岸，而之前这里曾有一个女孩漫步其间。几个小孩子呈半扇形围绕在一位垂钓者身边，乖乖地听着指挥把瓶瓶罐罐放满一地。

我走过去，来到剥落的红漆下面露出麻绳缠绕木柱的小亭子前。我的心里凭空就奇怪地冒出一句来：唯有垂柳管别离。生生将我的脚步拽向前方，此时，在正前方，我看到太阳像是从东方的天空上停止运行而悬挂在另一个人看不到边缘的天际。

我拒绝了燕玉的提议。我向前走去。她不会知道我去什么地方。

十一

我们将要出发，去鹤鸣化，去天若岩，去十洲。

侪鹤微笑着拉开车门，双手小心地接过我手中的书籍，仿佛一个孩子似的笑容就那么打开了我的心。我要告诉他将会有一个人和我们同行，那幅画上的场景在现实中真的又重新演绎了一番。

是的，只要你相信，那么它就会出现。

我为什么会和他说那些奇怪的话？也许我真的认为他的出现对于我来说是一件重要的事？世间事情重复出现的几率会有多大？我是在向他求证什么？不过看来他也许听得懂。我是一个坦诚的人，坦诚，是不是这句话的原因，我倒是不这样认为。如果是这样，那么对于每一个人来说这都是不可思议的冲动，是的，是冲动。算一算的话我确实是在努力避免，我差一点儿就要问他记不记得那幅画了。我必须压制这种想法，我是说，是不是在碰运气，但是话出口却变成了另外一个样子，这很让人气恼，直到他说出“坦诚”这个词来。

“你觉得怎么样？”他扭过身将书籍放在后座上，回过身来启动汽车，挂挡，加油，车辆猛地向前蹿去，我能听到汽车轮胎与地面摩擦发出尖厉刺耳的鸣叫。这代表了他的愤怒与不满？

“没有，我是说我很好。”侪鹤不会明白，他是有些担心我。我认为他并不确定我现在是不是在认真听他讲话。他一定认为我脑子里在开快车。

“开快车。我非常好，你有没有过曾经习以为常的事情突然有一天就在你的面前重新出现？”这确实有些不真实，他听到我脑海中的想法？但他的神色已经告诉我答案。我发现去相信一件事情对于他来说是越来越难了。之前对于他，我的感觉却表现得很沉稳。我坦诚地告诉了他，他只是笑笑，嘴角扯动向上形成褶皱，就像亭子边上小河水流经冲刷过的古老河床的纹路层层起伏。

“这个世界没有这么复杂。你相信有，那么就一定会出现。”他转过头来，眼眉挑起，褶皱已蔓延到他的脸颊。那一刻，我不愿意看着他的目光在我的脸上寻找笑容，我宁愿就像一个操作电影放映的人一样拿起剪刀把这24格抽出来，我不喜欢看就可以随心所欲地剪掉。

“你说的是这里？”

他脸上的表情无端让我……让我厌恶，他从来都不会尊重我的“异想天开”。这就是他四个字的评语，我的言行为什么会让他作出这样的判断？我必须露出在他眼中可爱的笑容？我有些不能适应其间的转换，那个打动人的笑容，怎么就会在我的心里被突然地挤压变成扁扁的奇形怪状的胶片小方格。

“当然就是这里，不过你要是愿意就继续向前开。”侪鹤慢慢地扭转头，他的眼睛看着前方，双手在方向盘上神经质似的不断轻轻敲打着。方向盘在他的手中滑动。嗒嗒、啪啪，声音由于力量的不同而不引人注意地变换。我似乎听到了小河边亭子的四根红漆柱子上的漆皮在悄然剥落，不情愿却永远离开了的声音，看到露出下面缠绕着的麻绳令人心酸得就以不舍的姿态示于人前，沾满了白灰渣子的木头间是可怖的裂缝。

我有些激动，或者我承认我有些冲动。我抑制不住，我觉得我像是过生日的时候忍不住会将礼物提前打开的孩子一样，我知道是我的，不会是其他任何一个人的，他们都是来祝福我的，可我就是忍不住。那么什么是当下最重要的？无聊之极，四个字轻易就判处了我的笑容死刑。他说喜欢我的笑容，我笑起来的样子会使他着迷。着迷，我倒不愿意侪鹤着迷，着迷是盲目地崇拜，崇拜会让他失去我，那么他就完蛋了。所以他才会狠心地杀死我的笑容？哎，等等，我怎么会莫名其妙地想到了死刑，这将会预示什么？我不该这么想，那几个小孩子看样子一定是有了收获，他们在跳跃，这是一个好兆头。

“难道这里还有什么能够吸引我的吗？来到这里的外乡人只会去同一个地方。”我看着前方，我要让他知道我并不是非要去十洲不可，但是我想总会有一个方法可以使得一个人被吸引。此时的时间对于我来说显得有些滑稽，我在用现在的时间去找寻过往，然后就是两段记忆同时抹去。你并不一定能够得到的会成为意料之外的副产品，没有意义，也许在他的眼里没有任何意义的事情现在却成了我的中心，他怎么才会了解这才是目前最有诱惑力的？那里面有甜甜的笑容，我听得见他反复在说埋藏在心底的话语的声音，这是一个空空地吊在头顶上的大红苹果。难道我会随便放弃，只是一个游戏，那么他刻意的乏味和掌控一切的权力就使我被剥夺了游戏的快乐。不只是我的，是我之前所有的快乐，一切都随着变了味道的苹果不再遐想彻夜难眠。

他不再说话，沉默伴随他的目光紧盯前方的道路。我该不该说点什么？或者我不该提到他，那么我现在会不会因为他没有在亭子里等待而觉得开心，或者是一块大石头落了地，没有负累更容易在此刻做到他希望的那样。必须要说点什么，这不会成为侪鹤和我之间的又一个障碍？为什么彼此不懂对方在想什么？他的每一句话不再是会心一笑的默契，而成了装腔作势胡乱猜测滋生的温床。我有时候觉得自己在表演，表演给他看。刚刚开始的好心情会变得更像是在表演，他一定注意到了，是因为那个念头的缘故吧。

“那么，告诉我，我还是……”

“你还是我的心上人，我的心里只有这么大，放下了你就刚刚好。我告诉你。”

有时候我觉得，我说的话他根本就听不见。他的声音洪亮、厚实、清晰地传进我的耳朵，但我还是认为他没有认真在听我说话。他不了解我说的是什么，他总是自认为了解，他总是自认为知道我在想些什么，我需要什么。我感觉到的侪鹤隐藏在这个声音背后，我却不知道怎么样再把他找寻出来，重新站立在我的面前，和我说什么话都会很开心。我只有笑笑，虽然这个笑容也许并不再吸引他，他显然不会承认。我必须转移注意力，小孩子们的收获，是个好兆头。

“这句话合适吗？”

“为什么？不是你最爱听的吗？”

他在故意学着我的腔调说话。我最爱听的就是这句话，这就是侪鹤现在对于我的认识，我是误会了他？还是侪鹤在行使他的权力，对于我的权力？他是在试图激怒我，从行程开始的那一刻他就一直在试图激怒我，他在等待我做什么？不是这样的，或者只是我今天头疼和那一句“死刑”搞的鬼。我不能再胡思乱想下去，可他在故意学着我的腔调说话，从前他的这个做法说实话我会很喜欢，现在不行，我必须告诉他，我此刻不喜欢他这么做。

我看着他，他仍在笑，得意地笑，他一定认为我要么哭要么笑要么什么也不做闭上眼睛生闷气，这样他就有理由来继续他的权力。收获，我在胡思乱想，是个好兆头。这可不是一件好事情的开始、停止。

深深地吸一口气，缓缓地，一定要缓缓地，慢慢地让空气在胸膛里填满每一个空间，我需要的是空气。我的头有些晕，我不确定。纷乱的思绪看来马上就要统治我的思维，原因是什么？

“要不要我把车窗打开一点儿。”侪鹤的手放在车窗开关边上，他的中指伸缩又似在弹跳舞蹈，逼仄的空间里手指间细微的动作不经意地透露出不耐烦，他是在表示对我的关心或是想看到我的反应？我讨厌或是我喜欢？

其实我没有必要以这样的方式来告诉他，我不是很舒服。他还在为我的决定而感觉到难以容忍，用他的话来说就是莫名其妙，莫名其妙的地方难道不是从他的傻笑开始？好兆头，收获之后就会是傻笑，暂时离开他，才看得到他的心里真的是长毛了，真实的侪鹤到那里去了？我要重新找到存在于我的世界里的那个侪鹤。不管他愿意不愿意我就是这么认为，这些傻话只想告诉我一个人听，十洲，这就是他说的传说中可以在心上刻上名字的十洲。他却总认为这是我说的，那么你不要来就可以，我好一个人来这里。他已经来到了十洲，那么为什么还要和我一起来？

“不用，如果你愿意……”

侪鹤打断了我的话，说了一声：“我还好。路上顺利的话，我们11点30分就能到。那么，他来这里是和我们一样？”他的手离开了车窗，我的心里一阵又一阵地紧缩着疼痛，这痛隐隐蔓延到了我的全身。

纷乱的思绪看来马上就要统治我的思维，快停止。

我知道他想说的是：“他来到这里是和你一样？”

我相信，我看到了他在说这句话时眼神中流露出温暖的笑意，在还没完全展现出灿烂的笑容之前，我希望，不，我确定，这会是一个好兆头！

十二

好或不好，不必管他。我拨出了那个电话，尽管此刻这个举动被赋予了双重的对立的含义。

至少，我为什么不相信自己的眼睛？我所看到的一切都只会让陌生的人感叹？我无法回答自己。或者是这样吧，我不知道找出一个怎样的理由可以让我不再胡思乱想，给自己选择一个决定，总会有某个念头是能够做的。我拨出了那个电话。

“十洲欢迎您。”

失望的感觉就在看到这几个字的同时涌进我的全身。我的血肉、我的骨骼在两根木杆上架起的那块木牌前几乎要崩溃，我的身体似乎在紧张地等待一秒钟之后冲上去推倒木杆砸烂它。一时间我竟然有些哭笑不得，这就是我要来的地方？随后我就拨打了那个电话号码，如果我不想夜晚露宿街头的话，那么从墙壁上张贴招揽生意的宣传单中的两家家庭旅馆中挑选一个就是明智的，之所以选择13904716658这个号码，是因为上面的两个字：清容。

我漫步前行，这是只有一条大街的小镇。夜色徐徐覆盖过去，光线不舍地退去，等待明日不变的约会，像是一个少女的等待。为什么总是等待？看着眼前斜阳羞答答地收起金黄色的余晖，我不安的心情有了一些期待。街道两边的窗透射出昏黄却温暖的灯光，几乎没有一个人，连一条狗的叫声也没有。静，非常静的十洲不知从哪里传来歌唱的声音，隐隐约约听不真切唱的是什么，感觉旋律非常熟悉，似曾相识。

我看了一眼腕表，19点25分。

渐渐来临的夜色依然挡不住十洲的魅力，她已然存在了千年之久。不远处，在落日的余晖中，一座并不算太高的山似剪影般装饰着天际，如冥想中的世界出现在我的眼前，看得见林木呈一种斑斓的奇异色彩如火焰燃烧，虚幻般呈现出丰满的曲线。这般跳动着的画面却又幽静得如一口古井，假如你曾经感受到古井的深邃。

这样好吗？就像渴望的事物突然出现在你的面前，一刹那间我竟然不知怎么去面对她。这或许只是我的臆想，只不过是普通的景象由我添加了纷乱的思绪所最终呈现在我脑海中的印象。正如按照菜谱去尝试烧制一桌美味，将各种蔬菜调料加在一起的结果遮掩不了涌上心头的焦躁。也许我只是在想象，我需要有一个可以把想象附加其上的事物，这对于我总有不确定的错觉，并不能就此证明她是真实的。就像有时候并不会抓住瞬间闪过的某个念头，我渴望时间在这一刻留下她的脚印，但时间从不会在那一刻屈服。就这样如海浪般巨大的强迫感冲击理智的堤岸，期待着的现实一幕总会和心中所想相印证，那么是否我已人为地将她改造成为我可接受的模样？

我不敢确定。

逝去的时间总是在渴望与失望之间徘徊，这总算给我以勇气，但更多的则是面对渴望着的某件事物如明艳的鲜花，一朵一朵随着秋风飘落，每一朵都会在我的心头砸下巨大的深坑。会不会就此嫉妒荒诞的噩梦？我不敢期望太多，**时间会在这一刻存在着如灰烬般的幻灭感，但又同时真切得使人宁愿冒险**。模糊不清的景象似是在我的眼前一点点清晰，我感觉到，她似乎离我更近，但我却惧怕接近她，此时却如邪魔附体般拍下赌注。只害怕这只是又一个必须加以纠正的陷阱，这已让我一次又一次在期待之中逃离。这未免太残酷了些，这样好吗？我知道这种感觉最终会毁了我的世界，我极力挣扎着要反抗，这是我现在唯一能做的。我不得不往前走去。

这让我想起我离开时的情景。在某一个突然到来的时刻我猛然发觉我已失去太多，这个时间点几乎使我崩溃，眼瞧着自己的躯体像另一个人一样使我感到陌生。就像是某一天偶然遇到了李飞刀，我看着他一时无语，之后极想转身逃离。比如说最可怕的就是我不知道什么东西才能让我喜欢，手指尖的兴奋、使肤色潮红的心跳、目不转睛地注视、想流泪或是狂躁般的莫名冲动，当我看到某一个出现在我面前的物体时，我只有这些本能的反应。我找不到合适的词语来告诉我这是什么！为什么我会说不出来，我是否已失去了描述的能力？我的头脑里一片空白，只剩下胸膛里隔着肋骨的心跳在告诉我存在于这世界，**像是在《山海经》里“马化为狐**[1]**”的传说面前失去了想象的能力**，这四个字只会让我痛苦莫名。我只能想到这四个字，不可避免而丧失的将会是可怕的本能。

这个想法随着一个又一个的事物在我的面前展现的伟大，震撼着

[1]据《搜神记》记载：“周宣王三十三年，幽王生，是岁，有马化为狐。”后意喻不可能发生的事。

我的心灵，而我则开始感觉到恐惧，我发现我已经快要失语。我的肉体在面对这些调动我情绪的——比如一幅画的面前，会有反应，身体的某一部分一定会随之改变，但是我不知道该如何描绘它，所有的词语在重复老调重弹般的荒谬。

这是真的吗？

它所透露的信息无时无刻不使我感觉到真实的世界。这时，人们所赞扬的便成了道路的方向，没有人去思考是不是真的。为什么我的思维会让另一个人来主宰，我感受世界的方式会在此种形态下消失得无影无踪，世俗的词语在真实情感的面前显得苍白。

是那样的吗？

这就是我等待着的结果，一直到死亡，我感觉不到我的存在，时间就此失去意义？我不知道。就像有一双又大又白的手从黑色的天空中伸到面前，你看到了，却只有呆呆地站立看着它为你指引方向。梦境中的手在我的脑海中搅动，重新排列一幅画的构图。我不知道这些东西为什么会使一个人陷入沉思，我知道这东西告诉了他很多，肌体的反应就是明证，而他只要随肌体的反应而做出合乎逻辑的举动，却不知道是为什么。

我知道，就在那一刻，我失去了感悟这个世界的能力。这种仿佛有一种莫名的东西在摄取我生命的感受越来越强烈，我突然发现我已经有了太多的不知道，这种不确定性使我发疯，这种感觉强烈到足以使我在镜子面前注视自己时可以听到镜面啪啪地撕开耳膜的碎裂声。直到有一天她问我，相不相信有一个可以在一个人的心上雕刻爱人名字的地方，我的心突然安静了下来，于是我踏上了通往十洲的道路。

我步履匆匆赶往地铁，脚步像是被猎人追赶的猎物一样慌不择路，那一枪会在什么时间响起就在于我是否逃得更快。把背包扔进挂着小门帘的四方盒子，看着漂亮的姑娘在电脑屏幕面前呆呆地面容，我很想告诉她一声："你很好看，像一个苹果。"这个念头刚刚浮出水面，还没来得及向她露出一个笑容便被人群推挤裹进通道之中。

我的鼻子贴在冰冷的车窗上。穿行于黑暗之中的地铁孤独地向下一个站台驶去，车厢中一片光明。眼睛余光感觉着映在车窗上的陌生人，地铁里没有人说话，人们大都低着头、神情木然，这使我恐惧得想要闭上眼睛。面前的人们像是犯了错误在独自默默地寻找理由去向某个人交差，以期望能够继续赚得些许的薪水去让自己生活得体面一些，以便和年轻漂亮的姑娘约会时接受理应会有的尊敬。偶尔的几个人会低头看着手中那小小的液晶屏幕发笑，而身边是挤成一团的……陌生人。同行之人不会抬起头看一眼周围包围着他的人群的眼睛，紧紧贴在一起的百余人仿佛从来没有存在于他身边的痕迹。直到离开我才发觉，我是在这个地铁车厢里吗？在这里我感觉不到我的存在，也许是，只是看到了一辆驶往他处的地铁，我像是在这一辆驶往他处的地铁里。

我存在于这辆地铁中的时刻何时才会到来？我费力转过身，就这样绽开我的笑容，**那个像苹果一样的女孩子不会看到这个笑容是为她展现的**。

我想我已经在此时的交锋中干掉了它。这个短暂的胜利使我在欣喜之中度过的时间还没有来得及记忆，沮丧就随着间隔的时间凶猛地扑向我。我似已听到它奔跑的足音，随着开启的车门奔涌而出，纷乱的声音从四面八方而来，围绕着我，将我裹挟而去。我急步走向那一条黄线，伸出手去，清脆的声音响起，仿佛在诉说经年的沧桑，时间就此苏醒了过来。在我的面前，一扇不可知的门向我慢慢打开，一丝光线透射过来照在我的脸上，随着大门打开角度的不同而渐渐逝去。我的视线追随光线的逝去，**我极想追随着光线的方向赶去**，**或许回程时却看到天边卷起了乌云**。

我知道，她就在不远的远方。

十三

这个人是谁？

我今天接到一个人的电话，灵蝶所说的那个人就要来了，我能够感觉得到。他要定一个房间，一个舒服一些的房间，这个房间已经为灵蝶所说的"朋友"、"客人"准备好。其实她不用解释，许多事情是不需要解释的，有人会在乎你的决定吗？就像是侪鹤，那个说要买一本杂志的人在说这件事时停顿了下来，他或许在等待我的一声惊呼："啊，这里怎么会有《三联生活周刊》。"拉长了的语调才是他所期待的反应，他会知道他的下一句话就在于声音长短高低的变化，要是最后有一声在他看来别有意味的笑当然更好。

他想错了。这并不奇怪，他也许认为我会很惊讶。在我看来没有什么可以使人惊讶的事情，因为总会有一个理由，而这个理由是其他人不会知道的，就算是他给我解释这是为了燕玉和他有一个新的开始。

每一个人都来到十洲去寻找新的开始。灵蝶是，侪鹤也是。"一个人认识到某种状态之后，迫切想要满足于给自己一个答案。"他说。我不认为这是错的，但我也不认为这是对的。一个人应该知道自己在做些什么，可就算是不知道在做什么，那也没有问题，因为，一个人总该有一个人的世界，这个世界是其他人所不知道的世界的一部分。

我会说什么，噢，我会说什么？

这个世界总会有各种各样的人，各种各样的人总会有各种各样的生活，总会发生各种各样的事情。**你不相信一件事情，哪怕他会有多么不可思议，信不信由你**。他也许认为我会那样想，这个燕玉会是这么任性的一个女孩子吗？那可是他的事情，对于我而言，这只是她与他之间的方式，如果这会成为两个人存在方式的话。

每一个人和另一个人的相遇总会是一个奇迹。来到这里的人总会和我打招呼说声很高兴认识你。何尝不是！有一次一个人，可能是一个记者或是作家什么的，他和我说存在的前提就在于时态。这里是十洲，世界上有多少人会知道十洲在什么地方？十洲在很多没有来过这里的人的世界里是不会存在的，也许只会出现在你的梦境里。只有你来到这里，在某一个时间里来到这里，十洲才会让你情不自禁地在心底说出一句话："原来真有这么一个地方。"

存在的前提是不是就在时态？我没有说话，总会有一个角度在证实他说的是正确的，只不过也许我并不会很理解，在这个时刻，他沉迷于他一个人的世界里。他也许了解很少有人知道他在说什么，鼓励他接着说下去的只有他自己，像是一条毒蛇咬到他的手臂，也只有在这一刻才会去跳出他所说的"时态"。这或许就是他与我之间所存在着的方式？我只有微笑着面对他，我承认在那一刻我有些恍惚，但随即我就明白，这条毒蛇就是周围的所有人。

他的眼神里有一种恐惧，显然他认为我的微笑也许是对他最大的嘲讽，或许我应该做出倾听的模样？但就在这个时候他突然笑了，然后又低下头去喃喃自语："钥匙在那里？"他抬起头对我说："我是不是又在出卖我自己？"

为什么会是出卖？我觉得他根本不需要听众，他只是自己一个人在诉说。那一刻他的世界距我如此遥远，虽然他明明就坐在我的对面，这就是他和我之间的方式。他似乎向我敞开了心灵的大门，可惜的是他忘了还有一把锁在上面，牢牢地将他的笑容关闭。他也许找不到钥匙，否则他不会来到十洲。我很同情他，我竭力想掩饰这同情，他却看着我一直在微笑。直到后来我在某一个时刻，我不想说是什么时刻，我才有一点明白，值得同情的也许不是他，而是我！

这个人很有意思，他的话很拗口，周围一起喝酒的人都去各自找人说话开心，有的人打着电话大声地说什么一生要来一次的地方，会唱歌，来了都会唱歌了。于是有的人就喝着酒对着另一个人唱着歌，有的人会问会跳舞的桌子不是一个卖点吧，明天就要走了，怎么还看不到呢？有人告诉他，什么事情想复杂了便不好。只有我的眼睛在看着他，他是来到这里暂时漂泊着的客人，孤独的人在十洲会是一个例外。我的眼神告诉了他什么，以至于他哭了起来。看到他捂着脸痛哭，那干号似的从胸中喷出的声音却找不到悲伤的神情，我相信他不会流泪，虽然他看起来像是在痛哭。那时候我明白了，痛苦的声音就会是这个样子的吧，这会将他的真诚出卖。

哈哈，我心里在笑，不能伤害一个如此率真的人，在此之前我不认识他，可我知道他会是，就像树林中的鸟儿一样，喜欢就会鸣唱。我觉得这是一个坦诚的人，却遇到了一桩麻烦的事情，看来不是每一个人都是喜欢坦诚的，坦诚有时候会让一个人处于绝望之地。

侪鹤和燕玉会因为一本杂志而争吵，两个人争执的焦点是什么？什么样的原因会使得他们像陷入一团泥沼的飞鸟一样远离了它的天空？或者只是找一个借口来宣泄某种情绪？“这很重要，拜托了。”侪鹤的声音很平静，似乎只是在做一件他认为该做的事情一样。鸟儿比他们更自由。他明知道这里不可能会有，但他还是告诉了我，或许他并不是认真地，他只想告诉她正在试着去扫清两个人之间的障碍，他需要一个电话来说明这一切。他要证明什么？像是两个陌生的人彼此试探着将自己出卖，总会挑着捡着去找一些事情来证明一个过程。这或许就是他们之间此时采用的方式？这会是一个乐趣或是一个困扰，他现在把这一切呈现在我的面前，对于我来说这不是一个问题，对于他来说这就是最大的问题，而我会是解决这个问题的人，压力在他那里。

当她告诉我，将电话号码写给了一个人的时候，她也是这么想的吧。她虽然要了一个小花招，我就知道这是不用猜的事情。县城是来十洲的中转站，是离十洲最近的一个小县城，此后就一路至大山之中，十洲入口两边的电话号码会成为陌生人的导游，那么他不会看不到，如果这是那个人吸引灵蝶的地方。她在渴望和他接触？

“猜测只会成为猜测，不会成为其他任何事情，而只要猜测出现在对另一个人的想象之中，出现任何情况都顺理成章。”她说。我感觉到灵蝶的不安，我的电话号码会成为她掩盖不安的借口。

“我应当到哪里，去寻找你的身影？沿着邻近的那条小河，我还能否听到你的声音？”这样的诗句我第一次从她的口中听到的时候，我竟然会有些慌乱。她在那里遇到的这个人会让她慌乱，她说的这个感觉到底是让她给了他人我的电话号码。担心失去一次可以相识的机会吗？或者是存在着的时态决定了某一事实上存在着的事情的发生，而在此之前都会成为一个幻觉？他说的话并不是特别难以理解，只不过我还没有找到可以佐证的事例，就像是他还没有找到证实鸟儿歌唱到底在说些什么一样，不过他会相信，他的笑容告诉了我。那么我想这个问题她不会回答，虽然她认为不是每一个人都会有像她一样的想法。

她告诉我之后我就在等待：“你帮我等他，看他会不会打这个电话，这是一件很好玩的事。”我不想问灵蝶什么，为什么她会用一个理由来诉说这件事情？一个人总有某个理由去做一件事情。

她在责怪他？我不觉得她告诉我的这个理由可以使我相信电话号码的事是她当时的想法，我当然会原谅她，只要她不再解释。最了解女人的只有女人自己，但是她总是在解释，仿佛不把话说清楚我就会把她当作另外一个人似的，我和她之间的关系突然就这样变了模样。

“那是一种，你想想。”灵蝶知道我不会去想，[1]

“我敢肯定，他会猜出来你对他的……要怎么说，”

“你听着外面的声音，只要你这么想，我敢肯定，你会这么想，一定会，”

“你听一听，来一个你会紧张的人会是一个吸引你的人对吧。他会来的，”

“你的大门应该再关紧一点，不要随便让人进来，”

“我会替你听着，有人来了，”

“这我已经想过，”

“我要求你不要做，”

“冒失的事，愚蠢的事？还是你的遗忘会是我的遗忘，回忆是什么啊，”

“有人来了，你听，门铃响了。”或许我故意在表达一个朋友的乐趣。她会喜欢这个游戏，我感觉到她似乎是在展示她的魅力，她的笑声里隐藏着狡黠。灵蝶现在正走上一条什么样的道路？你的遗忘会是我的遗忘？这个念头只是一闪而过，之后悬挂在门上的铜铃清脆地响起。隔着窗望过去，灯光下的玻璃反射出碧蓝的色彩，我听到鸟儿在叫了。

这个人会是谁？

十四

我不确定……

门的后面会是什么？

昆婶在前，我漫不经心地跟随其后，我不会期望这里的居住条件会

---

[1] 此处的逗号非误用，是为表明两个人互相打断对方的讲话。下同。

带给我什么样的惊喜。

“这是你的房间，小了点儿，还是挺干净的。

“不是夸，在这里可以说是很好了，你说需要住几天？

“这里很热，睡这张床会很舒服。

“这个不喜欢就把它拿掉。

“清容做的，她说客人们会喜欢，话说回来，只有她才会去费力做了，买一个不更好？

“夜里可能有风会响，不过声音不大，你要是怕吵就拿下来，听一听不算太吵。

“还是老一套最好，先吃点饭？饿着肚子心情不会好的，再好听的铃声也听不到是什么滋味。

“清容不在，试一试我的手艺，炒个西红柿，你在别处吃不到这么好吃的西红柿。九儿刚拿回来，再来碗米饭，肚子吃饱了才能睡好。”

她终于出去了。

我的房间。

时间在我的房间里要停留几天？

一张素雅的床单覆盖着小小的藤床，不会太大，也不会太小，刚刚好的床恰到好处地摆放在我的房间里。一挂风铃静静地悬挂在窗前，坐在椅子上向前方伸出手就会推开面前的窗。手工的痕迹不太明显，我相信这是由可爱女孩子的一双轻巧的手来制作而成的。费力？没有的事。使我望而生畏的时间，会在她的手中变得乖巧些，做这件事时她一定是在微微地笑着，但是我想你不会在她的脸上看出任何微笑的痕迹，只有眼睛才能透露出这个秘密。创造的快乐或者是随心所欲的情绪会随着声音的出现失去本来的面目，不管是什么声音，叹息总是会尖声大叫逃离我的房间，融合在一起的风铃声与风的回声引导着渴望纠合在一起作乐，散发出一股清新的味道，将我带到了属于她们的世界。

“随便，什么都行。”

“好。”

“好的。”

“好。”

“好的。”

“好的，谢谢。”

“三天，或者是五天。”

“当然可以，有水吗？”

她能够快些出去吗？这在随后的日子里当面对昆婶或者是清容时我总为那一刻的想法内疚。在此之前我只想着她快些出去，好让我在对于猛然间感受到的触手可及的过去，有更多的存留于我肢体的时间，静静地休息一会儿，看到久违的逝去的回忆。担心或者是怕自己抓不住她，这种可能性已经太多次在我的手指尖溜走，就像你站在波涛汹涌的岸边，满眼皆泪看着无情的江水流去，恨不得跳入翻滚的记忆长河，随她一起逝去，时间却将我的双脚牢牢地定在一边，恍如被使了定身法般不能动弹分毫！

只要一个不起眼的举动，或者是某一个似乎听不到的声音和我纠缠在一起。譬如说有一次，是很多次，我看到或是望着近处或是远处的景象，茫茫然却不知为什么会看到或是望着，只是简单地看到或是望着而已。直到突然眼前的近处或是远处的景象在我的面前变得怪异，我是说它会变化着飞速向我靠近，直到有一个声音，经常是一声呵责或是尖厉的喇叭声、钥匙插进锁眼转动的声音、推开房门时产生的空气声、风铃声将我拉回到此刻的时间。

她手拿一串钥匙，从中挑出一把打开了我的房间。枯干的手推开房门的时候，我的心猛然间一跳，直到此时我才注意到，她的手像在森林中爬满地面的根须。看着她将房门推开后拿挂钩搭在一个铁环内，颤抖着的房门在铁环与挂钩局限的空间里来回撞击发出声音，直至缓缓地静止。一声悠长的吱吱声由低到高循环往复，似是将要消失却仍在房间里回响，一直到我后来逃也似的离开十洲的时候，我想那一声尖厉的声音仍然会存在于我的房间。

我突然间感觉到口干舌燥，我发觉，我的身体就那么干枯了，像她暴露着青筋的手一样。那一刻，在推开房间的门之后，搭挂在铁环上所发出铿锵有力的撞击渐渐消失的声音，却像在一刀又一刀雕刻着我的身体，像是皱起眉头眼看着自己衰老，逝去的不仅仅只是时间。

三天？或者是五天？我只是随口的答案，三天或者是五天的生活不是更美妙一些？我发觉我失去了什么？是什么来着？我快要忘记，这使我深深地感觉到恐惧已渐渐并且死死抓住了我，而我却无法挣脱。枯干的身体需要的是水，我口渴，我需要的是水。这个结果使我时常处于这种莫名其妙的状态之中，而我似乎在此中乐此不疲，身体直接的反应将我带到一个不可知的领域，这恰恰就是我早已寻找许久已失去的对世界的观察。

一二三四五，你好，谢谢，你好，不客气。其中的惯性或者是两者之间某种关系就此证明我是一个来到十洲的游客而已。（好的，谢谢。）经常，或者是任何一个地点，任何一个时间，面对任何一个陌生不陌生的人，（好的，谢谢）。没有人理解也就是好的，（谢谢）。我无能为力，我对自己重复了一遍，不能忘记！是什么来着？我快要想起来了，雕刻，刀锋一样的雕刻。如果我存在的唯一出路是好的，（谢谢），这将会是最为幻灭的现实。这种情况极有可能发生，三天或者五天，于是就没有什么区别。

我，一个人的三天？或者是我一个人的五天？这有什么不同之处，这个随口的答案让我一时有些沉迷。是沉迷吧，我不能确定，准确些，确定此时是什么？我有些担心，所以我放过了这个使人绝望的想法。三天或者是五天的后面是什么样的生活？时间会因为我选择存在于此的天数而发生什么样的变化？明天的早晨是什么模样？在这张藤床上我的身体会很舒服？是的，很舒服！她的手势已经告诉了我，手指尖翘起，手掌张开，浑圆地划出一个弧线指向我，手指尖跳跃着划出半圆又指向藤床，仿佛我们之间有某种默契的联系。有什么理由会不喜欢两者之间的联系？

我并不急于表态，可能如此，确定的某件事情会由于时间点的变化从而不再那么确定，而悬挂在窗前的风铃早已存在，也许能够有一些未可知的惊喜会在某个地方等待着我。她看着我，笑意微微显露，像是很满意我不会说些什么，或者是她早就知道我不会说些什么。从从容容表露出她的沉稳，仿佛一切尽在她掌控之中，所以才会说是她做的一切。她说客人们会喜欢，只有她才会去费力做了，买一个不更好？我很高兴她这么说，然而我并不希望她这么说，这会让我把注意力放在某一个确定的，比如说风铃，我只要知道就可以，我不需要观察，在这儿呢！在这儿呢！我找不到我所理解的任何词语来重新对风铃提一个问题，而答案早已在她的口中，在这儿不也一样吗？

会不会一样？有时候会的，有时候不会，这种不确定性对于任何一个人来说都会是像谜一样的古老从而使人着迷，有没有第三种可能这对于我来说更具有诱惑力。或者还是老一套的问答与思考，沉迷与现实之间的反差，心情不好因为肚子的原因或者肚子的原因会使我失去感悟的能力。老一套，在这儿呢。嗯，老一套在这儿呢。那就试一试，对，试一试。

试一试会有什么结果，期待中的发生可能，不，是一定会发生，不管是什么样的结果，总归它会发生。我只要学会接受？接受并没有什么不好，还是反抗在我的身体中，到哪里去了？在这儿呢。期待着的老一套。

“这是你的房间，小了点，还是挺干净的。”

“当然可以，有水吗？”

“不是夸，在这里可以说是很好了，你说需要住几天？”

“三天，或者是五天。”

“这里很热，睡这张床会很舒服。”

“好的，谢谢。”

“这个不喜欢就把它拿掉。”

“好的。”

“清容做的，她说客人们会喜欢，话说回来，只有她才会去费力做了，买一个不更好？”

“好。”

“夜里可能有风会响，不过声音不大，你要是怕吵就拿下来，听一听不算太吵。”

“好的。”

“还是老一套最好，先吃点饭？饿着肚子心情不会好的，再好听的铃声也听不出是什么意思。”

“好。”

“清容不在，试一试我的手艺，炒个西红柿，你在别处吃不到这么好吃的西红柿。九儿刚拿回来，再来碗米饭？肚子吃饱了才能睡好。”

“随便，什么都行。”

于是我终于推开了门，不如说是我的身体撞开了门，我急切想要知道门的后面是什么。将我与门后面的世界间隔开的门，在打开的一刹那并不只是向我敞开了另一个世界。那一个世界的时间，紧密地将我与未知连接在一起的时间，却阻碍着我，使我的世界变了颜色。

我的房间。

对于我来说。

更准确的表达。

也许是我们的房间。

十五

真傻，这样的想法真是傻。哈哈。

“君九，君九。”我听不到，我假装听不到，我不想和他说话了，跟这么傻的大人说话很累。

“你别装傻。”这句话惹到我了，我回过头，算了，跟他说话很累，什么事都要问个明白。

“这里去往那里。”我告诉他这里去往树林里。

“树林是哪里？”他的手伸到我的头顶上，他的手臂很长，比我的长。

“树林就是树林，树林就是长着树的地方，你看到什么那就是什么，树林，树，长得很高的树。”我举起棍子，在他看来这就是一根棍子，他在向我小声地笑，我可不想向他小声地笑，我得把嘴巴咧开，一直咧到，咧到耳朵边上。

“长着树的地方也应该有个名字吧，你也有名字的，”他小声地笑，现在声音更大了，他在笑我，我知道，他想着不要让我看出来，看不出来才怪呢，他把我当成一个笨蛋。我知道，一个长得比你高的人这么看着你笑，那就是把你当成一个笨蛋。我能看得出来，别把小孩子当笨蛋，不会是别的，就会是一个笨到家的大笨蛋，像是小姑家的鸟儿，我看着鸟儿笑，等它落下来吃食时小姑总是让我不要笑，鸟儿可不愿意当笨蛋，鸟儿知道我在笑什么，是笑它笨蛋，还是笑它是只聪明的鸟。我问鸟儿，你是不是不高兴了，鸟儿叫着点头，嘴巴把院里的青石板啄得咔咔直响，我不再想把鸟儿当笨蛋，一把小米就能让它飞下来陪着我一起看蚂蚁搬家，我知道了，鸟儿都会不高兴，小米也不吃了。我只不过长得比他低几个头，一，二，三，四，五，六，六个半头，他就把我当笨蛋。他在逗我玩，惹我不高兴。

“有名字。”我当然有名字，什么也会有名字，要不然他怎么知道谁是君九。我看着他的脸，他都站在树林边上了，进去不就知道了，走进去看看，想玩就玩，不想玩就回家，也没人管你，要自己管自己。奶奶说，想去哪里就去，不就得了，问个没完，想知道，想知道也用不了多大工夫，手指头伸啊伸的就能知道了。我不想让他笑，这笑让我不太高兴，晚上会少吃饭，那样可不好。

“叫什么？”笨蛋问我，一个大笨蛋，他惹着我了，我都告诉他叫什么了，奶奶、小姑、三婶子、劳爷爷，这里的人都知道，就他还不知道我的名字，还说他都知道，他知道什么啊。

“君九，你啊，君九。”我笑了，哈哈，真笨，谁，君九啊，这个人，黑白看不清楚，谁都知道，直接去看不就得了，非得知道是什么才会高兴啊，笨蛋，他才傻呢，哈哈，真傻。

“我是，咳。”他叹了一声气，背着背包的人都喜欢叹气，叹气能让背着背包的人高兴一些。他学我的样子笑，不过我可没有叹气，为什么要叹气，唉，不许叹气，唉，我想叹气就能叹气，想高兴就高兴，想不理你就不理你，唉，背包很重，压得他叹气，唉，哈哈，放下不就得了，去哪里都要背一个背包，小姑说背包，什么背包啊，放在地上歇会儿，奶奶说，拿着没趣当有趣，拿起碗吃饭，放下筷子好好睡觉，小姑说他们睡不着，哈哈，睡不着，叹气，唉，蚂蚁搬家。

“你笑什么啊，谁在那里唱歌？”我喜欢听这声音，啊什么啊啊啊，叹气的大笨蛋，哈哈。

“我认识你，君九，我们两个人见过面，有一次你还和我说起会跳舞的桌子？不记得我了？谁在那里唱歌？”他在和我套近乎，想哄一个小孩子，我都快长得和你一样高了，见过我还问我叫什么，笨蛋，我不说话，只是看着他笑，一直到他不再笑了为止。

“君九，好名字，君子怀玉，九乃极数，谁为你起的好名字，”他窝下腰，背包更大了，像是一个人长着两个脑袋，一个在前面，一个在后面，后面的比前面的大。我不告诉他，他说的不对，不懂装懂，小姑说过，要我记得：“君子义以为质，礼以行之，孙以出之，信以成之，君子哉！[1]”我笑了，这个人什么也不懂，还以为他长得高就不是笨蛋了。

“什么啊，君子有九思你知道吗？”看着他睁大了眼不笑了，这个人真好玩，什么也不懂，我笑他不笑，他一声也不出，嘴巴闭上成一条缝，鼻子张成两个洞，眼睛不动像是两个大窟窿，他的腰快站不起来了，他看着我，脑袋离我的脸越来越近。

“君子有九思喽[2]，我都会背，视思明，听思聪，色思温，貌思恭，言思忠，事思敬，疑思问，忿思难，见得思什么啊，笨啊，思义啊。”两个脑袋的人不识数啊，哈哈，都长一个脑袋，他还要再背上一个，这个样子让他很不舒服。

“谁教你的？”就知道他要说这个，没意思啊，什么事情都要知道就会聪明啊，我不知道的太多了，我知道的他都不知道还长得高过我六个半头，还要逗我玩，想去就去，脚又不是长在我的腿上，这都半天了要去

[1]引自《论语 · 卫灵公》。

[2]引自《论语 · 季氏》。

早就到了，这还用我，哈哈，用我来教你啊，我要回家吃饭了，肚子饿可不是好玩的事，奶奶说肚子饿了就是该回家的时候了。

“你肚子饿不饿？”我歪着脑袋看着他。

“你说什么，你肚子饿了？”他站直身子，滑稽的脑袋晃啊晃的，胸脯挺啊挺的，他又叹了一口气，跺跺脚，嘴里哈哈地吸着气，朝地上吐了口唾沫，放下背包蹲下身子，拉开拉链翻来翻去的。

“我要走了，你不回家啊？”他拿出一包什么东西来，是糖，这不是饭，吃糖，为什么来这里的人都会拿着糖，他想拿着糖，这是他的糖，想拿就拿，要是不吃饭吃糖肚子不会好受，奶奶说糖不是饭，饿了就要吃饭，糖是不饿的时候吃的，放着饭不吃，他吃不到饭，又不想找饭吃，非要去什么树林里，这个时候该回家吃饭，明天再去树林里，对了，我知道了，小姑说他们在浪迹天涯，四海为家，小姑说是在寻找，到了长两个脑袋的时候都会去寻找，寻找君九这个时候的事情，他们病了，需要找医生，君九也需要找医生，我会忘了前天晚上还咳嗽，不过今天就好了，奶奶说君九不要想着咳嗽啊，想着就会老咳嗽，不想就会没有，想着就会有，君九想着外面有好玩的事情，明天去找会跳舞的桌子啊，桌子就在那里，等着我去找它，我不去找它，它还是会在那里，别人会找到它，噢，小姑的意思是说他们都来找会跳舞的桌子啊，我告诉他们了桌子在哪里，可他们不相信，这我没办法，蚂蚁搬家，这是真的，会跳舞的桌子，这也是真的，小姑说在他们眼里，有的是真的，有的是假的，在我的眼里，都是真的，不是我在说假话，是他们不认识会跳舞的桌子，看着蚂蚁搬家会让他们觉得无趣。摸摸我的头笑一笑背起另一个大脑袋走出去到什么树林找什么会刻字的地方，我不会，我也笑笑，因为我吃了奶奶的药，甜甜的，像糖水，我早就知道了，奶奶说我在她心里早刻上了两个字，君九，奶奶说她不会疼，只是会痒痒的让奶奶笑，哈哈，背包里有，好多糖。

“你来一颗。”他点着头，当然要来一颗，我现在肚子不是特别饿，我有什么办法，我的肚子一会儿会饿，一会儿会不饿，这个时候我想肚子不会饿，不会特别饿，还能吃糖，一颗。

“我只要一颗。”他把一袋糖塞到我手里，一会儿还要吃饭，他的糖不是我的糖，我一只手拿着他的糖，还没有剥开放进嘴里尝尝甜味还是奶香味，一袋子糖就塞过来，我拿手推开，我忘了我的手里还有我的棍子，啪的一声抡到了他的胳膊上，我看着他不说话，想着他会不会连这一颗糖也不给我吃了，总有这种两个脑袋的人，对你挺好，一看打听不出来什么就像变了一个人，笑，不会对你笑了，一会儿的工夫就走得连人影也看不见，再见，我心里想着，我要回家吃饭了。

“我这里还有这么多糖，要是一袋子糖我就会给你一半，你看，这里面有这么多袋糖，你数数，一、二、三袋，给你一袋我还有两袋，我还是有糖吃，现在决定权在你，我送给你，因为我喜欢你，你没有什么负担，我愿意送给你，简单点，你没有什么负担，你不用告诉我谁在那里唱歌，也不用告诉我那边是什么地方，我知道你叫君九，我知道你住在那里，我还知道你的小姑叫清容，开着一家旅店，我们是熟人了，不过你忘了我是谁，我却记得你是谁。”他说，眼睛还眨巴着挤啊挤，六个半头的，嗯，两个脑袋，嗯，比我高的人还学人挤眼睛。

“你还和我说过会跳舞的桌子。”他蹲下身，这样他就和我差不多高了，我能看着他的眼睛，一闪一闪地眨巴着。

“是会跳舞的桌子。”

“会跳舞的桌子，下次带我去看。”

“嗯。”我看着他手里的那一袋糖放在我的手里，那么我现在手里有一颗糖还有一袋糖，他的手很黏。

“好吧，那咱们两个人说再见？再见，君九，森林，要记住，不是树林，告诉你小姑，我要一间干净的房间，晚一些我再去，准备好饭，我一会儿肚子会饿的。”我剥开手里的那一颗糖放进嘴里，奶香味，很甜，糖纸拿起来对着落下去的太阳看了看，红红的不好看，放进兜里，明天中午会更有意思。我看着他跺跺脚，嘴里哈哈出气，一只手甩过来，抓住大脑袋的耳朵，滑稽的脑袋晃啊晃的，胸脯挺啊挺地走进树林，森林，一直到我嘴里的糖只剩下一点儿了，他也没有走出多远，我还能看得见，这么着急啊，明天去不是更好，也没人在那里唱歌啊，他走错方向了，他只说那里是那里，森林，没说要找唱歌的人啊，来了一次还不知道，笨，真笨，他想再看看，我要不要告诉他，先得吃饭，唉，我也叹了一口气。

我转身走回去，回去的时候遇见三婶子。三婶子一句话叫住了我，我看着她手捂着脸回屋里，唉，她的牙又开始疼了，这回让我拿什么给奶奶呢？西红柿，还是黄瓜，我想吃后面的菠菜呢，这回是西红柿了，三婶子让我把西红柿拿回去给奶奶，我看了那么大一袋子西红柿。我拿不动，我有些累得慌，三婶子递给我一个西红柿，这个没有糖好吃。我听到三婶子含糊的声音，我知道三婶子的牙又疼了，说要去找奶奶治牙疼，说几句话她都皱着眉。三婶子一说话我就看见她嘴里往外流着口水，三婶子说她的脸都是烧的，三婶子说这一回得多熏几次，把小虫子都熏出来，要不然她这个牙该怎么过呢？一年疼下来命都没了，每次她都和奶奶这么说，我也没看见她的命怎么没了。三婶子说牙疼得她的手没有力气，路也不想走，她这样说的时候抽出一只手来拍着我的头，我不喜欢她拍我的头。一、二、三、四、五、六、七、八、九、十、十一、十二，十二个大西红柿，我要拎回去交给奶奶。三婶子，我知道了，你别再喊了，我知道了。

我手里拎着十二个大西红柿往家里走，我想让三婶子和我一起拿棍子挑着西红柿回家来着，看着她手捂着脸就算了。走到家门口的时候我不走了，把那一袋子糖拿出几颗来放进兜子里，用手抹平兜子，看看不像是藏了什么东西，奶奶看到糖会把我骂一顿，我还得留着吃几颗，奶香味的，甜甜的糖。

“小姑，奶奶。”我喊了一声，然后我用力地推开门，我喜欢听这铃铛的声音，就在这时候我突然想起来了，那张糖纸有一股香甜味，对着落下的太阳看的时候，没有中午的好看，但是中午的太阳没有香甜的味道。

我把那一大袋子西红柿放在地上，手摸了摸那张糖纸，嗯，它安静地躺在我的衣兜里。

十六

记忆会不会安静地躺在那里等待着你去叫醒她？多久之后，记忆会如同过去的时间一样消逝不见？

离开之后，十洲的无数个夜晚不免使人期待着安静，而他仿佛就在我的身边。

回忆是什么？回忆就像是躺在你心底波光粼粼的小河，在某一处静静地流淌循环不息，终将汇成滔滔大河，而我将在遗忘中渐渐老去。

当我的脚步踏出院门的刹那间，犹豫不决的心突然坚定起来，我不清楚为什么。双脚扯着我，向着他的方向走去，细碎的脚步终于变为狂野的奔跑，街上没有人，我的眼泪就那么突然间涌出来。

我知道是他来了，我告诉过他不要来，离开了就不要再回来，但是我为什么这么渴望君九能告诉我更多一些？那是不是他？像是容纳着小河的堤岸突然不见踪影，河流肆无忌惮地激荡着原本平静的两岸。于是岸边瞬间就失去了记忆中的模样，冲向尘封身体的每一个角落，每一个角落都成为企图阻挡它的力量，直到无奈地看着河水咆哮化为激流冲出我的眼眶。

我发现我已经不能控制我的脚步，我发现我已经不能让自己停下来。我在这个时候竟然无法思考，我的脚步已代替我的思考，我的脑海一片空白，只是知道不停地奔跑。直到我的脚已没有了感觉，直到我的脚已和脚下的这片土地联结为一体，直到我分不清什么是我的脚步，什么是脚下的土地，它只是机械地将我带到它想去的地方。我恳求它能停下来，这不是此时的我，这是什么时候的我？在到达它想去的地方之前，我将死去。这或许就是我们之间最终的方式？

脚步，我的脚步，你辨认出了我的目的地。

这是最真实的我吗？我希望能得到暂时的安静。就像站在天若岩那一条波光粼粼的小河汇聚成为月湖的旁边，看着它在某一处静静地流淌着循环不息，歌声将会将思念刻在他的心里，而我将在遗忘中渐渐老去。

我不知道怎么打发他到来之前的时间，只好让自己陷入一片无聊的时间当中。但躲开往日的时光，像躲开无处不在、围绕在你身边的空气一样艰难。只一会儿的工夫，就能让我不能呼吸，我知道，我依赖他从而感知到此时活着。他这个时候已经起床，他在洗漱，他在做什么事？而在同一个时间内，这时候我本应把挤好牙膏的牙刷放在他手中，而我在这里，他在那里，一直是他这时候在做着怪怪的动作在向我微笑。他习惯晚上喝牛奶，说可以睡得更好，此刻他在做什么？我不知道他此刻正在做些什么，会不会让我痛苦地将我的过去遗忘。

因此我理解灵蝶所说的话，她说了什么？我不愿意想起这究竟是为了什么。我的脚步，我的脚步不能告诉我前行的方向！她要将我带向何方？她为什么总是这样使人猜测？她看不到我的心里他的影子，可为什么她要说出那一句？

我感觉得到他的生活，却又无法触摸。这让我沮丧之中又有欣喜，总归还是能知道他在这个时刻会做什么，如果他此时也在想着我在做什么。不，不是这样的，我知道，无论他在做些什么，他一定能感觉到有一双眼睛在关注着他。

如果他曾经爱过我的话，灵蝶说得对："你听着外面的声音，只要你这么想了，我敢肯定，你会这么想，一定会的。"是的，我在想。可我为什么要说那样的话。是在掩饰我对他的思念吗？我淹没在感伤之中，却极力装作若无其事，这种情绪使我看起来那么不自然，尤其是面对着灵蝶的时候。如果她是我，她会怎么做，我需要一个支撑，好多次我都想向她说起，可看到她嘴角露出的微笑，又不想让自己像一个傻瓜。她一定看出来了，我的悲伤是那么明显，她巧妙地透露出她的理解，却又不想让你知道她了解一切，真是可恨。指明一条路吗？

我不清楚，但我知道那条路是她的，绝不是我的。也许我是在否认，但在这一点上确实如此，灵蝶距离我越近，我就距离那条路越远。她对我说："请你做一件事。为了我，别为难自己。"我刹那间心里亮了，在黑暗中像火柴划过一点光芒。随即又熄灭，只有那么一刻，我不知道怎么回答她。

但自此之后，在很长一段时间，我任由我难以入眠，忍受这句话的折磨，却从来不去想办法改变由此带来的难挨的夜晚。奇怪的是，我竟盼望夜晚的到来，好让我集中精神想他，忍受痛苦也乐此不疲。我想我一定是疯了，却又那么强烈地去追寻痛苦的想念。虽然痛苦使我像一块木头在火上燃烧，难以忍受的焦灼使我的身体在夜色之中抽搐、翻滚，却又在火光之中得以复活。我和孤独如此亲近，这个时候没有人来打扰我们，而他也不会离去。

我想见灵蝶，我想把全部都向她诉说，却又在担心自己。好在她仿佛不知道这一点，否则她若是再次向我袒露诚恳，讲述她自己的点滴困扰，我怕是会忍不住泪如雨下。对此时的我来说，或许他只是一个回忆罢了。但为什么我会跑到这里？我说不清是什么原因，我总想着下一次和灵蝶在一起我会说出来，临到时刻却退缩，于是这从来只是一个想法。这让她得意了吧。我只有试图装作这只是发生在其他人身上的事情，过去了的时间就此成了一个故事。而灵蝶却从不这么认为："过去了的时间是你的生命。"她说。

我知道她想说的是"一去不复返的时间"，而生命中绝无可能再次出现的时间是和另一个人有着关联。往往在这个时刻，我们都在沉默不语，想说些什么，却又希望对方先开口，于是沉默继续，回到另一段时间之中。现在我面对着十洲的沉默，又有谁来打破这静寂呢？

我一次又一次地看着时间挑开早已过去的时间里，那标识渴望厚厚思绪切片的序幕，脆弱无力的时间支起沉重的大幕，却并没有力量去长久支撑而只能看着他再次落下，于是我只能想象着他在做些什么。还有什么事情比这个更苦吗？指针一秒一秒地划过表盘，我的心也一点一点地在痛苦之中煎熬。我想起有一次挤牙膏或者是别的什么事情，现在想来真是傻到极点，怎么有这样的事情发生。当时我在做什么？可是我不记得，我没有做什么事情，我忘了我做过些什么。那个动作是那么简单，还有什么比为他做什么更重要的事情，那更重要的事情，发生的时候我在做什么？我诅咒时间，它使我失去了现在想念他的空间。受不了的时候，我会给你发一条短信，上面永远只有两个字，只有把它写出来，我才会好受一点儿。我会把它储存在手机里，再删除，再写，再删除。在这样的日子里，永远重复。

灵蝶是在用手术刀解剖我，面对她，我感觉到她在一点点地将我分解。我可怜地躺在那里，看着闪着寒光的手术刀在我的皮肤上划露出血肉来。我抗拒，却又想让她解决我的痛苦，又担心在夜晚失去他，见不到他我该怎么办？那么我将怎么面对孤寂的夜晚镜子面前的我？从分别的那一刻，我已经渐渐习惯，没有初时的难以入眠。只有想想他，才会睡得更香。

我无时无刻不在想他是不是已出发，来到十洲。他从那里出发来到十洲需要两天一夜，时间飞逝，他已离我越来越近。我知道这是幻想，但我忍不住这么想。等到他差不多的时间到来时，一点的异动都能使我心跳得像在火中炙烤的豆子一般。

每当这个时候，灵蝶说些什么我听不到，我也不愿意听到。我总会看着她的身后或者是别的什么地方。我不愿意低下头，那样的动作只会泄露我心中的秘密。我这点花招想来早已被她识破。她只是微笑，静静地看着我。我不知道她此时的眼神应该是什么样子，我在这个时候从来没有去对视她的眼睛，但我感觉到她的目光扫过的地方，像一条火线在我的皮肤上烧起一串串轻烟。我几乎闻得到焦煳的味道，听得见燃烧着的声音在我的身体响起。我不能这样下去，她会融化我，成为另一个她。

几点了？他会吃些什么，时间将我撕碎，但愿不是方便面，那可没有营养，只是哄肚子的东西而已。我希望他吃些水果，什么餐车上的饭无论怎样也是不能下咽的。我会给他准备些什么呢？这个念头抓住了我，我知道他也许不会来，但我还是精心准备。灵蝶显然认为她是最能理解这一切的人，也许只有她才能理解。

有一天他来了，为了这无数的夜晚，我一定会问他一句话："你会想我在某个时间里做些什么吗？你会像我这样想你般想我在某个时间会做什么事情吗？"

我要让他知道，那时间是我和他一起度过的。我曾想着给你写信，如果你回信，我一定会在信纸上寻找数字，那是你来到十洲的时间。然后再一个字一个字地读下去。我总是幻想，灵蝶说得不错，你从来也没有寄出去，如果你像我想你这般想你而你也在想着我的话。

我从来也没有寄出去，而任凭夜晚的来临。我想人生苦短，在我离开这个世界以前还能有这份对你的情感，我知足了。我不愿意任何人来打扰它。谁也不行。每当我不知为何忧愁时，我知道一定是你不开心了。每当我笑时，我也知道是你在笑了。

“没有你在我的身边，我怎么会安稳地睡觉？”这句话我一直记得。后来我明白了，或许正如灵蝶所说：“你这么想，是为了让自己有事情可做。”

但那句话一直在我的耳边回响：“没有你在我的身边，我怎么会安稳地睡觉？”

十七

我安静地睡着了，夜里没有一个梦。

你说安静且没有梦的世界难道不是我想要的？你说我已来到了我的房间，在这里休息难道不比挣扎在路途中更使我得到宁静？你说我的等待终于有了一个可以期待的结果不是吗？你说风铃的轻轻舞动更像是我的催眠曲，它不吵，只是让你停止无谓的思考而这个结果是合乎逻辑的。你说我从某一个地方出现直到现在你并不想回到开始的地方，这个选择不是决定了我此时正躺在藤床上懒洋洋地听着风铃冥想某人的模样？

“高兴吗？”

是的，从来没有过的高兴，但是并不是我所理解的高兴，什么是高兴？高兴只是通过某件事物来表现，而表现方式是否取决于我对于事物的反应？就像什么，像什么，什么也没有，我仍然没有任何词语来描述，这就是高兴？这就是你所说的高兴？于是这也成了我的高兴？

"你从来不会认真感知这个世界，所以你会失去对于世界的印象。我知道你要说什么是印象，随你，记忆、感觉、回忆、认知、逻辑、思维、幻想、恐惧、忧伤、痛苦、彷徨、不安、寂寞、空虚、无聊、反正什么都行，只要你认为能够表达你此时此刻的心情。"

但你没有说到安宁，为什么？时间可以杀死青春，或是给苍老一次机会？是这样的话，刚才显现在我脑海中的，我有些不能确定，也许是也许不是。

"安宁？哈哈，这些就是你找到快乐满足的门户，你只看到安宁，但是你从来不认为安宁以另一种方式存在于你的世界。好吧，你从来不会将世界与你之间构架起一座桥梁。所以你找不到路在哪里，期待什么临时的惊喜，哪怕是对某一事物具名，并不会给你带来安宁，就像，好吧，就像你喜欢那个空姐只不过是想借着她来感觉时间证明你的存在，你利用了她，你并不爱她，你来这里只不过想找到你早已失去的描述世界的能力。你是一个作家，哈哈，作家，你是一个作家吗？一个青年的作家会吸引一个空姐来当作你感觉某一时间存在的前提，她比你更像一个作家。你介入的生活在哪里，你的写作选择是什么？你为什么写作？你是否明白，时间对你的重要性难道不比对她的重要性要更能反映你的存在？当然，有目的的爱恋会更为长久对不对？就在于她对你的刺激？像刺青一样地刻在心里，有没有这样一个地方？会将甜蜜的话语以血淋淋的方式保存？"

我不确定，也许并不是你想象的那样。

"哪样？我该如何去想象你，认识你，你的内心。天啊，你认为我会看到你的内心？就像远古神话中的神仙掌握读心术？或者随便去找些什么理论来证实内心活动源头的开始就在于对世界有了初时的意识？人性？时间？存在？判断力？是荣格还是康德？是荷妮还是萨特？海德格尔也许只是告诉了你一个词，引导，倒不如想想《搜神记》里的神话更为有趣一些。或者是你始终处于被引导的处境，而从来不会以你的世界作为坐标来看待这个世界给你的惊喜，你的眼中几乎是被虚化了的世界，就因为什么（你看，我也不确定）给了你一种有规律的答案。那么是什么作为你的意识存在？谁来定义？事物之外是谁来主导事件的发生？记忆的片段能否和曾经的过去天衣无缝地拼合？你看到的世界你能理解吗？安宁？先回答是什么使你浮躁？他人即是地狱？你不觉得这是你一个人的事情吗？你什么时候才能安静地看待这个世界？有什么东西阻隔着你的眼睛吗？你看到的不是真实的世界？那么你看到的莫非都是假象？在你之前难道世界就不存在了吗？时间对于你来说是否就是权力的象征？你面对的对象不同会使你改变对吗？那么接触的意义在哪里？放弃或者是反抗是否意味着自我超越价值的实现？你对自己怎么判断？你对他人怎么判断？这是你不幸或是幸福的原因吗？**你的辨别能力使你更为愚蠢的方式，就在于时间，时间对你来说或者只是你证实存在的你吗**？还是某个大师？你不是要告诉我什么吧？哑然无语了？”

我不知道，但是并不是你所想象的那样，也许我只是暂时地失去了……失去了感知世界的能力？

“哈哈，你是不是得了失语症？不是，我知道，最了解你的人是谁，是我还是你认识的某一个人？有人能告诉我吗？哈哈，屁话，都是屁话。还是你向着某人所希望的方向去努力改变自己？还是身不由己地向着某种价值与规律的方向去前行？冷漠与热情之间的距离或者是不安与孤独的距离在于对于世界的掌握？你在隐藏什么呢？浮躁，那或者只是一种错觉，它就在那里，是谁让它在那里的？某个结果能让你在你的世界里更为安全？由此你作出了决定而对于普遍价值视而不见？那么报纸或是电视或者任何一个信息渠道传来的丑闻会让你改变主意？从什么时候开始的？或者从任何角度解释世界会让你觉得更安全吗？安全，对不起，我用了安全这个词，难道不是吗？你不能饿着肚子去感知世界，可是谁又能知道饿着肚子感知的世界不会是观察他人的一种方式？我无情地嘲讽了你，你看看你的反应，你只会待在这张藤床上，你只会闭上眼睛和一个弱者或是强者交锋，有什么关系，反正你最后总是会胜利，你总是会干掉我，你已经学会从不幸中去寻找幸福所在？我是该恭喜你呢还是该嗤之以鼻？”

你什么都不用去做，你让我想想，思考对于你也许只是一件乐事，对于我来说意味着痛苦，我想寻找真实，真实才是我认识我与世界的途径之一。我此时不能回答是因为我也许并不愿意回答（了解自己），而这会是我将属于我的安宁归还给我的时刻。安宁，我躺在这张藤床上所得到的安宁没有超过一秒钟。你距离我太遥远了，只有在你找到我的时候我才会知道我并不孤独，既然我们已经连接到了一起，还有什么必要一味地证实安宁。

“高兴吗？”

是的，或许有些，我不确定。高兴，或者只是一种情绪，是一种情绪，当然，你可以找到许多理论来反驳我，求求你，太多的理论只会让我迷乱，哪怕你揭示了之所以世界会存在的逻辑。如果活着是为更好地去感知这个世界，那么世界本身自会告诉我答案，我会暂时停下来看看你的世界，任何人都可以找到他所需要的理论支撑，求求你，否则我会无所适从。我很高兴尽管听到你对我说的话使我痛苦或是彷徨，也只有痛苦或是彷徨才能让我了解什么才是高兴。当然，我知道，你不要说我知道什么，你怎么才能知道我知道什么？我的存在告诉了你什么？重要的是纯粹是你打破了我的安宁。

“你在为自己找借口。”

借口，哈哈，借口，我需要一个借口吗？

“每一个人都需要一个借口来做他正在做的事情。”

为了谁？

“你在路上都遇到了谁？”

为什么问这个？

“你在路上都遇到了谁？”

好吧，很多人。

“很多人？哈哈，很多人。”

是的，很多人，我不知道你到底想要做什么，为什么会如此嘲笑我？

“你认为我是在嘲笑你，只不过因为我哈了一声？”

我只能回答你有很多人。

“那么对谁有印象？”

谁？印象？我不可能都记得。好吧，一个地铁售票员，你不要冷笑，让我想想，一个坐在电脑前看着屏幕的女孩子。

“为什么不说像苹果一样的女孩子？”

是的，像苹果一样的女孩子，地铁里一群低着头仰着头抓着什么没抓着什么的男人，一个又一个挤在男人旁边挤在女人旁边挤在灯光下的女人，男人女人一个又一个陌生的男人女人，一个想引起我注意的男人，一个留给我电话号码的女人灵蝶，出租车司机，赶路的老农，卖早点的商贩，拿着一本书的燕玉，小河边钓鱼的人和一些孩子，这里的老妈妈。

“你忘记了一个重要的人？”

“谁？”

“你想想。”

是谁？

“他们中间谁会成为你故事的主人公？告诉我，我很好奇，让我看看你的内心，走近你的世界会是一件有趣的事情。”

我不知道，也许你说得对。你说的是谁？我忘记了谁？

“你不愿回答，是你将我拒于千里之外，我在努力接近你。”

是的，我感觉得到，但是我不知道怎么样才能让你看到我的内心？等等，是什么让你距离我如此遥远？

“哈哈，你终于有些明白了？”

不要走，等等。什么才能让我得到安宁？浮躁，那或者只是一种错觉，它就在那里，是谁让它在那里的？从不幸中才能寻找到的幸福在什么地方？我如何才能逃离？

从不幸中才能寻找到的幸福在什么地方？我一直认为这是世界上最荒诞的事情之一，可是如果有那么一天，原来真的可以……

但是，我爱（她）。你在那里？

十八

你在十洲的山水间行走。

你已经习惯。就像一杯水静静地在透明的玻璃容器中展现透明，你走在一个看得见脚下延展向前的地方。穿越树林的小路渐渐在你的面前模糊不清，软软的草地伴随着前行，在消失的日光下形成明暗分明却又奇怪地会若隐若现的条纹，反射出色彩迷乱的变化，像是你在强烈的日光下闭上眼看到的红色幻化为针状的黑点。你在捕捉着，眼球转动着追逐，红色太刺眼了，你不得不睁开眼睛，于是在一瞬间你的眼前一片漆黑，紧接着你会转过目光逃离开这样一个小小的举动。总是会有异样的吸引力促使你去尝试。真想伏下身触摸一下啊，把手放在草尖之上随着手指滑动任由思绪诱惑你的前行。

这时，穿越数不尽尘埃的黑暗慢慢洒落在你的身上，一点，一点，先是前面的草地一寸一寸被摄去了绿色，你似乎能够听得见黑暗附着在青草上的重量所发出的细碎的声音。你不由自主、着了魔似的站在那里，像是小时候，多少年前，是3岁还是6岁？不用去看到，想想就会把头蒙在被子下面，那一小片天地你眼睛看到的是伸手可以触摸到的黑暗，于是你会悄悄拉开一条小小缝隙，看着光亮，一点一点地来到你的世界。

你尝试弯腰，后背的坚硬乘机侵入，侧过身来手指尖还未触摸到青草。而这个动作你知道是非常滑稽的。你不想为人所耻笑，这只是个借口，你不想被自己耻笑。这里有其他人吗？没有？那么，站直身子，双肩后缩，或者做一个龇牙咧嘴的模样也会让后背舒服一点。吃一颗糖，有奶香味的糖。你总是准备着几颗糖吗？谁会知道这些事又算得了什么？

歌声就那么听不到了，你叹了一口气，或者你想叹一口气，又或者你只不过想做某一个，是某一个？为什么不能是一个确定的动作来表示你的某种（这种不确定又来了）、那一种心情。你想到这里时就笑了起来，你犹豫，或者只是想到了犹豫这个词可能是你现在最准确的状态？如果不是犹豫，而是什么呢？可能是只想顺着这个零乱的思绪信马由缰地一路狂奔而去，这似乎好像可能也许是不对的。还是这样吧，对，是的，不错，你确定，你是在犹豫。

于是你跌落进一个陷阱不能自拔，这就像是一个悬在某处的莫大的空洞，你不知道是你在它的上方或者它在你的下方，掉落下去还是被它吸进去所显现着的距离，感觉不到你的存在是否是因为空洞，或者只是存在于你脑海中想象的结果。假如你抬起或低下头来只能，或许只能看得见，或许什么也看不到，还有没有第三种可能？你知道你就是这样跌落进了一个陷阱又一个陷阱，却无法自拔如梦中找不到醒来的路径。

唉，终于你叹出了一口气，你想叹一口气只是叹一口气，叹一口气没有什么大不了的，叹气之间有联系，或者是作为揭示某种存在者之间的联系，和现在叹气的行为符合与否，关系到你的存在方式的可能与叹气会成为何种逻辑关系？叹气在叹气之中消解了你的疑惑，你想到的一点并确定的是，终归你叹出了一口气。你摸了摸胸前两条勒得很紧的背带，它们在叹气的那一瞬间勒得更紧了些，有一些疼，你眯起了眼睛。

你看到了什么？你告诉了我。你的眼前有一条不能称之为小路的小路，虚拟似地呈现在你面前，然而你并不能怀疑这幻影。连成片的树林绵延至隆起的山坡，这时你下意识地低头想看看时间，这个念头刚刚显现你的目光就被山坡远处的景色所吸引。你近乎贪婪地睁大眼睛，你知道你看不到什么真切的景象，你只能朦胧地看到，它们在山坡的后面，在你看不到的地方以一种独特的方式出现在你的眼前。山坡是倾斜着向着你的方向压上前来，遮住了莫测的视线以不可思议的折射角度将景象升腾起来堆到你的眼前，你从天空中可以看得到的天空上方的星光下，看到了山坡另一面的世界。

你的目光向左平移了一厘米，两道三道四道车辙凌乱地碾压草地向着另一个方向，像是一道道刀疤刻在人的脸上，你的注意力首先会在这里停留片刻。这是一个谎言，你心里笑了，心里能笑吗？一颗心笑起来会是一个什么模样？你不由地摸了摸自己的脸，你感觉不到你的脸上有笑着的模样，你的嘴角没有动，你的鼻子仍似往常平稳地呼吸，你的手摸向了心脏的位置，那里被两条背带勒出的坚硬感觉不到任何微笑的气息。

往回走，掉转头去，沿着来时的路走回去。现在天色还不算太晚，还能看得见回去的路，回到旅馆住一晚，明天再来这里，或者明天再来这里？这就是你此时的想法，你很是奇怪，你静静地站立在这里，静静地看着眼前的草地、树林、山坡，你傻傻地脚尖向着顺时针方向转了一圈，笨拙的脚挪动着又转了一圈，没有声音。

歌声消失了，歌声就是指引来此的方向，这是你走到这里停下的原因。你恍然大悟，你四顾茫然，看着、瞧着、观察着四周，看不到、瞧不到、观察不到，这里很陌生，陌生！那就在这里露营，背包里会有所有露营需要的东西，找一个平坦之地，放下背包，松松筋骨，看看夜色，猜想歌声来自何方。何方？

你还是决定先吃一颗糖，这样背包就可以放下来，却不知怎么脑海里突然出现了《易经》中的一句话："小亨，旅贞吉[1]"。

嗯，或许，这样很好？

十九

我觉得这样很好。

我看到侪鹤半蹲在那里，星光照耀下的篝火在一小块由石块围起的空地上噼啪作响。我选择在这里宿营，这里和他所拍摄照片上的环境出奇地相似。我想也只能这样，人绝不会重复来到同一个地方，总会有什么不同，哪怕是同一个天空，是同一个天空，这就是我现在能想到的，而不是同一片天空，又有什么不同？这样想时也就有了不同的天空。为什么一定要下一个定义，在我的世界里，就算是同一个天空又会怎样？

[1]引自《周易》旅卦卦辞，寓指书中所有人物存在的状态。

我决定把十洲的山山水水都要走一遍，我告诉你是因为你值得我告诉你，和你不同的是，我走过的并不会是你所想象的。你猜到了，是的，我是要跟随侪鹤的脚步。侪鹤告诉过我，十洲的山水使他似乎要忘记一切，我知道鹤鸣化这个地方，我不认为把字刻在心里会比那里是侪鹤的重生之地更重要。我要和他去寻找两个人独有的世界，在这里，在十洲，看着对方还会不会忘记一切？我不知道，他会不会也忘记所有的一切。

我是在说服自己接受？还是在对抗某些东西？

“更把玉鞭云外指，断肠春色在江南[1]。”同一个天空下，却不知怎么有了别离的愁绪。而我们在一起，他就在一小块空地当中燃烧着一堆篝火的前面，他伸向天空的双手仿佛要穿越遥远的天际。我看到他周身被一团奇怪的光线包围。看到他的面容，我觉得我又站在某处接受他倾诉的爱情，我爱他。这一刻我爱他。我控制不住我的想法，我要走过去，紧紧地抱着他，告诉他不管什么时候，我都在用我全部的生命来爱着他。

我终究还是坐在这里，看着他小心翼翼地将一根又一根掉落在周围的树枝围拢在一起，是不是我在强迫他必须要和我一起度过在十洲的第一个夜晚？不用说或许他就是这么想的，难道他的第一个夜晚不就是同样的情景在这里度过的，而这于是成为他回来后对我的担心所表述的第一个故事？最终他却怀疑这一切。讲述会不会只成为侪鹤简单的一个讲述而已，但是他知道对于我来说，这是我看着他眼睛的一个理由而这一点对于我会有多么重要。

我看到他蹲下身来，以脚尖为支点向我的方向转动，似乎想要回过

[1]引自唐代诗人韦庄的《古别离》一诗。

头说上一句什么，或是做点什么，做点什么？他只想赶快从这里出发回到旅馆，星光下的篝火只会呛得他呼吸困难咳嗽不止。他还要找寻一根又一根的树枝，要干燥的，要长短不一的，要能够使得火焰燃烧得更凶狠一些的。他一直在自言自语，他是在说给我听吗？还是在讲述他在野外露营的经验？他说过的，他也做过的，这里难道不就是侪鹤第一次在十洲度过的他所说的美丽夜晚的地方吗？而他现在却不想这么做，他只想回到旅馆，那里有热水，有舒适的床，还有什么？

“你能不能过来一下。”我说。

我知道，我爱他，此刻这个想法却让我浑身无力，不能移动分毫。我真的想告诉他，我感觉到你的变化，却不知道是为什么，接近你的一切都会是我的重生，而你却从来不知道这对于我意味着奇迹的发生！就是在这个地方，或者就是在某个地方，你出现的每一个地方对于我的吸引力就如同获得轮回的机会。我知道这个地方现在就在我的眼前，你曾经站在这里，现在你依然在这里，我却找不到如何才能走近你的道路。

我看到他，他就在我的面前。

“马上。”他说。

他仍然在离我不远的地方看似颇有兴致地享受着某种过程，一根树枝拿起来，一根树枝捡起来，一根树枝翻起来，一根树枝夹起来，一根树枝挑起来，一根又一根的树枝在他的手中如同提线木偶般灵巧。我不认为是他赋予了此刻一根树枝以生命，但是我觉得树枝在他的手中却仿佛有了韵律一般飞舞着，形成一个又一个不同形式的弧线。是的，韵律一般，我不知道这之间有没有联系。也许围绕他周围无数根散落在潮湿草地上的树枝在等待他的到来，存在于树枝的世界只有他一个人在做着他所理解的事情。

“我想要你吻我。”我说。

他的动作停顿，但只是停顿了一秒钟，紧接着他回过身来，我冲着他笑笑，但不知怎么竟然感觉这个举动有些碍事似的，我的肌肉仿佛不是我的，仿佛这是一个阴谋。我浑身无力，我感觉到我不能，是的，我不能让属于我的、曾被他所赞美的容貌像我想的那样绽放出笑容。

“我想你吻我。”

我又说了一次，只不过声音更加微弱，只有我一个人听到的声音却像春季的炸雷轰响在我的耳边。我还能告诉他什么？就让我说出来，我想你吻我。

“晚上这里会有一些蚊子啊什么的。”他不知在和谁说话。

我只看到，他的背影拉长了线条匪夷所思地时续时断铺陈在地面上，古怪地可怕地在我的眼前变幻各种模样，伴随着在篝火中扭曲变形的一根又一根的树枝燃烧发出的爆裂声，这已经不是一个好兆头的开始。我几乎是在忏悔，让我的心灵在炼狱中反复煎熬，它就像一把匕首，阵痛使我痉挛，肌肉开始跳动。为什么会是这样一个夜晚，会在这样一个地方出现这样一个人？不，是侪鹤在此时的影子？他在残酷地杀死我的笑容！等等，我怎么又莫名其妙地想到了死刑，这将在此时预示着什么？我不知道是什么控制了我的思维，我想我快要哭了，我只想得到一个吻。我不要再想到什么笑容，不要再想到什么死刑，不要再想到什么预示什么的一切。

我失去了判断，没有了思考，像是一个孩子被关在一间黑屋子里，只想着害怕，害怕，害怕！我期盼有个人能大踏步走过来，隔着紧闭的房门听到他的脚步声就不再使我像受惊了的鸟儿一般慌乱。

我现在只想得到一个吻，一个吻，一个我所爱着的人的一个吻。

“第一次在这里过夜只要是露在外面的地方全是大包，你不担心？”他笑笑，声音持续环绕在我的周围，“去旅馆不是更好，已经预定好了。”我看到他的笑容再一次显露在他的脸上，他的嘴唇露出了笑容，向上牵动。

我到底在克制什么？我希望的好兆头并没有出现，异想天开，这只会让他为这四个字加注更多的理由。匪夷所思的影子割裂开地面，他的影子在我的眼前，而我挣扎在影子的空隙间如一根又一根的树枝被抛入火焰之中，毫无希望地将水分蒸发，变得干干的弯曲着化为呜咽飘向空中的埃尘。

我只想得到一个吻，就在此刻，我只想要一个吻。

“这会儿可不能。”他的脚尖支撑着他的身躯，转过来面向我，我的心就在那一刻几乎要停止了跳动。“这会儿可不能洗一下啊什么的，这里没有烧水的地方，谁知道要在这里过夜，要不然还是去旅馆吧，开车十几分钟就到。”他冲着我调皮地眨了眨眼睛，原本的可爱在此时却变为了可憎，“这里还有这里，都会有一些大包，几天好不了，能肿多高你知道吗？”他的双手在脸上，手臂上，脚踝上，鼻子上，额头上，耳朵上指着，最后放在他的下嘴唇边上，两个手指捻着嘴唇向上慢慢地拉起，“有这么高。”

我在怀疑，他到底能不能听得见我说了什么，或者是我为什么不去直接告诉他我要做什么，我什么时候开始有这么多不确定的事情存在于我的周围？这绝对不是一个好兆头，也不会是一个好的开始。我现在很乱，对，很乱，现在，现在就是现在，我不能肯定他有没有听到我刚才在说些什么。我甚至怀疑我是否说了，还是只不过是我心中所想，他并不会知道。我爱你，我爱你，我爱你……如果我说一百遍，一千遍，一万遍，他的心里有没有能让我看到的这三个字所留下的痕迹？

我看着他的嘴唇，我闭上双眼，在心里默默地一遍又一遍念着他的名字。

“我他妈只是想和你亲嘴。”

我猛地跳起来，向他冲过去，一把将他抱住，惯性使我扑倒在他身上，两人滚作一团。我的嘴唇在找寻他的嘴唇，他热热的呼吸鼓噪着我的胸膛，让我不能自持一口咬住他的嘴唇，用力地咬下去，咸咸的温热涌进我的口中。

“懂吗？亲嘴！”我大喊一声，用尽我身体所有的力量。看着他惊愕的眼神慢慢地恢复了平静，感觉到侪鹤紧紧地用双臂环抱着我，轻轻地衔住了我的嘴唇。我闭起双眼，浑身无力瘫软在侪鹤怀中，恍惚之间，仿佛世界从此在我的眼前消失不见……

二十

这个时刻很难形容，看来我又走回了老路，每一次都是这样，面对此刻的所思所想却没有任何一个词语可以恰当形容。我干吗就这样一直躺在床上？听着风铃声轻轻响动，头脑里反复想的是风儿吹动了风铃，还是风铃晃动让我看到风儿的形状？

我听得到风铃声猛然间响起，紧接着院门突然被撞开，发出与墙壁撞击而沉闷的声音。我为什么就这样一直躺在床上？听着种种声音在耳边响起，院里的门似乎打开了好多扇，一时间小孩子、老妈妈、男人的声音叫起来，随着门颤动的声音而渐渐远去却又似在我的耳边。

“现在是什么时候？”这是我听到的唯一一句话，之后的对话模糊听不真切，却让我突然间想到正是有了风和风铃的时候，这两者之间才会让我在此刻听得到响声，存在于此的这个道理竟然如此简单。我的眼前就这样又出现了那朵没有颜色的花朵，在院内灯光透过房间玻璃的逼迫下躲藏着的黑暗之中，刚显现便再次消失得无影无踪。我闭上了眼睛，又睁开了眼睛，仍然是没有任何踪迹可寻。

是什么会使你距离我如此遥远？我再次邀请你来到我的身边，但是我该去何处找寻你，竟然成了一件不可能的事情。这是一个秘密，一切都在他的掌握之中，而我只能被动接受，这就是生活的乐趣被一点点生吞活剥至体无完肤的过程。床下升起一股寒气，使我的身体颤动着紧紧缩成了一团，我无法逃离，只有将自己的身躯抱得更紧，弯成一团，扭成一团，以任何的方式来抵御这透骨的寒冷。这是一个过程，而这个过程将我逼至一个绝境。

交锋，反抗，失败之后的胜利，胜利之后的无所依。那么干掉他或者被他干掉，简直是疯狂，可是我没有其他方法。不错，就是这样，只有在这里，在这间属于我们的房间里，反抗只会更加折磨我的心灵，以至于在这张藤床之上紧闭双眼缩成一个婴儿的模样。

还有什么？你在哪里？我静静地等待一个回答，时间一秒一秒悄然流逝，我不知道此刻如何感知时间在我周边的存在。一半朦胧的光亮，一半漆黑如无尽的深渊，时间肯定一直在某个地方，等待着我到来的处境就这样牢牢将它定格，它隐藏在某处，只有在铺开的平面之上才能一览无余找到我。我明白，这是我的极限，我将再一次在交锋中被它打得落花流水，而毫无反抗之力。一直到此刻为止，我想争得自由之身，重新找到属于我的能力，不再面对空白，将羁绊斩断在我脚下，于是我无法抵御它的诱惑，便只好在茫然的痛苦之中徘徊。

过去不会是曾经的过去，现在则正是此刻的现在。我有机会去找到，这就是为什么我会来到这里的原因？哪怕是回程时却看到天边卷起了乌云。我似乎鼓起一点儿勇气，又仿佛勇气悄悄地回到了我体内，我睁开眼睛，看着光亮与黑暗之间的交界线，像极了她的发际与面容之间那一道明显的界限，边际的碎发隐藏于长发之中。两种处境之间的状态像是一个闹钟在等待着预设好时间响起的那一刻，在从熟睡中惊醒的时候眼前只会是看不真切的世界。

我恐怕是在担心遗忘。在被惊醒的那一刻突如其来的记忆会支离破碎，我踌躇不前，犹豫着我的判断，我是否在担心遗忘？回忆在遗忘的角落里被挡住了去路。她抬起头看着我，我愿意以这样的方式来仔细看着她的面容，但是我看不真切。也许我将会就此遗忘，我强迫自己抓住此刻，像用一把上了膛的手枪顶在自己的脑门上。“你知道一句话怎么样才会被刻在心里？”我面对着她沉默。

你为什么不让她知道，你在为自己保留一个不被她了解的角落，是因为你根本不知道去哪里弥补……唉，我不知道。她笑眯眯的模样。难以置信。

大门是敞开着的吗？

它会被神经质地粗暴撞开！

我觉得在这一刻她把我赶出了她的世界，于是我便像一条孤独的流浪狗一样，为了一口扔在路边的香肠摇尾乞怜。

我知道我在回避她的问题，也许我并不在乎她是怎么想的，也许我真如你所说只是在借由她找寻，“就像你喜欢那个空姐只不过是想借她来感觉时间证明你的存在，你利用了她，你并不爱她，你来这里只不过想找到你早已失去的描述世界的能力”。我感到我整个人都已经在某种事物的包围之中，这正是我此刻的想法。我不知道这是什么，我又重新走回了老路，我不再能感知这个世界。这或者就是我的理由，我在保留什么？在面对她别样注视的时候，我究竟在保留什么？这很是幼稚，或许我亲手在她与我之间划出了一道不可逾越的界线？但是我爱她，我知道我在用我的生命爱着她。如果没有任何的前提我也会爱着一个人，有目的的爱和没有目的的爱区别在哪里？

我在哪里，我再一次逃避，我将要被她用一把锋利的刀割碎，她在冷酷地打开我的肌肤，麻木地冷笑着看着我的鲜血遍地流淌。她想看到什么，她是否想要告诉我，**每一个人都在谎言与荒诞之中维系着存在的意义**？每一个人都是如此矛盾着理解也许不能理解的生活最终无奈接受，好使我得到安慰？不，绝不。有没有更为人所理解的方法，她在和我开一个天大的玩笑。我不愿承认什么，你想知道什么？我要问，她在哪里？我不会为了找寻，我来到了十洲，她不在这里，但是我至少还在这里！

她不在这里，但是我至少还在这里。这个想法让我的心里为之一震，就像是溺于水中之人看到了远方抛来一个救生圈，这会是我此刻唯一的救赎。为什么我会这般恐惧？我不相信便是我此刻唯一能做的事情。**交锋**，**反抗**。**浑浑噩噩**。**反抗**，**交锋**，**身无所依**。在我决定来到十洲的那一刻开始，已经注定了我在旅途之中所能承受的一切，我做好了一切的准备，名字，雕刻，血淋淋的誓言。

“像刺青一样地刻在心里，有没有这样一个地方？会将甜蜜的话语以血淋淋的方式保存？”

我或许一直在等待，而此刻的我却正在恐惧之中灭亡。

我站起身，我必须站起身来，看着任何一件东西，只要是一件东西，不管是什么，我总得让我的眼睛看到点什么。我的目光开始近乎疯狂地找寻，风铃，风铃，我看到了风铃；门，我看到了门，我打开了门；看到了院子里一棵又一棵的树。

我冲出去，紧接着我看到眼前有一个人转过身来，满脸皆是泪痕地站立在我的面前……

二十之外

我要把自己交给谁？

主动权在你吗？

主动权在我吗？

还是某人控制了所有的一切？

这个人是谁？

剥夺了所有的一切！

二十一

灵蝶所说的那个人就是以这样一种方式出现在我的面前。

之后我重新回到那一张藤床之上，将身体放置在绣有花朵的床单中，慢慢地舒展开，我有些累，但是我不能佯装内心平静。

“现在是什么时候？”我不知道，我让她担心，就像所有来到这里的客人一样，总是会莫名其妙地担心另一个人。

“我不能告诉你现在几点了，因为我不知道。”这个回答很愚蠢，他看来是想缓和一下气氛，他就那样冲出来，就好像背后有某种令他害怕的东西跟在他身后追赶他一样。他不会想到还有另一个人站在树下，而且在默默地流泪。我只能这样回答他。

“那么……”他转身回到房间，返身又停留在门前，回过头来，看着我。

“我没什么事，只是想。”他又走回到我的面前，就停在刚才他冲出来站立的地方，他看了看脚下，又退回去一点儿。

“一个人总会有这样的时候，我告诉你我也如此。”他是在安慰我？他看起来平静了许多。

“你是在打扰我。直到你出现以前我还在……”我不知该说些什么才好，我心里很乱，很乱，我只想一个人静一静，他就像一个好事者。

“还在一个人享受某种情绪？”奇怪的人，却好像能看到我的内心，我有些慌乱，是的，有些紧张。

“我不该出现在这棵树下，因为你也想找一个地方？”面对着一个陌生的人，我不知道怎样才能让他离开这里，好让我一个人静一会儿。也许这个想法不太礼貌，但是我只想一个人静一会儿。安静安静。

“你流泪了。”傻瓜才不会看出一个人流泪，我有些失望，在一个客人的面前出丑，希望他能理解。哎，为什么我竟然希望得到他的理解？

"你有没有伤心的时候？对什么事情你都会充满好奇心？"直到他说下一句话之前，我对他的印象简直糟透了。

"我只会拿自己开玩笑。"

"你在发抖？"我不敢问他，却又忍不住不问，很奇特的感觉，我竟然觉得站在这里是对他的打扰。

他不再说话，但是我看到他的脸上有了些扭曲的模样，像是在远方意外地看到一个亲人，我想我该说句什么，但是我只是动了动嘴唇。这是一个可怜的人，突然就有这么一个念头出现在了我的脑海里。

"你觉得我是一个可悲的人？"他的嗓子嘶哑，在此之前他说的话还是清晰可辨，也许是我的样子有些怪，调整一下情绪，好让，什么，我并不清楚，但是我还是不由自主地将扎起的头发理顺，最好头发不要太乱，这样还好一些。

"你吓到我了，这样说话可不是表示礼貌。"我不知怎么就这样有了一些后悔的意思，对这样一个客人，我竭力使自己的声音更柔和一些。

"你不必勉强……"

"勉强什么？"说出这句话我再一次地后悔，怎么会这样，今天怎么会这样，开始，结束，中间的过程没有了。我觉得今天我就像一个长不大的小孩子，和君九一样。什么事情都能够搞得一团糟，可不是，我觉得今天真是，从灵蝶的电话开始，君九告诉我之后，我竟然会不顾一切地跑出去，是什么，灵蝶，君九，客人，妈妈，还有侪鹤。我在勉强自己，他也许说得对。

"那没有什么关系。"他说话的声音像是一只飞来飞去的鸟儿扇动翅膀，飘忽不定。

"什么和什么会有关系？"我听到，我的心发出一声轻轻的叹息，"差不多的人都会这么想。"没有等他回答，我紧接着又说了一句。

“认识你很高兴。”他转过身走进客房，他走得很慢，又转过身来看着我。

“是的。”我不由自主地说了一句，本来我想说另一句话。我觉得他已经不再发抖，他关上门的动作很慢，像是必须这样做只为了表示他的镇静，他生怕出一点儿动静会打扰到我。

我看着他的门关闭起来，我突然觉得，这是一个令人伤心的夜晚，这样的夜色之下，有多少人会伤心莫名？每一个人来到十洲都会寻找另一个开始，而我就生在这个为人所羡慕的地方，开始却从来也没有出现。十洲，还有没有另一个十洲可以让我去寻找另一个开始？我从来没有这样想，现在这个念头出现了。我无法克制自己，我分辨不清，从来没有过的，从来没有。我很清楚知道的一点是，我没想到我会冲出去，只因为听到了君九说有一个人来了，长得不高不矮，对，不高不矮的一个人。

我有些头疼，还是做了一件蠢事，灵蝶说对了，我的遗忘，回忆是什么？一条毒蛇，一条吐露着死亡气息的毒蛇，我的身体就横在这里，等待着它张开口，死亡之前会回忆什么？我不必勉强，它就跟在我的身后，眼看着影像渐渐变得模糊起来。我在嘲笑她，反过来我竟然在一个模糊的影子面前迷失了自己。这就是我的宿命。我还没有下定决心，直到现在我才知道我还没有下定决心。不要勉强，原来他在发抖，原来他和我同样在勉强应对不知名的一条毒蛇。他就是灵蝶一直在提起的那个人吗？那么句号也许永远不会出现，之前所有的都是在欺骗自己。我以为不是却正是拉开大幕的闹剧，**我也许就是我自己的刽子手，在没有得到命令以前一直以为被杀死的人不会是自己**。勉强地说，这是剧情最为夸张的一出戏。

很轻松的想法。轻松不会赶走悲伤的情绪。悲伤，悲伤吗？我不觉得，那我为什么还要流泪？为什么还要出去？为什么还要一个人站在这里？这不是真实的，是因为我不敢面对所以才会想起他，这很残酷，为什么要把自己逼到一个绝路上，这样我才会高兴，我才会开心地看到此时自己最为本真的状态吗？就像我看到他刚才在我的面前发抖，而我在他的面前流泪？

我看了一眼手表，20点52分。

夜晚刚刚开始，太阳升起还早……

二十二

在这样的时刻我紧紧地环抱着她，我的心很疼，看着她的模样我快要疯掉。月光下的她竟是如此消瘦，一脸的泪水从她紧闭的双眼中浸出。

那么就这样吻着她，仿佛要将这一生的吻都在今天晚上给她。我的嘴有些麻，但是她说不够，不够，我还要，我还要。

“我要你说爱我。”她轻轻地说。

“我爱你。”

“我要你说爱我。”她睁开她的双眼。

“我，爱你。”

“我要你说爱我。”我看到她的眼角有了些许的笑意。

“我，爱，你。”

“我要你说爱我。”她在轻轻地吻我。

“我，爱，你。”

她张开双臂，似乎是累极了，但是我突然感觉她就像一条蛇一样。她在我的怀里展了展身子，坐起来，头靠在我的胸前：“夜晚，这就是你在十洲的夜晚。夜晚开始的时候，你也在这里看着星星。你会不会想着我？”

我不知道该怎么回答她，我觉得这个时候她又像是一个孩子：“当然，这是一个好兆头。”

“你在笑我？”胡言乱语，我笑了吗？我觉得我没有笑，没有笑过，笑了吗？

“你在想什么？现在我是‘①’，你是‘②’[1]，要说实话。”她看着我的眼睛，我知道，对于我来说，如果用她的话来说，这恐怕不会是一个好兆头。

“刷牙的东西带了吗？”（②）

“你要吃点什么，你还不饿，我都听得见肚子在叫了。”（①）

“你笑了，你还是笑了。”（②）

“我爱你。”（①）

“是不是只有这样的夜晚，才会对我说我爱你。”（②）

“不知道，我一直在等待着这样的时刻到来。”（①）

“那么你说话的时候会想着谁？是你自己吧。”（②）

“我不确定，但是我也许什么也不会去想。”（①）

“你不会又拿那幅画来告诉我说全都是异想天开？你这样想我只会觉得很，伤，心。”（②）

“那得看是什么条件，我能不能接受。”（①）

“不能说是绝对的吧，你在我身边这是肯定的。”（②）

“我想要是我退步对你会有好处。”（①）

“你爱不爱一个人，我知道这不是一个聪明人该问的话，却是一个笨蛋才会说出的话对不对？”（②）

---

[1]第一本书《十洲死亡之旅》中，用数字①②，表示人物互相交换身份。第二本书《羽化的蝴蝶》中，请直接忽略这些数字。

“如果我说，曾经爱过，但是现在说不准。”(①)

“我在你的身边会是你的一个障碍，或者是正在发生着一件虚无缥缈的事情，总想知道原因，为什么会发生？对不对。”(②)

“何必去想这种虚无缥缈不存在的事情。”(①)

“你会看到，这是存在着的事实。”(①)

“我向谁道声谢。”(①)

“向你自己。”(②)

“谢谢我解释了一个前所未闻的事情的发生？”(①)

“你是一个证明人。”(②)

“没有人会接受。”(①)

“我当然知道，我会接受。或者，总有人会接受。”(②)

“就因为出现在我的耳朵里，我听到了而已？”(①)

“它存在着，并非都是你想的，否则会怎样？我爱你，你不会知道。”(②)

“睡不着的时候我会想你。”(①)

“你希望这种说话方式会有一个结果是不是？”(②)

“我没有威胁到你，除非你不想说下去。”(①)

“这不会有结果。”(②)

“你操之过急地作出了一个判断。”(①)

“你真的是在和我认真地说话？”(②)

“不确切地告诉你一声，我的想法你如果认为是古怪的，那是你没有走进去，结果还是错误的。”(①)

“你在什么地方才会这样想？或者说是在什么时候才会有这样的想法？”(②)

“在一家酒吧里听着歌，在一个朋友家，还有走在街上的时候，买东西的时候，晚上睡觉以前，你不在身边的时候，听到一首不熟悉的歌想着这是谁的时候，**学会了**、**记得了**、**唱着一首歌的时候**，看一本喜欢的书的时候，看一本不喜欢的书的时候，看到‘彼非众生，非不众生，何以故’[1]的时候，看到‘秋姿白发生，木叶啼风雨’[2]的时候，看到你做梦的时候，看到‘胡麻好种无人种，正是归时底不归’[3]的时候，看到‘投我以木瓜’[4]的时候，看到你吃冰激凌的时候，买一个早就想买的东西的时候，不小心打碎眼镜的时候，和你一起去买眼镜的时候，你一定要买隐形眼镜的时候，流着泪第一次戴的时候，看电影的时候，一个人看电影的时候，和你一起去看电影的时候，独自一个人走在陌生的地方的时候，遇到好事情会想起你的时候，跳进游泳池里的时候，傻站在一边双手不知在做什么的时候，发呆的时候，闷闷不乐的时候，住在医院生病的时候，看着一个病房里的人有人探望的时候，一脚踢开门的时候，蹲在地上找蚂蚁的时候，吃药的时候，写点什么胡思乱想的时候，抱着别人的猫的时候，看到宠物店里的小狗不想走的时候，对着邻居乱发火的时候，把家里人推出房间告诉他们我需要安静的时候，向家里人道歉的时候，拿到第一笔稿酬的时候，自说自话的时候，向人求教的时候，看着树叶绿了又黄黄了又绿的时候，老板向我嚷的时候，买了一束鲜花送给自己的时候，瞧着自己右手的时候，瞧着自己左手的时候，卧室里明明干净还要打扫一次的时候，学着你打了一个响指的时候，松开手的时候，看看让自己骨骼像你那样响是不是并非不可能的时候，咳嗽的时候，不咳嗽的时候，发烧的时候，不发烧的时候，下雨的时候，打着伞还

[1]引自佛家经典《金刚经》。

[2]引自唐代诗人李贺的《伤心行》一诗："咽咽学楚吟，病骨伤幽素。秋姿白发生，木叶啼风雨。灯青兰膏歇，落照飞蛾舞。古壁生凝尘，羁魂梦中语。"

[3]引自唐代女诗人葛鸦儿的《怀良人》一诗："蓬鬓荆钗世所稀，布裙犹是嫁时衣。胡麻好种无人种，正是归时不见归。"

[4]引自《诗经·卫风》："投我以木瓜，报之以琼琚。匪报也，永以为好也！"

淋湿的时候，不打伞脸上却像下过了雨的时候，看着星星的时候，天上只有月亮没有星星的时候，有风的时候，打冷战的时候，发笑的时候，不发笑想大哭一次的时候，想发火的时候，皱起眉头的时候，想买一个笔记本写点日记的时候，坐下来记录一些事情的时候，发现写不出一个字的时候，那是发现原来是你在我的脑海里乱蹦乱跳的时候，发现这些都是在你不明白的时候，因此心情很糟糕的时候，你打电话告诉我你在哪里的时候，我于是就想大声地笑的时候，接电话听到你声音的时候，还有，看着你的眼睛，听到你说'我，爱，你'的时候。"(①)

"为什么这么做……"(②)

"好啦，该结束了，我肚子饿，你想不想吃点东西？"(②)

"又出了什么事情？"(②)

"你知道的。我并不是说很想知道你要做什么……"(②)

"实际上，听我说……我的意思是差不多有一段时间……"(②)

"有一段时间我并不知道……这是怎么了，好像是我的头脑不会思考。"(②)

"我不再思考，就像一根木头……"(②)

"我很是粗暴，我知道，我的心里像是有……一只猫。"(②)

"一只猫……但是我不知道猫在哪里，我感觉到它就在那里……"(②)

"每天……每时……在我的心里不停地移动。"(②)

"……我渴望着你能感觉到我的感觉，就像是有一只猫在你的心里。"(②)

"它在挠着我的心脏，我的胃，我的……我无法平静……"(②)

"什么时候开始的我不知道……我只知道它就在那里。"(②)

"……就在那里。"

“……我知道，所以我现在更爱你……”（①）

说实话我并不喜欢她的游戏，只有我变成她、她变成我才能了解对方在想什么事情？这是根本不可能的事，她绝不会变成我，而我也永远不可能是她。如果不可更改的时间限制了我们的行为，为什么还要做这种无聊的、无趣的游戏？

她或许喜欢。唉，这种感觉就好像我是暂时走到她心里的一个客人。

一个客人，我的爱人……

二十二之后，二十三之前

陌生之间的城市永远不会有熟悉的人出现。

所以就可能去拥有一段完全属于自己一个人的时间与空间，你的世界在双重空间与时间之中形成了一个有趣的现象，你在这里，但你却仍在那里，任何一个线索都可能会成为存在着的证据，提醒在这个时刻成为一个彻底被你抛弃的东西，像是不再需要的一件垃圾，留着占据空间只不过还在期望也许在某个时刻还会成为寻找的对象，没有人会作证来举例说明，这本身就是一件早已确定的事情，一个并不相同的意义会成为他人耻笑的对象，代价是什么即使用手指头去思考也能得出一个答案，可能性在这里是不存在的，固有的答案就这样把一个可能发生的奇迹喧闹地淹没，催促着自己修改故事过程，去往何处有什么存在的必要的结果，并不会让一个人吃惊，这就是随时正在发生着的事情，如果每一个人都会有一份详细的记录倒是一件非常有意思的事，记录会成为一个声明，一个迟到的宣判，对于洗耳恭听的人来说这是打发去往某处之前可以去做的，否则对于时间的安排为什么要留出空余来，好让自己不必在突发事端面前措手不及，自我控制时间由此成为一个标志，于是在某一个空间里个人时间管理的科学模式就成为像模像样的控制力，那么一个人存在于时间之中的符号终究会在谁邀请谁的情况下才可能出现？

所以可以某人去任何方向、去往何处、都可以暂时不用去思考，空白会成为主宰，奇怪的事情是如果真是空白又如何判断空白是曾经存在过的，难为情的却是这本就是最难以捕捉的一个特定时刻，矛盾的是承认与否认之间的界线模糊不清造成了混乱的开始，结果是什么谁都可以有答案，但可悲的一点正是谁都可以有答案，答案就在那里如一个花瓶一样摆放在你可以想象到的某处，没有什么可以怀疑的，确定性告诉怀疑可能不会发生的这一个结果会是一个借口，一个迟到审判之后的借口。这等于是告诉了一个人并没有做错什么却必须为此去监狱里待几天，逻辑在这里会成为一个笑话，这当然是龟毛兔角、马化为狐，总是没有任何代替可能发生，臆想出一个结果才可能去证实某种性质的属性并归结为某种依附其上的符号，那么声称采取某种形式而出现的（交换）协议会不会是引起骚动的死地？

所以这个时候可能会变成自己真正想变成的一个人，抛弃完整的自己才会成为一个选择，确切地说可能在这个念头刚刚涌现，一会儿工夫就会被由此引来的一阵狂风卷进去，封闭了一扇门并不意味着打开了另一扇门，这个问题总是在以往某个时刻出人意料地出现，一个情况就是幻想伴随着另一扇不能确定也许并不存在的门依偎在一个人的身旁，仿佛一伸手就可以打开，另一扇门却和你捉迷藏。现在要去什么地方找一把榔头诚惶诚恐地把它作为某个道具使用，黎明会在榔头挥动的刹那间出现，也许只不过是留下一个小小的白点，不能忍受或者不愿意面对可能到来的未来，成为一个人永远也不会去封闭一扇门的借口。可是那并不会是一个光线都可以沉没的黑洞，不会担心是在太阳升起的时候，睁开眼随时可以回去，不会留恋是因为为此交换所付出的代价是不能够承受的。那么即使在这一瞬间的反抗所必须拥有的勇气从何而来？

所以可以告诉自己夜不成眠不会是一件坏事情，这也许会是让一个人最接近自己的时候，就在某个空间的某张床上，为什么会是一张床而不会是在水泥地上，不会是街边的长椅上？天色还早，夜不成眠会成为此刻困扰人的问题，不得不被某个念头强迫做垂死挣扎的努力是在极为特殊的时刻使人脱身，把身体撕裂的后果并不会那么难以承受。置身于这样一个环境下的思考会没有变化得像一面镜子一样照出来另一个自己，并且恐吓镜子外面的那个人，时间却往往停留在恐怖的影像面前，成为彼此的共犯，那么在未来一段时间内会不会被这个随时会出现的想法打破现在的时刻？

所以没有目的地是把一个人带到该去的地方去做一件久已存在的事，自己只不过是在没有目的地的某个地方等待着自己的到来，本来早就该去到那里，这或许是注定要发生的事情，却未必是一个人的宿命，一条不知名的道路总会通向某个未知的方向，接受这个事实相对而言并不比脱了裤子在大街上奔跑更使人尴尬，那么是什么羁绊成为你的困扰？

所以粗暴地反戈一击的假想会成为最终的敌人，承受不能承受的，迎击不能迎击的。危机、安稳、微笑、恐惧，焦头烂额的代价相对于一个人的存在价值微不足道的莫名判断足以毁掉自己的愤慨不已，或者散落一地的莫名悲伤会成为痛苦的源泉却也可以成为反抗的催化剂。误认为的悲伤有着另外一个不为人了解的面容，它可怜地躲藏在一个布满蜘蛛网的角落里看着远处的主人，那个主人却从来很少意识到角落里会有一个属于自己的东西，灰尘与遍布的网丝遮蔽了它的所在，那么作为一个人某种意义上的价值体现是否需要履行某种手续才会被验收合格？

所以反击会成为一个最为本真的选择，而在没有目的地的地方反击是不会出现的，不寒而栗暂时会成为一个过去式，它会回来，谁都知道，只要还在呼吸着，只要还能感觉到疼痛，麻木的、可耻的会成为恐惧的帮凶。相比较而言，糟糕和庆幸就在于发生着的事情或者在某个人身上或者不在某个人身上，这于是成为一个跳板，使得某种行径可以被证明是不必担忧的，而这恰好成为选择的一个方式，同样的不能确定却有了不一样的结果，那么正如随时发生或者正在发生的某件事情一样，在畏惧欺诈的阴谋下证明现在或是将来作出决定的那一刻是在回归到被审判的自己之前的时间吗？

所以这会成为可能的决定，关键在于搏斗的胜利者会是谁，是体无完肤还是毫发无损并不是判断是否欢呼的标准，假象之所以成为假象就在于一致的情况下在某个空间与时间之中有着不同的表现方式，或者干脆一点就是谁在解释谁是胜利者，谁更愿意倾向于哪一方。于是在第一次感觉到命运并不是一个人可以控制的时候来临之前，退缩或者反抗成了两难抉择，分解灵魂的同时看到的却是最为本真的自我，代价是什么成为决定的开始，拯救会成为死去之前的软弱预兆，时间于是在这个时刻成为拯救灵魂的唯一可以确定的东西，如果时间会是一个东西的话，那么看着时间不断流逝而生的莫名恐惧又该如何化解？

但是人不会永远存在于陌生之间的城市，陌生之间的城市永远不会有熟悉的人出现，这不会是一个常态，所以，这是在存在着的世界里不会发生的事情！作为我所尊敬的读者的你，你所拥有的世界可以说明一切！尽管在某种意义上来说，你，是我的客人！

这是真的吗？

二十三

唉，我的天，这竟然是真的……

这里不可思议的是竟然没有电视。

客房里还算干净。

一张桌子，一把椅子，就没有想过来一个客人让他坐到哪里。

吃了一顿饭，有馒头、一碟小菜、青菜豆腐、一碗小米粥，味道很好。换上一件衣服，皱皱巴巴的，一张又一张的相片只好删掉。会不会正是这一点数码相机才会使人感受到完美？但是完美的生活是不存在的，存在的只有完整的生活。遗憾只会是完美的副产品。看看太阳，或者看看月亮，星星也好，来了总要看一看，看一看。还要做点什么事情？应该还有其他事情的。不是待在屋子里就是走在山坡上，听一听树林里的风声也好。没有心情，来到了十洲也没有心情。想一想还有什么，第三天了，明天就是第四天，后天就是第五天，我还要在这里待几天？

说实话我倒是想走，想回去，但是又不想回去，就算是无所事事，无聊也好，无趣也好。又想回去又不想回去。钓鱼，这里没有鱼竿，看着小河里的鱼，只能看看。想象着去钓鱼，也未必有可能会如你想象般发生，闭上眼，又睁开眼，心里还是不能静下来，鱼在我的心里游来游去。那么就睁开眼好了。

不行，我必须作出决定，是在这里继续待下去，还是离开好一些。留下来，按计划应该是5天，5天的时间竟然会有这么长，可是却没有理由可以走，又没有什么理由可以留。第二天的时候时间就变得漫长，无限的漫长。这一点，倒是没有想到，第三天会怎么过下去？这个念头使我焦躁不安，有一句话好像是这么说的：惶惶不可终日。对了，就是这样的，这让一天24个小时的时间成为对我最残酷的惩罚。

不可思议的是我在惧怕来临的第三天就这样一分一秒地过了下去，度日，一天又一天地度日，那么看来原先的担忧是多余。决定了的事情就要完成，决定了什么？还是临时起意更会让人没有负担？怎么把这一天过下去，想着想着就过去，不会去想也会过去，想还是不想这一天都会过去。时间啊，到底是什么？幸福或者是痛苦的源泉？我倒是没什么诗意，那是诗人要干的事情，我也看不到童年时的我，仿佛睡觉醒来之后一睁开眼睛，我就长这么大，有趣的是这纯粹是一句废话，却又让我想到这一句废话之际眼睛里胀得难受。那么还是穿一件不皱巴的衣服，去看一看，看什么，看到的只是山啊水啊树啊。

山啊水啊树啊，我好像忘了点儿什么东西？看看月亮，看到了，星光下的小河里会倒映出一个人的影子，这个好像没有。晚上？我没有去过。应该去一次，去一次，会不会有影子，影子。影子还会有什么事情吧，一碗小米粥，这里怎么会有小米，这个地方不会出产小米，外面买的。外面买的东西在这里倒也不是太难吃。晚上，这么长的时间一个人在屋子里待着，没有电视，什么也不要这不是我的要求吗？没有电视是我要的屋子，瞧上一眼，可乐的事。可恨的是我竟然没有把笔记本电脑带来，我为什么买，虽然之后的使用让我疲惫不堪。我想起来了，我感兴趣的只是那一句广告词，<u>**如果没有想象，世界将会怎样**</u>。那么我就想象我明天要做什么吧，好让小米饭的香味在我的口舌之间打着转转。

带来了，我来了，我又好像没有来，带来了，这个感觉只是因为我是这里的客人。还是坐在桌子前，坐在桌子前干什么，坐在桌子前面干什么啊，还是坐在桌子前再说。干点什么好。得想点什么事情，山啊水啊树啊什么的。偷偷地溜出去？还是摇晃着走出去，喝点儿酒，晚上才会有酒，不好。

不好，好，好还是不好。这都是我好还是不好。还有什么，看一本书，我什么也没有带，找一本书会有这么难，还是要来君九的课本看一看，读一读？或者是听一首歌，什么歌都行，要不然自己吼一嗓子，这个主意不错，吼一嗓子是个什么样子，能听得见听不见？我的耳朵已经淹没在我的口腔里，还是不能完整的，是不是，嗯，听不见？还有什么？

听觉，无法确定事物的真相，所以这是一个谎言。

还有什么，随便和遇到的人说会儿话，聊什么都行，只要是聊天，要不然就和那个君九去找什么蚂蚁，看什么桌子，拿着根棍子玩一会儿。我的意思是玩一会儿。好像也不是个好主意。

好主意，现在看来什么也不会是好主意。我要是闭上眼睛胡走乱走会不会撞到什么东西，撞上了接着走，管他什么东南西北。吃点儿什么东西，我得照照镜子看看胡子，刮胡子还是不刮胡子，干脆就从现在起不再刮胡子，看看回去之前到底能长出多长，杂乱的胡须会不会显得很沧桑？进门的时候再刮，或者干脆就不刮。能长多长长多长。

还是一个人来，没有两个人来是个错误的决定。很闷，很闷。一个人不好也好，也好也不好。真高兴，真高兴一个人来还是高兴没有两个人来？晚上会有酒喝，奇怪，晚上才会有酒卖，外面呢？我要是在外面买上瓶酒回来会不会有人告诉我说这是不对的。我不会听她的，我要是中午要喝酒早上要喝酒她也没办法。

胡子茬儿，胡子茬儿，老农，老农，蝴蝶一样的土地[1]，红色的菜，绿色的菜，我该做点什么，出去看看或者倒头睡觉。睡觉，在这里睡觉。出去和小老板娘逗逗话，解解闷儿。听她说说有什么稀奇的事。还是睡觉。吃点什么，喝点什么，小米粥。古老的情歌，这里有情歌，有时会听得到有时听不到。幻觉，小河流水的声音。远远地听到，天籁、小河、月亮。

[1]指后文中劳爷所居之地。

开过去的车，有一辆车就好了，愿意开到哪里就开到哪里。应该问一下能不能借他的车用一用。用一用，他不会答应，也许会，谁知道。要是借上车去哪里，随便开着去哪里都行。他不会同意，他不会相信。还是小米粥，现在我要是说想喝一碗小米粥应该会有，我可以说我想喝了，是因为这小米粥好喝。这不是个好理由，一个好理由啊，找点儿什么东西，还是找点儿什么东西好，窗户的玻璃也是玻璃。

唉，好理由。这个客房，这个屋子，这个房间，这个用砖头砌成的四方体，要是没有窗户我怎么，这样说不对，是我怎么想个办法把我砌到里面去，会不会隔音，外面说话唱歌我不会听到了吧。砌到里面去，是在外面砌还是在里面砌？砖头怎么递过来？

洗洗衣服，把皱皱巴巴的衣服想办法弄平。要是不用电熨斗得用什么办法？找个什么东西，把它加热，然后放在衣服上，还得喷上点儿水，找张报纸来试试，还是得找个什么东西垫在上面。还得用点儿什么东西？砌个砖，用砖头压平，用砖头砌成个四方盒子，我得怎么做？报纸，有几天没有看报纸，报纸这里没有报纸，想看还要让小老板娘从外面带回来。

怎么做啊怎么做，唉，怎么做。桌子上不干净，还是桌子太干净，有人在乎不在乎这桌子是干净还是不干净，找点儿什么，不找点儿什么怎么样把桌子弄干净。有灰尘，这桌子不会一直干净下去，就算没有一个人在这间屋子里桌子还是会有灰尘。

戴上个眼镜，故乡的云，我的背包里有眼镜，特别的演出，戴上眼镜看看，演出给谁看，要是在舞台上我得唱首什么歌，不要想什么其他的，决定的事情，不要有关，有关的什么也不要想，有关的什么也要想，算了，还是一个人看蚂蚁搬家，闭上眼睛走一走试试，戴上个眼镜就不会有人知道我是闭上眼睛的，就算是我摘了眼镜闭上眼睛走一走，还是会有人看笑话，还是先砌个屋子，从上面留一个大的洞，砖头从上面让人帮着送下来，不好，要是先砌成个四方体，从地下挖个洞，一直挖到房子里面，再把洞堵住的话，那样就没有空气进来，没有空气进来就没有办法呼吸，没有办法呼吸……

还是……

算了……

我就这样在这里胡思乱想……

还是……

算了……

我只是一个客人……

一个客人……

……

……

……

……

……

睡觉，睡觉，睡觉……

第二章

你知道。一切需要重新开始。

存在着却似乎没有存在着。我在恐惧未知的世界，面对自己，亲手将自己推向黑暗，而我被你们所左右。

你什么时间开始的恐惧？

我将会在什么时间节点内死去？

游戏开始之际，那一个时间点，我变成了你，是的，是和你一样的人。我区分不出哪一个是自己，哪一个是你。这就是说我们除了架在脖子上的脑袋：前面的脸不一样，其余的部分丝毫没有分别。从背后的方向来看，都是一样的头颅顶着被称之为头发的东西，你就是我，而我就是你。这让我开始品尝到恐惧的滋味。剥去架在脖子上脑袋的前面的那张脸，你是否和我一样？！

某一个时刻我会否闯入时间之内？站在死亡的面前，时间的碎片终于静止，我将它巧手缝制，穿在我开始渐渐发烫的身躯之上。在这其中，我的容貌成为我通向另一个世界的关键，他代表我和世界连接，他代表了我周围的人是如何认识我，及对我作出何种评价。我的世界由此发生变化，我隐藏在时间之后，看着我的容貌在说话，在歌唱，去往一个又一个地方。

我随之起舞。我发现我就像一个木偶，紧随对面之人舞蹈。我的舞蹈也将使他雀跃，随着他的动作犹如数不清的线握在他的手中，而我将为之狂欢。当我意识到这一点时，我不再做任何动作，我沉默不语，他终于走了。世界渐渐消失，我沉默良久之后，终于发出了一声绝望的呼喊，这与我在阅读浩如烟海的书籍时感受到的绝望如此相似。因此我必须使我与我在时间中的流动保持一致，我必须反击，必须与之搏斗，使我的世界重新回到我的世界之中，而不是只能眼睁睁地看着我就这样走向死亡。我成为面对之人的人质，逃脱的话，我将死亡，同样，我们互为人质，我们只好保持平衡，不敢轻举妄动。

这是一个可怕的梦境，我发现，你和我一样，点滴的不同反而更使内心里无边无际的恐惧感萌生，当你看到恐惧的根源之时。直至时间将我们阻隔，这时在面前盛开了一簇没有颜色的花朵。而之前，在没有时间的梦境里是那一个时间点能够准确表达！

存在着的世界各种各样的人都有，你不能判断站在你对面的人就是你要找的那一个人。我感觉我的时间仿佛不多，也许是我从来就没有证明过我的时间太多。就这样我看到阳光在一点点地透过窗帘照进房间，我看到光线一点点地在覆盖房间里的每一件事物，直到阳光像芥末刺激着我的眼睛的时候，就像打开了一扇并不存在的窗，我决定就在这种确定及不确定时间的中间走出去。

而你，就将在我的身后。

于是我终于看到了将黑夜变为白昼的神奇力量在我的身边鼓噪，驱赶、鞭挞着我。我好像长久以来等待着这个时刻的来临，有多久？从何时开始？这让我迷惑于我的问题而不能回答，仿佛是在我没有来到这个世界之前，已经有许多人在思考这个问题，遗憾的是我并不能于此得到满意的答复，但我知道此刻这仅是属于我的时间所面对的重复。而面前的这一次则来得更为猛烈。在此之前，我不知道自己在等待什么却又似乎知道自己在等待什么。当我意识到这一点时，我手足无措，呆呆出神，感觉到我的头发一根根竖立如刺猬，我在等待什么发生？未来的时间我将会是在哪里，我的脚步会不会正好将我引向另一个我所不知的方向？或者，是相反的方向？

我并不愿意承认这一点，这使我感觉到我的可怕。我好像一只兔子在吃着家门口的草，直到将四周围的草吃光吃净，露出洞口来。危险并不会立即随此而来，在被发现之前，留了一点点的时间给我。危险或者变为了恐惧的兴奋，我即将看到自己的洞口究竟是什么模样，而不是掩盖着自己暂时的安全。

于是我只能呆傻般地等下去，睁大眼睛看着这一切究竟如何发生。我应该以清爽的姿态来迎接新的自己。我播放了一首歌曲，身体伴随着某种旋律无意识地摆动。我找到了镜子，对着镜子看着自己的模样刷牙，控制手拖动牙刷准确地按照意识所设定好的轨迹方向动作，当预期在我的眼前变为现实，看着另一个我，我慢慢地配合着他的举动，以便无差错地完成类似某种仪式般神圣的行为。之后我想抽支烟。但我刚刚刷过了牙齿，我想保持口腔的清洁去品尝可口的食物，而不是混杂了烟草的味道。但我极想抽根烟来使等待不再只是一个过程，不再是呆呆地眼看着变化发生而无能为力任由其所为。犹豫不决的我很是令人恐惧，恐惧却不知从何而来。我的心焦躁得很是莫名其妙，我觉得这个时候应该有些什么思想上的活动，这才是正常的思维方式。很可惜，没有，或者很是庆幸，没有，这难道就是这一刻的**本原世界**？作为时间之内存在的我竟然不会是时间的主人而是奴隶，他鞭打我的肉体使我摸索着向前行，步履蹒跚，镜子里的我像一个各行其是、毫无关系的人。怎么让时间停止，或者真的只有那一种方式。

终于，时间在我的身边溢满，清亮的水将我包围起来，我在时间的海洋中挣扎，我不知身在何处。我必须确定，我知道我根本不想提起，但是为什么我的牙齿会有酸酸的感觉？我的喉咙抽搐着，我想我快要吐出来我的心了，让我的心来看一看我现在是一个什么样子，而不是一面冷冰冰地悬挂在墙壁之上的镜子。我吓到自己了。我必须使思维像机器一样再次运转起来，是的，我想听，在想听完这一首歌就关掉音乐，很好听，沉浸在优美的旋律之中反而让我不知做什么，让我不知做什么的无意识围绕着我，而我僵立其中。我的牙齿要保持干净还是清爽？我想我不能在这个房间待下去了，我必须逃出去。但是我现在的兴趣绝对想看一看：我的心在看着我的时候是个什么样子，它会不会让我欣喜，或者让我惊恐，我必须要确定，我不再需要胡乱猜疑。

这使我在时间面前无能为力，那么在时间不能停止让我看到自己之前，在时间结束前的几秒钟我会是一个什么样的情形？

我的牙齿。食物。音乐很好听。却不知道自己想要做些什么。就像一个背景出现，而我需要的是安静。我的耳朵就在此时开始鸣叫，这是不是时间结束之前的声响？或者停止和结束在某种情况下会是一个同义词？而我们往往忽视了这一点？绝对不是重复一遍的声音好听与安静。周边有尖厉的声音由强及弱继而由弱及强，但就在我认真辨别这是什么发出的声音及它来自何方的时候，它消失了，但当我不去想它时，它又出现。后来我试了几次，试了几次呢？我知道打开音乐，这声音便会消失，但安静也就没有了。我不能打开，打开音乐就是打开了又一个轮回。时间就在这轮回之中使我的牙齿充满了音乐的属性，轮回就在这里，那么时间也同样会在这里，这个房间也在这里，唯独我并不在这里！我是谁？如果你是你，那么我将会是我，你去那里，那不是我要去的地方，你的世界不会是我的世界。你是谁？或者可以这样问一句，你是我吗？

我找寻到的结果使我兴奋，我极想吐个痛快，把肚子里的一切都倒出来，我觉得我似乎又找回了描述世界的能力。这让我想起一件事，我新买的一本书，在翻阅时不小心将右手小指划破，我看着小指细小的伤口渐渐地渗出鲜血，一时呆住，那薄薄的纸张使我痛楚。如果文字的载体能够将我的手指划破，那么文字是否也会有力量将我的灵魂触动，使之战栗，流出血来？重新发现世界的文字的力量的关键就是时间的轮回，它曾经就在我的身边，而我从来没有以现在这样的方式去思考过它。

于是这使我总有一种错觉，这个世界需要生活，生活需要我们，我们每一个人也许都需要想象，但是，我却感觉不到我此刻需要什么，一张纸，一支笔？这成为一个谎言。所以我宁肯让某些情节在我的脑海里打转转，也不愿意拿起笔来写在纸上。我发觉我好像很是恐惧坐在办公桌前，面前是一张洁白的稿纸，或是电脑屏幕在我的面前闪烁。为什么这样？我不是太清楚，我只知道我只愿意让这些想法像播放一部电影一样在我的脑海里演一遍。这很是刺激，故事情节发展、过渡、转折、高潮，而写到纸上却是那么苍白，破坏了原有本原世界所呈现的美。这让我恍然大悟，我还是没有找到文字的力量，可以使这激动变为纸上的传奇故事，和大多数依赖文字、以写作为生的人一样，面对文字时就像面对一堵墙，单薄的墙，却无力穿透面对的另一个世界。

文字的对面，既然我的存在是真实的，那么在时间的面前寻找真实证据就成了一个噩梦，除非时间死亡。就像是在街角拐弯处有一个姑娘在等着我，最美的时刻在于头脑里的思绪，而不是把这种感觉写在纸上。一落到纸面上，文字就失去了想象力和控制力，这是我们生而为人的困惑。所以我相信最伟大的作品极有可能是尚未写出来的还在某个人某个想法中的那一部。那么描述世界的能力就在于把这一刻固定，而这成为失去想象力空间的可能，这当然是痛苦的。在时间之中流逝的事物，例如我们，或者是树木开花、结果、枯萎等等和时间的存在本身使得时间混乱，犹如时间停止似乎是不太可能的一样。

众生自以为是世界之灵，却和草木一样，存在着却在时间的面前不知所终，唯一的救赎是找寻存在着的意义。找寻的过程就是决斗的过程，胜或败，总之你得面对，你得迎上前去交锋。要么干掉它，要么被它干掉，胜利之后或失败之后，总之你的世界会有所不同。在这一切结束之前，你身无所依。**我存在着，却并不是我渴望所面对世界的状态**，而人的本质是先于意识存在或者意识先于本质存在此时并不是决定要素，由此**庄周梦蝶**会成为一个命题。**实际上我所描绘的仅是人面对世界的思维状态，时间与空间的对立会成为不同状态下本真世界的开始**，那么文字的力量就会大为重要，这于是成为我观察世界的方式。但是，可悲之极，如许多人一样，我之前已失去了描绘世界的能力！我的找寻成为支撑我的力量，而不至于在活着的时候就已经走向死亡。

这是开始或是结束？或者是只有这一刻我如此接近不可触摸的时间缓缓停止。

“那几个小时就像是在梦境中飞翔，你不会知道这是怎样的一种感觉，却无比真实，时间不见了，仿佛时间已经死亡，只剩下我喜欢的人和事。”她告诉过我。这一刻可能来到，而我的心情则是面对这似是不可能的事情发生时的慌乱，时间的死亡。我觉得我终于吐了些出来，我甚至能闻得到这呕吐之物中的一丝腥味，此时的我像海水里刚刚打起的一网鱼，挣扎着同样想要逃离。那么现在——

“你饿不饿？”

我抬起头，我想我的样子一定很是奇怪，要不然她的眼睛里不会跳跃着好奇看着我。“嘴里咬着一支牙刷和一根香烟嚼得咯吱咯吱直响”，后来她告诉我说，我的样子，像一个刚刚从坟墓里爬出来的人，而这个人的牙齿一定不太好，“年纪轻轻的咬不动一根黄瓜，我感觉你一定是，要是让你妈妈知道的话，绝对饶不了你。”清容的意思在我的理解更像是说，不是这样我会很“有趣”。

有趣的事情从来不会正常发生，所以有时候无趣的事总是会被人们认为是有趣的事情。我只有说从某一个角度来讲，我是饿了：“不过还不太饿，你好。”

清容显然对于这样的第一次见面念念不忘：“你好是什么意思，是不是说我不好或者是怪我打扰你的出神？就像你莫名其妙走上这条路，来到这片林子，就想来看看能在心上刻字的地方在哪里？”

我没有办法面对这样的问题，我觉得这样的问题真是一个“傻傻”的女孩子才会提出来的。这样说并不意味着我不能说她那时的模样“很傻”。十洲不会有“傻傻”的女孩子出现。

“刻上名字，刻上什么也许并不重要。为什么来这里会成为你最想问的问题。你想来的话就来了。”

“那么，请问你是怎么知道的？”我当然会问这个本来不需要问的问题，因为我不知道怎么来面对提问，同时我想在一个姑娘面前保持某种体面的尊严。虽然在我看来，问什么并不重要，也许是某一个人面对问题不知如何回答时会想的事情。客人们都来了，或许是需要一个借口，比如说看看在神奇发生之地会有什么东西而已，在某些人而言。

当然，在我看来，岁时村[1]里并不会像十洲这样有名气，一个小山村里会出现什么我所期待着的东西？反而我觉得在任何一个陌生的地方都可能会出现。所以我会告诉她：“陌生的一个地方，会出现任何一个人所需要的东西，也许用渴望的事物来说明会更好一些。”

“你想反驳什么你就说吧，就像你看不到就不会相信一样，我并不在乎。”这样说并不礼貌，看着他的样子很可爱，这在日后我告诉她我的想法时，那时他反而并没有被漂亮的女孩子夸耀时腼腆式的自傲，快乐得像孩子一样。大老远为什么来？一个陌生的地方——十洲。想唱歌的话他会唱什么？跟往常一样，也许介绍一下会是一个好主意，神秘感就没有了，这是他的原因，并不是我的原因，如果他想要这样的答案的话。

“让我自己想一想，有时候一个秘密的乐趣并不在于答案。”我想还是自己去感知好一些，为了这件事，我会失去她的信任吗？**看着我的姑娘**，**我只能说**：“**我的心跟着你去了**。”“不管你相信不相信，我知道。”我知道些什么。“**像刺青一样地刻在心里**，**有没有这样一个地方**？**会将甜蜜的话语以血淋淋的方式保存**？”

而当我面对着她犹如刀子般划过我胸膛的目光时，我想我只能说我知道。现在我才明白，她要的或许并不是我的回答，她要的是我会不会认真听她诉说，会不会相信她所说的。

“你在认真听我说话吗？这样看着一个女孩子并不是太好噢。”我竟然会心跳得像在铁锅上架火烤的豆子，他的眼睛呆呆地看着我，就好像我是他的……爱人。爱人，被人这样看我并不习惯。

“看一个人并且盯着她超过一分钟的话能说明什么问题？”我于是

[1]岁时村：十洲地名。

对他说。之前我并不会这么说，然而要是做游戏的话也就无所谓了，不过我真的是想在短短的时间之内知道他在那一刻是怎么想的。这也是我当时就想问他的，如果一个人在另一个人面前哭了，我想只有去看着他哭，他只是需要哭而已。

“我不会想到你会这么问，我看着你的眼睛了吗？”我的回答就是这样，我看着她，却是看着她的眉心，细细的绒毛温柔地在阳光下闪闪发亮。

她哭了，流泪，抱着我：“我相信，不管你相信不相信。”我总是不能太确定我的想法她是否能够知道。我感觉到的是，她并不想这么说，她的话里隐藏着另外一个意思。对了，她对我说的话里实际上是想要告诉我：你愿不愿意！

“出航，如一艘出航的小船遭遇了暴风雨后远远地看到了泊岸，船上却不曾有一条鱼的收获。”他对我说的话好像是在和另一个人说，奇怪的人，他总是躲躲闪闪的，我带他来，却像是他带我来似的。出航，收获，他要得到什么，说些什么话？总之这会让我好奇，我的直觉不会欺骗我。他不得不如此。

我只有沉默地看着他，我的目光不会总在他的身上停留，这样他又会问我同样的问题。答案是什么我并不知道，所以，他果然在问了：

“看一个人并且盯着她超过一分钟的话能说明什么问题？”我在重复着她所说的话。这会儿我有些发呆，在她的眼里肯定是这样，重重地咳嗽一声，还是先说吧，“我的意思是说，你不要误会，我习惯了一个人自言自语。”

“所以你才会是一个作家，作家自言自语说给谁听，说给自己吗？”我很庆幸他并没有再说下去，否则我便没有什么说的了，我有些跟不上他的思维方式。他说话很怪，但是总是似有所指。十洲总是会来一些很奇怪的人，这一次，他也并没有例外。我看着他超过一分钟了吗？现在是什么时间，他是不是还没有睡醒？

“笑什么？”

“我笑了吗？”

“笑了。”

“怎样才是笑了？”

“你这样的表情让我感觉到就是在笑了。”

“你认为我在笑难道就是我在笑着？”

“通常的情况下，正常的人都会认为你这样是在笑着了。”

“你还真是一个作家啊，你写过什么，你说的什么作品我没有看过，你现在拿来我看看，作品存在于你的头脑之中，你在开玩笑。不能？那好，你认为你是一个作家，但是你不能拿出作为作家的证明，那么你怎么能决定我是在笑着，就凭着你所观察到的世界？就因为大家都认为这样是在笑着。你不是一个作家，最起码并不是一个你所认为的作家！”

这样说是不是太早了，我早早地将我划到作家的行列中去，实际上正如她所说，我并不是一个作家，而只是大家所认为的作家。我是一个……什么呢？等等，这一切是不合理的，让我想一想，她笑了吗？也许没有，可是她在我面前展现的面部表情是什么？只是肌肉的细微动作或者是她内心世界由于某个有趣的事情而所表露出的一个神情？如果不是，那么一切需要重新定义！

一切需要重新定义。这并不是她所承认的笑，这是什么？除了是她在我面前展现的笑容还会是什么？

“不是笑又会是什么？”

“在临近吃饭的时候想这个问题是不明智的，肚子饿，脑袋会怎么想？”

“你一定要说饿这个字？”

“这不是你的现状？”

“饿？会是麻烦的事。”

“那就继续好了。”

“很奇怪你会这么想。”这样的人我真是不知道该说些什么好了，他不奇怪那么什么样才算得上是奇怪？屋子里有音乐吗？他却偏偏说要回去关了音乐再来吃早餐。虽然如此，但是我觉得他好像是在说真的一样，于是我就真的犹豫着要不要走进去看看他说的音乐好不好听，听不见声音的音乐，歌声吗？看来他来到十洲……我知道是为什么了。不过也不好说，一个嘴里叼着牙刷和烟卷的客人，并不比一个听到消息就跑出去的人更可笑。我只能说一声：你说话好怪。前言不搭后语的话反而我并不奇怪，但是他不是那样。刚睡醒的人，现在是什么时间？在不熟悉的房间有些人会睡不着觉，这样休息不好的话，就会像我这个样子，不知想什么事的脑子突然看到一个人会去问饿不饿。

“别想了，我只是说说而已，没有什么意思，但是你要是有什么想法也很正常，没有什么想法才会是奇怪的。对不对。你要注意，这回我是真的笑了。”

我认为我说话的方式并不怪，但是她笑了，这才是她所承认的笑容。作为站立在我面前的清容笑了。清容，是清容而不是别人在提醒我注意她的笑容。很古怪，特别的笑在她对我说的话当中产生了一种奇特的效果。一切需要重新定义的笑会是她所承认的笑容，而这成为我确定的依据。我感觉我在随着她舞蹈，就是这个感觉，我在与她共舞，舞步飘逸自如，沿着被不知名的色彩所映射出的光环所笼罩空间中的我们，似乎可以旋转着一直到世界的尽头。

“我刚刚睡醒。我的意思是说刚刚睡醒，我连自己在什么地方都还找不到。”

“十洲，这里是十洲，是十洲的岁时村，你现在在我的小旅店，住的是一天50元的房间，当然，饭钱另算，早餐免费。如果有个人饮食的小要求，只是小要求的话我会尽量满足。那么你现在饿不饿，想吃什么？”

“你想吃什么？”

我想说的是，如果一个连早餐都没有弄好的人去问另一个人饿不饿才是最奇怪的事情。我看着清容从摆在厨房角落的洗衣机里舀出米来倒入锅中。我注意到她在这样做的时候回过头来看着我，我不愿意让她看出我此时的心情，所以我在桌子前面一直等到其他的客人也来了。早餐连影子也没有的时候，我想我不是饿了，我只是认为她所说的饿是该吃饭的时间而已。直到君九出现在我的面前，乖巧地帮客人们倒上水，手里还不忘拖着他的那根棍子，冲我的头而不是其他身体部位笑笑。我回过头，老阿姨说早啊，我只能大声地再一次说你好，而不是像现在这样说你好了，怪吗？比起你来我还是差很多。”我对清容说。

我并不是好奇为什么君九总是手里拖着一根木棍，而她的回答却是：“你小时候就没有手里玩点儿什么东西，比如说一根木棍，你要是早两个月来十洲，他的手里会是什么你知道？看到一个小孩子手里拿着一根木棍玩很奇怪吗？不如说我们比起君九来更奇怪。你还好，还有一个客人房间里什么都不要，只要一张床，结果每隔一会儿就会要另外的东西。他也会问，但是他问的是，能不能和君九一块玩那根木棍子。”

我看着君九，我放低声音（这使我的喉咙极不舒服）问：“吃完早餐后你要去做什么？”

君九转过头，走到我的身边，脑袋歪着对我说：“你也想和我一起出去玩？”

“你能和我玩什么？”客人听到了，大声地问。

实际上我不知道为什么吃完早餐后要做什么，君九并不理会那个跟他抢木棍玩的客人："老是让我去和他一起去找会跳舞的桌子，每天神神道道的。我带他去了，也告诉他了啊，那就是会跳舞的桌子，他对我笑笑，说小孩子不要说谎，说谎话的孩子不是一个好孩子。"

"我相信。"是的，我相信，我相信君九眼中会跳舞的桌子一定会存在于他的世界之中，而我只要亲耳听到君九说的，就知道我也会看到。但是当君九后来和我一起面对那张会跳舞的桌子时，我仍然不相信自己的眼睛看到的这一切是真的，就在那时奇迹的发生挑战着世俗的图景。

"你相信。你看到过？你不是在哄我吧。"

"真的，我相信，会有这么一张桌子，会跳舞的桌子。小时候我就听说过了。"

"哈，你在说什么啊，我说的是真的有一张会跳舞的桌子，不是你听说的那张。"

"看着我的眼睛。"君九看着我的眼睛，手里的木棍耷拉在地上，拖着鼻涕的脸昂起头——

"你蹲下来一点儿，我昂着头难受。"

我看着君九的眼睛，清亮透彻，跳动着饱满的热情，闪耀着动人的光彩，目光仿佛是在轻轻地敲击我的世界的门。

"我不相信那就是会跳舞的桌子。"尽管那个自称为客人的人怎么样在喝酒的时候和我说，当君九领着我看到那一张会跳舞的桌子的时候，我也并不相信我看到的是什么，也许那一刻我宁愿面对一个随时随地总说睡觉的人。

"但是你说你还是看到了是什么意思？"清容问我的话我并不能告诉她答案，因为作为她来说也并没有和我说过一定会看到会跳舞的桌子，所以当我告诉她的时候，她认为我是在哄她开心。看着她的神色我突然开始猛烈咳嗽，直到咳得眼泪都出来，整个身子抽成一团，心里犯恶心想吐出点什么来。

“我不惊讶？我不惊讶才怪。”我分辨不出他说的话是真的还是假的，我总以为他是在显示他的与众不同之处，这或许让他与他的作家身份相得益彰。不过现在看来是我错了，他的样子像是要死了。后来他告诉我说当时只是因为我的眼神像是在哄我开心。他这么想我并不惊讶，就像他很正常却吐得像个醉酒的人。

“清容。”

“你想说什么就说吧。”

“我觉得事情不该是这样进行的。”

“应该怎么样进行？你觉得这样进行就是不对了，就和你的想象是不一样的？”

“你一直都这么做？”我想我得和她说点什么，要用很准确的语言，“你给我的感觉就是你像拿着一个放大镜仔细地看着你面前发生的一切。”

三分之一的结果，突然事情就发生了，我不知道这三分之一是怎么样出现在我面前的。这个三分之一的结果就这样出现了。三分之一的前面还应该有些什么东西存在，她说到了想象，但这绝对不可能是我的想象。她怎么会不惊讶，在他并不了解之前，她怎么会不惊讶的？如果换作是我，我不单单是惊讶，而且会是震惊。我不会向她解释的。

“放大镜？不如说是二个放大镜。清容，我在你的眼里会是两个放大镜，这样的话你不会奇怪？我没有逗你，我也没有和你开玩笑的意思。生气了，也许是吧，我说你是放大镜你会不会开心？我没有生气，你怎么这么逗呢。”

说实话我也不知道自己到底想要说些什么，他说话让我慌乱，我想我得表示出点什么情绪好让我面前的这个人有些顾忌，不能这么随便地和一个刚认识没有多久的女孩子说话。但是我为什么觉得他就像是一个熟人？或是一个朋友？

“二还是两？我没有听清，是二呢还是那个两呢？”三分之一的结果就这样出现了，就在某一个时刻突然就跨越陌生转为熟悉。这倒是我乞求的事情，在遇到她之前我并没有死去。等等，乞求，祈求，还是企求，或者是，我对她说的话却变成了，“都不是”。在听到她的笑声之前，我知道这句话必定会带来无数的猜想，或是善意的嘲讽。想到这一点，我才明白灵蝶为什么会在天空上划出了一个二或者是Ⅱ。

“而在我看来，你该怎么办？”

“这件事情总会让你激动半天吧？君九并不会带他遇到的每一个对于会跳舞的桌子感兴趣的人去那里的。那里是他的世界，你也拥有过，不过你忘了，正因为这个，所以你才，将，信，将，疑。”

“她笑着说出‘将，信，将，疑’这四个字，也许是为了表示一种态度，也许是为了嘲讽我失去了想象的能力，或者没有什么，只是她想这么说而已。但是她还是给了我一个意外，这个清容，你别打断我，这样你会更真切地看到我，我是有些发疯，在你眼里，对不对，这些就是我此时此刻脑海里所思所想。只，不，过，我，于，此，时，此，刻，在，你，的，面，前，表，达，了，出，来。”

“这是你心里的想法？好怪，我没有想到你会这么说。想不想知道我心里是怎么想的？”我心里想着些什么，缓慢地对他说：“我听着你给我说的这些话，一时之间有些想不明白，他就像是在自言自语，而我在他的对面。对面的意思就是说像这样的事情发生很不真实，但是它发生了，我有些怀疑很正常。这种事情并不是每天都会发生，有些回不过神来总会是正常的吧，正常的事情应该是什么在现在看来有些……乱。

你看我都连续说了几个正常了，就是想说咱们两个人现在是不正常的，却又是再正常不过了的意思。我是想，我有点跟不上我的想法。”

“你想完了？对不起，你此刻的思绪是否告一段落？好吧，现在该我想了，没错，把此时的想法完全说出来是不太可能的事。这不是因为我们该知道或者是不该知道这是不是可能的事，是因为我们根本就没有想到把此时的想法说出来的想法，是想法，而不是你所听到的话。我也该说些什么你不知道的话，说实话，这让我感觉到恐惧，它在剖开我的身体，在恐惧中与我碰撞，它希望我最好能晕倒，或者是干脆消灭我。我能够感觉到我的嘴不是在说，它在拼命地违抗我的意识，舌头在打着转，牙齿咬合在一起阻止每一个字在我的嘴中说出来以便使你听到。我该想些什么，尤其是听你说到正常不正常的时候。我想我是不是该做出一个举动来赞同或者是反对你所想的。不是这个意思，等一下，这样说话好怪，却是我开的头，就当是一个游戏也好。这样吧，我想一下，之前就算是我的脑海里一片空白也罢。这样，是这样想的，我也有些乱，被你说出这个字之后，反而使我找不出其他的字来表示我此时的思绪。嘴里说不出来，倒不如先静一会儿，想想下一句该怎么说？”

“此时我现在倒真是想打一个电话，告诉她注意到的一个人，这样会不会不准确，是她，是谁注意谁？以后再和你说。现在听我想的是什么，此时我倒真是想打一个电话，告诉她被吸引的人现在就在我的面前。接到她的信的时候我不知道这个人为什么会吸引着她，也不知道为什么会以写信并且以快件邮寄的方式来告诉我要预留下一个房间，她在猜测什么或者是她想要做什么这并不是我想知道的，我想知道的是写信现在成为她的一个表达方式。她可以借此认真思考而不是由着自己的性子来，这说明她经过了深思熟虑。但是我随即想到也许是某一种心情、某个时刻控制了她的思维也是可能有的事情。所以我才会笑一笑按照她的意思来了，因为什么，你不要老是打断我的……想法。这样会连接不上，我很容易跟着你的问题走，还有一点是，我的想法就不真实了，难道不是？接下来我想到那里了，是你现在和我说话的方式。我刚刚明白，你为什么会吸引她了。所以写信的是她，而不是他。她就是这样一个人。你暂时放下你的好奇心，听我的想法，这让我觉得，兴奋。是兴奋，没错，你不用这样看着我，你这样看着我就像你这样看着她，当然是在方便面洒到你身上的时候。你打过来电话没有？没有不是一个问题，现在的结果是你来到了十洲的岁时村。我在想如果你是认真地在听我的想法，那么有些事情我并不想全部都告诉你，这一点你应该了解吧，虽然这不可能是100%的全部。我现在才发觉，这才是有意思的事情。我想到哪里了？这有些乱，说实话是我有些不习惯。换了谁也不会特别习惯。吸引，对了，是吸引，她说过的话，不过是我的猜测。也就是说我觉得了解她，要不是因为这一点，她也不会写信来告诉我你的到来。"

"我该说些什么呢？现在，你认为我现在该说些什么呢？我都不知道该怎么说了。就像你捂着肚子却在说腿疼一样，我真的不知道该怎么说了。"

"也许是她在延缓些什么，一些事情发生之所以你不理解是因为你不会明白我的世界。我只想让这思念以另一种方式来到她的身边。你不要胡思乱想。思念有很多种，只不过我现在想到的只有思念这一个词，要是我说出来可能就不是思念，而是别的什么。"

我看着清容，我只有看着她。饿不饿，早餐很好吃，我们两个人事实上都很想说些什么来冲淡浮现在二人之间的不安。这种想法实际上就在她问我饿不饿的时候就已经存在，直到我坐在桌子前面看着我的身边坐了另一个人，桌子周围很快就坐满了人，大家都已经饿了。我看着君九，听到的却是厨房里传出来的动静。

“你不说话，那么我来说？你当时也是这么想的吧。我知道你心不在焉，你耳朵里听到的我也听到了，你所注意的我也注意到了。不要把其他人当作一个傻瓜，只是因为你是一个自以为是作家的作家？她很漂亮，尤其是今天她的脚有些怪怪的，像一个病西施。我很坦诚，坦诚到足以使你把今天的早餐都吐出来。实际上，我想说的是，我也一样，哈哈。我也一样。”

我看着他的眼睛，我想或许这也是为什么他也在看着我的眼睛的缘故，我必须看着他的眼睛。要不然这个游戏是不会玩出什么花样来的，这一点，在他提议的时候我就想到了。这真是我才能说出来的话，我们不过是个客人，客人的意思就是说总有一天会走出十洲回到自己熟悉的城市。所以我才会觉得，应该再说一句：“不想说点儿什么其他的话吗？能够代表你的一些话？例如一个鄙视的眼神再加上一句狠毒的话，来一个不屑的微笑？再不然把你的话作为痛斥的武器，而我的厚颜无耻就是我的盾牌是不是？你既然不说我替你说了又何妨。”

“他说得很对，我确实是在注意听清容的动静。我当时想的，这还真是一句屁话。要知道我现在成了一个实物教材，被这个该死的游戏玩弄的活体实验，而这个提议是我作出的。”这只是一个假设的游戏，我却拿他当了真。

“打个招呼的话不是一件太困难的事情吧，所以我想到的是如何有一个好的开场白，就这样一张会跳舞的桌子会成为一个平台。”坐在桌子旁边于是我听到了客人所说的君九，“这样你在看着他的时候，他手里的就不只是一根棍子了。”我听到客人夸张的笑声，在他眼里奇事一桩，“我指的是一桩可以让你早晨起来吃饭以前有点什么可做的事情。”客人对我说，而我则在客人的要求下告诉了清容。

“客人们都会表示惊讶，这样说只是指客人们在听说了这件事情之后的一个反应而已。这是非常明显的弄虚作假，我想，我说的话你是能够明白的。因为你是一个作家，对了，我纠正，是一个作者，是这样的吧。”清容看着我在笑，为什么每一个人都在笑？我当然说了一句：“好吧，只因为我介绍自己所以你才会这么说我是一个作家。这是非常明显的弄虚作假，你说的我同意，我纠正一下，我只是一个作者，找寻道路的人会是什么样的作家？我在思考，这于是惹你发笑。”

听到一个作家，即是站在我面前的他，这样说我当然会叫出声来，准确地说。

“准确地说，我记得，你是这里的老板，我是这里的一个客人，而老板和客人之间的关系只是一种简单的关系：你提供食宿以及其他我可能会有所请求的事情。但是现在我觉得你和我是朋友，我相信你。”

这样一个人很会使人开心，我不知道他下一句话会说什么，所以我只好告诉他类似一个作者这样的话：“你确实很像一个讨人喜欢的人。你说的我都不知道该说些什么了。我该说些什么呢？”

“告诉我那个能在心里刻上字的地方在哪里，我该怎样去？”于是我走出清容的旅店，漫无目的地向着一个方向走去。

“你走错了方向。”清容的声音在我的身后响起。

你知道，清容说得对，我是走错了方向。但是在遇到你之前，这个方向并不意味着一定会错。

你去过了，所以你才会告诫我。于是你就在我的面前前行，而我在你的影子背后徐徐跟随。几分钟之后，我决定走上前去，因为我感觉到你对你的身体毫不关心，任由他走在草丛中间，而我在你的身后踏上硌得人脚底疼的小路之时，我对你有了好感，你仿佛能听到我的心思，所以我的脚步渐渐地平缓。

你将把我带向何方？我费尽全身力气去压抑着这个问题。我突然担忧你消逝不见，像是深夜一些不着边际的想法满满地充斥于时间之内，空无一物却占据我的身心，我不能掉以轻心。因为我担心在时间之内如果没有什么的话，时间的死亡就会来临。所以我在你的身后不断地说服自己，如果什么事情都需要一个恰如其分的理由，那么未知的可能性会不会就此被理性所抛弃？

“天降雨，又何妨。欲与妹相逢，有约不爽[1]。”这句话突然在我的眼前出现，这并不是唯一的，我万万没有想到以后我还会看到无数字体出现在我的眼前。在此之前，我在这句话的面前受惊像一头猎物面对黑洞洞的枪口，不知来自何处的危险潜伏于四周。你于是又一次在我的耳边低语：“愿不愿意？去为我刻上那几个字。”

奔跑，我希望你能快一些奔跑。我不知怎样开口，我拼命想张开嘴巴，两片薄薄的嘴唇却像两块生冷的铸铁被牢牢焊死，我该如何对付这该死的嘴唇？我的脚步只能是努力配合你的节奏。你的脚步能不能借给我？这个念头就在我抬起头看到阳光穿过云层照耀正在穿行的道路的时候来到我的脑海里。你却并没有让步，我觉得你早已看透了我的心思，你知道你的脚步将会使我疯狂。说得对，你倾向于沉默，不疾不缓的脚步踏过草丛与碎石，而我将在你的沉默之中承受你的指责。

我以为我将随你而去，看到你的脚步在我的前方不断延伸，我却感觉不到心跳在我的胸膛。我必须要确定一点，但是又生怕只要我停下脚步，我将再一次失去你的踪影。是这样的，是这样的？我总想也许这一次我的眼睛总会让我相信些什么。因此我努力前行，因此我的脚步一会儿像一个小孩子，一会儿却又仿佛刹那间老去，70岁的老人也没有我这

---

[1]引自《万叶集》。

般模样。我在时间的面前犹豫着去还是不去。我的想法始终在与我的身体为敌。敌人，是的，敌人，它就像一条狗一样在我的身边徘徊，只要我的眼神有一丝一毫的松懈，那么我将成为它的美餐，在它的尖牙利齿之下毫无反抗之力。

统治我此时的思维是什么？我的眼睛只能看着前方或隐或现你前行的脚步。我的肚子因为用力而疼痛，你没有看错，是我的肚子而不是我的腿肚子或者是其他什么身体部位。我意识到这一点，因此统治我此时的并不是我的思维，而是我的知觉或者是神经系统。

痛苦使我的心停止了跳动，我不愿意看着眼前的一切消失，哪怕只是一个影子。雷鸣般的血液流动声音于是在我的耳边响起，这声音属于另一个身体，红色冲刷我的眼睛，使我的眼睛紧紧地闭起。在那一片刺目的红色面前站立着一个我，探究着你的模样。你就像一个孩子，一个微笑便能融化我的焦躁。

我开口问道："如果我想你，这一天和那一天会有什么不同？"

时间能否洗去一切？但我发现，你的面容从未这般清晰地出现在我的眼前，那时，我说："我愿意。"

我愿意什么？在我离开之后，在你靠近我之前，这其中的空白就像一片云雾萦绕在我的周围。我身在其中不能辨识方向，只能听得到你的声音远远地传来："你愿不愿意？"声音聚起，结成坚硬的石块向我猛砸过来，我只有头破血流，感受到疼痛给予我的安慰。我觉得我的身体上满是鲜红的血，摸上去黏黏的沾手，鼻中却没有一丝血腥的味道。相反，我闻到的是你身体散发出的清香。这让我贪婪，我不由得又一次把身体凑过去，以迎接那突如其来的疼痛。我在此中沉迷，身体与意识完全分离开来，你的话语在我的身体里四处撞击，一点点地砸出印迹。

我小心翼翼地对自己轻声耳语，深恐我的等待就此受到惊吓："你就站在我的面前，而我依然不能停止对你的思念。"

时间又一次站在了我的对立面，我看到的是一堵时间的墙将我的身体阻挡在了荒凉的领地。我并没有感觉到无助，也没有感觉到哀伤，只是疼痛，只是疼痛的肉体在与时间的搏斗之中再一次倒下。我只有看着我的身体在颤抖，时间识破了我的诡计，一丝一毫的机会也不会给我。那么只有时间的死亡才能使得我从昨天回到今天？我一个人存在着的今天？

这是报复，一种可怕的报复，它在告诉我是多么渺小的生物。不懂得尊重时间的人时间也从来不会尊重新生的生命。

我只有卑微地低下我看似高贵的灵魂，开口问道："我不能在这个城市待下去了，这里到处都是你的影子。我什么都试过了，我六神无主。我渴望遇到奇迹来占据我的全部内心。不给你任何的空当。只有离开这里，才能停止对你的思念。但我终归还是要回来。房间里仍然是你走时的模样。我说我愿意。"

我轻声说着，看着自己的样子我突然感觉到很好笑，我要服从自己，于是我笑出了声音。疼痛由此不见踪影，我的身体从来没有如此的轻松，是一种舒坦，雾气化作地面上斑白的冰霜。我仿佛看到她披散着长发，含混的话语从她的长发中飘出，伴随着跳动的心脏向我重复诉说着。

我的脚步慢下来，脚步声消失了。

我叹了一口气，我知道这一切都只是残酷的想象，我并没有逃离，我仍在这里。思念的闸门一旦打开，就会控制你的身体乃至你的意识。我想这也就是为什么清容会对我说："你的话说错了。"

"当然，我的意思是说你的话是说错了。你是一个作家，在我看来却没有一点儿作家的样子。作家应该是什么样子？就是大家想象的那个样子，我不会这么说，为什么你会被我抢白，那是因为你现在不愿意说话。”她是这么说的。

而我又说了什么：“大白话或者是俗话并不都是你说了算，我精神不佳。”

她又是怎么说的？“你说你就站在我的面前，而我依然不能停止对你的思念？是不是这么对一个人说话会感觉好一些？当然你不要担心，我知道你也不会担心，你会担心什么？你只是一个客人而已。我的客人，我要是现在自己打断自己说话的连贯性不会让你吃惊吧？”

“我不在乎。”于是我说。

“你真的准备一个人去，而不是让我带你去？我知道这么做可能会打扰你的好兴致，但是这么做也是最稳妥的。这里的小路通向不同的地方，很容易迷路。你说你来过这里，是在梦里还是在其他人的口里？我要为我的客人负责。我不愿意打扰你的雅兴，但是你万一，我是说万一走失了可就不是闹着玩儿的事情了。你知道，在十洲，你只是一个外乡人。”

她说我是外乡人了吗？还是我的记忆出现了错误？要不然我怎么会在这里站立，眼看着你穿越一片草丛在我的面前出现？

当你出现在我的面前，我只是点点头，你看着我的样子，笑了。你的头歪向一边，你斜着身子穿过，从没有路的草丛中出现，鞋帮上花蕊落满。

你说你见过我。我却没有任何印象佐证你的说辞。

“那时你在街上呆立着。”你笑着说。

我在想和这样的人在接下来的时间里会有怎样的一段谈话：“鞋上落满了花蕊。”

你在说什么？因为害怕孤独所以和你一起度过生命中仅有的时间，一起抵御死亡的到来，在那之前，相互找到一个可以容纳彼此的心的地方，是我们一直在做的事情。说得崇高一点儿，我们可以为对方去献身，以为这是多么伟大的牺牲，却不知这正是最为自私的主宰，实际上是在拯救自己。任何一个人都比我更懂得生活是怎么一回事，时间更是和我开了一个玩笑，这一切，总是由一个陌生人对我说出。更因为突然之间你说出的话，我的反应是承受莫大的压力。

实际上我们的一生都是在做同一件事，就是去填满时间，像把格子的空当中填满东西一样。如果没有消磨时间的方法，我便死于时间之中。强迫自己忙碌最终使自己成为自己的奴隶，成为时间的奴隶。你根本不知道自己要做些什么，你知道，从这一刻开始，你病了，却找不到一个医生来医治，这个医生只能是自己。这样关心你的人会告诉你，你疯了。什么都好好的，你说："所以我病了。"

一张药方？你痛，你知道你病了，解决的方法是否只有死亡，你会败在病痛的手中。你不想这么做，你不得不踏出第一步，病着且麻木，在你找到医生之前，你觉得你的前面那是多么漫长的一条道路啊。

你问："什么可以使我的世界变个模样，而不是现在活在你面前的我呢？"

因此你来到了十洲。

我听着："也许你也一样，只是听到了一个名字，你知道了十洲。你没有更好的选择。"

不能放过你的除了时间还有什么？人人在时间的面前俯首称臣。面对时间的无奈与无助，那么不甘使你反抗在时间之内你要医治伤痛。渐渐地，你在痛苦之中麻木，仿佛痛已不复存在，医生已不再需要。只是偶尔想起来，似乎也只是那么一点儿意思而已。

"人们并不相信发生在自己身边的奇迹。尤其是不会相信你所熟悉的人创造了奇迹，奇迹只和陌生有关，熟悉的，那不是奇迹。"听到你说了这么多，和你相伴而行的这一段路你已经把我当成了一个陌生人，而不是一个朋友，我也只能这样来回答。

“奇迹。”这个人还真把自己当作一个普通人了，高明一点儿的人会不会说出奇迹这两个字？失魂落魄，落魄失魂。

你在想什么？你看着我，我也在看着你，我与你之间分辨不出彼此的差别。这个时候你突然离开了小路，你向着一片草丛中走去，正如你从草丛之中来到我面前一样。

我眼前的世界就这样出现了一个变化，我甚至有些茫然地问道：“你去哪里？”

你停住了脚步，回过头看着我的脚。顺着你的目光我看到你并不是在看着我的脚，你是在看着我的鞋。我跟随着你的目光把视线落在我的鞋上。

“一双干干净净的鞋。”你的语气中让我感觉到了嘲讽。

“干干净净的一双鞋，这没什么错吧。”

“我笑并不代表着笑你。”你可能从我的表情中看出来些什么端倪，但是接下来我听到的一句话是：“鞋太干净了，在这个地方会显得有些怪。”

“你是说这样的话，我虽然在这个地方，却和十洲是站在两个地方，我并没有来到十洲的痕迹？”

“这样说话很无聊，你不觉得？这样的地方遇到一个这样的人，说些话开心，开心就好。你不敢？”你说。

“你的意思是说我不敢离开这条小路？你的意思是说我认为这条小路通向一个已知的地方，那里……”

“你还是蛮有想象力的嘛。”你笑了。

“想象力？这是我一直最为缺乏的东西。我觉得我没有，你却认为我有，这样的话就有些意思。我的鞋干干净净与想象力没有关系。”

“你的话充满玄机，哈哈，充满玄机。你待在这里，就一个人充满玄机吧。我也不走，看着你一会儿的工夫，就发现你有些病了，比我严重。开个玩笑你不介意吧？你也需要一张药方。”

我倒是一直认为，我得说出来：“你的脚下踩着一条蛇。”

你突然跳了起来，发现草丛中除了小石子之外还是小石子，你注意到我在开玩笑。

我等着你说，但是你并没有说出一句话。

“抽根烟？”我问。

“你习惯在这样的时刻抽根烟？”他答。“要不然你不会知道接下来要做些什么对不对？”

“我们一定要以这样的方式来谈话对不对？”我问。

“这样的方式有什么不好？这不会改变任何事情，只不过是在这条小路上我恰好遇到了你，你也恰好遇到了我。我们的出现对于对方而言都只是一个意外。”你答。

“我的天，没想到你如此自大，愚蠢的自大。”我有意说了一声。

“你的反应证明你是一个常人。”你低下头看着脚下，仿佛那里真的有一条蛇。

“你现在说话终于正常了一些。”

“咱们两个人就这么在这里站着说话，你没有看到我还背着一个这么大的背包？这样很累。你觉得这句话的意思是什么？你知道，还是由我来说，我是说你要是我的话你就能知道，站立不动这背包会很重，但是你要是走起来就会轻很多。这并不是说这样背包就不是背包了，它还是背包。不同的一点是你知道一个地方，你走到了就可以把背包放下来。这样的话走着比站立不动和你说话要轻松很多。你明不明白？”你说。

“你说的正是我想的。”我只好承认。在游戏里我直言不讳地对你说出了我的疑问：“或许两个陌生的人在这样的空间里相遇只会这样说话？我觉得这些话如你所说很是无聊。接下来我们两个人会做什么事情？会说些什么话？商量着敢不敢离开这条小路去林子里？这些话都已经说过。你一直在用动作表示，实际行动，而我一直在解释你的行为。”

“要说的已说，我也来一句如何？”你转过身走向草丛，我跟在你的后面，脚步加快，赶到你的前面。两个人的影子重合的时候，我仿佛能感觉到你身上的背包有多重，它压得我的影子在阳光下几乎变形。

“影子变形？你真的这么认为？”灵蝶有些吃惊地看着我的眼睛，在我看来，她此时这个举动像是要看透我说的话是不是真的，或者是我只有在她的面前才会显得如此怪异。

“你能感觉到背包的重量？”她不相信，却又相信。

“也正是这一点你才会吸引灵蝶，你知道。”清容后来对我说，“她的失踪和谁有关？”

“你和他去了那里？你一直说下去好不好，我对这个感兴趣，你知道。为什么一定要我问你，你才会回答？这样不好！你是知道的。不过我猜测，你是找不到使你伤心之地。”灵蝶说。

“灵蝶不高兴了，她略微噘起了嘴。你这样有些，霸道。不过好吧。我可以说，但是请你先把嘴咧开，笑一个给我看。”我有些开玩笑的意思了，要不然我不知道如何面对这样的一个女孩子，我是该严肃或者是索性忘了烦恼，调调情也不错。

“霸道，我一贯如此。遇到我是你的福气？这句话能让你想起什么？”

“让我想起来什么？”我告诉她，“什么也不会想起来，不过在以后的日子里看不到你了，也许会想起这句话。”我当时绝对没有想到，以后会真的看不到她，这就使得时间在你从未预料到的时刻和你开一个大大的玩笑。

她笑：“你还真是一个可怜的人啊。”我听得出来她的声音故意调高起来，“在任何事物面前我都觉得陌生。”

“你说什么？”我不能确定她说了一句什么话。“你说什么？”

“我说什么？你根本就没有认真听我说什么。你和其他人一样，把所有的注意力都放在了我的脸蛋儿上是不是？还想些什么？我的眼睛在看着你，你在想什么我都会知道。男人，这就是男人对不对。总是在想衣服下面会是什么样的？不过你看来也并不能免俗。好了，我在开玩笑，你不用当真的。是不是有些手足无措？不知该怎么样和我相处？什么你都不用想。你想什么呢？想什么呢？不要以为我对你有点儿好感你就可以思想不纯洁，不纯洁的下场是很悲惨的。”

“我们在跑题，你还想不想听。我知道是不想听，干脆我不说，你自己一个人去想象可以更好一些。任何一个想象都会是一个不同的结果，这给你一个大惊喜，也是一个对你自己的考验。”我决定不能按照她的思路走，这只会使我在她的面前更加狼狈。

“考验，谁考验谁。你们两个完全陌生的人在一起互相考验彼此。看样子你是输了，对不对，不要出神，发呆，你还真是一个可怜的人啊，我说对了。你没有赢。”她点了一把火，这把火使她自己燃烧起来。

你就在前面走着：“你们去了那里？”那里是哪里？使你伤心之地？刚刚发生不久的事情却在我的脑海里模糊不清。草丛之中，林立的参天大树，透过树叶从空中直射到地面的逼人光线，这光线显得有些空灵，使我不再觉得害怕，或者不用担心迷路，只是因为你在前面走在一条不宽不窄的道路上？

你并不担心我跟不上你的步伐，你只是在不停地行走，像是早就知道目的地。你好像在问我为什么会来到十洲这个地方。这个地方你是从哪里听说来的？不对，等等，这句话是我问你的，你告诉了我什么？然后出现了一个湖面，是穿过林子之后出现了一个湖泊，一个不大不小刚刚好的水面，我不知道怎么形容。恰好可以让你在水面的前面待一阵儿，随便想些什么，或者不想什么只是在这里发呆，什么也不用去想。只是看着它就足够。

“像我们面前出现的，这样的一个湖泊？”不是，我该怎么形容这个她看不到的湖泊，它在我的面前出现过，而我却不知道怎么样向另一个人去描述我眼前的水面到底是一个什么样子。

“有多大？”有多大没有意义。“水清吗？”水清会不会让一个人的心情变得像水一样清澈？“你有没有像我一样去喝上一口，尝一尝甜不甜，有多甜？”这是一个姿态，一个假模假样的姿态，之所以做出这个动作只是因为在这样的一个水域面前似乎人们都应该做出点什么举动来，喝上一口水，然后抬起头看看蓝蓝的天空会是一个多么富有诗意的选择。这会让你感觉到在某一个时刻，你还会像一个觅食的动物一样。

“你看到了什么？”我看到了什么？你在我的前面笨拙地弯下沉重的身体，背包向前倾斜着几乎要掉下来把你带一个跟头。你直起了身，把身子晃了晃，使得背包乖乖地回复到原来的样子，然后你单膝跪地，侧着身子把一只手伸进水里，手指头在水里捻了捻，像是要洗去什么脏东西，随后你单手捞起水来飞快地将头就过去，在水没有从指缝间流失干净之前，你的头上已留下了水的痕迹，重复几次之后，你仰起头，将满是水的头放在阳光下，手抬起指尖转而向下迎着阳光，看着水一滴一滴顺着指尖流下，你张开口，我看到你闭上了眼睛，舌头像狗一样伸出，水滴落在你的下巴上，你调整了一下手的位置，水终于滴入你的口中。

“你这样做是不是有什么特别的意义所在？”当我听到灵蝶在游戏开始之后说出第一个问题，我转过脸看着你。你只是笑了笑。我感觉到这个问题在游戏中出现是因为我的好奇，只不过由她说了出来。

你笑着站起身来，转过身来看着我：“你不去试一试，这水的味道很温暖。”

“水很温暖是什么意思？这里的水是冰冰的凉，你确定没有听错？”我该怎么回答灵蝶的问题？原本水是不是温暖这不会是什么大不了的问题，在此时却由于某种不为人知的原因成了一个必须要回答的问题。我想说的是你说了一句什么话？这句话在我的口中重复出现就成了非常荒诞的话？

“这句话不现实，你重复不重复更不现实，不要被这个问题困扰了，现实不现实不是问题，问题是你接下来做了什么？”我接下来做了些什么？我开始咳嗽，剧烈地咳嗽，一时有些喘不上气，腰弯下来，像这样弯下来抬起头看着你。你只是站在一旁，等待着我渐渐地平息，好像看着我如此失态反而你十分羡慕。我说不清当时的感觉，我只是觉得你也愿意像我一样弯下腰来咳嗽几声，你却做不到。你做不到的事情由我来完成，你只是看着这个过程的发生，你感受不到却像感受到了一样的享受。

“我能够理解，两个陌生的人在一起往往会更有一些真实的东西出现。”看着湖面，灵蝶有些出神地说，“我们两个人算是陌生的人吗？你和我？在这里我们也许都是陌生的人。”

你有些陌生吗？分明我看到的是一张熟悉的脸，这张脸我在刚刚过去的时间里见到过，你说你见到过我，只是这一面之缘便由时间转变为一张不再陌生的脸。你于是笑了，走过来蹲下身子，把背包的一面转向我："打开它，这里有糖。"我吃了一颗，"不给我也拿一颗吗？也省得我费劲巴拉地把背包再放下来。"

"你就这样吃了一颗糖？"是的，你也吃了一颗糖，却示意我把糖纸交给你，不是，是你从我的手中要过来。然后把糖纸小心展开，一点点地折好放在兜子里。后来我看到君九也有这样的糖纸，我才知道我当时也应该把糖纸留下来，也像你一样把糖纸展开，平平地展开，再一点一点小心翼翼地折叠好，整齐地放进我的衣兜里，那里有很大的空间可以放得进一张糖纸。我一直想这样做。君九会不会将他的宝贝让给我一张？

"我给你一张。"君九从兜子里拿出一沓子花花绿绿的糖纸，放在我的手里，"你随便挑你喜欢的，随便，什么都可以。"

这样反而让我有些不知所措，我只需要一张，或者是两张，放进我的兜子里。只是一个难以抑制的想法，但是当这个愿望就在我的面前，我竟然不知道该如何面对她，一切都是这么简单。

"一张什么样的糖纸让你如此着迷？"灵蝶的眼睛上像是蒙上了一层雾，反而清容对我的行为只是说了一句："噢，糖纸。我也有过。君九和我说的时候我还以为他在说笑，原来你真的和他商量要了一张糖纸。这不奇怪，我觉得君九与你已经成了好朋友。想不想听听我的母亲是怎么说的：有那么一点点的快乐也就值得，我能承受的困苦也就有了意义。"后来清容对我的解释是，每一个人也像你一样年轻过，经历过如花的岁月，她清楚地知道我的感受，却只能忍住伤痛无助地看着她的女儿在被痛苦一点点地撕扯成碎片。

"陌生是成为熟悉的基础，这说不上是好事还是坏事。"你指了指你的脚，那上面落满了尘土："想要走出去，这得你自己来。"你告诉我，你离陌生越远，你就越自由，你离熟悉越近，你就成为他的奴隶。我有些茫然。

“你有些茫然？不过这确实是挺茫然的，一个陌生的人总是会很诚恳，我相信。”灵蝶小声地说，我倒是相信她在琢磨这句话。

“从你的身上，我感觉到有一点儿不安。”这种感觉何止是你有，我该怎么说呢？灵蝶的说法让我觉得我也许真是有点可怜。你把身边认识的人视作身边麻烦的开始，你只向陌生人袒露心扉。也许，不安是来源于他们，你周围所熟悉的世界？但你忘了一点，满足也同样来自于你的世界，你从来对引发你漠然的发现视而不见，只是因为不安大于由此获得的安慰。

你认为我是在和你走着同一条道路。我说过我愿意，就是在对你的答复之下促使我现在来到了十洲。十洲，也许我是在和十洲争夺你，白雪与十洲会成为撕裂我的武器，像一把打开的折叠刀，闪着寒光切入我的肌肤。我宁愿如此，让我看到一把刀，在我的心上一点点地刻上你的名字，文字伴着鲜红的血流出来而显得清晰可辨，终将唤起我的记忆，这也许就是我来到十洲的目的。不安与我为这不安所付出的一切与得到的永远都不会相符，天下有的是备受内心煎熬的可怜的人，我需要休息一下，但是你从来不给我这个机会。

“你观察不到真相，只是因为你被眼前看到的事物迷惑。忙忙碌碌，是你眼前的一切使你丧失了判断力，对不对？老掉牙的论调，哈哈。你真是一个可怜的人。”灵蝶在笑。她又一次重复说着，我该不该为此发火或者是借由这句话嘲讽她的语言贫瘠？闭上眼睛，这个世界会消失吗？睁开眼睛，世界是否不复存在？我会不会忘了我是一个可怜的人？就像是头顶上的月亮，被一道看不见的线分成两个半圆，找不到词来形容，是因为眼前的世界蒙蔽了你的眼睛。你只看到一张面孔，却没有看到面孔后面是什么？多么可笑的想法，任何一个心智成熟的人也会认为你在重复，不断地重复，你所认为的恰恰是熟悉的，正因如此，每一个人远离了恐惧，回归到平静上来，因此你认为你总是觉得不对劲。你用你惯用的方式看待这个世界，你要知道也许只有到时间死亡之后，你才能准确地描述这个事物，你写出的由此只是相似，而绝不是事物本身，它不再变动，于是你的眼前一切都变了模样。你们都在等待这一天的到来。他不再是你的眼睛所看到的，这就是你看到的最使我恐惧的事情，时间已经抛弃了你。

“怎么解释面对他的行为时你的行为？你从来没有想过，只是就那么做出反应，这就是你自己？”

“我现在倒是宁愿做些别的事情，而不是像一个犯人一样被你审问。你要知道，长得漂亮并不是你的错。”我是在试图激怒她了。

“这是不管用的。”清容说，“结果是什么？结果只能是她笑一笑，她在嘲笑你的无知。”

清容的判断正确。面对着她的笑容我初时只是感觉到她的可笑，但随着她的笑声变大直至有些咳嗽的时候，我才发现我只能激怒我自己。任何时候，你从来也不会感觉到有谁会站在你的一边，将意识与虚无分离开，进而充实身体的可能性毁于践踏时间的开始之际，站在对面的人，你，只是偶尔表示了深切的同情，这对于你有些悲哀，却同时警醒我。

“实际上你出门之后不久，她就来了，我知道她为什么来。对于一个女孩子来说，最了解她的也只能是另一个女孩子。你认为和她相遇是一个偶然？如果一个女孩子不愿意和一个人相遇的话，一百年的时间也不会使得你们两个人莫名其妙地相遇。更何况……你是不是很得意？不，我觉得她才得意，事情在按照她的想象去发生，而绝不是你想当然的认识。”

想当然的认识，我不会认同，否则这便成为一个不需要负责的判断：是我贸然闯入她的世界。我看到你的身体重重地压在柔嫩的草丛上，草丛整片整片地向某一个角度倾斜着。你就如此懒散地站在我的面前，背包却仿佛是在我的身上。

"你走不走，还是愿意傻傻地就像一个姑娘一样看着我。你是在看着什么？一直待下去。我倒是发现一点，你很是喜欢发呆。像一个，怪模怪样的思考者，这样说更准确，一个不知想些什么事的人。你来到十洲，你知道了我在逃避，那么你又在逃避什么？作为一个对等的交换，是不是也会透露一下？本来这样说你可能会认为这是不礼貌的行为，但你激起了我的好奇心。"你再一次重复着一个词，好奇心。

"他真的这么说了？会不会是你的记忆出了问题？这是对你的打击吧，我猜。对等的交换，你不会认为这是一句并不存在的话，只是你处于某一种状态之中，想当然的一个结果。短短的时间之内，我想这是丑恶的。"灵蝶的怀疑自有她的理由，却不会是我的原因。

作为回应，在游戏里你如是说："我以为我们成了朋友，一起走的朋友，或者是你对我并没有什么感触。在座的各位也不可能对我有什么感触。但这并不妨碍我们成为一起做一个游戏的暂时的朋友，或者这样说更准确，一个游戏里暂时的陌生朋友。我们之间没有敌意，我们之间相互的存在，在这一刻只会让时间过得更快一些，这没有什么害处。"

你终于说出了我期待的，丑恶，却又是非常正常的一个反应，相对应的是时间可以过得更快一些。我必须为此做出一个反应，于是我对你说："你的话让我哭笑不得。是的，我也许是在逃避。"接下来我却不知该怎么继续，压在草丛上的重量几乎使我不能呼吸，我发觉我只是机械地顺着某一个既定的程式在做仿佛早就安排好了的事情，我的存在只不过可以使它符合逻辑的发生。

“什么事情都会有预兆。”燕玉的声音突然在我的耳边响起，我却摇头。

你的脚步移动，你显然与这样的一个人在一起并没有多少乐趣可言。你要去找一个歇脚的地方：“兄弟，你挡住路了。”

“他为什么不从你身边绕过去？要是依你所言他是在草丛中出现的人？”灵蝶说出了她的疑惑。

你笑着站在我的面前，我给了你一个建议：“你可以从这里走，去村子里，那里有一个小旅馆，物美价廉。”于是你和我都笑了，我们都回过神来。你真的要去那儿吗？从这里走过去？我再三地想问清一点，因为在我的身后，是一片起伏的由乱石覆盖的小山坡。

你的问话极其可笑，但是你知道你听不到反驳。我想这就是你为什么会凝视着我的原因。我来给你解释，为什么不可以？只是因为我没有一辆车，我的脚看来不像是从这里走过去的工具？听到笑声我从你的话语中知道了我的判断是正确的。我感兴趣的倒是，你接下来将要说什么？

“这一点我可以告诉你，他遇到了我们。”燕玉把侪鹤悄悄放在衣服下摆的手轻轻拉开，“我们在清晨相遇，我很怀疑他是不是那一天晚上看到了什么，他见到我们竟然打了一个招呼，这不是一个好兆头。所以我对他没有什么好印象。我们短暂的交谈中他拒绝了侪鹤的建议，看来他宁愿一个人走一走，不愿意搭顺风车。所以我告诉他一句话。”

“常见常走，活道山路，已然荒芜[1]。”你对我说：“这是疯狂的一个想法，却又不是我一个人的想法。你不想这么做只是因为你已经习惯了某些东西而已，在这里，在十洲，你想还有这个必要吗？”

[1]引自《万叶集》。

你就那样看着我叹了一口气，我指的那样是如释重任般的放松，虽然没有笑容，但你脸部的肌肉不再僵硬，就好像背包的重量突然之间消失，你接着走到一块石头面前坐下来，指了指旁边，我笑了，你知道我是笑了，走过去，你有话要说。

“我看着两个人争吵，却相爱。”你说：“有没有兴趣？你？”

“我？我看是你有没有兴趣讲，然后才是我有没有兴趣听。”

“你是一个怪人？要不然你不会这么问，这就像你看着我，我却感觉到了你面对我把方便面不小心，是不小心洒在你身上，你却不压抑你的目光。”

也许是吧，你能说出这些话我真的很是高兴，却不是你想象中的那般高兴。我只是在你的面前无事可做而已。我不愿意在有另一个人的时候想起你，这让我觉得虚伪，我不知道怎么说出来那一句：“我愿意。”就连想也不能想（思考滑稽地变为了嘲讽）否则便仿佛亵渎了此时的纯真，这只是我一个人的世界中所存在着的忧郁，在成为一种痛彻心扉的思念之前，刻上去名字将会是我来到十洲的理由。但是谁又知道这是最为真实的原因？或许，是我在说谎？谎言只会让我对于我此时的不安有了一个借口，其原因是对于这个世界的敬畏。此前和白雪的全部回忆都在那里，而我却站在对面，眼睛似要滴出血来，看着你一点点地远离。

“人人都需要一个不那么恰当的理由。”于是我说，嗓音中带着颤抖。

“你很激动，但愿不是因为我要对你说些什么。这不是一个秘密，你可以把它只是当作一个小故事，这么说你就没有了负担。你需要坐下来，慢慢听，这一次我不再说什么交换。这会让你感觉受到侮辱，我看得出来，你不用解释。”你招呼着我，我坐下来，距离你有一段距离，一段安全的距离。

“问一件事，无聊是什么？”我无法回答，你也不需要我来回答，于是沉默成为你我之间暂时的状态。

“无聊，没有一件事情是无聊的。你不想听我的长篇大论，我们都这样。因此这句话就当作是一个开场白好了。”

你并没有把背包放下来，影子在你与我之间，填满了我与你之间的空隙。

你看到了两个人。

“我猜着就知道他看到了我们，我像要发疯的样子。”燕玉的表情却不像是不愉快，她看着侪鹤的表情仿佛是在告诉每一个人，她陷在爱情之中不能自拔。

你本来准备走过去，可是你看到这个可怜又幸福着的燕玉冲到侪鹤的面前，于是你止住了脚步。你进退不得，你不能站立在这里，下意识地，你屏住呼吸，蹲下了身子。“像一个贼。”你转身悄悄地离去，却又忍不住想知道这两个人的模样，你在不远处打开背包，小石子一晚上硌着你的背。你一晚上都在静静地躺着，连一个梦也没有，直到第二天早晨你听到汽车发动的声音。

你知道你这样做只是为了满足你的某一种行为，但绝对不是好奇心，你重复了一遍。你不能说明那是什么，是什么使得你如此心神不安地关注和自已毫无关系的两个人的一举一动？只是那么一会儿，像一个寻宝的人到达了正确的藏宝地点，只要打开你就能使之前的努力得到回报一样。

“你知道，那是很可笑的想法。”

你认为那是一种怀念。你不慌不忙地整理行装，你磨蹭着减缓动作的迟疑使我认为，你意识到了你的不安。

“你知道，我有些……”

我知道，你是有些后悔了，你不愿意面对自己某种程度上的龌龊。这使你想到你不是一个背着行囊的旅行者，而是一个卑鄙的偷窥者。

你甚至还吃了一颗糖，以消除口腔内一夜留存的异味。你想着怎么样才能够使自己不被人注意，只是像一个客人那样来到十洲的旅行者。你的脚步变得平缓，却又像是伴着音乐起舞，你矛盾地试图停止自己的脚步，却无奈地看到它走到道路的中央。是往这边走？还是往那边走？正是犹豫使你明白你究竟想要做什么，所以当你与侪鹤打招呼，目光却在看着燕玉微笑的时候，你的真诚写在了你的脸上。

隐藏，你看到燕玉时想到的第一个词，正是由于出现在脑海里的两个字使你在侪鹤的面前狼狈不堪，于是你拒绝了燕玉的提议。你全然忘了要说些什么，你觉得这简直是羊入狮口。你觉得你的身体在被侪鹤撕裂之前被慢慢地把玩，这反而让你觉得一点点的安慰，这就是你所应得到的下场。你认为自己是在放纵自己，但是你又没觉得这有什么不好。这使你感觉到你身上有着魔鬼一样的心性，你开始感觉到害怕，所以你远离了道路，不愿意在人类文明所创造的奇迹面前袒露自己所留下的踪迹。

你的背投射下的影子不知为什么使我喘不过气来，我只有转身向着另一个方向走去，我不认为这是相反的方向，只是，我向着一个方向走去。

“之后和他分别，我就来到了这里，遇到了你。”我看着灵蝶的眼睛说。我一直奇怪为什么我总是在面对她的时候只会盯着她的眼睛来看，看着她长长睫毛下面一汪如水映射出我的神情，那神情用灵蝶的话来说就是“男人的不安与贪婪。”后来和清容在一座不知名的桥上走过的时候，听到清容突然对着四溅的水花喊着一个人的名字，才明白我是看到了白雪，这个秘密让我尴尬，不过我对谁也没有说。即使清容固执地认为“你喜欢上了灵蝶，但又不是爱她”的时候。而**从喜欢到爱有一道**

看不见的分隔线，而跨越分隔线则是易时极易，难时极难，有些人终其一生都只是在喜欢。

在那一个时刻来临之前，我发觉我对待灵蝶的行为就像是一个梦游着的人。为了不打扰她，好让我静静地看着她的眼睛，我总是尽可能地注意不使她兴奋。但是我发现事情总是事与愿违，我往往总会把事情搞得一团糟。

“你喜欢我？直接说就好了。”

“每一个人看到你，假如是一个异性的话，或许都会喜欢你，你应该有这样的自信，而不是问我是不是喜欢你。”应该承认，灵蝶的话让我不知该怎么回答，天性的原因使我说出了不该说出的话，这只会让局面更加难以收拾，她的神情告诉我尴尬只是在我的身边游荡，似是冻结了的空气，在我与她之间划出一条泾渭分明的界线。我知道坚硬的空气只能是在我这一边。

对于我的这个判断，清容的看法很是古怪。在她看来：“任何一个人，单独面对她的时候，总是会显得不那么合时宜。这并不是她的原因，而是上天怎么会给了她一个如此的容貌。这样会使得你……”清容加重语气，“恨自己。”恨自己什么？清容并没有说。

“谈谈你的过去。你要是认为我的问题有侵略性，你可以走开。”灵蝶对我说，眼睛死死地盯着我，我的目光被她强制般牢牢吸引着，仿佛要逼视着使我看清她的模样。“我这样说你并不反感。”

你的神态对于我来说是熟悉的，回忆似乎却又远离了我，丧失时间的痛苦死亡着我的身躯。如果我反抗，这一切将会远离我而去，并且将永远不再回来。我极力挣扎，当我回答燕玉“是什么使你来到十洲的时候？”我竟然转过头来看了一眼灵蝶，我是在回答她，还是在对灵蝶倾诉？唯一没有想到的竟是白雪！我便明白，清容所言或许就是对我最终的审判。直到我感觉到我的身体被一双手轻轻摇晃，耳边听到清脆的笑声，我失声痛哭。

你就在我的对面，我竟然触摸不到你。

“你笑什么？”灵蝶说。“这个地方可笑，还是在这个地方讨论……”她想了想，似乎是在遣词用句，“讨论这个问题可笑。你总是让我迷惑。”

我莫不是哭了吗？灵蝶听到的却是笑。

“我暂时不说话可以吗？”我说。我想应该坐下来，却找不到一个可以坐下来的地方。我转着圈以便自己显得滑稽可笑。既然这样，她不会感觉到我此时的心情，我的心并不在这里。

“你想一个人沉醉？是因为我吧？”

“一个高傲的人总是太自信会把自己甩出这个世界。”之后我又加了一句，“尤其是你这样的人。”

“这不能怪我，为什么责备我呢？子非鱼[1]，这句不对，应该是，‘出门同人，又谁咎也[2]？’”灵蝶收拾起玩笑的样子，正经地对着我说：“你不要认为她是一个怎么样的人，判断在这里都会成为一个不自知的事情。你能了解她什么？就通过她的行为？我并不了解她，我只是知道她而已。”

“好啦，这样很是无趣，无趣之极。”她甩着手，把身子随意晃动，又踮起脚以脚尖为支点转着圈，地面上出现了一个顺时针的圆。“我一路上走过去，看着前方的光线散下的影子在跳跃着引路。”她转过头来，

---

[1]典出《庄子·秋水篇》：“惠子曰：‘子非鱼，安知鱼之乐？’庄子曰：‘子非我，安知我不知鱼之乐？’”在中国思想史上，又称为“濠梁之辩”。

[2]引自《周易》同人卦象辞。

“而你，将会是一个跟随者。有什么问题吗？”

你在前方，我在你的身后。你并没有动身，你在等待着我的回答。

我可笑着，并可怜着。如果这是一种宿命的话，那么以怎样的姿态来接受会成为一个问题！

我一时间有些恍惚。客人所感觉到的“距离事物越来越远”的恐惧我以为是他的，却从来也没有想到同样也会是我的。“睡觉，还不如睡觉。”客人的神态似是癫狂：“你说，还有什么事情比睡觉更好？你想说什么我知道，我要说我知道的不比谁少。这不是你所想的，我们为什么要这样对话？你说？还是我说？”

任何事物遥不可及，恍若远离你。你需要某些确定了的东西来使得这空间实在。

“就是什么呢？”客人对我说：“你要是想听，这是免费的，但是你需要给我沏上一杯茶。不沏也可以，我看你未必此时会有此心情。问你一句话，如果我给你10万元，有点少。你不用急着回答，你也不会急着回答。我来换你一年时间，你肯定不会答应，这和钱多钱少没有关系对不对？但是如果我让你为我工作，当然也是假如，你是不会的。一个月我给你2000元，你不做会有人来做。现在问题来了，2.4万元我用了你一年，但是我给你10万元你却并不认可。”

此后客人说了什么我再也没有听清，我只是一时有些明白了灵蝶所说的可怜。你孤独地走向岁时村的身影一时使我语塞，那时我极想喊一声再见，却终于没有发出声音。转过身来走出好远，再见这两个字才从我的唇边吐露。现在我看着你，看着你的眼睛，我想是我的眼神伤害了你，你是在故作镇静，不，不是你，是我在故作镇静。我一直不愿承认，但是我只能是接着笑笑：“我或许从来都会是一个……惹人讨厌的人。”

“是讨厌还是不讨厌呢？”

灵蝶突然转过身，贴近我的身体，手伸出来，却又放在脑后。我们对视着，像是某一种惨无人道的火刑炙烤我的身体，我的皮肉发出焦煳的味道，身体却像冰一样冷。谁也没有开口说话，沉寂，死亡一般的沉寂如黑暗笼罩在我的周围，它们钻进了我身体每一个缝隙，从口鼻、眼睛、耳朵、每一个细密的毛孔中，以锋利的刀割裂开肌肤。冰一样的寒冷冻结我的血液，它们已不再如烈焰般沸腾，我感觉到血液像水困在一个深坑之中，慢慢地停止了流动，不再流经我的肉体与骨骼，直至与其粘连在一起，僵硬使我动弹不得。

"这是荒唐的。"她一个字一个字地吐出一句话，仿佛每一个字都在她的口腔里嚼碎了才说出来，摔在我的脸上。我的脸如在冰火之间，忽冷忽热，在这一切面前我猝不及防，丢盔弃甲，又竭力强忍内心的躁动，像一个被人追赶的将军，仍然会在最后的时刻保持那可敬的尊严，却面露惨淡之色。

白雪不会如此，白雪会如此。我将自己的身体完全交给了你，我来到了十洲，直到此时却从来没有感觉到你的存在。这会使我死无葬身之地。我找不出理由，但人在十洲，却又是最好的理由。

我并不知道随之而来的一个吻对于我来说意味着什么？我只是呆呆地看到她的手在空中划过，然后轻巧地落在我的脸颊。她的一滴眼泪就在手离开的一刹那随着我的叹息涌了出来，我低下头寻找溅落在脚下的一滴眼泪，只看到草丛中一粒又一粒的小石子。

"你在找什么？"幻觉就消失在灵蝶开口的一瞬间。

"什么也没有。如果我说我在寻找我的哀伤你会不会觉得太矫情？粗俗一点说，我这是吃饱了撑的没事儿找事儿？"

"你从来不给自己一个可以认真的机会？"

"我似乎要发疯了。请你原谅，或者你原谅也好不原谅也好这对我都没有关系，我不在乎。对不起。”

“你不敢面对我？只是因为……”

“我不敢面对你？笑话！你是想说只是因为你很漂亮。这让你可以随意去对待一个人而不会得到责怪。这可以随意让你满口胡话而仍然会得到一个笑容？你知道，你是很漂亮，但这不是理由，你并不会因为这个自负的理由去乱用我对你的信任对不对？”

“她一定哭了。”清容把手放在另一只手上，轻轻地对我说。“你不该那样。我早给你说过，你辜负了我对你的信任。”

“是的，她哭了，却不像是在悲伤。也许你认为我的判断力有误，是的，我的眼睛观察世界现在已经不够用了。但是我的心在哪里？心在看着我自己。胡说八道，我替你说出来，所以我才会如此那般。”我说话越来越慢，如此那般，我再一次地不确定，就像面对着灵蝶几乎夺眶愈出的眼泪闪耀着光亮，在此之后，我不确定我的行为对她造成了多大的伤害。伤害，也许从她留下一个电话号码的时候就已经开始了。

“你认为你可以伤害到她，那是痴人说梦。没有一个人可以伤害到她，除非是她自己。她只是去了另一个地方而已，只是我们找不到她了，过一段时间，她，或许还会回来。”直到灵蝶像天空上的云一样在十洲消失，清容的这一句话仍然在我的脑海里反复出现，如果是这样，那么灵蝶是不是去了另一个地方，而不是在十洲死亡。

然后灵蝶弯下身子从草丛中捡起了不知什么东西，向着远方投过去的刹那间我才看清那是一块小石子。“现在它们都不见了，一切不开心都过去了，你要是想要再次找到它们的话，你就得游过这个湖泊，然后再翻过几座山，走过无数条小路，路上也许会有什么蛇之类的动物，所以，你就不用再去找它们。”她跳了起来，像一头小鹿。

我很是怀疑我刚才是不是在自言自语，对着空气，隔着遥远的距离或者在另一个地方的灵蝶是否能够听到？看着灵蝶的笑容我才知道她听到了，一个字都没有放过。她只是在安慰自己而已，和我没有一点点的关系。

“我想去那里。”灵蝶对着湖泊说。

我感觉灵蝶说话就像君九的口气一样，不同的是君九会告诉我之后转身就走，他知道我为了会跳舞的桌子一直会跟在他的身后，或者还会弯下身子以便和他说话，或者再亲热地摸摸他的小脑袋也说不定。“你也许不该把君九看作是一个孩子。”我对着客人说，我想其实是对自己说的，往往以这种心情面对对面之人的时候，你只会心生怜爱，而绝不会是其他的任何情感。

你为什么来到十洲？你为什么会这么问她？我想如果我能看到我的眼神我就知道我是在责备我，不，我是在责怪我。只是因为我告诉了你，是因为某一个人，你要是这样想你就是太瞧得起你自己了。清容一定会这么说“请不要见怪，不，请原谅我这么说。我没有别的意思，你知道，她是我的朋友。”

“那么你为什么会来到十洲？”君九问着灵蝶同样的问题。我伸出手，在君九的头顶上越过：“所有异乡人为什么会来到十洲？”我也同样如此回答我所遇到的每一个人。

“所以为什么来到十洲并不重要，关键是你来了对不对？”灵蝶的笑声就从我的前方传了过来，绕过我的身体。我转过身看着她的笑声凝结成看得见的柔软顺着我们来时的路而去，一路翻腾滚动卷起微风中看不真切的尘埃，一直向着灵蝶手中抛出的小石子的方向呈抛物线飞向远方，转眼便不见踪影。

我站在山林之间，逐渐将目光放至远方。回忆成为拯救我于孤独的良药，当痛苦的思念都弥漫开的时候，我呼吸到的空气中满是硫黄的味道。但当我睁开眼睛，看到清晨第一缕阳光像箭一样穿透厚厚的窗帘射进我的房间，便将我逼进更为孤独的黑暗之中。我依靠回忆，苦涩地平息了痛楚，这么久的时间，让我觉得为了下一次在回忆之中得到宽慰，忍受何种煎熬都是值得的。

而这时，灵蝶回头叫我，我看到她已走出很远，这声音一定是让清容听到，找到了我们。在此之前，如灵蝶所说她一路上走过去，随着前方光线散下的影子在跳跃着引路。我将会是一个跟随者。有风声在十洲的树林间扫过，如跳跃着的光线越过树梢，拨弄出打击乐般美妙的韵律。隐隐传来的流水声使人迷醉，在我看来，迷醉并非是在天籁之声中，是流水声的存在使人相信在你看不到的地方存在着可以想象的事物，而流水声则给予我证实。至少此后我在听到刘一川所言心里在笑会是怎样的形态的时候，一颗心微笑着的模样会清晰地出现在我的眼前。

在那一刻，我能够听到的任何声音仿佛都拥有了质感，我不能充分说明，我只是感觉到而已。在刘一川的口中便成了同情及怜悯的话语："风吹嫩草的声音就像你的味蕾尝到了酸甜的草莓，甜甜的滋味隐藏在酸味之后。"之后在我决定离开十洲之前，无数的思绪中哀伤取代了类似嫉妒的情感，并不是因为刘一川告诉我，他在十洲的经历使他的世界重新拥有了味道，而我似乎没有改变，而是直到那时我才意识到，**刘一川依然会在阳光晒过的土地的温暖中行走**，**他的脚步在我离开的时候仍然会踏进十洲的山水林木**。

森林，山水，月潭，岁时村，天若岩，鹤鸣化，十洲。**我一直想象十洲的山水间有什么迷人的景色**，**我一直想象我会不会遇到我所想象的**。现在我的眼前只有灵蝶脱离了地球引力轻盈得似乎要飞起来的身影，我仿佛却看到明明没有一个人，我的眼里满是夹杂着点点灰色的绿萌萌的一片，我想我是在想象我的眼睛看到了如海洋般的绿在我的眼前铺陈，一艘渔船行驶其上，孤独却又悠然自得地撒下第一网。有东西在我的眼前闪过，听到灵蝶兴奋地尖叫，顺着她的方向看到的只是晃动着的草丛。灵蝶回转身来说了什么在我看来并不重要，在合理选择之后，一个无害的想象自然之物本身的存有方式赋予我的震撼并不比她看到了什么更为使人惊喜，这一次我感觉到掌控想象的钥匙似乎就在我的手中，我感觉到这一刻或许并不是想象，这是真实发生的事端。

我突然想起清容所说的一句话："这个季节来的人并不多，却正是十洲的季节，最美的地方在他看来并不是美景，而是人迹罕至之处的神秘。神秘的可怕增添了乐趣，他相信，在很多人在场的情况下，无论怎么去做，也不会将字刻到心里，因为心只能给一个人，也将只为一个人敞开。"她说话的时候两只手一直在用力地搅动，那个时候我却强迫自己想到了会跳舞的桌子，我应该问一问怎样做才能够将名字刻在心底的。

"这个时候还不算晚，什么时候才算是晚呢？"我的双脚恍若没有知觉般往前走着，似是飘行在绿海之上，脑海里凭空冒出这么一句话。一时使我着迷般沉醉其中，看着灵蝶站在那里，阳光洒在她的身上，有些奇怪的样子显得那么可笑。于是我笑出声来，后来客人对我说："笑，有时候是掩饰情绪最好的一种方法。"

"还不如睡觉。"客人对我说，"这个时候你是有些扫兴，对着一个姑娘没有来由地笑难免不会显得你很是荒唐。如果你不作出解释的话。"我想我听到这句话后的脸色显然并不是表明认同，客人随即改口："无论如何，我睡了一觉精神未必见得好多少，但是和你比不来，我的魂儿还在这里。在你微笑的时候。"

那个时候客人正在十洲最热闹的地方，在一拨又一拨的游客到来的时候，“我只为他们照相。这个举动使我着迷，就像你对某件事情着迷一样。你和漂亮姑娘快活，我自得其乐地去为他们照相”。

“你不是在嫉妒我这么想出来这样的话？”客人故意说话颠三倒四，他在模仿我的声调，很像。

“我不嫉妒你，只是在好心提醒你作为一个客人应做的事情。你看，我们之前并不相识，用我的说法就是我们之间没有什么利益联系。这样说对我没有好处，只会让你看到一个人在逝去的时间里是如何走过痛苦的泥潭的。出来就是一个泥腿子。对于你这样的人来说，是一件好事。”客人似乎是在认真地说。

“你知道我看到了。”

我重述客人的话：“你知道我看到了什么？你看到了什么？”

客人大声笑着说：“我看到你是一个作者，一个写字的人，还是一个观察世界的人？”

“也许你以后可以复述给其他人听，也算是打发时间，好好打发发干的时间。”客人说。

对了，他是在嘲讽我，我想。

“在听之前，为什么不告诉我你的名字？”我问。

“你想叫我什么都行，过不了几天你就会把我忘得一干二净。对于你来说，你越想忘偏是忘不了，越想记得越是记不得。还不如听我来说你倒能图个假高兴。”客人不停地说，似乎是担心我打断他的话。

“我实际上也没有做什么，没看到什么，可总是有个东西吸引了我，注意看又没什么特别之处。”客人用深谙世事的傲慢口吻说：“我好像看到君九所说会跳舞的桌子，这在我来到十洲之前就已经从别人嘴巴里知道。可我笑着要君九的棍子的时候，我就知道我绝对看不到。睡觉时看吧，我安慰自己，你知道人们都会这样去安慰自己，这是历史上重演了一千遍的荒诞，却并不是一个错误。你想听到我叹气，不会让你如愿的。”客人冷笑了一声，一时之间像是变了一个人。

紧接着没等我开口，客人接着说：“我脑子里一团乱麻，越想睡觉我就忍不住想拿起把刀子插进自己的脑袋里，好永远睡觉。有一些时候我觉得我似乎是插进去了，却发现自己又无比清醒。甚至我还……”

客人无趣地在十洲转来转去。从来到十洲的那一天开始，用客人的说法就是：“在那间屋子里时间只是带来些灰尘。”在转遍了十洲该去的地方之后，客人只愿意在其他人从来不去的边边角角的地方浪费时间，好让自己在夜晚的时候能够知道头脑里想些什么。

“只不过是为了晚上睡觉的时候能够清晰地看到白天看到的东西，那样就好了，晚上睡觉就不会因为脑子里什么也没有而在睡不着之前呆呆躺着。”客人在岁时村最边角的一个没有院落的屋子里看到的只有蜘蛛网和几点鸟屎，这个屋子里没有活物在打开房门之前存在。

这种状态损害了他的健康，顺带把他对于世界的看法颠倒了一个个儿：**正确成为错误**，**错误成为正确**。在他面前发生的事情很难使他产生兴趣。他的大脑受到了从未有过的伤害，变得像是一个垂死的老人奄奄一息，仿佛漂浮在空气中的几粒有害灰尘都能使他丧命，他已不能抵御无处不在的病菌。在我看来，他已软弱到一阵风就能将他刮翻在地，他在对我讲述的那一刻已失去了重量。说他在等待奇迹倒不如说他在等待死亡，他在渴望这一切早一天发生。

我懂得客人在说什么，在此之前，灵蝶关切地询问我的时候，我手中的刀子像火炉旁边放着的一把冰刀一样消失，存在着的痕迹不过是一摊不大的水痕。甚至客人找了一面镜子随时放在床边，以便好让他看看刀子在插进头颅之后客人是一个什么模样。像是一只翅膀的鸟儿飞翔在天空？腿长在耳朵边的马一样？客人发呆时总在早餐之后：“我在想该做些什么不该做些什么。随之而来的是事与愿违，该做的一点儿没做，不该做的信手就做了，像是掉进了一个陷阱，看见头上有条路却没有绳子。”

我由此明白了看到客人的时候他为何总是像在发呆，像是随时随地会睡着的一个人。而燕玉，在侪鹤把她送到清容旅店门前后去为汽车加油，她一个人走进旅店时看到客人发呆的样子第一个反应就是：“人生百年而已，念良辰美景，休放虚过[1]。”

“这是一个好兆头。”燕玉终于对客人说：“游戏里没有规定什么不可以什么可以？我愿意按照自己的方式来处理。那么我就可以对你说，为什么我会感觉到你是这个地方，怎么说呢，在座的所有人里你是最明白世事的一个人？”

这样的理由在以后的日子里使我还是能够回想起清容的惊讶与灵蝶的失声发笑，你在一边只是又剥开了一颗糖，却并没有放进嘴里。侪鹤把脸转了过去，而客人则面无表情，只是对我说：“这又是一个证明不是？被暂时的幸福冲昏了头脑之后便是冲动地遮掩。”

客人仿佛总是在证明对于他来说，睡觉并不是一件坏事，“在睡觉的时候插进一把刀子和没有绳子的陷阱，两个我更愿意选择不睡觉睁着眼。这使得不安的悲壮更显得可笑。”

我有些理解客人在十洲最为热闹的场所站在路边为游客照相，我也便理解了灵蝶在十洲失踪之前所说过的一句话：“我想去那里。”

灵蝶走着却似是滑行，我感觉她一直在一片绿海之上若隐若现，我却仍站立在原地不动，距离却并没有由此将她的身影从我的视线中移走。

[1]引自传统戏曲《挑花郎》唱词。该句化用自元好问的《骤雨打新荷》一词：“人生有几，念良辰美景，休放虚过。”

在十洲的山水之间，我却感觉我并不在十洲，我仍然在来到十洲的路上，或者我依旧在家里对着白雪说：“我愿意。”我恨不得我拿起一块冰做的刀子，在鲜血大量流出使我失去知觉之前，在冷冷的疼痛感觉到的时候，已经看得到脚下的土地是十洲的山山水水，在她的面前将那几个字刻上去，时间消逝之前死亡痕迹已消失得无影无踪。但太阳投射下重重的光线，划开眼前绿海的痕迹却非常明确地使我眼前闪现出灵蝶的身影，刀子顿时没有了影子，却仿佛仍然插在我的身上。

“你很疼吗？你的脸色不是很好，有些苍白。”灵蝶走回到我身边，笑着对我说，“累了的话可以坐下来。我等你。”

“我可能对某些东西过敏。”

“你给自己插了一把刀子。拔出来你会死的。”灵蝶突然说道，似乎看到了那把冰做的刀子。

为了表示她说的是错的，我只好站起身来，虚弱转变为坚强是很困难的事情。我看着灵蝶的样子，也许在她眼里，倒像是站在一面哈哈镜前面，看到我在变形扭曲之中晃动身躯。

“掩饰是需要代价的。”清容在我离开十洲的时候对我说，我猜想是灵蝶对她说了什么，如果是指的这件事情的话。

“不过我想我走回去也许是一个失误。我或许应该站在原地，等他自己去走过来。这样我就不会说出那些话。在想象与思考面前呆坐着不比在无聊的空耗面前更舒服。”他脸色不对却要说是对某些东西过敏，我想这个人是在撒谎，他是在掩饰和一个漂亮姑娘在一起时的尴尬或是不安？这样的时刻对于他来讲肯定会是一个折磨。他也许弱小得像一只小鹿，在他眼里我反而像是一头野兽，哈哈。

“要不要我搀扶着你？你看起来像是很虚弱的样子？没有？那就是你人在这里，你的魂儿不知在哪个人那里？”对灵蝶而言，她认为运用她的智慧看穿了我的鬼把戏，这一点使她可爱之极。

“我该说些什么，我都不知道该说什么了。你总是活在自己的世界当中。这句话应该我来说。这不是一个判断，不要那样理解就行。这只是一句话而已。你知道，我不知道该说些什么。”我说。

“看来我该收回我所说过的话，虚弱这两个字不能够描述你，虚弱的人怎么会一口气说这么多话。是我的话有力量，让你重新恢复了力量对不对？”

我的力量？我在遭遇除非是梦境中才会出现的事情。我面前的十洲在我脚下硬硬地提醒我，它漫不经心却熟练地用它千百年来孕育而出的山水林木将来到十洲的人归于梦境之中。仿佛所有的声音都沉寂了下来，以便让我仔细地听清这一句话：“对不对。对不对。”这真是中国式的梦幻，我好像成了一幅山水画中的人物，站立在山林之间遥望那对岸的苍凉意境。经历了千百年的梦幻仍然会是这十洲的日与夜，天正早，太阳还远远未到树梢，我却像客人所说的一样，睡觉，这时候我只想能够找个地方躺下，闭上眼睛哪怕只休息那么一小会儿也好。

眼开眼，我看到只有一只翅膀的鸟儿飞翔在天空！

灵蝶离开我走向约定好的地方，她可能是对于我向她商量了5分钟感觉到惊讶。看到她的眼角流露出的笑容，我没有说出我要做什么。在她走之后我却并没有睡意，之后我才明白客人所说的要把眼睛里看到的这一切留到晚上这一句话是什么意思。我觉得我才是一个客人，一个初到十洲的客人。我对客人刹那间的傲慢才最终理解了。

在我近似贪婪地看着周围的一切的时候，清容却在向着我的方向走来：“我在那边，你喊的声音要是没让我听见，除非是不在十洲。”当灵蝶好奇却实际上是惊讶地看着清容和我一起出现的时候：“5分钟你是在等她？”就成了脱口而出的表达。

我该怎么回答？我又一次陷入了尴尬。

“想不到我们会在这里相遇到。”灵蝶对清容说。而我却开口回答：“她走过来的时候我正准备小睡一会儿，我的眼睛有些酸疼。这真是一个愚蠢的回答。”之后在游戏开始你却在灵蝶问你之时并不回答她的问题，而是对我说：“你经常在不知道怎么打发时间的时候想出一些愚蠢的游戏吗？”我才知道，所谓的游戏并不是因为客人的缘故，而是为了回答灵蝶当时的这句问话。这个机会直到游戏结束却始终没有到来。

当时你的眼神似乎是要将我所说的每一句话都剥开，以便在以后灵蝶不见了的日子里好质问我。因此我一直在与你对视，我知道，这场搏斗我们都输了，时间的嘲讽对于我们来说，不是有没有力量反抗的问题。

5分钟之后会有如此变化？我并不会就此接近十洲中的你，却将由此接近清容与灵蝶的世界。命运就像在这个时候签发了一道命令，数不清的秘密都由时间来操纵，而犹豫与背弃将成为一个时间的牢笼，都会蒙上一层灰尘而后将一切事物的结果改变。我们都将在这一刻发出感叹：时间之后将会是我们永远到达不了的地方，除非是时间的死亡，但那时你在哪里？

我于是又一次想起了一分钟的等待，或者燕玉并不是在说一句笑话，而我在一分钟或者是更短的时间之内犹豫了。

十洲。或者5分钟将到的时候清容是如何出现在我面前的我并不知道，那时我正在极力将眼中所看到的景色尽量全部塞进我的脑海，实际上我想在这里闭上眼睛，我却笑自己可能连躺下来的时间都不会有，将身体躺在十洲怀抱里的想法，还没有随便躺卧在地，找一个舒服的姿势来使得身体放松要强烈的多。放弃那一个想法，是最初的想法还是随之而来的切实需要？如果我将在未来幻化为时间的尘埃，在十洲这个地方则不会有人去在意尘埃在何处，将名字刻在心里的所在将会成为每一个人来到十洲的初时所念。

我甚至在清容对我说“你是不是在闭上眼睛听鸟儿在说些什么”之时，仍然沉浸在这种情绪之中。所以我的反应随着清容的话重复第二遍之时，我怀疑她是不是看错了。

“对一个女孩子的话充耳不闻不是有礼貌的行为，尤其是你这样一个人。我说了几次？”清容说：“你认为同样的话我说两次还不够吗？”

“鸟儿的叫声很好听。我想它也在想这个人为什么面对着如此漂亮的女孩子却发呆，这岂不是大煞风景的事情。也许它们在说，这样的事情在十洲是从来没有过的，还不快些道歉。”我说。

“差不多，鸟儿就是这么说的。”清容说。

所以当灵蝶让清容去为她解释鸟儿在说些什么之时，清容却重复了我的话，然后灵蝶看着我说：“差不多，鸟儿就是这么说的吧。”

鸟儿会怎么说？

“它会说这都是一种乐趣而已。”在第一次和那个不愿意透露姓名的客人谈起是否清容真能听得懂鸟儿语言的时候，客人这么说。而清容可能是唯一知道客人叫什么名字的人，我的好奇心并不能够使清容说出客人叫什么名字，她只是说：“客人就是客人，按照他的要求，他需要一间曾经是失魂落魄的人住过的房间，我不会去问为什么。你知道，你也会有要求。如同像他一样，在来到这里之前就会让我去准备一本这里根本不会见到的杂志，我也会去努力地做。”

直至我从客人手中拿到那张纸片，看到上面写着的字时，我才知晓谁曾经是失魂落魄的那个人，这使我相信客人的所作所为并非只是古怪。所以如果说客人自始至终都没有告诉任何人他叫什么名字，清容或许会站出来第一个反对，哪怕是当燕玉在游戏中对客人似有意似无意地开玩笑说你是谁的时候。

我在以后的日子里总是会想起这个问题，而客人的回答在我看来并不比清容懂不懂得鸟语更难以使人接受。“最好不要知道我是谁。来到十洲的都是客人，你是你，我是我，这样不是挺好吗？知道这一点就不错了。”客人看着清容说。

客人显然非常信任清容，但依我看来在座的人对清容懂不懂得鸟语的兴趣，对比客人是谁、叫什么而言，客人的反应显然更伤害大家。“他把我们都当作傻瓜。一个个微不足道的人。”侪鹤并不赞同燕玉的看法。他的反应是：“明白，我明白。”

我理解客人所说，他告诉在座的人他做了一个梦：“讲一个对于我来说最可怕的梦。梦里我感觉到自己已经不会说话，我却听到我在一个劲儿地说话。我知道，那个从我躯体里发出声音的人，那不是我。我听到我嘴里说出的话吓了一跳，陌生的人。”客人指了指对面坐着的所有人。“陌生的人，陌生的话。从那时起我发现我的嘴已经不再是我的。它发出的音节并不是我想袒露的心声。睁开眼睛我说出的第一句话是，‘唉，这太可笑了’。这是一个完全不同于我的声音，从此这个声音开始控制我能发出的任何声音。我急于向每一个人解释，可是每次这个声音都会占了上风，我被它搞得不知道是不是还在梦里并没有走出去。如果人生就是这样，我并不想再来一次。”

“对我来说，最好的朋友、最贴心的人有时候却比不上一个陌生人。”客人说，脸上有些诡秘的神情使人听到这句话时心里泛起一阵又一阵凉意。

“有时候吗？”她（燕玉）夸张地问，“比如说现在？”

客人笑了，并不回答燕玉的话。

“这个梦并不算最可怕的。”我说，“我做过一个最可怕的梦是我梦到有蚯蚓在我身上爬来爬去。”我那时并不完全理解我为什么会在这个时候迫不及待要打断客人，我感觉到这个机会稍纵即逝，如果这个时候我不说出来，那么我便永远也不会说出来，甚至我都不知道我将要说出来的是什么。或者说我害怕遗忘，那么记忆就会像是水草一样纠缠着我，而我将会在这纠缠中死亡，在我还没有意识到只有在死亡时的瞬间才能看清恐惧会是什么模样之前，我的行为如笑声一般掩饰了无知。

其他的人都笑了起来，客人并不怪我打断他的话，只是看着我，同情地看着我。

“蚯蚓在我的身体表面游泳，我像是变成了一个装满水的大池子。蚯蚓钻进我的皮肤里扎猛子，又钻出来，我甚至可以看得到它长长的像蛇一样的身体呈一种可怕的形状一头钻进我的身体，另外一头却还露在外面。”

“没有了？”燕玉问。

“没有了？”我回答。只有灵蝶看着我微笑，客人则看着我一言不发，似乎等待着我说下去。他们知道我没有讲完，我没有说的一部分是，它又好像是在开垦土地，我的肉体之上似乎正生长出花朵，一朵没有颜色的花朵。花生长的时候我却感觉不到痛感，仿佛它原来就生长在那里，我从来没有看到过而已。

“你的梦并不可怕。”燕玉说，“你对自己身体变化很诧异是不是？这并不是最可怕的梦，充其量只能算是惊恐而已。可怕吗？身体变化最可怕的是在梦里看着自己身体的某一部分，比如说我看到我的眼睛不断变大或者是变小，我只能看着，却无能为力。我对你从来没有说过这件事情，不要怪我，因为我不知道这是一个好兆头还是一个不好的兆头。”

我感觉得到，她虽然坐在侪鹤的身边，她的手放在侪鹤的手里，看着侪鹤的眼神却像是在看着一个孩子。这样一种感觉转化为语言便是情侣在一起，却又并不在一起，这两个人的距离竟会如此遥远。直到后来我与她说出这个感觉的时候，她的面容虽然保持平静，起伏剧烈的胸膛却透露出秘密来："我要把十洲的山山水水都要走一遍，我告诉你，是因为你值得我告诉你，和你不同的是，我走过的路并不会是你所想象的。"由此我知道了关于侪鹤的故事，这是你们阅读这本书的原因。而在游戏中我与她之间的对话突然演变为一场战争，她说的一句话是："一个无耻的人才会猜测无聊的事情。"

侪鹤的笑容告诉了在座的每一个人他的平静，从游戏开始到此刻为止这个过程中间他不发一言，他只是陪着燕玉，仅此而已。

你开口了，这是我期待的，但是看样子有人比我还要期待。

"可怕吗？"你说。

"不可怕吗？"灵蝶和清容几乎同时在说，这声音同时出自两个女孩子之口，竟有了一种很是奇特的共鸣，像是金属簧片般的声音响起。

"最可怕的是没有梦做，这样才是最可怕的。还是有人会不做梦的，比如说像是坐在你们对面的我。我不会做梦，不是做了梦就忘了，是根本就没有梦。"这时的你露出一丝苦笑来，听着灵蝶和燕玉对于人会不会不做梦的事情激烈地辩论。

没有梦做。我相信你说的是真的，我仿佛看到你在夜深人静之中如我一般睁得半开的眼睛，双眼强睁直直地瞪向手中书本黑色的字体，顺着一行行啃下去，把眼睛累坏只是为了合起双眼的时候就可以睡觉。心无旁杂，不允许回忆将我唤起，走进另一个我曾经存在的世界的时间，那时我认为这是打败痛苦记忆的唯一方法。结果是，我做不到，这反而会让你的身影更加清晰地出现在我的面前。这时我猛然想起灵蝶所说的诗句："我应当到那里去，寻找你的身影？沿着邻近的那条小河，我还能否听到你的声音？"

侪鹤突然开口："最可怕的梦，是我梦到我死了。"

辩论的声音消失，燕玉停住话，转过头不相信似的看着侪鹤。

“是真的，在梦里我睁着眼睛，看着自己像是一具尸体一样躺着。”

“你不会死，只是梦而已。”燕玉说。

“当然我不会死。我只是梦醒了之后脑海里一片空白，还有一些庆幸。突然之间发现自己还活着，面对现实中的生活有一些珍惜，或许是惋惜？”侪鹤在笑。

我知道侪鹤所说的梦，他并没有说完。在梦境中死亡，这样的经历或许在许多人而言更为深刻，它预兆什么？只是像一个死人一样在第二天复活，那一段时间做什么了？没有任何记忆。我听到侪鹤所讲最可怕的梦的时候，我了解他的恐惧。**对抗恐惧的一个方法，是我极想知道在复活之前我是以怎样的状态存在**。所以我曾经会在睡觉之前找了一台摄像机放置在床边，第二天看到的则是犹如一张静止照片的我躺在那里。直到我睁开眼睛，看了一眼摄像机镜头。我看到的则是我惊恐地看到自己眼神时的表情，那眼神如此冷酷，使我不能相信这眼神出自于我。

于是重复，第十二天后我索性将摄像机对准我的头，却看到了一张死人般的脸。睁开眼我无声地说了一句话。我极想知道我说了什么，后来有懂得唇语的朋友看到这段在他看来难以理解的影像之后告诉我，那句话是：“你看到了死亡。”

“我搞不懂你怎么会想出这样一个主意。你不要总是问我，我看到时会有什么想法，我不会做，也没有时间去做。真想知道我的感受，那时你的眼神看着镜头就像是一条死鱼的眼睛。”

我将这种感觉在随后的时间与侪鹤说起之时，侪鹤看着我竟然哭了。我从而知道了每天临睡之前他总是会把门开了又锁，锁了又开，生怕睡觉的时候不知道有什么东西会闯进来，在死亡般的睡梦中夺走他的所有。直至他听到我的讲述仿佛看到摄像机镜头中那仿佛照片一样的死人，他才知道死人是不需要这些的。由此他终于停止了这个让燕玉反感的举动。

有一次甚至他只是将门用拖布轻轻顶住，一个好奇心就可以使侪鹤一无所有。"幸运的是，这种事情从来没有发生过。因此我第一次来到了十洲，在星光下，听到许多不知名的鸟儿在鸣叫，我不了解她们在说什么，不过我想很多事情可以不必去想了。"

在知道侪鹤没有说出的部分之前，灵蝶和清容开着玩笑，关于鸟儿在说些什么的内容，当我说出"玩笑"这一个词的时候，清容的反应则是："就像一出戏文。"她学着念白，"'花园外倒卧下个薛平贵，不知错认他是个花郎[1]'。难道是那些话引向二月二日的彩楼不成？"

"他不知道是不是个有心的人？遗忘就能遗忘了吗？就像没有发生一样，我听到的是所有人都看见你狂奔啊。"灵蝶竟然咿咿呀呀地学着清容的语调说，对着我说："我也听得懂鸟语你信不信？说的就是这些，这里只有你一个人听不懂鸟儿说的是什么……"她加重语气，"话语。"

"你们晚上想吃些什么，我好去准备。我有一个预感，今天晚上将会是一个很精彩的夜晚。"清容突然这么说，语气古怪。

我当时并没有感觉，或者说是像客人对我所说的一样："我没有感觉，所以就无法形容，为什么没有感觉？我曾以为站在世界之巅，手里握着的是世界的命运。可现在我发现也许我并不了解它。它远远超出我的想象，无论是痛苦或者是幸福，都统统与我无关。我没有了感觉。就像看到那一间废弃的屋子里满是灰尘，我和那灰尘有什么两样。"客人并没有说他遭遇到了什么，但从他的神态上总会使人

[1]这是传统戏曲《三击掌》中薛平贵与王宝钏的故事。在该戏中，王宝钏设彩楼招亲，绣球打中薛平贵，这里为双关语。

感觉到他所遇到的是别人所无法想象的。在这一点上，之所以燕玉对客人的梦有一个回答而其他人只会一言不发，“拉塞尔说，人类幻想中最令人愉快的事情之一，便是在某天和某地，我们将允许重新开始我们的生活”。燕玉目光扫过每一个人，观察我们的反应，接着说：“印有这金光闪闪的话的书就放在车里。如果哪位有兴趣，可以来找我。”她得意地看了一眼侪鹤。

“因此我们来到了十洲。”所有人的神情都告诉了对面陌生人这样的信息。

如果燕玉会在和我第一次见面之际说出这句话，时间能够倒转，那么我就不会在几个小时以前在面对清容和灵蝶的调侃时一言不发。既然事已至此，实际上我只是想听听这两个美丽姑娘的声音在十洲山水间响起，而我将会静静地站立在一旁。

并没有多久，空气像泡沫一样将这可爱的声音托起，我看着它的样子，近乎痴迷，头抬起来，完全忘记了身在何处。

“这个人又梦着了。”灵蝶的声音响起，于是五彩斑斓的泡沫之下所有人都成了陌生。

“所有人都会是陌生人，哪怕是你的枕边人也不例外。”以后，为什么总是在以后，时间总是给人遗憾。若干小时以后，当我听到客人说：“所有人都会是陌生人，哪怕是你的枕边人也不例外”之时，看到他的面容上刹那间流露出邪恶的笑容随即转瞬不见。我无法想象他想表达什么，我便想起了这句打扰了我的话。

“你不会说利益将陌生连接起来吧？老掉牙。”有人反驳。

“你比我更明白这个世界。”客人用一种看透世事的语调说。“我想改变，却无能为力，因为我在他人眼里就是一个陌生的人。就算是剖开了心，剖开了心扉也会更加陌生。我曾向一个人剖开，他却仿佛不认识地看着我。在那目光逼视之下我只好承认这是一个玩笑。”他在逐渐恢复来到十洲之前的笑容，仿佛一切尽在他掌握之中。

那一刻在座的人都仿佛被客人逼进一个死角，所有人在他的笑容面前无处可逃。

“所以你才会如此动情？”侪鹤显然并不相信客人所说，他一直很平静地听着，只是陪着燕玉。

“这只是一个游戏。”客人说着，目光看向清容，随后又转向我，“我说要睡觉，睡觉，睡觉，你却来打扰我。”

你听到这里，哈哈大笑。

打扰我的又是什么？对于这几个人来说，时间可以证明，回到房间等待另一个神奇的发生总比短短时间的游戏之后的不知所云要更为理性。清容和灵蝶？我并不比客人更加清醒，可是在当时，我对灵蝶说：“你打扰了我的青天白日梦。”

“你在……装腔作势。”灵蝶毫不客气地说。

“看透一个人并不是一个让人喜欢的方法。”我答。

“你不喜欢让一个人看懂。”灵蝶说。

“你们是不是拿我当作一个影子？我来的真不是时候啊。”清容说。

“什么是时候？我们总是在行为之中认识自己所认识的世界，不如此怎么会知道恰到好处是何概念？”我说。

“这才像你说的话。”灵蝶说。

“我说什么样的话才像自己？”我反问。

“你刚才在看什么？天上有什么东西我们没有看到，你看到了。”清容问。

“我在看你们的声音。”我说。

思念就像在纸上无论写些什么，痕迹总会留在纸的背面，记忆中的某事总是忘不掉的。

“爱一个人，如何厮守终身？”白雪的声音在我耳边响起。恍若我仍躺在床上，面对老套的问题我无力回答，身体懒懒洋洋，看着窗外的阳光在白雪细腻的皮肤上打出一片耀眼的雪白，这总让我想起点什么，却又没有语言可以准确描述。所以当清容问我看到了什么的时候，我并没有告诉她们，我看到的是白雪。这时太阳正处在9点钟的方向，这个时刻应该是飞机从十洲上空飞过的时间。倾斜而下撒遍十洲的阳光像白雪的手抚摸着我的身体，光线从她的手指缝中间掠过，我甚至能感觉到脸上的绒毛一点点地因感受到她的体温而立起。

我极力想喊一声，控制不住这个想法的后果是我的身体总是会莫名地颤动，只有做了这个动作才能好受一些。正如有时无数失望反而会激起希望，听不到的声音在十洲回响，我却看到这声音如云朵一般漂浮在十洲的上空，我希望可以让她看到，就像她从飞机上向下面看到的十洲一样清晰可辨。

她离开我有多久了？时间，使我不能逃脱身处其间的哀伤。就像是某一个念头突然涌现在我的脑海，我总是不能抓住她，只能冥思苦想地去追赶那一闪而过、早已不见踪影、曾经存在于脑海里的她，呆呆注视着空气，仿佛她会在无影无踪之中可能会怜悯我而出现在我的眼前。

“我在想着你的时候，你是否也在想着我？”我的这句话让白雪想了好久。直到有一天她告诉我：“我知道我想你，我的回答也是肯定的。但是我一直不确定，怎么才能知道这一点。不如这样，在我们想念对方的时候标记上时间，见面的时候拿出来就知道了。”

于是白雪和我看到的是，在无数个标明时间段的后面，一点二点三点四点……白雪似的纸面上写的是四个字：我想你了。

“你能看到什么？”灵蝶说，接下来她看向远方，“我应当到哪里去，寻找你的身影？沿着邻近的那条小河，我还能否听到你的声音？”

我有些吃惊地看着她，她转过头来有点不怀好意地笑笑。紧接着清容更奇怪地说："空气也需要付费的，我听到的是不是也要付第二次费？"

对清容的话显然灵蝶也吃惊不小，脸上的表情刹那间僵住，也就一秒钟的时间，又马上换上了似乎陶醉于十洲山水间的神情说："你这样说好像来到这十洲，我都变得似乎不是人了？像这样。"她张开了双手平举，"我站在这里，能不能暂时当作一棵树？"

"你的意思是说你要找根绳子晾衣服？"清容说。"别让这话使你变得像个孩子，我只能看出一点儿来。"她停顿了一下，笑着说："你想象一个孩子，但是你不是，**过去的就不会回来**，**能回来的也就不算是过去了**。想一个办法的话，尝试和君九成为朋友。这很难，但会是一个开始，做一棵树的开始。"

她脸上露出神秘的表情看着我说："这句话的意思是，过了那个时候，你便永远不可能像君九一样来做一棵树。"

听着这离奇的对话，之后我在君九将我引到某处，指着那张看来平常、似是在灰尘之下还有些油腻的桌子对我说"就是它了"的时候，我才会明白，会跳舞的桌子就当真地出现在我面前，也就像是死去的枯树一样，令人心生感慨，清容的话再一次回响在我的耳边。

这个时候我只能指着某处一片空地说："那里曾长着郁郁葱葱的枝叶。"

清容点点头，灵蝶摇摇头。

"一直在那里生长着站立着的树，会不会百无聊赖或者孤独地看着旁边的树一点点老去。被某一个闪电击中，或者被一只鸟儿选来做窝，这倒是件乐事。生长着的树想必想要找个伴吧。也许下雨的时候他们才会更高兴，被闪电击中的火燃尽树枝中的血液之前，鸟儿会不会像精卫填海一样的衔些水来？"

后来不久在清容要离开"好准备可口的美食"之后，灵蝶对我说：

“我以为你能听懂，可是当时你的眼睛呆呆的，是这样，呆呆的，呆滞的，像这样。我要再问一次，你总是这样吗？为什么要说谢谢你们？”她模仿我的表情。

灵蝶跳了起来，于是我看到一棵树挺立在清容的面前，飞跃起来停留在空中的时间不超过3秒，稳稳地插进地面。

“你把地面砸了一个坑。”清容夸张地说。

“因为她是一棵树吧。”我只好这样说。

“那么是谁生她出来的呢？一根掉落在地面上的树枝？或者是鸟儿衔来的一粒种子？”

一个声音响起，却不是清容，也不是灵蝶的声音。一个清脆悦耳的声音在我的耳边响起，像鸟，画眉鸟。白雪，我知道是你，第一次听到你的声音是什么时间？竟然……不能原谅的是我已经忘记了。你重新回到我的身边，我不敢轻举妄动，唯恐稍有动作便会再次使你离我而去。她的声音周围满溢出一股香甜。声音会有味道吗？我不由自主地回答，生出来不重要，重要的是生命吧。我不敢大声说，只是嘴唇微动，生怕惊走了她。我知道她是谁。为什么在这样的时刻出现？

我曾经遇见过一个说是我出生的时候为我母亲接生的人，面对这个人我只感到难堪，仿佛遇到她会吓坏了我。一个人从嗷嗷待哺到头发花白，却没想到这会是在我遇到的人中值得记住的一个人。直到我看到了一棵树飞跃着跳起，才发现时间的变化可以是跳跃着发生的，我此时回忆起这件事情都是因为你。

“你应为自己感到羞愧。那时候我就说你会长成一个大孩子。看，现在和我想的一样，那个人是不是这么说的。我就在你身边，你当时就认为你长这么大只是因为时间像充气了一样，把你从一个幼小的生命吹到现在这般高大健壮，而只是因为那人的一句话，就从当时双手环抱的小孩子长到现在这么高了。你接近了，谢谢她们还是谢谢我？”

“谢谢你们。”我说。

灵蝶收敛起笑容，奇怪地问：“你总是这样吗？那么……”

二 ||

“这里有个数字是不是不太好，横着还是竖着为好？你是不是想告诉我，认为这样的话就会使得有些东西失去了完整性。你不觉得？但是这样一来就没有这样的天空了是不是？”我想听到灵蝶的话还是让我觉得有一些“反感”，我想说的不是这个，如前一样，我却找不到另一个词来代替它。

清容在一边笑着不说一句话，她指着天空：“这里要是有一个圆，并不代表那就是0，从中间劈开，两边一半，要是在这两半的中间，你的眼睛里还会是一个圆？而在我看来，你该怎么办？”

灵蝶向清容挤了挤眼睛。

“回到最初的时候。”我说。

“在十洲可能会发生的事情是什么？有一些事情是不能说明白的，君九的眼前会有跳舞的桌子。头顶上的天空会是个什么样子，随你好了。”清容对我说。

我不知道类似的话是否是对我的鼓励，这种感觉老是存在于我的身边，从第一次见面开始，直到我一个人坐在饭桌前，看着她在厨房里忙来忙去，抬起头看我一眼，眼光对视之际却成为一个笑容的开始，这笑容却又滑过我的脸庞，向着另一个方向。

“早。”一句话的开始，我的身边就多了一个又一个人，我极想在一声叹息声中远离压抑感的诱惑，代价就是我必须和每一个人打着招呼，笑容的含义有了多重的无意义，一场更无意义的对话就此开始。

“睡觉。”

“天知道，谁也不会听见。”

“马上就会好。”

“喝茶吗？”

“去找些干净的茶杯来。”

在我听来最有意思的一句话是在晚上来到这里的两个人的对话：

“一个诗意的夜晚。”

怎么来表示？

“月中霜里斗婵娟。”[1]

“李商隐，你知道，还没有到秋天，但这是李商隐。”他向我们解释，我只有笑面示人。

枯燥乏味只能是在极有趣味的时刻来临之前的等待，交换结果则是面对一个和我说睡觉有多重要的人的一张干涩的脸。

“你没有听我讲话。”

我在看着清容的身影，这让她很是开心或是极为羞涩。灵蝶的手于是指向天空。我的回答是：“这样的话会是一件可怕的事情。”

“你不愿意想象，你怎么知道这会是一件可怕的事情？”

“你们两个人探讨吧，看来我是不是得去旁边待一会儿，等待你们的辩论结束之后。”

“省得你听到以后会觉得十洲的山山水水会有另外一种模样的变化出现在你的面前？”灵蝶似乎察觉到了什么，但是我认为她并不一定

[1]引自李商隐的《霜月》：“初闻征雁已无蝉，百尺楼高水接天。青女素娥俱耐冷，月中霜里斗婵娟。”

会说出来。

“你们的眼神。”我说，“用不着这么激动。”

清容回过身来，看着我：“干净的茶杯？您认为哪一个茶杯会不干净的话，您可以用，饿，这一个字来作为解释？”她笑了，她还在为前面关于“饿”的玩笑余兴未尽。当然，这一次笑意只在我的面前展现。

“想不到我们会在这里相遇到。”灵蝶的笑容之所以是在对着清容，而这句话是对我来说的，就在于她是说“相遇到”而不是“相遇”或者是“遇到”。而当我们坐在一棵树下吃饭的时候，总是说睡觉的客人并不能将这一个笑容吸引到他的身上。

我是说我看到他一个人坐在桌子前面等着开饭，我是说看到他等待吃饭时的模样会使我觉得很开心，还有人可以和我一样，不至于孤零零地去面对空气之外的桌椅板凳。不管怎么说，相对无言的场景有点儿趣味，我是说里面一个女人，外面一个男人，一家子。有人在吗？所以我得打扰他们一下。好像是想这么说来着吧，我不是很确定，以为这是我的加入而使得一个美好的场景有些不合适，那么如果把我当成一个小孩子呢，这样画面就不会受到破坏，我的加入就会使得这个画面更为舒服一些，构图也就漂亮了。或者把我当成一个不会造成这个场景突兀的任何一个和这两个人有关系的人都行，只要不是陌生人，兄弟、情人、送信的邮差等等。好像是这样，我想我并不能够确定我脑海里一闪而过的遐想，这使我的诉说无力得像是被人抽掉了骨骼，看着他瘫软在地，我的眼神只有无奈的愚蠢。

于是等待就不再成为没有意思的事情，反而，当我以另一种方式来面对等待的无趣之时，清容的笑容拯救了我。我想当然地认为，也许是清容的笑容，使得睡觉的客人在游戏开始之后告诉参与游戏的人这样一句话：“晚上梦到我，我就告诉你一件有意思的事情。你就知道你一定会爱上我啊。爱一个人很难说的，有时候爱不知不觉就来了，有时候怎么也不会来，来了，我就不会怕啊。”

没有一个人接他的话，所有的人都在沉默，我感觉到一股甜甜的味道在空气中弥漫，侪鹤和燕玉两个人的影子在灯光的映射下紧靠在一起。就像现在早餐摆上了桌子，我总得说点什么，否则坐在一起的人拿起筷子就吃饭总是一件很尴尬的事情。

“我先吃了啊。”君九拿起来筷子。清容却走到一边，我总是认为清容在担心什么，我并不清楚我为什么会有此种想法，这让我在与她的接触之中始终小心翼翼。我不愿意去问她为什么走路脚有些痛的样子，君九的说法是在我来的那天晚上有一个人给了他糖，然后告诉清容之后，“她就跑出去了”。虽然我对此很是好奇，但是我只能和君九说不要再和其他人说昨天晚上发生的事情。

“不说有什么好处？”

“糖。”

“我有，现在就有，你想吃吗？”

“谁的糖？”

“你想吃吗？”

“糖会把你的牙齿蛀掉，有蛀虫。”

“骗小孩子的把戏，就像你也不信有会跳舞的桌子一样，那是骗大人的把戏。”

“你会这么认为吧。君九说的是骗大人的把戏？”我只好找一个人来求证，清容的回答在我看来有些勉强：“你是一个成年人，你有权利决定相信与否，当然你想怎么认为就怎么认为。”

在这一点上，睡觉的客人的说法是：“睡觉的时候别说桌子会跳舞，你想有什么东西来跳舞就会有什么东西来给你跳舞。你不认为这是真的可能会发生的事情？我觉得你很是无趣，在十洲这个地方来找会跳舞的桌子。别说会跳舞的桌子，你什么也可以找得到，刻在心上的那几个字是吧，你想要的话什么字都能刻上去，而不是几个字，所有的字都可以刻上去，不信你去问她。”他手指向燕玉。

侪鹤笑笑：“我回过头来看着你，仿佛看到了我自己。”

于是所有的人都在笑，笑过之后，都在静静地等待燕玉的回答，瞧着她又能说出什么惊人之语。而在我看来，这分明是在逼迫一个人，惨烈地将燕玉的想象变为现实中的一堆屎。我想我该说些什么，或者是我在为她那一分钟的守信去做一个姿态：“你会怎么想？”我问侪鹤。

侪鹤说了什么话我已经是忘记了，他说话的时候我的思绪仿佛并不在我这里。有时候当你面对某一件正在发生的事情或者将要发生的事情时，我们的想法会是相仿的吗？我看着他的嘴唇开合。我不清楚我到底该想些什么，似乎有什么事是必须思考的，但转眼之间就会有另一个讨巧的想法来推翻它。你的眼睛会看着它在你的面前发生变化，是的，我有些无所适从。我知道什么是对的，但是错的却好像也并不算太坏。似乎当我这么想时，世界的角度在我的眼前像某人一样翻了一个个儿，所以也许，我无法看到它的全貌。

“人人都是演员。”侪鹤说：“这句话是谁说的？”周围的人却仍在笑着。“有几个人会认真思考这句话的含义？”笑容渐渐地凝结在了人们的脸上。

侪鹤的脸上却讥讽地露出笑来：“不觉得吗？我们都会离开十洲，但总归在这里留下了身影。”

看着众人的神情，侪鹤的话语突然转变：“或许，有些事情从一开始就是错的。”

“做不好将会怎样？”

"做不好将会和你最瞧不起的人一样。"

"你的意思是说将会消失在生活里?"

"这将会是什么味道?"

"如果悲伤不是苦的,而是酸甜的呢?"

这将会是什么味道?我听不清是谁在说话,谁又在回答。不过我想如果悲伤若不是苦的而是酸甜的,也可能是另一种味道。接近了人最隐秘的情感的时候,味道则是熬煎,甚至舌尖也会散发出一种焦煳味。

焦煳的味道。痛不欲生的思念会熬煎着躯体,我感觉到身体的麻木,就算是有一把刀子扎进去顺势向下划过,如果不低下头的话,是不会感觉到疼痛的,看到的只是一道淹没在红色中的伤口,伴随着喷涌而出的对另一个人的思念。

谁都知道,我说的是白雪。

"矫情。我没想到你会这么说。"燕玉说。

我说了什么?燕玉怎么会知道我在想着什么?看着她的眼睛,分明却是在盯着我。

"就是这个感觉。"侪鹤说。"有人笑那是因为她没有爱过?这确实是很矫情。"

"荒唐。"你终于开口。

于是每一个人脸上皆极为同情地看着对方,仿佛对方是一个3岁孩童,和父母诉说丢失了一张糖纸会让他多么难过。当泪珠滚落之时,对面之人的脸上满是笑意却又不好表露,彼此都认为对方是荒唐的。

在此之前一句"这荒唐吗?"灵蝶便将时间撕碎,而在此之后当燕玉的话使得包括她在内的所有人在一棵树之下笑容显现之时,她却忘了之前她也曾经像是一棵树——树一样的飞翔会是怎样的"荒唐"。

我诧异地看着灵蝶与你。对于你此时看待灵蝶"这荒唐吗?"的反问，随后你在灵蝶失踪了之后对我说，仿佛要说明你与灵蝶之间这莫名其妙的对话，是用来表明你并不相信她会失踪。

荒唐，这让我想起曾经的我总是身上带着一支笔，我认为总会有什么东西，比如说很重要的想法值得去记下来。期待着的这一刻并不总是会如愿来到我的身旁，但是我并不急躁，我认为它在无聊甚至于无趣的中间总是会挤出来出现在我的脑海，我只是等待而已。当某一个金子般的念头来临的时候我蛮有把握地拿出笔，却发现我没有带纸。找了半天，没有，于是情急之下在一张钞票上记下来。空白处描了许久，笔尖划着圈，却写不出来。原来在我找一张纸好把它记下来的时候，它就已经不见了。人们总会有一段时间盼望有什么随时可能出现的妙点子好改变命运，也像周围的人一样穿上名牌，看着他们尊敬的眼神，好人模狗样一番。

后来我发觉这只是一个笑话，“人生不是靠几个妙点子换饭吃的”，我的女朋友说。如果有一个代价的话，便是和我由此分手。爱过，就这样了吧。那一年多大？16岁。满脑子都是幻想，读了几本书总是想着能像他们一样。可是读书被他们说成是只能为不读书的人打工，为这句话作为不读书的理由之时，我的一个代价便是挨了一顿臭揍。不要看我，这是我听一个人说起的，透露出你想了解的信息，在我身上也曾经发生而已。

幻想这个东西让你有时候快乐，因离世俗所言的成功仿佛很近很近，又仿佛很远，因你什么时候也是和昨天一个样子，看不出来有什么变化。我想有时候我也是……一样，某人说生活没有一点儿变化这让我更容易犯傻。我说不出带有哲思的话语，我有一个朋友说那些话是不是人的人说出来的。这时候我连骂人的话都懒得说。可能这么容易改变？压在我心底好久的话。有人可能会不屑一顾地说这才是荒唐、垃圾。可我认为这就是我度过的生命的一部分，哪怕我的生活在他人眼中是多么垃圾，它也确实存在过，而且我听到一句话，大多数人都这么在时间的垃圾中艰难地找寻出口，好呼吸一口清纯的空气，好使自己忘了埋在脖子以下的身体。

你笑了笑，看了一眼手表："几点了，7点22分，这个时间说荒唐的话再合适不过。"看着你狡猾地对着我笑，"因为明天这个时候它就会随着马桶里的冲水声一去不复返了。"

你大笑，以至于笑出眼泪。

之后客人在听我讲述时对你的评价只有一句："让人称为先生这有多难，在餐厅里的先生不值钱。这得看谁来称呼你为先生，是装饰着粗俗艺术品的餐厅里的服务员，还是签合同时递上笔的生意伙伴。"

你的笑容里充满残忍的冷酷，我分明感觉到的是身上火焰燃烧般的疼痛。

"见必我真，我今身心复是何物[1]？"你不知在回答谁，神色凝重。

当盼望变为现实，憧憬成为过去，直到我离开十洲的那一刻，我才知道，或许什么事情都会过去，但是会有逃脱不开的点滴始终会伴随着你，如影随形。这便是我吗？面对能够见到的一切怀疑的同时便是我的真实，所以你不会知道她在什么时刻会神奇地出现在你的面前。企图忘却的结果最终你会发现都会是抓不到手的空中圆月，你只能看着她在耀眼的日光之下散发出柔和的月光，而在我不知为何冥想之时，我清醒地感知到，我所死亡的时间或者不知是否死亡的灵蝶在我的面前竟然会那么遥不可及。

我没有办法回答灵蝶干净的茶杯和饥饿之间的联系。用一句在客

[1]引自佛教典籍《楞严经》卷二之五："见必我真，我今身心复是何物？而今身心分别有实，彼见无别分辨我身。"

人看来是处于痛苦之中不能自拔的毛头小伙子的话来说：我不需要朋友，谁是我的朋友？类似情形重复出现的频率总是使我庆幸曾经如此，看着我对面之人的状态便是自知的开始。最后，哈，你知道。我莫名其妙地想到如下的话：从动物进化为人需要多久的时间？几百个世纪？这漫长的时间和这不起眼的痛苦相比，对于现如今直立行走的人便是恩惠。这点时间还不够学会爬的，之前无数动物演化的时间成就了现在所有人的样子，向谁道谢？

直到灵蝶带我来到一个小小的湖边："这里会有三个月亮，第三个在哪里？"她说。吸引我的并不是那第三个月亮，我看到一棵树上挂着一张用塑料纸封起来的红色卡片，背面仍是本色，面向阳光的一面则稍微褪色。我猜想她说的第三个月亮是指男人眼中的女人，在何时？何地？何人？存在着的瞬间将这一结果留存在十洲，影像一样定格并不会影响随后的时间将我带至此处。这里的人将会说出什么？可以是任何人，留下的遐想无限广阔。我会不会去？这个人极为幸运，在十洲的面前，他找到了一个地方将思念挂在树上。将卡片挂在树枝上的那双眼睛，正是这双眼睛，使我心动如热锅跳豆。使我在随后而来的时间，鬼使神差地独自来到这张卡片面前，上面却有了另一张卡片。

我茫然四顾，在哪里也不能停留。一个悲剧产生的原因即是在同一个时间点内两个人不会同时出现。

此时灵蝶的表情使我想起了她第一次和我见面之时，当她大笑着说起我的脸上像是被人粘上了一块口香糖之时，我只有苦笑。

"你知不知道？当然你不知道，我来告诉你要不要啊？"

"为什么说话的口气像是对着一个小孩子？我不是君九。"

"你不希望？"

"……"

“你的脸很奇怪，像是有人在你睡着的时候粘上了一块口香糖。为什么你总会这样看着我？第一次时是这样，现在又是这样，我有什么不妥吗？还是你心里有什么不妥？不要这样看着我，小心。”她的手指尖放在自己的鼻子上面晃了晃。

“你假如是这样的话，我只好说我被你迷住了，关键还得是你相信不相信。”

“错，是你迷住了我。”

我一时呆住，当我看着她的样子，嘴角微微向前，轻轻地吐出一口气，有些邪恶的笑容在她的脸上浮现时，我知道她是在认真地说话，而我却是脸上有着一块榨取了汁液后的口香糖。

她终于开口：“我不知道是为你可惜还是为我可惜？是可惜你错过了一个人，还是可惜我是人一个？很少有人能够面对我这样的玩笑说上10分钟。在我看来，这是因为你太正常了。可惜。”

“就像这白日里悬挂在空中的月亮，你怎么认为湖面的光芒不是月亮的美丽？我就是这么认为。中国式的黑色幽默？而这只是谜而已，不会是别的什么憧憬，对吗？就像他对我一样。”她仰起头叹了一口气，在我看来这个动作美极了，一种冲动蜗牛般痒痒地爬上心头，对吗？是我的心头？这一刻我的思考仿佛没有了准确性，只是感觉到必须有一个词语来描述此时，但是看着月光下她近乎完美的倩影，心神迷离间恍若梦境般，却唯恐醒来的时刻。直至听到她的声音将我从虚无中扯出，重重地摔到地面，不，是拉回到她的身边。“就像这奇怪的……正常到迷人的月色一样，也就只能迷迷我这样的人而已。不过，我和你，和他，是一样的人吗？为什么会迷住我呢？”

那个时候我还不知道我走的这条路线恰恰就是客人所走过的路线，当我毫不在意地提起时，“你也认为那是一个什么东西吗？你去过那里了，那个地方可不好找啊”。客人对我说。

我没有回答客人的话，也许就在这让人头晕目眩的被某种情感冲晕了头脑的时刻里，假定时间就此停止，他们会一直幸福下去吗？白雪看不到的我看到了，却是在灵蝶的身后。

阳光充斥天地之间，像是要撑破这容纳着光线的所在，在这之中却又看得见一轮圆月半挂空中，映着半蓝半灰的天空梦幻般地投射到天若岩的湖面。密密杂杂如无数手臂的树枝徒劳地伸向空中祈求爱恋的垂青。一张卡片的孤零零出现使人莫名不安。

客人看着我，我感觉他像是在看着一个不存在的人，眼神穿透我的身体不知看着我身后的哪个位置。“你看到卡片想到了什么？我想到的是在某一个旅馆里看到的一张纸片。”客人说，“在他人眼里，你的生活根本不值得一提，有更多的大人物值得人们像蚂蚁一样趋之若鹜前去了解。怎么样成为百万富翁。哼。你充其量只不过是时间的填充物，无可奈何的生命体而已。我看到这张卡片想必就像你看到那张卡片一样。”

“我笑着翻过去，蚂蚁。”当看到这样的文字只能是笑着，我想我若是客人，想必会大笑。“而另一页上写的是：‘日思若悟，不胜数年。’”客人说。

“和蚂蚁相比，蚂蚁或许并不像人思考，一个手指头就能捻死它，而只是因为人太强大。除了好心肠避免灾祸之外，连反抗的机会都没有。我写下的胡话现在和你说起来，只是因为我睡不着觉而已。旁边就有一个本子，如果你想写些什么尽可以写下来。清容，这个名字好听得很，她没有和你说吗？可能是我让她担忧了吧，任何一个做旅馆生意的人都不会希望我这样的客人住店。也有人不喜欢，就会把小本子粗暴地扔在一边，也有人喜欢，看看到底能写些什么。有时候作为掌握了基本生存能力的人不知道自己会写些什么。比如说我，尤其面对着摊放在桌面上的纸、拿着一支笔的时候。我往前翻看着，一个人这样写，一个人却那样写，为了那时的感觉，必须在此时甘愿忍受现在这许多的烦恼和……痛苦吗？有人不愿意，有一页纸被撕走了，看不出写的是什么。有人画了张图，图上只是一座房子、一棵树，树上有鸟，有人、太阳而已。房间里之前盛载了欢乐或是忧郁，失望或是希望，甚至空气中也有情绪的味道，伴随着不同的主人而显现。就像空气在阳光不同角度的照耀下变幻着令人迷醉的颜色。有人进来就看，有人甚至走时也不会注意。”

客人看着我。我突然就面对不同的选择，这样的时刻像我拥有了两台电脑之后，一台是台式机，一台是笔记本。有一段时间之内无法选择到底用哪一台好。有时候最痛苦的就是有着太多的选择，或者是没有选择。人就像一个球一样在这二者之间碰撞，反弹的力量取决于下意识的决定。

客人说：“一个人来到陌生的地方会发生什么事情？这显然会带给一个人什么变化。什么是重要的？你为什么会决定来到一个地方？你看到的会使你怎么想？不同的生活会不会让你有除了好奇之外的一点儿体会？生活还会有着不同的方式？”这是我的所思所想，面对客人，我的思绪有些乱了。

客人实际上对我只说了一句话：“你看到了你房间里的小本子了吗？有？好，我这里有一张你不会想到的纸片。作为我对你的好感，没有其他原因，只是因为你是我见到的第一个活生生的作家，我的生活里从来没有出现过作家，如果你确实是一个作家的话。我会送给你，但不是现在。”

他像推销员一样推销着他的东西，这些你确定的事由我来告诉你，来到十洲会怀念初时的城市吗？如果怀念为什么要来？答案是……

这不会使人更悲伤，也不会使你更愉悦。

“能把名字刻在心里，这听起来像是一个神奇的笑话。”这便是我在我的房间里看到的，神奇的笑话这5个字格外的大，上面圈了一个圆圈。下一页是这样的话："不过人总需要想象和神奇，未尝不可，否则这世界岂不是太过残酷？"巨大的问号显现着惊人的力度，甚至于划破纸张的线条看起来似乎要冲破依附其上的束缚。

下面是"这样说有些温情，是血淋淋的残酷才对"。

"**那么你会站在何处，怀念何方？**"娟秀的字迹写在纸上，弥补划痕的温柔透出些许清凉，驱散暴戾之气。我发觉这和清容的字迹相像。之后疑问的结果是，她说是她写的。她不愿意房间里会有一些什么样的字让客人不开心。

我想包括你、我、他在内的许多人都会经历某一个相似的阶段，遗憾的却总是不能避免。也许这正是人之所以会追寻生命的意义所在？每个人都会有着不同的生命历程，而这过程极其迷人。这个时候你该是叹气或者是调侃地会以某一个状态面对？总会有一个机会去体会，看看相同的阶段会产生不同的结果，会证明人直立行走的意义。应该感激第一个把食物烤熟的人，这个莫大的乐趣是意想不到的奇迹，然后众生便享受既有的一切了。我想，他们把发现的乐趣留给下一个不需要再重复的人了，令众生意想不到的一点是，多少年过去，那个乐趣仍在那里！

至少那乐趣会掌握在谁的手里，是什么感觉？同时看着对面之人的眼睛，这成为某一个时间点内最使人激动的事情。谁会比一棵树更简单，谁又会如一滴水更为宽广与博大？我由此惶惶不安，在一棵树的面前，我竟然如此狭小，在一滴水消失于土地之前，坠落的时间成就了它的辉煌，映着光线闪耀出夺目的光彩。我却只有穿在身体之上的衣服而已，遮盖着时则丑陋的躯体。它使我不安、愤怒，甚至莫名地烦躁，我做一滴水的话，不会比灵蝶如一棵树飞翔在空中的时刻更持久。

时间只存在于坠落的瞬间，之后死亡时间的快感将使我看到打湿地面的一点点痕迹。终于成为宏大的、夺人心魄的壮观，而我将会在这壮观之中沉醉吗？或者是惊恐于其时？生生不息的时间与我之间的界限就在于坠落之前颤动着的水滴，在十洲，每时每刻都在发生。我为一滴水，或者灵蝶成为一棵飞翔着的树之时，我描述事物的能力仍然贫瘠。雨点会不会像一滴水一样充满情趣？而不会如暴雨之时的气势？一滴水从空中坠落会使我感到奇怪吗？或者我会不会注意到一滴水偶然的坠落？在没有化为水汽蒸发之前，在有限的空间中我不会注意到它。

一个使我惧怕的意象出现在我面前，一滴似乎衰老的水滴。水滴经历了多少时间的循环往复，仍是一滴水的模样，而我却衰老不堪，在一棵树面前，我看到自己像一个疯子一样狂躁不安。

迷人的是，如果想看自己的话，对着一面镜子看一看便可以。这时白雪的话却钻进我的耳膜："我不想挂电话，感觉一挂电话就离你愈加遥远。"

"现在谁和谁是一条战线的人啊。"清容看着我笑着说，而灵蝶却是伸出手指尖悄悄拉了拉清容的手。

我有些尴尬，我的思绪不知何处躲藏。

你推门而进，包括你在看到我们的时候，笑容的出现意味着你仿佛看穿了已经发生的一切，你后来的说法是："不速之客到来了，你们继续。"

清容为你打开了房间，等到我回到桌边坐下时，灵蝶的眼神却一直在盯着他看，直到房间的门打开，你参与进来。我想是不是该拉一下她？犹豫与不确定使我最终不能做出任何一个举动，在某种限制之下，我保持着最初时的想法，只能静待事情的发展而无能为力。

"问一下你们想吃些什么，我该回去准备了，要不然你们吃什么会是一个问题。"清容笑着说。

随着清容的离开，我极想跟随着她，却在看到灵蝶笑而不语的神情之后仍然站立在原地。我想我的等待得到了一个结果，我不知她为什么会那样问，我只有装聋作哑。我只能如此回答她："时间如果不是以钟表所显示的方式流逝的话，如果我是以某种方式来读取时间，不管是什么，数一二三，唱一首歌，那我与你的对话就变作唱一首歌的工夫，而你去了哪里？如果我爱她，一个日头到一个月亮的时间，那么这个世界就会是另一个样子。"

"怎样才能刻到心里？"灵蝶突然问，"把字刻到心里。"

我只有这样回答她，我知道灵蝶绝不会满意，她的神情没有告诉我她理解我所说的，但我知道在她理解为伪证的面前，她只是履行她的义务而已。

我知道她不会想所听到的会是真的，传说会有无数种解读的角度，对于十洲的神奇传说，她或许只有在某个概念的引导之下才会得到在她看来是满意的答复。这一传说的想象力显然并不会使灵蝶失去好奇心而忍耐追寻的乐趣，这使我有一些遗憾。正如他们从来不会相信一个小孩子说的是真的，只要是超出了在他们看来年龄所能允许的范围。

君九会说就像清容姑姑所说的，有孔融让梨，有周瑜少年都督，她会讲一些小孩子喜欢听的事。我告诉君九这些是真的。君九说三婶子告诉他不听话就牙痛："这些就是大人们在哄人呢，是在哄小孩子。你来这里找什么？还是说大人们说了自己也不相信，那么是说给谁听的？"

他们认为小孩子就应该有小孩子的方式，哪怕是他们告诉我说有的小孩子会像大人一样，但是他们反过来就不会相信。所以我明白了，他们宁肯相信书本上几百年前的事情，而不愿意去相信他们面前的事情。他们只相信年龄，吃的盐比你吃的大米饭还要多，他们只相信这个。所以只要你做出比你的年龄大或是小的事情，不用说，单看眼神就知道他们是多么犯傻，宁肯相信几百年前的事情，却对现实的到来视而不见，还会认为这是一个不正常的事情。但是我说出的话却是："要注意他所说的话和他所想的是不一样的。"我不愿意去冒险，特别是为了几块糖。会跳舞的桌子，清容相信的，我希望我也同样相信。

那时我极想大口吸气，极尽贪婪地将十洲清凉的空气吸入我的体内。在十洲早晨冰凉的空气中，随同带有丝丝寒气的湿润吸入身体，好让身体感受新鲜，好使我枯干的躯体有一些使我鲜活过来的东西。充满了十洲山水间的灵性，把体内的某些肮脏的东西驱赶出去，占领它们占领过的空间。看着十洲在我面前呈现出的一切，这使我不能自已，我要告诉你的是，这是我一直以来期望得到的，而我却在到来之际忘记了怎样呼吸。

如果现在一个10岁的孩子做出一个50岁的人才会做出的事，他们的态度是：成为他人口中的一个故事。他们认为这不可能。新闻报道里同样的事情会被称为天才这一解释，但是发生在他们眼前的，他们一贯的反应是：这不可能。在君九的眼里，大人都是天真的傻瓜，因为他们不相信发生在眼前的事情。

燕玉会相信。

"这并不仅仅是唯一的例外。我很是好奇，你来到十洲寻找，我们也在寻找。"我看到了燕玉的眼睛中有跳跃的火，"是不是这里，你在说你的经历，你说出来了就会好一些。在这个刻上名字的地方。你说你不知道怎么样才能够将名字刻在心里？我想只要你说出来就会刻在这个地方，因为有水流淌的声音，我认为自然中一切的声音都会使得你把名字刻在心里。也可能会刻在草丛里，哈哈，这样你和自然待在一起的时间就会足够久，无论你把什么话刻在那里，心也会平和起来。你不说吧？你不会说。"

我一直在想我会不会说，我一直以为我来到十洲是为刻上那几个字的。我说不说呢？在一个陌生人的面前。或许我并不愿意犯低级错误，一时的激动过后，正常情绪会回到你的身边。

“你说了没有？”你不要问我，我并没有逃避，我面对着你，我要告诉你的是：“我忘记了是谁问我。”

我只记得燕玉在说出这些话之后她一直在沉思，终于说道：“我会不会？我说不说呢？”

“如果你愿意相信我此时的感觉，”你试探着对我说：“彼此之间的宽容会使得我的脚步距离你更近一些。”

“只有呆子才会相信你所说的。”这就是她的回答：“会跳舞的桌子会使我们距离更近，那么我除非是一个孩子。”

她带领着我度过了一分钟的时间。

“你也是听君九说的，难道？这里只有君九一个人能看到会跳舞的桌子不成？”

两个人之间有没有无话可说的时候？

“你饿不饿？”

“不是我饿不饿，而是我已经吃饱了。”

“你也是这么想的吧？”

“那是我的十洲也是你的十洲。”

“你也是这么想的吧？”

“桌子会有这么多事？”

“你是不是这么想的？”

“我故意这么说的，你不相信，所以我更不相信。”

“我敢肯定你是这么想的。”

“一起玩，一起玩。”

“你真的这么想的？”

“不会，只是现在不会，并不代表以后不会，说这些话的时候已经由现在变成了以后，所以我现在是，会的。”

“是的。”

“还不如睡觉，来这里就是为了睡觉。”这样的话看着一个自称是作家的年轻人找什么玩意儿也不会头疼。那个家伙似乎吸引了那个漂亮的女孩子，那个男的要疯了，那个女的挺有意思，显然明天不是这个人就是那个人总归有一个人，反正总会有人去付出代价。当然，我只有睡觉。当然，我的肚子一定要吃得饱饱的，然后就会对这里每一个注意听我说话的人高声说：“睡觉。”

“声音太大的话你会睡不着，不如坐在这里聊会儿天。怎么样，做一个游戏？”我提议。

于是游戏开始，从头脑里想到的第一个词便成了我们早已注定的命运，同时这个游戏就成为时间存在的证据。

茶已沏得，但是我面对着你，却说不出来一句话……

第三章

一

当头顶上的天空看不见飞鸟滑过的羽翼之时，居住空间的舒适扩张并不能带来愉悦。贪婪杀死了天性，于是我们同本性之间永远会同一张火车票上标示的两个地点一样遥远。

在灯光的阴影下，笔迹潦草地划在了纸上，像是一条僵直的虫子爬在纸上，在无形的牢固束缚着他的狭小空间里企图冲破困扰他的硬壳，看得见柔软的躯体在硬壳中快速蠕动，更显得诡异。清容仍然记得这个客人。他唯一的要求便是不要向任何人说起名字："我不是通缉犯，不用担心。我只是一个客人，我不想让别人知道我的名字，我只是来过而已，一个客人。"

这个总是喜欢被称作客人的人现在有必要交代一下，不只是你，就连我也感觉到，他自始至终和我搏斗着。很大程度上，**由于"他"的关系，这本书仿佛永远也写不完**。按照开始时的写作计划，客人，会是他自始至终的名字。他总是感觉在生活之中，却又离开生活太远，一切变化使人眼花缭乱，第二天睁开眼，世界并不就向你呈现不同的面孔，而是他始终变化得太快。在努力适应这个世界的时候，他知道，改变的或许不是周围的一切，而是他自己。就像电影中的镜头，你知道有一双眼睛在银幕后面掌控情节的发展，而影像的流动快速地将人物永远定格在胶片之上……

“我不知道你究竟想让我说些什么？”他在向我发问了。

“为什么要让你来决定我的所思所想？只是因为，你是作者。”他冷笑着对我说，看到我愕然的表情，他却将脸拉成阴影下的胶片。

我总是对你说，你并不知道我想些什么，这是最痛苦的对不对？你试图拒绝承认虚无的存在，又企图赋予随时涌现出的事实以另外的属性。你并没有手握开山裂石的巨斧，唯一的可能是你在注视他人而你同样被他人注视，被解剖的威胁存在于两者之间。他给你述说的我是个什么样子，对你来说是个麻烦。在你的世界里想安排我的命运？被抛弃的只能是你。你落后于这个世界还是我落后于这个世界？陌生的一切统治了你的世界还是我的世界？你的小说不该这么写我，我只不过并不想，好吧，只是一个企图而已，我之前总是期待与这个世界同步，却不知道如何入手，现在我并不想这么做，这时候干吗把我写得像是一个有怪癖的疯子？你看看我的床下面，这里隐藏着一张并不为人所知的纸条。

上面写的什么？你为什么要来问我？目前状态下这个世界不是你的吗？还有什么是你不知道的？你想让它出现它就出现了。好吧，不要用这样的眼神看着我，我的所作所为并不会让你迷惑。我只是你笔下的人物，要不干脆你把我抹去得了，省得你费尽心思地让我与灵蝶有点什么联系。她的失踪你想怪罪于谁？纸条上面写的是什么？“爱情是狗屁！”就是这句话。不要想，我来告诉你，这可真是可笑。好吧，这一定是一个伤心的人写的，你是不是这么想？不一定吧。就算没有看透世事也至少看透了一半的人写的。

这句话被我先想到，对不起。你不会去想这句话是谁写的，你没有在我的房间里待过哪怕一个夜晚，你不会想象出来，只有我才能够感觉到这是一个怎样的客人写下的文字。但我只是一个客人，如何写是你的事情，我只是告诉你在你的世界里还没有观察到的而已，这真是可悲。世界流动，而你笔下的人物无力跟随，像一滴水从云层中坠落，根本不知道有多少滴水在未到达大地之前蒸发。天空随时都在下雨，这些是看得见；有些却是看不见的。是的，你也看准了，我是不愿意来水，也不愿意来电，甚至不愿意看到某样东西。这意味着片断的割裂之后，时间结构秩序的逻辑被强行粉碎，就像是DNA中被嵌入了病毒，迷人的符号霎时变化为分离后的螺旋体，这不会让你舒服。我想让我不像之前或之后的我。比如说，就像你现在坐在桌子之前，却不知在小说结束之前如何入手安排我们的命运，包括你自己的命运，在此背后分化了的我威胁到了你。你不是一直和我们在一起吗？它已经发生，就在十洲这个地方。

说实话，我只不过和他在十洲住在了一个旅店里而已，见了没几面，聊了没几次。就算是那个游戏，是，那个游戏有点儿意思。在灵蝶再次出现之前，你怎么就能够认定是由于我的原因？你认为，我和灵蝶之间偶然的接触会使她在十洲消失？为什么不说是因为你的原因呢？我是不是对你说了。只好，或者还不如随便做点什么，让你的小说继续，怎么让这个离奇的小说——这样说吧——怎么让这个小说中的故事不像一本侦探故事。我知道你是严肃的，我看得到，我和你在一起，每次你的头发在你的手指缝间掉落的时候，我总是在想，我和你之间保持什么样的距离才使我能够预测到你的小说什么时候才可以完成呢？

这个时候我可是在怪罪你了，我并不痛苦，但是更悲伤，我想发问，无论问题有多么盲目，它背离了最初时的意图。我只要发问，你说对了，我问谁呢？这样的结果毫无意义。你知道了吧，这样才是我。我说到哪儿了，对了，严肃，可是这严肃总是透着那么一点儿滑稽，为什么一定要给我一个名字，我不知道你是怎么写其他人的，那个总是背着背包的刘一川不是更可疑？君九，我认为不该从他的手里得到一张糖纸，当君九拿给我看时我只好装作喜欢，我只是想在我离开十洲之前看到会跳舞的桌子，这个愿望植根于被揭示了的神秘。但是你不会让我看到，我确定，实际上我也确实没有看到，我不知道为什么。我可不想看到一个回忆童年的人，我只是想一个成年人在十洲怎么才能像君九一样快乐而已。你的朋友不是说看到你和一个12岁的小孩子聊得挺投机的这件事让她很奇怪吗？你何苦还要让君九接受那么一张糖纸，这让我费了些时间，去学着喜欢君九手里的糖纸，不过这倒让我想起了一件事和一个人……

偶然性存在于必然性之中，进而具有两重性的历史揭开了被模糊理解的只能是过去的岁月。现在我要告诉你，恕我直言，这不是事实的全部真相，全部真相或许只有天知道，而不是在旅店里的任何一个人。对不对，因为找到这些你就必须要做些什么，而不是这么望着我不知怎么办好。这些是我不想做的。为何？找个理由，故意丢东西，前天丢了什么，大前天又丢了什么，现在我连名字也丢了。为什么不愿意告诉读者名字？那块蝴蝶一样的土地比会跳舞的桌子更让我感兴趣，用你的表述来反驳，当鸟儿不再飞过天空的时候，名字还有意义吗？

你的样子在发呆，不要这么看着我，你还没有写到那个劳爷吗？你并非全知全能，我看你也没有必要去探究我与劳爷的事情。他是怎么对我说的，留个名吗？你会给他一个答案，不管你怎么想，总之不是我想说的答案。我刚刚出现，你便在20分钟之后，让清容把屋子里的东西搬了出去，这是我想要的吗？当然这是我想要的，但我更想要的是一张床也不要有，我只想要一个空房间，我只好摆弄那张我并不满意的床到我所乐意的地方，就是这样我才发现床下的那张纸条。

你怎么想的，告诉我，你快要疯掉了吧？当然作为客人我不该这么说，要不是你固执地想让我的名字出现。我是你的人物，被反思过滤后的意识映象。我是来到十洲，待在十洲时间最久的人？你总是这么固执，我告诉你十洲在发酵，像一个馒头一样地发酵，树像巧克力棒一样香脆可口，水流像甜甜的蜜汁，天空像一块大烙饼，鸟儿像是在天空上面撒满了榛子，好啦，不要再指望听我说空气像什么，你难道不比我更清楚地知道这一切吗？我没有嘲笑你，我只是在提醒你而已。我担心你会把我写成什么样子，而这恰恰不是我所希望的。因为你直到现在都没有回答我的问题：这个自称是作家的人，你在想什么？你舍弃了某些并不一定意味着你能得到某些，并非秩序的颠倒会成为制约时间的基础，这是我对你的忠告。

你认为我距离任何事情都很远，任何事物都与我遥不可及，但局限性被赋予不同的对立结果所产生的焦虑像是一个黑洞，只要贴近它，就会跟随它的轨迹运行直至沉于其中。你认为我需要东西来填满我与事物之间的空隙——金钱和物质，正确与错误往往只隔着不远的距离。也对也不对。任何生存的必要条件的满足在被存在着的世界异化的瞬间都是以不确定的某种必需所决定的，我是要让自己忙得不可开交，但只有我躺在床上的时候，黑暗或者是看不见的世界使我发怵。你不能不睡觉，你希望身边有人，做一些事情让你感觉到暂时的满足，你起床做了一些什么事情？连你自己也不知道为什么这么做，也不清楚做了些什么。晚上你会把这一切重新审视，你发觉你什么也没有做，理想是大家的，生活是不现实的，就凭这一点，我不想这么活下去。你数了一下自己的时间无多。用不了多少年，你会与深埋地下的人一样，反而会得到安宁。只是不知道到时候谁会记得你，在你的面前放上一束鲜花。

所以你无非认为我在名利的泥沼里前行，口鼻灌满变了味的气体，它们在我的体内循环。以前不是这样，而现在我靠着它得以存活，将自己变得衣衫褴褛，把标有价钱的草标插在衣领之上，好交换梦想得到权势与一点点的温饱。

我不想谈论任何一种情感，我认为对于我来说是舍得的。你不会认为我甚至在意志最低沉的时候想："我不配。"在惊恐地看着美好消失之前，我留不下任何的痛苦。你看着我，看着痛苦远离我而去，从此与我的世界无缘。在最后一个夜不成寐的夜晚感觉到痛苦来临之前，忍受折磨，却不知道是什么在折磨着我的身心。在你笔下的世界里，在情感永远消失之前，试图重新安排人物睁开眼睛便更加清醒，甚至在面对时不再恐惧。

是的，我说了，在你的逼问下。灵蝶失踪只是她的事情，不过我倒是很感兴趣，你所说的消失的时间。好吧，在第二天，我便踏上了去往十洲的道路，什么能忘记了烦愁？睡觉，只有睡觉。梦却与我作对。在昏昏沉沉没有梦的时间里，感觉随着身体不自觉地抽动，房子似乎也在随着身体的抽动而颤动不已。我惊讶于自己伟大的力量，却又没来得及去学会控制，便又昏睡过去。像寺院里的僧侣，我不知道这个比喻是不是对。但是在我看来，在那一个时刻，当我看到那一座孤独的房子之后，我认为我已经触摸到了——禅意。

你认为在异乡结交陌生人是一个人的暂时状态？你认为这可能吗？好让我的心有一个暂时安放之处，但是听到别人的秘密我并不快乐，我在意的是说出我的小秘密，但只是作为脆弱友谊的见证。当然你可以随心所欲地来描述我的一切，不过我发现你未必会使我满意，但我很荣幸地告诉你，你接近了。

说实话我看不清自己，对谁来说，日复一日，选择时间的不同得到的结果最终使人茫然，却又远非普遍意义上的迷惑，在得到一个答案的同时是否意味着问题的结束？谁又能告诉自己呢？但我看清了你。她同样会把秘密中不那么重要的部分用来博取惊讶和真诚。我不是女人却比女人更愿意这么做。把友谊当作生活的乐趣，客人，即使在最苦的日子喝着酒也会轻松地打发掉忧愁。只是别让我一个人待在一个房间里就行。

有一天我会认为为了我们都在折腾的那点玩意儿出卖了自己的信仰，认为真理和信仰和那点玩意儿相比只不过更像是一堆呕吐物，吐干净了也就会舒服一些，不至于在胃里折腾使我头昏脑胀，洗干净了再装回去的时候你会不会成为另一个人？这样的想法使我感觉到我还活着，我一次一次地想象再装回去之前怎么样才能够将它们洗干净，是我用我的泪水将它们洗干净吗？而不是现在看着自己感觉到陌生，如果可以让之前的你与之后的你见个面是极有意思的事情，这只会在科幻电影中出现，你会不会对着你大骂加以斥责？你怎么解释你之后的变化？现在，就让它待在那里。你要知道，我和你在某一点上差不到哪里去，你要逃离，我也同样。

你不用说我的灵魂在妥协，说教不会比忏悔更能够使人清醒，你未必能够比我强到哪里。你看不到的一个情况是，深夜里，有多少人用泪水将灵魂洗涤。我要去睡觉了，现在我才知道睡觉意味着什么，好了，不要再来烦我，也不要指望我来告诉你，我已经说得够多了。为什么这么说？原因是我不希望你笔下的我是我！这会让我知道我曾经这样存在过！这会让我恐惧万分！这个理由足够了吧。现在已经是凌晨**2点50分**，我再说一次，我现在要去睡觉，去做天空中飞翔着的一只鸟儿、香香的大饼上面的一颗榛子，这样才够味儿。

当客人在文字的缝隙间逐渐地平静下来之后，我身心疲惫，头脑里像被焊死了的铁门一样，是铁板一块，一时没了想法。我盯着客人，他不再说话，仿佛已睡熟。我向前欠了一下身体，距离客人更近一些，试着回答他的问题。我想的是：“在没有得到你的消息之前，我没有办法写下一个字。”

于是在这个奇妙的时刻，我确定我看见客人悄悄地笑了……

零：故事开始之前

读者诸君，在你还没有看到这个故事如何继续发展下去之前，现在有必要谈谈我是谁了，也就是应该说说“我”之外的“我”是谁了。你是如此聪慧，看到这里你当然会了解一点，**作为叙述者，“我”可能并不是“我”**。是的，我并不是书中所说的我——那个作家，我只是他的一个好朋友而已。感谢你的信任，要知道与众不同的你期待着得到惊喜而这来源于对于作者的信任。

这个此时尚未结束的故事，李飞刀给我讲述了将近一个月的时间，他对我讲了这个故事之后，诚恳地请我写出这个故事，他说只当是他让给我的故事。当他不厌其烦地向我重复述说某一个情节的时候，我的第一感受是什么？现在让我来告诉你：这是一个被某种情绪一直困扰着的人。我不是很清楚他为什么要把这个故事讲给我听，我只是倾听，我想他一定从我的神色中察觉到了我的疑问。他告诉我，自己来叙述未免会对自己手下留情，这不是他的本意。但谁又能说对自己狠下心来是一件正确的事情？粉饰会成为所有关于自己的谎言，谎言的真相就在于它是不真实的，而披上知识所代表的真理外衣之后的谎言让人迷惑之处就在于颠倒了是非善恶的观点，直至使你相信这一切都是真的。在某一个时刻来临之前情绪会成为所有人的主宰，这成为背叛信任的开始。

不可否认，人人皆有丑陋的一面，只不过大多数的时候人们更多表现的是善的一面。这是人性的哀伤，却正是道德力量的体现。人们总是无时无刻不在与欲望搏斗，压抑着的欲望却总是在悲伤的时代里占据上风。公众由此看到的是粉饰自己的人在舞台之上声嘶力竭地喧哗，旁边则有一些附和的声音在配合着将荒谬的谎言变幻为真理。鼓吹者将谎言背后关于利益的巧取豪夺演变为一种针对某个焦点的讨论，却从来不会给其他声音出现的机会，从而遮蔽真实的声音也就不会成为一件稀奇的事情。实际上正是由于话语权的争夺优势在这些人与某个利益既得者之间强大的联合，什么手段都会使出来的不堪使得龌龊改头换面成为满足欲望的理由与借口。听得见的声音被拖进了泥潭，置之不理关乎利益却不关乎真理，这才是这些人最为真实的面目：言行不一，编造荒谬的种种借口将真理绑架至欲望的战车，将知识与贪婪相提并论却从来不会脸红。一路上被摧毁的只有普通人的信仰及对于世界本是美好的愿望，卑鄙成为这些人的通行证，唾弃不会使他们止住前行的脚步，对于不知廉耻的人来说，任何一种指责不会使得这些人的不堪转化为他们的羞耻心。

显然李飞刀并不期待会成为这样的一个人，真理与信仰还在他的体内，我相信李飞刀可以为她们去献出自己宝贵的生命。同时因为直至死亡时间来临的那一刻之前，没有人会诚实地、真实地面对自己。人总要面对自己的过去，但这一切已经没有人知道。

为了这个原因，他认为这样对其他人不公平，又不见得是件好事，写出来会有人站出来说这不过是欺骗读者歪曲事实的又一本垃圾文字而已，这玷污了文学本就脆弱的名声。为涉及每一个人的公平起见，由他告诉我这个故事。他说我把这个故事让给你，你可以把他写出来。我知道他会去继续寻找文字的力量和想象力，他说，你写出来一定要认真地对待她，不要你没有写出来，而由我完成。这部小说的创作是对他的承诺，我知道困扰他的是他不知道如何动笔，尤其是发生在他身上的故事的时候。他说他不知道怎么样来写，他说从来不写自己的故事，总写别人的故事，所以他最后甚至是要求这件事由我来完成。他甚至安慰我，不管我愿意与否，我听到的是有一天我的故事将会由他来写，就是这个样子。

他只是说了故事的框架，这对我来说便有些为难，更多的细节只有他知道。因此我只有尽量要求他多说一点，但看着泪水在他的脸上滑落，身体剧烈抖动却没有发出声音的哭泣，那种凄楚使我无法再要求一个人回忆往事。我记得两年前的某一天他来到我家里，在喝了无数的酒之后，不知从什么时候开始，他每天给我讲述发生在他身上的故事，直至内容重复，然后我便以此为基础，便是这部小说。你要知道在我的家里他与我谈了近一个月的时间，每天讲一点零散的故事，其中夹杂着痛哭、号叫、争吵……

他像挤牙膏一样叙述这个故事，有时候显然是混乱的，尤其是关于他的部分。这样的混乱对于我的记忆会增加多少困难他并不理睬，他只是在不停地讲述，于是我只有努力记忆。慢慢地我发现我融入了这个故事，我会不由自主地将我的生活与他的经历重叠，与他争辩某个人物在故事中会不会做出他所讲述的行为。

他现在不知何处，我相信他一直在关注这部小说，他对我的要求是：第一，我可以按照我的理解全权处理这个故事，要写好，认真地写；第二，不要说出他是谁；第三，是在未来适当的时候，他希望与我交换位置，让我去推荐他去做记者，而我则会去游历，他来替我，我来替他。

我要诚实地告诉你的是，他在离去之前，为这部让给我的小说起的名称是《十洲》，这让我有一种感觉，他曾经写作了一部分，或者这部小说的全部已然在他的脑海里，或许他并不满意自己所写的。而现在的名字《庄周睡了，庄周醒了》也并没有什么不妥，我认为更适合表达他的故事。出于其中的一个条件，我并不能告诉你们他是谁，也许有一天他会自己告诉你们。或者鉴于读者的好奇心，我只能说这么多：他与我同岁，他的生日比我大——他的生日是三月初十，我的生日是腊月初八。

好吧，你现在已经知道了，我的职业是记者，他的职业是作家。他仍然在不知什么地方游历，可能他会在未来写出一部划时代的巨著，我相信这一点。现在由我来面对着你，要知道面对这样一个他让给我的故事，初时我不知怎样去描述，在这之前，我只是受人之托，忠人之事。直到在每日的思考之中，有一天我竟然梦到了和他一样的梦境，这将我从困扰于我的泥潭中解救。

我会把我听到的故事呈现在你的面前，因为它的背后有一颗痛苦的心，有着如山承诺。后来以他的叙述为基础来写作的时候，我才发觉不仅是对他，经历着他的经历的过程对我而言同样是一件痛苦的事情。近两年来无数个夜晚我被书中几个人物所纠缠，我经历着在他身上发生的一切，唉，这真的是一场噩梦。

直至《庄周睡了，庄周醒了》完成之后，关于交换位置，我仍然不认为他是在头脑清醒的时候对我说的。当时我们都醉了，我们身份互换？酒醒后，转天我想了想，记者是我安身立命的工作，虽然也写过几篇小说颇得他的赞赏，但是我没有想过凭借写作小说来吃饭。我不认为这是有挑战性的，我认为这是难得的体验，另一种人生的方法，所以在他的催促之下我答应了他。

我不知道他什么时候才能向我提出，来吧，我来做记者。而我将和他换一个位置，他来做记者，而我去游历，带上一张信用卡、几件衣服、一个笔记本、一部手机、一本通信录、一个照相机、背上一个行囊，就可以出发了，而他则会出现在我工作的报社。

如果你要从中得到什么的话，可能这样会使我显得如你想到的一样，但是正如他不愿意动笔写作这个故事一样，那么以同样的理由我要对你叙述。两年前，临别时他对我说了一句话，这句话我当然知道，这就是别林斯基的话："读者群是文学的最高法庭，最高裁判。"说这句话的时候他一直在看着我的眼睛，像是要把这句话刻在我的身体上。我点点头，他明白我的意思。所以两年来我几乎忘记了一切，全力以赴，我在想他交给了我一个苦差事，作家还真是一个值得人尊敬的职业，因为我的头发从来没有像现在这样掉落，我的身体也从来没有像现在这般虚弱。一声声无法抑制的咳嗽会从我的胸腔喷出，使我身体蜷曲几欲停止呼吸死去。我竭力抵抗，在那时常来临的时刻我几乎认为我的生命将会就此完结，而这时我的一只眼睛流下热泪，一只眼睛却干枯如古井……

那许多日子，在黑暗里我身体侧躺，耳朵紧贴在枕头上便能听到自己心脏跳动的声音，仿佛便是那几个人物的心脏在我的身边跳动。我会数着自己的心跳，在寂静中常会听到隔壁“啪”的一声打开电灯，被混沌吞没的我闭着的眼睛却会突然一亮，感受到穿越千百年来春夏秋冬的光的照耀，那是怎样的光？怎样穿越时间来到我的眼前？那时我便明白，写作这部小说的过程便是摧毁我身体的过程，昼夜颠倒、没有规律的作息时间使我的生活陷入混乱，有一段时间我几乎要哀叹承诺对于一个人的折磨了。

但是还好，时间已过去了8年，这部小说已然完成，但是他仍然没有向我提出：来吧，我来做记者。他似乎忘了这件事情，从来也没有询问过这部小说怎么样了。我在担心我写作完成的时候，他是不是也在写，不过他是一个信诺如山的人，而我在这8年的写作过程中，虽然承受了莫大的痛苦，但是也有快乐。现在这部小说完成了，而我将遵守我对他的承诺，如果他有一天对我说：“来吧，我来做记者。”那么我将去游历，而他也将会由我推荐从事我的工作。

说来奇怪，这部小说完成之后，有一次我乘坐飞机的时候，我竟然像他一样梦到了那几个字：“我们的想象力已然逐渐枯竭。”它们就以奇怪的姿态漂浮在空中，睁开眼我便看到了一个空姐出现在我眼前，鬼使神差般我的目光寻找着她的工牌，陈绮贞就这样出现在我眼前。然后我便笑了，笑容没有从我的脸上消失以前，我便闭上双眼，在飞机的轰鸣声中渐渐进入半睡半醒状态。

我只是想感受时间在某一种状态下是不是如他所表述的那样。长时间的飞行使我昏昏欲睡，无聊至极，但是我仿佛看到太阳一直在我的前方，一直在那里，长久盯着它使我疲惫，所以我决定睡觉，恍惚中，我似又梦到了那句话——“我们的想象力已然逐渐枯竭”，然后我的身体便慢慢地感觉到时间像他所说的那般流逝。

这个世界有太多的事情是我们不知道的……

二

现在回到这本书开始就提到的神奇的故事，之后发生了什么？

客人仍然不会相信所看到的一切，是真实发生在他身边的事情，离开院子回到房间面对空空荡荡的空间，更使客人认为这根本是不可能发生的，但客人分明看到了黄的、白的、红的小虫子在纸面上蠕动。

不可思议、无法想象的现实使他无法思考，他不知道该怎么办，于是他只有——睡觉。

直至躺在床上闭上眼睛5分钟之后，客人强迫自己进入梦乡，却在梦里仍然躲避着耳朵里的虫子。在随后的3个小时到来之际，客人和刘一川在院子里有了接下来的谈话。实际上客人那时极像虫子一样要钻进刘一川的心里，洞悉其间一切的奥秘。他懂得这其中的刺激或许是以血腥与危险作为结局，却没有想到时间会将类似的情景置换了空间，怪异地交换了一个位置之后展现在他面前。

26个小时之后，离开十洲之前，客人在清容的面前第一次谈到灵蝶昨晚的神态，这对于清容来说并不是一件礼貌的事情，当然客人并不会想到在12个小时之后会和灵蝶在天若岩的小潭边相遇。客人只不过想再去看一眼那树上的卡片，随后在第二天就要离开十州。那是一场充满挑逗意味的对话，用他对灵蝶说的一句话那就是："领教。不过不要指望能够对我有什么作用。"他的神情假装孤傲，貌似掌控一切，转身之际却像是说了一个谎言，虽然他知道这是他说过的无数谎言中最蹩脚的谎言之一。

现在他仍然面对着刘一川："我知道你那天晚上为什么笑。"

"你这样说话很可笑，这和你有关系吗？"

"不要以为我们都是傻子，你知道我说什么，我指的是她。"

“你想说什么？”

“想说什么并……”

“如果你认为你现在是在逗一个小孩子，我建议你去找君九。不，君九并不是你所想象的那样。那样，看来你的这个问题很是幼稚，哼！”

“你发火了？”

“我为什么笑？”

客人的脸上露出了在刘一川看来甚是恶心的诡异笑容，吃了一个苍蝇也并不会比面对客人好笑。在你看来，刘一川显然被客人引入一个圈套。

“我了解你此时的想法，不管你相信不相信，当然你可能认为我是在说梦话，狂妄自大？”

“不是吗？”

“你猜对了，是。好吧，你想说出来一件事情并不困难，不过我现在已经没有兴趣来听。为什么？我来替你说，我的意思是……”

“我来告诉你，你莫名其妙的猜测只是为了证明你的判断是对的。妙吧，我告诉你，是对的又怎样？错的又怎么样？随便你想，因为你只是一个……正如所有人看到的那样，不敢承认自己的一个人。说老实话，君九可以做你的老师。完全可以。”

“我真想相信你所说的，我不想这么说，但是你这样说使我忍不住。我倒要问，这句话应该谁来说？”

“有意思吗？我尊重你，但是你此时的行为并不让我尊重。”

“你想说什么？”

“你明天要走？”

“你想说什么？”

“你看到了什么是你带不走的？”

“你在寻找庇护？”

“你在说梦话？”

“萍水相逢，我知道你一直在忍耐，说出来对你没有好处的事情，你不会去做，因为你是在寻找庇护。”

刘一川一言不发。

“我在欺骗自己，我隐藏自己就像你隐藏自己一样，谁也不会比我们更会玩这一套，因为什么？我们是成年人。就像你同样在欺骗自己一样，这个时候给个机会互相安慰一下并不是个坏主意，如果你不承认，这只能说明你是神仙一样的人物！非要这么苦吗？有这个必要吗？你看看你的肌肉，把你的手放上去摸一下，对了，僵硬得像是死人的皮肤，毫无弹性可言。”客人在观察刘一川的动作，让刘一川想不到的则是客人的脸上出现了似哭似笑的古怪模样，“这是我们的代价。我只不过给我们一个机会，十洲会给你一个答案，这个答案不会是你想要的。你好，还不错，当然。就这几句话不是很……我知道你是怎么一回事。你的表情已经告诉我答案，你没有办法去回忆，那一刻一定难以描述吧，还是你根本就……这就给了他人想象的空间，所以你可以放心的一点是，没有人会知道，因为我们都有自己的答案。你该说了，对不对。”

鸟儿在枝头灵活地跳动，光线在羽毛上均匀地洒开，你的目光被牢牢地吸引，鸣叫声出现在你的耳朵里。

“我为什么要用你的眼光来看待这个世界，这样使得世界的图景可怜地出现在梦中之时，少却了无数奇幻色彩？”刘一川转过头，“现实是我们都在这么做，没有谁强迫谁。”刘一川的目光并不在客人身上停留，“因为那是公认的完美理解世界的方式，而在超越了时代未被时间束缚的哲人们看来，”扫过这个人去寻找另一只鸟儿的踪迹，“所有的比不上一个孩子的眼睛，那面对事物伸出手来似要触摸的举动，正解释了存在于世界一切完美的全部含义。之前的世界像冰冷的火山封住熔岩。”

颤动着的声波使你的舌头感受到温暖。

于是两个人之间的对话似乎要无休止地进行下去，直到另一方厌烦或者失去礼貌与兴趣，或者打着呵欠表示这次谈话该结束了为止。客人与刘一川都察觉到此种苗头，无论何种你能想象到的语言交锋也并不能使对方夺得胜利，但是客人的老于世故在准备向刘一川袒露真诚以获得某种安慰之前，就已使他决定不再看到自己的影子在刘一川面前浮现。

应该给他一个不痛不痒的提示，看着刘一川渐渐落入客人的语言陷阱时反应出的神态，他又看到了刘一川莫名的笑容。冰冷的火山封住了熔岩。随着他的话语向着他预想的方向，期望过程的出现使他像梦中出现的一条线虫，虽然他是好心，但刘一川最终意识到了问题，二人的交谈便怪异起来。

“你不能从我这里得到什么。”刘一川再一次说。

“这是错误的判断。”客人的惊讶并不能掩饰内心的激动，“是你的话欺骗了我，你并不是这么想的。”

直到听到灵蝶说出那一句，“这不是一种交换的方式”之时，刘一川所说的在树林中迷路才真正引起客人的兴趣，遇到土地公公岂不比耳朵出虫更为神奇？客人终于明白，途径只有一个，而他恰恰选择了在他看来正确实则错误的那一个。问题的答案刘一川似乎给了客人，客人却不能返回原点，就像在夏天的公共汽车上你的对面有一个漂亮的美少女，你的目光总会不由自主地向着那光洁的大腿看过去一样。

“这里面没有谁诱惑谁的问题，一个打发时间的小游戏你竟然会当真。”绵软的话语传来，灵蝶在树那边，卡片随风拍打着树干，红色的丝线穿过卡片上的小孔将世间的神话拴系在十洲。客人总是习惯望着前方的路，在十洲转着圈，离开之际却仍然没有能够看到会跳舞的桌子。

鸟语我也能够听得懂，不见得清容会是唯一的，这看谁理解。可为什么……客人需要一个提醒。

“看来你真是应该去睡觉。”

起点或许从来不会出现在你想要把握的时间，正如并不能准确知晓时间的初时状态一样，在你未能意识到的时刻它已经发生。客人看着灵蝶，听着自己说出的任何话却毫无意义，只能是填充空白的作料，因此他说话的唯一作用便只是在引出灵蝶的下一句话。他突然就明白了一些行为，如睡觉，如呆望着十洲的山山水水，如再一次来到天若岩转着圈，寻找那一张卡片，期望能发现什么不一样的地方。

“做你想做的事，有必要对一个美丽的女孩子在这里做什么感兴趣吗？”

客人的心里痒痒得发麻，像是有一条虫子正在慢慢却坚定地钻了进去。他放松了身心，放弃了抵抗，任由其所为。和君九在一起时为什么他的心脏总会抽紧？当他独自来到会跳舞的桌子那里，却怎么看也找不到一丝桌子跳舞的迹象。这使他与君九之间的关系不再那么紧张。存在与否的机会对等成为他的解脱，却不能释怀。客人的紧张使他试图相信却找不到证据，对于看不到的东西，他只奇怪君九的眼睛，却从来没有认真思考可能是自己的原因。一次次的交谈之后，君九仍然不太高兴和客人说话，他有几次试着把端起的架子放下来，脸上不再有哄小孩子的微笑，嘴里说话时把“吗”、“嗯”、“啊”这些都去掉，也就是说把君九当作一个成人而不是小孩子。

“你这是去哪里啊？君九。”当客人做出这个决定之后，惯性使这句话一出口，他就明白无误地从君九脸上知道结果，这一点他做不到，哪怕他是多么想看到那会跳舞的桌子。

“实际上我们只不过是在正确地浪费时间，也就是以自己相信的正确的方式死去，以使自己看起来不那么像个傻瓜、说谎的权贵、自恋的精英、路边喝醉的酒鬼，以光鲜或者是不堪的姿态面对身体的欲望交换了灵魂的生命，唉，有限的生命终将消逝于无限的时间。”

我说了什么话？灵蝶的身后是挂在树上随风起舞的卡片，客人的神情满是奇怪的疑惑。她想要告诉我什么？萍水相逢，步伐的统一要到何种情形才会使这萍水相逢成为可能？我知道你一直在忍耐，满足生活的欲望总是会不间断地使你忍耐，说出来对你没有好处的事情你不会去做，只因为从另一个角度和自己打个照面是你所不能接受的。有限的生命之中我想做些什么？因为我是在寻找庇护，在那里可以触摸到无限的时间？看来我才会是寻找不到时间的人，所以才会寻找彼此无趣的安慰。多么苍白无力，听到的声音和看到的事物会告诉我此时说的话有多么苍白无力。

“正确浪费时间的方式数以千万计，但是你或许永远找不到最适合你的那一种。时间成了梦中不断坠落之物。重复的坠落并不能使人清醒，快感在一瞬间使人迷醉于其间，但这重复充满腐烂的气味。”

客人想起回答那位老翁的话：“名为，无物[1]”。客人觉得自己被某种无以名状的焦虑所困扰，凄凉难以言表地浮上心头。无物，客人轻叹一声，过去的时间在生命真切触摸到存在的这一刻无比清晰地闪现在客人眼前。

当游戏的场景再次被记忆起的时候，客人终于明白灵蝶在那个作家说“没有了？”的那一时刻，为什么只有灵蝶看着李飞刀露出笑容。客人没有说一句话时的样子，表情在告诉所有人他有多么淡定，但他并不知道这是多么愚蠢，他这时才察觉到灵蝶是在笑，她清楚地了解李飞刀

[1]引自《庄子·齐物论》。

所描绘的感觉，而当时所有人就像傻瓜一样，就像我或许永远也不会看到会跳舞的桌子。

"荒唐。"你终于开口。刘一川的不屑一顾使客人愤怒了吗？仿佛一切都只有你知道，"这荒唐吗？"灵蝶为什么会说这句话看来只是属于两个人的秘密，她对这句话的反应现在明确地告诉了客人，7个小时之前和刘一川的对话是多么滑稽。周围的人却都在笑。客人终于记忆起，只有灵蝶没有笑，只是出神地看着，谁呢？客人确定，那是你。

客人入迷似的看着灵蝶再一次抚摸着淡紫色的卡片，长而黑的头发被吹散开，在他的眼中如一只鸟儿展开的羽翼。现在他已经不想知道这张卡片上写的是什么了，客人或许能确定的一点是，"爱情是狗屁"这句话在这里是不适用的。客人想笑一声，好缓解飘荡在两个人之间使人不舒服、似要凝固的空气，慢慢恢复透明空气的生机。随后看到灵蝶转身向他，双眼中满是泪花，蛇样的泪痕爬满柔嫩的脸庞，形影孤单似黄昏下的孤雁，振翅飞去之际空气中的光线刹那间七彩流溢。

客人不愿再看灵蝶的眼睛，那凄楚的哀怜使客人悲伤莫名。

这是客人最后一次看到灵蝶，直到他第二天离开十洲，此后客人去到任何一个地方，他再也没有遇到过灵蝶。

二之外，三之前

你依靠什么活着？

三

在什么样的时间里，我将会再次遇到你？

在李飞刀的记忆里，黄的白的红的虫子在那一天晚上某一个时间，成为他睡梦中出现的纠缠不清的景象。他认为那条虫子不只是钻进了牙齿里，而是钻进了他身体的任何一个部位。在这个时间内的梦境，他自始至终总是会听到各种不同声音空空的但却清晰地在他的周围萦绕。在一束灯光撕裂黑暗照在他的身上之前，锣镲咚咚锵锵的喧闹打破了他的呻吟，远方飘过来京胡、西皮、二黄的鸣奏，始终在耳边回响。终于，他看到脚下是铺盖在黑暗中无边无际的一块天蓝色地毯。就在这时，忽男忽女古怪的咿咿呀呀的念白，莫名地钻进李飞刀的耳膜，李飞刀的眼前于是变得清晰，从中间向两边缓缓拉开他从未注意到的大幕。

他看到前方左首，看不真切的三个影子在不到一米的距离内走过来，复又走过去。右边，两束灯光直直地照射在两条垂下的绳索上，两条绳索上有两个人在奋力攀爬，爬上去，又滑下来。前方，一排椅子摆放在舞台边沿，坐在椅子上的每一个人都面对着他，另一个人则手拿透明的水杯扣在耳朵之上作势熏虫。在他能够感知的时候他听到了那个莫名的声音。

莫名：客官从何处而来？

李飞刀：（他知道他必须作答）从来处来。

莫名：往何处去？

李飞刀：（他沉吟片刻）往去处去。

莫名：客官，所为何事？欲得何物？

李飞刀：安静。或者是安静吧，我不确定。你呢？

莫名：之前呢，客官难道无此安静？

李飞刀：我情愿为此死去。

莫名：何来安静？为什么不是安宁？

李飞刀：在吗？

莫名：（笑）所问何来？

李飞刀：（仿佛有一种看不到的力量推动他原地不停转身，转身，速度越来越快，转圈，猛然停下，气喘吁吁，脖子上青筋暴出，却吐出轻轻的一声，似乎是担心惊吓了她）她在那里吗？

急急风锣鼓起，灯光就是在这个时候大亮，李飞刀惊讶地看到，他站在悬在空中的舞台之上，低头，身上是五彩的戏衣。

李飞刀：（不由自主地手舞足蹈，身体随着锣鼓的节奏做出诡异的动作，锣鼓声音突然停止。他犹豫着看向四周）该我说话了吗？该我说话了吗？我该说些什么？

莫名：客官想说些什么？

李飞刀：这是我的一个机会吗？

舞台上响起一阵又一阵的笑声，在老的少的男的女的的笑声中，李飞刀四顾茫然。

李飞刀：（终于下定了决心）一片恐惧与喜悦之中，他死了，我看着他，从我的眼睛里他看到了他（突然停止说话，像是意识到了什么使他恐怖的事情，眼睛紧缩了起来，形成奇异的神情，恐惧在他的脸上浮现）时间由此失去存在的意义，我看到时间在我面前成为另外一种模样。他的嘴皮都暴开，我不由自主地又一次将眼睛凑到他的面前，眼前的这个人就是我死亡之后的模样。时间消失于我的身体。但为什么我看着他的面容却仍然触摸不到时间的边缘！在我的身上停留？我以为他已经死亡，他却仍然活着。如果生就是死，死就是生，那么担忧的不仅是如何活着，而是怎样走向死亡。

莫名：（忽为女声）刹那间生死两茫茫，遍世间烦忧无人顾。

李飞刀：我向神祇请求，让我死亡到来的时候延迟一秒钟的时间，以便使我看到自己死亡时的模样。然后和神祇在议定的时间内使我的世界中的时间死亡，让我的时间死亡会证明时间与存在的关系。眼睛成为时间死亡的开始与结束，记忆是否能够准确，在于时间死亡的一刻我的理智一直在寻找什么！时间死亡之后的重生，这需要正视时间的勇气。我意识到我的世界在我意识中的存在并不会让我逃脱时间的死亡，而时间的死亡并不会让我远离这个世界。

莫名：他道死生目中留存，却是已过轻狂时候。

李飞刀：除非时间死亡的那一刻，我的眼睛看到世界如花般在我身边绽放，重生于我所存在的世界。我在想些什么？思考或是臆想，就在于价值的存在触摸到的是你还是我。存在的生命从来只在我的身边，时间流逝的结果是时间走在我的前面，而我在它的身后疲于奔命，如果这是时间存在于我意识中的状态，那么生命中最后一次时间存在于此，在我的世界中是哪一次？死亡之于我的世界，我是在认真对待我存在着的生命。你知道，若我流泪，时间之花将无声地随我起舞，于是我将我的世界纳入怀中，存在着的反抗将使重生的时间向我打开唯一的一扇门。（灯光突灭，李飞刀隐于黑暗之中）

清容：（不知从何处缓步走过来，一边走，一边口中自言自语，在看到绳索上的两个人时，并没有停下来，只是笑了一声，来到舞台右方，站立在不停走动着的三个人中间）在十洲的山水间，我们都是卑微的灵魂。这一句话不应该由我来说，似乎偶然，这个时候却由我说出（另一个声音起：似乎是你在嘲讽时间的安排）我们没有看清过它，就像从来没有看清过自己。（另一个声音起：她们并不是如你所想的那样，你不会是她们其中的任何一个人，因此所有人都会说出的判断往往并不是你所想象）十洲的山水自然存在，在十洲，你不觉得孤独，或者你心静的就像是这树林或者是水面。你瞧，我都不知道该怎么样来表达，因为最美的事物一定是无法用语言来表达的，让我想一句别的话，还不如你亲自来这里看一看。（另一个声音起：那个你所说的世界会更符合我的想象吗？）

刘一川：（一束灯光从地下射出，刘一川出现。慢慢地走过去，围着舞台的边缘绕圈，脚步的声音沉重，满场皆是有节奏的脚步声。）这个世界还有什么是真的吗？我觉得不会有了，人都像一件货物一样待价而沽，只是看你值多少钱而已。真诚或是什么爱情，都会是你有什么他想得到而已，爱情或是什么真诚，她们重多少公斤，你就会得到多少公斤。不要误会，这只是一个冷笑话，它的作用只是使你，（加重语气）发笑而已。

客人：（突然出现，站立在刘一川身后，双手捂住刘一川的眼睛，却将左手五指张开，刘一川的左眼得以露出）故作滑稽，我们只是为了让你们高兴。

这时灵蝶的笑声响起，尖厉地变幻着或高或低的声调。刘一川挣脱开客人的双手，回身仰起脸，叹息声回荡在舞台空间。

客人：有着蝴蝶翅膀样的土地，劳爷的屋子就是蝴蝶的身体，既然如此，我现在想有一天它会不会，（深吸一口气夸张地大声说出）有一天，突然就会飞到天空？哈哈。

李飞刀：（光束亮起，一只蝴蝶的剪影出现在半空中，却僵硬得一动不动）蝴蝶的翅膀，飞翔？（这时蝴蝶开始僵硬却是慢慢地将翅膀震动，翅膀的扇动是一振一振的机械方式，抖落下类似雪花一样的物质，频率渐快终于飞翔，瞬间消逝不见）我……

客人转身走到李飞刀面前，看着李飞刀，像对刘一川做的那样伸手捂向李飞刀的双眼。

李飞刀：（惊觉，躲闪）我不需要这个。

客人、刘一川、清容、坐在椅子上的人、作势站在旁边的人、攀爬绳索的人、走来走去的人：（发出同样的声音）那么你需要什么？

李飞刀：（痛苦、茫然）我失去了……

所有人的声音一起：你失去了什么？

李飞刀：（环顾四周，在舞台上游走，五彩戏衣飘舞。飘舞的五彩戏衣似乎有了重量，使得李飞刀的动作越来越慢，直至停下不动）我失去了……

声音嘈杂地响起：你失去了什么？你失去了什么？你失去了什么？

李飞刀：（厉声，却最终声音弱下来，发出似乎是在乞求的声音）你们这些……你们住口，你们不要再说了，不要再逼我。是的，我说，我告诉你们，我失去了（声音转弱，疲惫不堪地）描绘事物的能力，我不配（声音更弱，伴随着哭泣的声音）做一个你们所称呼的，我只是在……

众人的声音：（齐声，震耳欲聋，在这声音之下，李飞刀作势欲捂耳朵，却被众人扑过来用手掰开，声音回荡在舞台之上）你只是在欺世盗名！

李飞刀：（惊骇地）不！不！不！我一直在寻找，我以为是，却不是。

众人的声音：是什么？不是什么？你有没有得到过？还是你错把腐草做稻粱？

李飞刀：（低声）我不知道。

众人的声音：（高声）你知道，你从未失去！但是你面前发生的一切使你不知道了。

李飞刀：（声音颤抖）我该怎么办？

众人的声音：（满是讥讽）你想怎么办？（变为严厉的）不要再说你不知道，你知道，你清楚地知道！

李飞刀：（无力地）是的，我知道。

这时声音纷乱起来，每一个人都在说话，都在争论，却听不清具体说什么，只有他知道，他不知道，他知道，他不知道的声音在一片纷乱中凸显出来。

李飞刀：（大声地）不要再吵了，我知道我没有失去描绘世界的能力，我只不过是……（语塞，低下头不再说话，哭泣声渐渐地传来，直至淹没争论的声音。舞台上一片寂静，众人围过来在李飞刀身边，同情地看着他。又一声哭泣传来，又一声哭泣声，接着是此起彼伏的哭泣声响起，此后变为所有人的哭泣声，一起大声嘶喊，发出近乎野兽的吼声）我们都一样，我们都一样……

李飞刀在一片声音中，转身欲走，却被所有人包围阻挡。

一个声音：你想去哪里？

李飞刀：（声音并不清楚地回答）白雪，（最后一句听不真切）雕刻…名字……的看到……地方……信……

一个声音：白雪？不要再欺骗自己了，你在逃离。

众人的声音：我们屈服了。

李飞刀：（喃喃低语，终至高声）没有，我没有屈服，我寻找着的一切都在我的面前出现……

众人的声音：所以你必须反抗。

李飞刀：我反抗着，我与它搏斗。

众人的声音：不必管它谁赢谁输，我们还有希望。

李飞刀：时间却左右我的命运。

众人的声音：（齐声）水、空气、食物而已。你不再说话，追求的一切刹那间没有了意义，这只会给人类文明增添丑恶。（一只巨大的老鼠从李飞刀的五彩戏衣下钻出，从舞台上走过去了，众人大惊。静静地看着老鼠走过，直至隐没于黑暗之中不见。众人警觉，鼓噪声再起）有老鼠吗？有老鼠吗？你看到了吗？你看到了吗？和人一样高大的老鼠。恍惚间，你认为是，实际上那只是阴影，有东西从你的身体内出来了，是虫子，黄的白的红的小虫子，那可不是老鼠。为什么还要等待。想想怎么写吧，把商品经济下的人性写出来。否则删去。哈哈，滑稽啊。

李飞刀：（冷笑，环顾四方）你们，是我的主宰？

众人的声音：（回之以更冰冷的笑，使人不寒而栗）你说呢？

李飞刀：我看不到，却感觉到你们和我……不，你们只是我的梦。

众人的声音突然不再响起，舞台上两个声音同时出现，彼此覆盖：（甲）一个梦，这是梦吗？滑稽。（乙）不要打扰我，要不是我听得到却找不到你，我不会允许你的声音出现在我的声音里面。（甲）等着瞧吧，他就要疯了。（乙）他就要疯了，不可能的是，他没有疯你就先疯了。（甲）他只是一个牺牲品，真实的牺牲品。（乙）你不要吗？（甲）我要，但我不想如他这般痛苦。（乙）什么是痛苦？这个词有什么样的意义？他很快乐，他并不痛苦，他不会夜不能寐，他只会在深夜里孤独地看着自己。啊！啊！啊！啊！啊！啊！惊叹不已。他不会知道是这个样子的（甲）那个样子，滑稽。（乙）我们好像是在说自己啊。（甲）是这样吗？我们也同样滑稽？（甲乙同时）对了，滑稽。（互相指责对方）废话一堆无意义。无意义！

李飞刀：（在甲乙彼此打扰对方的说话同时四顾寻找声音的来源）你们在说什么？

声音突然停止，所有人的眼睛都在注视着李飞刀，李飞刀惊惧中不再说话，双手作势寻找缝隙状。接着，李飞刀左冲右突，舞台上所有的人都阻挡他的去路。一时之间，舞台之上纷乱，没有秩序，却仿佛在玩老鹰捉小鸡的游戏。

李飞刀：（大喊）你们要我做什么？（随着这一声喊，舞台上所有的人都回归原位）

莫名：（高声呼叫）还不现身吗？

所有舞台上的人物全部停止动作，突然灯光大亮，坐在椅子上的人站立，喧闹地拥挤到舞台中央，将人物包围，口中呼叫：耳朵里的虫子、虫子。

客人：（从人群之中钻出，大喊一声）我最不高兴一天中这样的时间。怎么，又要吃饭吗？这么快就到了该填饱肚子的时候了吗？如果饱只是把食物装到肚子里，那么不通过嘴巴而是从其他什么地方装进去也会有同样的结果出现，比如说肛门怎么样？哈哈，目的只有一个那就是让你感觉到饱了。

众人齐声：饱了！

随着这一声喊，众人散去。

李飞刀孤独地站立在舞台之上。这时君九跑上台来，喊了一声：吃饭喽。（灯光渐暗。锣鼓、西皮、二黄渐行渐远，终于不再响起。白雪与灵蝶此时出现，若隐若现，似乎是一个人，看不真切）

寂静之中，一个声音出现，空空的回荡在舞台之上，渐行渐远。

“因为担心遗忘，所以回忆才显得美丽。”

李飞刀：但遗忘只有在回忆中才能找到，我怕我连这个也会忘记，因为我没有时间去回忆了。

“时间，能回来吗？”

莫名：（声音飘逸空灵，女声念白道）春光渐近迷人眼，却道身在幻梦中。

幕却忽从空中缓缓落下……

四

那个梦之后，李飞刀看到会跳舞的桌子出现在面前之时，他究竟在想些什么？他是怎么看到那张只会存在于传闻中的桌子的？

我站在这里，心已远去不知何方。

不知何时蒸腾起些雾气，像是虚无缥缈的轻纱笼罩在我的周围，锦缎样的滑腻从十洲与我之间缓缓掠过，伸出手去，却无从触摸。一时之间，看着那长廊对面将神秘的山林分开的通向天若岩的道路，一种惶恐不安使得长廊在我的眼前轻微摇晃着。恍惚中，眨眼间，一片金黄割裂开混沌，光线下层层叠叠的透明恍若波浪般将气流紧逼为有形质的力量，撼动着架设在一条河流之上的长廊。

几分钟后，我将穿过十洲山水间一条不知名的长廊，和君九打个照面，来到清容面前。我没有停下我的脚步，在此之前，我不知道将会看到那张会跳舞的桌子。近乎命中注定的相遇使得我成为时间的奴隶。抗拒的不甘使我没有和清容说一句话，然后疾步走到长廊之外，便呆立不语，此时我极想做什么？第一个念头便是回过头来看看清容是否也在回头看我，她正继续向前走着。在我转身之前，她有没有疑惑地看着我的背影？我想打声迟到的招呼以便解释，这个念头刚刚出现便被我硬生生地重新塞到我的肚子里面。让这句话在肚子里面发酵吧，我努力抗拒，期望将时间融化。

此时，我突然想看看那张会跳舞的桌子。我开口，叫了一声君九。一路之上，君九向我讲了许多。我盯着君九，毫不在意脚下的道路。他们认为君九从不知道什么是悲伤，君九却说想起很多的悲伤的事情：小鸟死亡了；阳光变黄了；清晨会升腾起太阳的味道；羊吃掉了叶子与草；秋天洒落下枝叶，因为羊会被吃掉。小姑哭泣他觉得好听，像唱歌。不过看着小姑哭，他伤心，所以他从来不愿意听人唱歌。他甚至后悔去看了一场戏，那场戏里有个人就像小姑这样哭，虽然他觉得好听。在君九的身边，紧随他的步伐，我只能是默默地听着。

太阳晒到身上，热乎乎的，像是刚刚和好的面团带着热乎劲儿摊薄后，一层层包裹在身上，一股太阳的味道，干绷绷的，烤久了烤熟了便会被吃掉。而这时我想的是，听到这句话之后，是的，以前的太阳照耀在身上是暖烘烘的，像君九母亲的手的抚摸，那是我什么时候发生的事情？而现在这个君九的太阳是不是不一样？在他的世界里，是不一样了。

看着君九，我很同情自己。在所处的世界里已慢慢不再相信距离所栖息的星球38万公里之遥的月球之上有一位美丽的嫦娥，取而代之的问题则是：没有飞船，她是怎么飞上去的？而在那个荒凉的、不可能有桂树的星球上，吴刚和一只可爱的兔子又是怎么活下来的？因此我也不相信会有会跳舞的桌子，听到这件事情时你知道我会感觉到有多么好笑。可是忍不住还会这么想。我想君九或许真会带我重新找到嫦娥，也许，在君九的引领下，我还可能会看到奇迹的发生：广寒宫中那使人神往的世界。

“雷神鼓其腹，响雷遍历大地。应龙和之，雨露则至。羲和生日，后翌射之。烛龙视为昼，瞑为夜，闭合之间光明万物。”[1]

何人所见？

在某一个时刻，想象就像一个水坝在毫无征兆的情况之下打开了闸门，之后当你再次面对想象的时候，看到的就是另一个被改写的局面，直至水坝的闸门重新关闭。恰如做梦时一个人听不见梦境之外真实世界的声音，所有的声音来自于梦境中的世界。殊不知梦里出现真实世界的声音时，便是打开了梦与现实连接通道的门，但这时意识尚在梦境之中，外部世界缓缓地向清晰的意识追寻着看不见的奇迹。随着从梦境回落到真实的世界之中，君九那张会跳舞的桌子出现在你的面前之时，奇迹便成为想象力的终结。

在十洲，似乎远望着近在咫尺的君九，我突然感觉到身体渐渐地僵直，像是那包裹在身体上摊薄了的面团，在炽热阳光的照射下一层层变成坚硬且不可摧毁的铁壳。一声苦笑，我已成为各种新技术的实验品，在得到便利的同时一步步将我推向荒芜之地。到处都是高楼大厦，电视上风景秀美的地方到达之后才发觉，还会有看不到的污秽存在。这使我出发的时候就知道自己将要得到些什么，但希望中的失望比起黑暗中的孤独还能够给予人期待。人类的经验积累已让我无法寻找新的状态，发现的乐趣已隐藏在被城市覆盖的土地之下。给予我们便利的科技污染世界的同时更强行改变了人的天性，遮蔽着丑陋、挑逗着欲望，展现在面前的图景诱惑着我们走向另一个世界。这使得想象力与天性之间仿佛隔了一层看不见的薄纱，会跳舞的桌子便在薄纱的遮盖之下，这让我恐惧自己身上会不会重新长满了毛发。他们发觉了，选择抗拒从而踏上了不归之路。

---

[1]取自《山海经》中的神话传说。

在我向清容的母亲昆婶求证是不是有一张会跳舞的桌子时，昆婶却对我说君九像他父亲一样，看着君九就感觉复活了奇迹，但又忍不住哀伤。君九总有一天会像他父亲一样，不知在什么时候就会离开她。一年只回来一次或者是两次，她又舍不得君九跟着他爸妈出去受苦，她的说法是，没有人会把所有的时间都陪着君九。君九会受委屈。这让她觉得唯一和儿子有关系的生命会随着君九的离去而消失。她感觉不到儿子，因此在数次彻夜长谈之后，在哀怨与愤怒使昆婶丧失了理智变得毫无理性像一个疯子的时候，君九终于留下来。对于奶奶来说，一时的痛苦使她得到更为长久的欢乐。虽然知道总有一天终究君九还是会去，但她想那时她的一生的时间应该已所剩无几，在看得见死亡的时刻来临之前，看到君九，她也就什么都不会在乎了。

"兴许他会慢一些长大。"昆婶说。她看着君九想着儿子，这给了她双重的快乐，却也是十倍的悲伤。在洗衣机的泡沫中时隐时现的衣服让她觉得这就像在搅拌她的一生，她的一辈子仿佛就是这洗衣机里转动着的衣物，只不过没有再次挂在阳光下晾晒的机会。从此她就再也没有用洗衣机做任何与洗涤衣物相关的事情，而是将米倒了进去，随后她就将这洗衣机当作了米缸。清容问起时，她的回答是："总得有点儿用处。"而后固执地将清容的话理解为嫌她岁数大了老糊涂了而大发雷霆，最终以一次不进食，成功地将洗衣机的功能定位在淘米上，却找出了大棒槌去小河边捶打衣服、被单什么的。

清容说她就是这样一个人，随着一天天看得见的人一个个减少，这更让她感觉到岁月不饶人，"她固执得可怕。"这在她看来现在已经没有时间让自己去浪费了。她的意思在我理解可能是指委屈自己，她委屈了一辈子。想起君九会有一天像儿子般毫不犹豫地离开。即便是她哭泣着说，自己十几年白米饭喂大了一个畜生，也不能让儿子停止迈向外面世界的脚步。看着昔日里的小乖乖甚至头也不回走出大门，远离了十洲的家，她明白，该发生的事情总是要发生这个道理。在无数次与黑暗搏斗的夜里，她辗转反侧直到让身子底下的床单没法浆洗，轻轻一扯似乎就要粉碎，对着阳光能看到纤维像一团泥一样搅在一起的时候，她将米倒进了洗衣机。

之后她经常看着君九，一连几个小时地看着君九怎么玩。“相信你所相信的。”关于会跳舞的桌子，这是我唯一听到她的解释。**那张会跳舞的桌子**，**真正相信的只有清容的母亲与君九两个人**。

在结果发生之前你不会知道某个决定意味着什么。

没有窗，没有门，甚至在塌了半个屋顶的房间，抬起头能看到瓦蓝的天空，阳光洒落，透过半个屋顶的缝隙星星点点闪烁在一半地面，流动着的光泽像是夜色下的湖面。倾斜而下的光妖异地在我的眼前幻化为红、橘黄、橙、湛蓝、白和其他我说不出名字的颜色。墙壁之上满是或大或小的窟窿，曾经的主人张贴在墙壁之上的花花绿绿的纸张画满奇怪的图案。这里是君九的世界。

那张桌子安静地置放在那里，桌子周围一堆废墟，以至于我必须一脚高一脚低地站立。我安静地看着君九，泛着耀眼的橘黄色的光线之下，君九回头笑笑，用手中的棍子小心地触碰了那张桌子一下儿。我只有叹气，笑笑。君九回身走到我的身边，仰起头，那双黑黑的眼睛直直地看向我，我的眼睛有些清爽凉意。君九嘴唇微动，我听不真切他在说什么，随即我的耳朵里极痒，仿佛有东西软软地爬进去。无声，宁静。我只有收敛起笑容，再次将目光移向那张桌子，慢慢地，光线，尘埃，旋转着纠结，上下飞舞，我惊讶地看到不可思议的一幕：桌子神奇地开始颤动起来。转瞬间，我又仿佛站到了长廊的一边，**时间似乎回到几分钟之前**，我不能确定，**在神奇的事物之间仿佛感触不到时间的存在**。空气在我的面前聚集为一片一片的层次分明的形状，随着桌子的舞蹈而颤动不已，我不由自主地伴随着周围的一切律动。一股奇特的味道扑面而来，无形，非香，沁人心脾，夹带着远方不甚了了的美妙天籁穿透天幕钻进我的心里。

会跳舞的桌子，从此之后，相信这件事情的便有了第三个人。

然而我在这里，心已远去不知何方……

五

“你说的我相信是真实存在的，所以我试图说服自己相信一件事。如果我把手表的时间拨快15分钟，我的意思是说，既然时间一去不复返，那么我想走在时间的前面。”客人离开十洲的5个小时之前，实际上对李飞刀说这句话的意思是面对时间的不可确定性的一个姿态而已，却从来没有想到在3个小时之后这句话作为一个打破沉默的话题之时侪鹤的反应会是那么强烈。

“你看到了耳朵出虫就会相信有把名字刻在心上的所在？这或许比你睡觉更为有趣？”侪鹤的话语中透着一种荒谬，正如他面对燕玉所说的某个好兆头相仿。

客人的回答是什么侪鹤已经不再注意，他的思绪仍然留在客人所说的那句话里，他忽然想起一首诗歌：“黑夜给了我黑色的眼睛。”当侪鹤朗声背诵的时候，他想起来了，燕玉是在着迷似的听着。他迷住了她，燕玉曾在某一个夜晚告诉侪鹤。侪鹤想起这句话时，甚至仍然能感觉到软玉温香耳鬓厮磨，甚至燕玉小孩子似的询问：“你的声音很好听，这是谁的诗句？”侪鹤知道这是顾城的诗句，后面一句是：“我却用他来寻找光明。”侪鹤印象深刻一直记得，她却不知道，因为，这个世界上现在还有几个人在朗诵诗歌？侪鹤总会笑着自己解释。后来当燕玉总是会时不时从口中说出一些手中的书籍中出现的话来作为是某件事情好兆头的开始之时，侪鹤才想到似燕玉这般经常把书籍拿在手上的人，是不可能不知道顾城的。

她没有问是不是你的诗句，她给你留了一个面子。那么为什么她会问？侪鹤由此厌恶了一切装模作样的虚伪，尽管她仍然说着爱他。直至李飞刀告诉他，灵蝶或许在十洲失踪而不是消失之后，侪鹤才意识到刘一川所说，**每个人都把自己当作道德的审判者**。**一瞬间十洲不再是圣地**，**每一个人所寻找的也成为荒诞的东西**。

“有一次我想在梦中看一看是什么时间，是几点？却怎么也找不到手表。”对于燕玉转述李飞刀的话，侪鹤看到的却是燕玉的伤心。侪鹤突然想起很久以前他做过的一个梦，在梦中他死了，没有呼吸，没有心跳，一动不动地站立在黑暗之中，周身散发着白色的光芒。后来当他仔细回忆这个梦的时候，他才注意到他或许并没有死亡，那是什么样子？他已经不记得，所以当侪鹤小心地询问李飞刀的时候，他的感觉像是在做贼。

“那时你的眼神看着镜头就像是一条死鱼的眼睛。”李飞刀说。就是在这个时候，侪鹤也想不到他竟然会痛哭流涕，死亡的影像夺走了他的一切，这就是我的样子。他只是告诉李飞刀，当自己死亡的那一刻，他看到的并不是躺在床上，而是站立在黑暗之中。

我回过头来看着你，**仿佛看到了我自己**。

走在时间前面？却怎么也找不到手表。侪鹤一时感觉不到自己的心跳，他似乎已不再懂得如何控制呼吸。或者是他亲手将燕玉的爱变成了痛苦折磨着他的魔障，阻拦着他再一次靠近她吗？在燕玉想念我的时候，我在做什么？是否也在想念着她？侪鹤的心中像是钻进了黄的白的红的小虫子，一个从来不被他注意的事实摆在他的面前：在燕玉的面前，或许是他在表演！

他说了什么？我会怎么想？我究竟会怎么想？看着燕玉的神情我在发笑，我不相信，直至感觉到那几个字真的在我的胸膛里，一点点地雕刻着燕玉的话，看着她泪流满面地诉说着她的爱，我不知道是不是该相信那一个感觉，我从未停止爱着燕玉。

这是一个残酷的事实，侪鹤感觉到了，却无从表达。或者，有些事情从一开始就是错的，却无力改变。

一去不复返的时间，侪鹤的声音出现在自己的耳边。那些笑声出现在侪鹤的耳边，不再刺激他的神经，不再仿佛割裂开他的肌肤，让其他人看到流着热血的筋脉。荒诞的事实往往隐藏了最真实的姿态，是这么说的，接下来的梦会是什么，谁来说一说。我的眼睛为什么会看着燕玉，而不是李飞刀？卧室里明明干净，还要打扫一次的日子里会做一个什么样的梦，和来到一个莫名其妙的地方相比或许前者更为浪漫。大家知道这个时候算是一个蜕变的时刻了，谁知道呢？

她不会想到我会这么说的。侪鹤的眼中出现了燕玉的神情，是痛楚被隐藏后的羞耻，她已不再看着我，一种使侪鹤快意的心情使得他在笑，他竟然这么做了，而且做得若无其事仿佛有了一点儿快乐的模样。是我从来没有认真思考，当她说着“独自一个人走在陌生的地方的时候、看着星星的时候”她想要表达的是什么吗？在侪鹤说出“我回过头来看着你，仿佛看到了我自己”的时刻，他已忘记燕玉是看着你的眼睛，听到你说，“我，爱，你”的时候的那个女孩。

流逝着的时间，在侪鹤感觉到燕玉的话语雕刻在他胸膛里的时候，已然回到侪鹤的世界里，他看到了在那一晚自己的脸上是讥讽地露出笑来：“不觉得吗？我们都会离开十洲，但总归在这里留下了身影。”他只有露出一丝苦笑，他只有在下意识中忍受着痛楚，一丝一毫地将这疼痛牢牢地留在记忆中，如同那黄的红的白的虫子出现在他的眼前，侪鹤眼看着自己的心中滴出血来。

“我离你有多远？”鹤鸣化前，侪鹤终于对燕玉说出长久的困扰。

“很近，你从来没有离开我的身边。”

“从来没有？”

“从来没有。”

侪鹤不再说话，他只是静静地看着鹤鸣化，虽然站在这里，他仍然感觉到鹤鸣化距离他是那么遥远，朦胧看不真切。或许，在此之前，他并不了解她所表达的是否就是他所渴盼的。

“你说过你爱我。我永远会记得。无论在什么时候，是悲伤还是幸福，是担忧或是期待，在这个能够把名字刻在心上的地方，我不知道怎么说才能够把它刻在我的心里。因为你已经在我的心里，你说过的每一句话，每一个词，每一个字，它们就在这里，和我的心一起跳动，伴随着你不在我身边的日子。”

侪鹤默默地听着，燕玉的声音在他的眼前渐渐变幻为影像，他看到了燕玉在一家酒吧里听着歌，在一个朋友家，还有走在街上的时候，买东西的时候，晚上睡觉以前，他不在她身边的时候，听到一首不熟悉的歌想着这是谁的时候，学会了一首歌的时候，看一本喜欢的书的时候，看一本不喜欢的书的时候，看到“彼非众生，非不众生，何以故”的时候，看到“秋姿白发生，木叶啼风雨”的时候，看到你做梦的时候，看到“胡麻好种无人种，正是归时底不归”的时候，看到“投我以木瓜”的时候，看到他做梦的时候，吃冰淇淋的时候，买一个早就想买的什么东西的时候，不小心打碎眼镜的时候，和他一起去买眼镜的时候，说着他一定要买隐形眼镜的时候，流着泪第一次戴的时候，看电影的时候，一个人看电影的时候，和他一起去看电影的时候，独自一个人走在陌生的地方的时候，遇到好事情会想起他的时候，跳进游泳池里的时候，傻站在一边双手不知在做什么的时候，发呆的时候，闷闷不乐的时候，住在医院生病的时候，看着一个病房里的人有人探望的时候，一脚踢开门的时候，蹲在地上找蚂蚁的时候，吃药的时候，写点什么胡思乱想的时候，抱着别人的猫的时候，看到宠物店里的小狗不想走的时候，对着邻居乱发火的时候，把家里人推出房间告诉他们她需要安静的时候，向家里人道歉的时候，拿到第一笔稿酬的时候，自说自话的时候，向人求教的时候，看着树叶绿了又黄黄了又绿的时候，老板向她嚷的时候，买了一束鲜花送给自己的时候，瞧着自己右手的时候，瞧着自己左手的时候，看着卧室里明明干净还要打扫一次的时候，学着他打了一个响指的时候，松开手的时候，看看自己骨骼能不能像他那样响的时候，咳嗽的时候，不咳嗽的时候，发烧的时候，不发烧的时候，下雨的时候，打着伞还淋湿的时候，不打伞脸上却像下过了雨的时候，看着星星的时候，天上只有月亮没有星星的时候，有风的时候，打冷战的时候，发笑的时候，不发笑想大哭一次的时候，想发火的时候，皱起眉头的时候，想买一个笔记本写点日记的时候，坐下来记录一些事情的时候，发现写不出一个字的时候，那是发现原来是他在她的脑海里乱蹦乱跳的时候，发现这些都是在他不明白的时候，因此她心情很糟糕的时候，他打电话告诉她，他在哪里的时候，她于是就想大声笑的时候，接电话听到他声音的时候，还有，看着他的眼睛，听到他对她说，“我，爱，你”的时候。

一年的爱情。突如其来的念头使侪鹤被囚禁在时间的牢笼之中，失去了内心最柔软情感的眷顾。**燕玉的世界覆盖侪鹤的身体**，无边无际的苦恼永远使他失去了安宁，这是他爱她的理由，现在却成为他痛苦的根源。**她越接近他**，**他便越远离她**。相反的情况同样出现在他的世界，不同的是，主宰侪鹤能够理智面对燕玉的，不再是最初使侪鹤疯狂的爱情。

时间的影像一点点撕裂开侪鹤的胸膛，将侪鹤带回到逝去的时间，在他的心里盘旋，终于落定，他感觉到像是被刀子划过似的痛楚，却又安心。他欣喜若狂，却又仿佛无动于衷。在那一刻他知道了，他只是在等待着这样的事情发生，而现在，它已发生。

“是的，我从来没有离开过你，因为我爱你，是那么的爱你，你不要再流泪了，你的眼泪只会让我看到自己的……恐惧。”侪鹤的声音像是一片云雾飘散在空中，鹤鸣化清晰地出现在他的眼前。

“我不会再流泪，你已经回到我的身边。我不会再悲伤，因为，它是酸甜的。”

侪鹤就是在这个时候想起了那一晚灵蝶所说的话：“如果悲伤不是苦的，而是酸甜的呢？”

是的，如果悲伤不是苦的，而是酸甜的呢？

六

如果就这样死去，你，会不会想念我？这是白雪在爱情来到的时候，问他的问题。

当李飞刀在离开十洲18个小时之前，站立在鹤鸣化的时候，这句话在他的心里激起怎样的波澜？

以下是他的回答。

我不知道如何回答白雪的问题。在我听清这句话是什么的时候，我感觉到我的心里像是被掏空，而她却把它拿在手中，看着它跳动，寻找着可以刻下那几个字的地方。实际上当问题提出的时候我就知道，我并不知道你为什么会提出这样的问题，正如我并不知道我的回答是什么一样。我确定我不知道怎么回答她，在这样只属于我们的一个幸福时刻，白雪为什么会问如此残酷的问题？

她没有回答，她过后只是依偎在我的身旁。我笑笑，我似乎说了些什么？我已经忘记，但是我记得她的脸上满是幸福，为什么在这样的时刻她竟然会是幸福的？

现在当我回想起她的时候，我知道这一句话会成为我的魔咒。我在她的心里，我却不知道怎么样才能够将她的名字刻在心上，如她所说："像刺青一样地刻在心里，有没有这样一个地方？会将甜蜜的话语以血淋淋的方式保存？"

我想永远记得，就这样我来到了十洲。

我发现在我踏上十洲的那一刻起，我就已经走进她的心里。每一处角落都映射着她的音容笑貌。当然，理性地面对这个世界所发生的一切的决定，并不能够使得有益的结果出现，反而是纷繁的社会图景制造的诱惑，使得理性的边缘与界线模糊的同时显示着判断的荒谬。

你知道，我在她的世界里体会到的不仅是感伤。如果悲伤不是苦的，而是酸甜的呢？这当然是她说过的话。我是这样想的，清容那时还没有来到鹤鸣化，我不知道她来做什么。或者只是因为她在十洲失踪了以后，她来这里看看她会不会出现，没有人相信她会失踪，但是我们谁也没有再见到她。他后来说这是她的一贯伎俩，也怨不得她会离开他，她告诉我说原因只有一个："我与他无缘。"

我理解，这句话是她将脱离他的世界走向未来的努力。所以我不敢看着她的眼睛。

我也从来不会想到我能够在鹤鸣化听得懂鸟儿的语言。这是后来的事情。悲伤会不会是酸甜的？复杂的情感如何借助某一确定的事物来表达？我只有沉默，虽然我的嘴唇在动，但我告诉你的是，我在沉默。

死亡日期假如能够确定，你会做什么事情？我想显然不是填充生活的垃圾事件，当然这并不妨碍你继续为着某种猎奇或是无聊地度过时间做出接受或者不接受的决定。关注他人的生活能否成为某人未来及现时的生活映射，颇为诡异的是其中所遮蔽的恰恰就在于你或许并不知道在某一个确定的时间，你会离开这个世界。由此时间的不可复得便成为如何面对这个世界的死敌。那么谁会是在你死亡之后仍会想念你的人？或者死亡来临的一秒钟之前，你仍在想念的人？

如果，这是一个使人恐惧的假设。她本不该如此，没有一条鱼的收获，我知道这是一首诗中的一句，但我却忘了这是一首什么样的诗。我想死亡并非只是结束。如果生就是死，死就是生，那么担忧的不仅是如何活着，而是怎样走向死亡。那么有限的生命之中对于时间的分割就成为了一个魔障，构成世界的事件组合在时间面前被放逐之际，面对着消逝的属于你的世界便成为最为痛切的悲壮。

在结果发生之前你不会知道某个决定意味着什么。好吧，我可以告诉你的是，正因为如此，人们漠视了时间的存在与你的生活的关系。为什么人们渴望的并不是他最终得到的？为什么人们舍弃的却往往出现在你的面前？谁在制造梦幻般的童话，顽强地对抗着我们并不希望面对的？最终你会发现，这一切与你无关。唯一的解释是，你从未认真思考你所存在着的世界。

这是一个使人着迷的世界，条理中隐藏着混乱，迷醉中展现着美好，梦想的时代刚刚开始，梦想的时代在你的身边却已结束。我们不会知道未来是什么样子的，人们知道的是未来是属于我们的。任何潮流与风尚并不能代表你，你知道你与流行恍若两个世界。

特殊的只是你，你却并不知道这是你。当所有人都在做自己或者是他人告诉你怎么样去做自己时，这便成为一个天大的玩笑、可憎的荒谬、认知的荒诞。这一现实意味着流行、潮流、焦点、风尚、个性、关注等等所谓标榜皆成为无意识的堕落，追随的同时便意味着失去，被上述束缚的只能是这一过程中的某人。时间会在你的身边冷笑，嘲讽的影子伴随着你的无辜表情化为乌有，直至死亡来临之际你的思绪会成为重复的结束，棘手的问题会成为逃离现实的借口，观望于是成为最为可耻的举动。可悲的是，对此，我们已经无动于衷。

你知道死亡在什么时刻来临，只不过你从来不会去想。这使得你的生活充满了未知，而不是看着流行在属于你的时间内占据着你的片刻。你不会知道死亡在什么时间来临，或许阳光带来的温暖会使你相信永恒的存在。这使得你的世界漠视了永远的离开，而不是思索真实在属于你的世界里存在着，在你的眼中却是虚无。消耗着的生命是什么、不是什么你当然知道，远去的时间是什么你并不知道。

因此，如果就这样死去，你，会不会想念我？我记得黑格尔的回答是"这一行为不再涉及生者，而是涉及死者。"思考时间的重要性并不会使得人们珍惜存在着的生活，人们或者认为生活普通得犹如每时每刻呼吸着的空气，人们可以谈论的有时候就是张三、李四、王二麻子。

我们不能超越存在而思考，同样，我们也不能超越时间而存在。任何事物的最终结果或许并不是孤独的死亡，简单地将社会图景拼接，同样并不能代表人们的生活意义所在。那么，对于我们来说，如果有一个问题是：如果就这样死去，你，会不会想念我？对于你的世界而言，其含义便是再现时间的一种方式。

我极想看着树叶飘落下来的那一刻究竟是什么姿态，对于时间来说，那是不远的将来。

我想起来了，她听到的最后一句话是："如你所说的树叶飘落下来的姿态，使人哀伤莫名……"

七

当灵蝶突然说出我并不想听到的那一句话的时候，她告诉我生活在只属于他的地方，于是我第一次认真回想我们的过去。

我看到了一颗心笑起来是什么模样，在十洲当我听到那从远处飘来的歌声之时，我相信心里笑了这不再是一个荒谬的谎言。

在那里？是在十洲吗？

刘一川并非愿意告诉任何一个人，在鹤鸣化当刘一川听到那一首听不甚清的歌的时候，刘一川笑了，就是在那一刻，他看到自己的心在从远处飘来的歌声之中轻轻起舞，那歌声似乎就近在眼前。“这是我的心告诉我的。”

“你的心告诉了你什么？你想说什么？”灵蝶并没有看着刘一川，刘一川却感觉到灵蝶的目光在他的身上滑过，刘一川的脸上火辣辣的刺痛难耐，如从某个神秘所在喷出的火焰灼伤了他，她的目光在哪里，就烧到哪里。

“那个时候你在哪里？”客人问，看着刘一川的神色，又问道：“你不想说，那么你就不要说，让我想象一下你究竟去了哪里倒也是一件乐事。对了，好像灵蝶也没有出现，错过无聊的神奇，噢，对不起，你不在场，你没有看到耳朵出虫也是好事。对于发生了的神奇你或许不会好奇。”

“好奇的并不是我一个人，我想接近你。我看着你的笑容，这是我今天看到的第一个笑容，不是他，而是你，我觉得这会是一个好兆头。”燕玉回答灵蝶的问题。

“你很感兴趣？”灵蝶的眼睛眯起似乎是要更仔细地观察燕玉，“为什么不看看你的那个人去了哪里，也许你找不到他，他不想带你去？”

“你从来说话都是如此，就因为你是一个漂亮的女人，这对其他人可以有你所预料的作用？可是你忽视了站在你对面的人，你要知道我是一个女人。”

“看来你生活在只属于他的地方。”灵蝶并没有如燕玉所猜测的那样露出笑容来缓和两个人之间的气氛，甚至在灵蝶的眼睛看着燕玉的时候，燕玉的眼神并没有和灵蝶的眼神接触。燕玉知道，灵蝶的眼神只是越过她的头顶，看着远方不知什么地方。

“你告诉我生活在只属于他的地方是什么意思？”燕玉声音提高了些。

“我不知道我想说什么。”刘一川的声音低沉下来，“或许你也听到了？”

“我没有听到，你听到了什么？歌声，这里没有歌声。”灵蝶茫然四顾，当她回过身面对刘一川的时候，脸上已没有了怀疑的表情，转而呈现在刘一川面前的是映着夜色闪现出别样光彩的眸子，“不过我宁肯相信你听到了你所说的那歌声，这没有什么不好。”

“你听到了歌声，你相信？”客人在笑，“那么你会不会也听得懂鸟语，我也是，不过我能和远古之人对话。”

“我认为你在开一个玩笑。”刘一川显然在压抑着内心激动的情绪，看到他的胸膛起伏，客人收敛了笑容，“我在树林中迷路了。”

“所以我们找不到你，该你出现的时候你并没有出现。”客人加重语气，“我是说你错过了一个无聊的神奇，因为你的迷路。看来你遇到了难题。”

“我并没有遇到难题，我只是不明白你说我生活在只属于他的地方是什么意思？”燕玉的神色陡然失去了逼人的光彩，“你想说什么？说实话我真的想听，因为……”

“因为你或许并不了解自己想要什么？因为你并不了解你在他的心里是处于什么位置？”灵蝶看着燕玉的神色变化，“或许是因为，你们已经，仿佛是走到了尽头？”

“我迷路了，我找不到回来的方向，这是真的。”刘一川突然笑出了声，在客人看来是奇怪的笑容展现的时候，刘一川的笑容让客人感觉到他就像是一个傻瓜，“你听得懂鸟儿的话也好，和远古的人对话也罢，我真的是迷路了，你要知道，在夜晚的十洲，你在并不熟悉的地方迷路是一件非常容易的事情。”

“那么你是怎么走出来的？”灵蝶同样笑着说，“也好让我知道，我喜欢夜晚的十洲胜过白天，只有在如此迷人的夜晚你才能看到心在笑是什么模样吧，我相信。”

“不管你相信不相信，你或许说对了。”燕玉说道，“我猜这是一个好兆头，只是因为我此刻只有依靠这些看来不寻常的好兆头来告诉我今天会是一个容易度过的时间，发生了什么事情倒并不重要。”

“不如你先告诉我耳朵出虫的事情，我错过了一个神奇的事情发生，不是吗？”灵蝶认真地看着燕玉的眼睛，似乎要将燕玉从深不见底的枯井中拯救而扔下一条逃生的绳索，却又不想得到任何回报，哪怕是一句谢谢。“就像我错过无数次听懂鸟儿说的是什么一样。”

“你是说有好几条虫子从耳朵里爬出来？这就是你所说的无聊的神奇？”刘一川问道，“看来这远远称不上是什么无聊的神奇，在我看来这并不比我在树林里遇到土地公公更为无聊，或许在你看来鸟儿会怎么说？它会说这都是一种乐趣而已。正如你所说，这只是一种乐趣。”

“谢谢你告诉我耳朵出虫，哈。”灵蝶眼眉挑起，“这倒是比能够看到心是怎么笑的更为神奇，没别的意思，只是说更让人相信一些罢了。”

“这并不可笑，我相信心是能够笑的。”燕玉说，却并没有恼怒的意思，“笑的时候你能够看得见，就像在这里能够把名字刻在心里一样。”

“你很敏感，每一个女人都很敏感，但往往敏感的方向错了，这像爱却不是爱，我不知道该叫它什么，我想是一种依恋。”灵蝶说，“你迷惑的眼神告诉我你没有理解，那么我再说一遍，实际上我也并不确定，像爱却不是爱，我不知道该叫它什么。它是一种情感，一种依恋，你依附在他的世界里。这会给你带来数不尽的麻烦。比如说，我只是告诉你并不拥有知晓事情全部的能力，无论什么事情，你便把我认作同道，这是我没有想到的。”

“你不会想到，你只会睡觉。”刘一川笑。客人的脸色很阴沉，刘一川的笑意更浓，直至客人认为这笑并没有恶意，也笑起来，刘一川这才接下去说道：“不管你相信不相信，我听到土地公公告诉我说鹤鸣化真的能够将名字刻在心里，当然你可以认为这是我的幻觉。”

“说下去，这并不比睡觉的事情更可乐。”客人盯着刘一川。

“还告诉我说能够听得懂鸟语的人叫作清容，”刘一川观察客人的反应，“你知道？这就太好了，我以为你只是看到那几条你所说的虫子从一个人的耳朵里爬出来，你不了解是你不知道，所以我相信，这件事情给我的启示就是：相信万物皆有其灵性。”

“万物皆有其灵性？我相信。”灵蝶的回答鼓励了刘一川。他的心再一次在笑，在灵蝶面前，随着灵蝶说出那一声，“土地公公，为什么不会有土地婆婆呢？”刘一川的笑容绽放正如灵蝶的笑容。

“我迷路了，在歌声消失以后。”刘一川品出灵蝶的话语里有一种味道，这味道使他说出下面的话，“可是我的心仍然在笑，一瓣一瓣如花朵绽放，就像你的笑容。”

“你在恭维我，这可不是一个好主意。”灵蝶回应的则是更为大声地笑。

“什么才是好主意？让我告诉他什么才是我想要的。”燕玉反问，“我已经试过，这并不比想象中的结果更差。”

“你忘了自己想要的是什么。”灵蝶说，“往往就是这样的时候，你忘了自己想要的是什么，这样你才会生活在只属于他的地方。”

“我没有理由去反驳你，并不等同于我认可你的判断。”燕玉说，

“可是我该怎么办？”

“没有其他办法，我只有顺着来时的路往回走，土地公公是这样告诉我的。”刘一川长出了一口气，却不是叹气，“他说你从哪里来的就回哪里去，前面是什么我不想再知道，是什么吸引我来到此处的我也不想再知道。我迷路了，我需要回去，就这么简单。”

“就这么简单？我需要回去，回到开始？”燕玉问道，“就这么简单？万一回不到开始呢？正是因为我发觉了这一问题之后我才会提出来一年的……”

燕玉犹豫着看着灵蝶，灵蝶并不说话，她只是看着燕玉，似乎这件事情与她无关，燕玉只是在和另一个人交谈。

“我是不是该大哭一场？”燕玉说，“这样我才会好过一些。”

“这是你的权利，”灵蝶的反应使燕玉惊讶，或者并不是因为灵蝶的反应，而是因为燕玉直到听到这一句话时才发觉，自己一直都非常冷静，她努力寻找，需要一个答案。

“你可以相信也可以不相信，既然你对某些事情感兴趣，让你胡乱猜测睡不着觉可不是一件好事情。”刘一川说，“你的冷静使我惊讶，当然这并不能够说明你这是正确的冷静。我只是，只是同情你而已。”

“形势完全颠倒过来。”客人似乎是在苦笑，眼神却又露出在刘一川看来是狡黠的笑容，这使刘一川不由得打了一个冷战。“完全可以这么说，你不想告诉我任何关于你的事情，尤其是你去了哪里？好吧，这当然是你的权利，你没有必要对一个人的好奇心做出解答。”

“有可能的话我怎么帮你？这并不是我的好奇心，我不知道你们是怎么开始的。”灵蝶回答，“你只是告诉我说你遇到了问题，正如你看到的这样，我只不过是来到十洲的一个人而已，而你，你也同样。在某种程度上，我们的境遇是相同的。不过如果我是你，完全可以给对方一个提示。”

“我正在做。”燕玉的声音像是从一口枯井中传来，“你看到我的样子就知道得到的结果是什么。”

“我认为你在做你应该做的这没有什么不对。”灵蝶说，“我的意思是我知道你告诉我的是你的决心，通常这都是用来表明你下一步会去做什么事情。”

“我说过，我会在适当的时候离开十洲，”刘一川说，“你不能从我这里得到什么。”

“这是错误的判断。”客人的惊讶并不能掩饰内心的激动，“是你的话欺骗了我，你并不是这么想的。”

“我告诉你的都是真的。”燕玉神色落寞，“为什么他会不相信呢？”

八

我该不该相信？她就在那里？

李飞刀惊异地看到在一片黑暗之中，他躺在一个透明的球体之中，环顾四周，一条稀薄的银色光带笼罩在球体之上，而在不远处，一团光亮包围之下的同样的球体之中，她静静地躺在那里。

在此之前，他只是隐约记得，他觉得身体冰凉，外面却很热，从里到外的冷席卷全身。他在抗拒，努力回忆一些热热的东西，诸如说太阳、火炉什么的以便使得温暖回到他的身边，身上却一片一片开始冷起来。他清楚地看到他的手在炽热的太阳光下变成了青紫色，他清楚地感觉到冷在他的脊背，冷得似一块插在冰窟里的铁，铁的冰冷使他忘记冰窟的冷。当他知道冷铁的存在，便知道，什么也不能使身体再温暖过来，只有让他从冷的边缘走到冰的世界，或许找件衣服取暖，却记起似乎昨天的天气预报说今天是气温32℃。

他还记得遥远的那一幕，刷牙的时候不知怎的将牙膏沫甩出去飞溅到镜子上面，如一朵变形的花开放。他发呆了似的看着镜子，他一时间认为他会永远这样，面对镜子里的一朵参差不齐的白色花瓣发呆下去。口腔的一部分被牙膏蜇得凉凉的疼拯救了他。他略低下头吐了一口，看着洗脸池中白色中的一点红色，抬起头看到在镜子表面一点一点的污迹中扭曲着的脸。脸上左面鼻孔上端眼睛下方有一点白色，他被嵌在镜子里动弹不得，一如这牙膏沫几分钟后形成的干枯，他便永远困在镜子里。他一时感觉如甩在镜子上面的牙膏沫一般，会慢慢地变得干枯，先是浅浅的白色的泡沫边缘，接下来便是向着高山样隆起的泡沫侵袭过去，新鲜转瞬变为僵硬，干涸后硬化如时间的尘埃，成为时间中的一点儿污迹，依附在镜子里。

他便知道，这样的镜像在他的眼前呈现并不是偶然，于是他等待着，直至那一片冷使得他温热的躯体逐渐麻木。失去温暖之前的感觉他还记得：消逝的温暖使得血液似是慢慢停止流动。他的胳膊仿佛也跳动着，像是体内有两个心脏，他不得不侧躺以使得血液流动更加通畅一些，耳膜里却有莫名的声音鸣响，整条胳膊也突突跳得快如落在水面上的雨滴，代替心脏向全身供血，他数以亿万的毛孔开始取代鼻子呼吸却远不如理想中的效果，于是意识开始渐渐地模糊。

就是在这时候李飞刀看到了那一团光亮，他尝试着站立起来，却发现这是一件极容易的事。身体轻飘如无物，这一感觉刚出现即消失，随后的滞重使他俯身，看到躯体渐渐变得透明，血液在体内奔流，他忘了恐惧，惊叹之声尚未出口，这使人着迷的景象便消失不见。现实中的梦是什么？他看到这几个字出现在空间中，这不是梦，这是发生了的现实？字体转化之时，发出锵锵之声铺设在他的脚下。

李飞刀发现自己悬浮在幽暗的半空中，他并没有站立在字体之上，他的双脚与字体隔开几厘米的距离，却使他产生站立其上的错觉。他发现他所处的地方亮得像月亮，发出逼人的白色且闪烁不定，远处望去，似是满天豆大的亮光，像一颗又一颗的星星，在漆黑的夜空慢慢升起，仅有的几颗滑过天际的轨迹拉出长长的尾。眼睛努力适应黑暗的李飞刀看着脚下的黑暗，他渐渐发觉他的身体像是在水中一样，便感觉不到空气，对空气的无知使他丧失了判断的依据，就如必须达到一定速度，便可感觉到风的形状，最后便成为阻力。

伸出双手双脚运用肉体每一部分的努力并未使李飞刀自如地控制身躯，他静静地保持一个看似不动的姿势，一点点地和包裹他的某种东西抗拒。他的眼睛同时在搜寻着黑暗，他渴望看到其他任何一点儿光亮，于是他便看到光亮在他的不远处升起如星，那一点儿光亮逐渐清晰，他的眼睛便看到白雪静静地躺在那里。就在他看到的同时他的肉体挣脱了羁绊，他感觉到身躯一下子轻松许多。尝试着向外走去，随着他脚步的踏出，球体向外的方向便出现一条似乎是黏着水滴的通道。它不知道通向何方，他只能任由它向前方伸展。他踏出去，却发现脚下不着一物，于是一声哀叹飞出他的胸腔，转眼间这些叹息转变为字体铺在通道之下，直至路途中绕过许多的无亮光的球体时，通道扭曲着进而变为奇形怪状的管道延伸向另一个空间。

他站立在叹息字体之上，犹如站立在时间与历史的交叉点，向前迈出的脚步如滑行在水面，柔软且坚硬的水面将他托起送往管道，他以奇异的方式旋转着滑行在空中直至触碰到她的空间。他小心翼翼地将手伸向她所在的球体，看似柔软，触摸到的却是坚硬的外壳。就要结束的恐惧使他激动，反而给了他力量鼓足勇气将手用力按在属于她的球体之上。他看得到声音的震动，一圈圈的气浪层层叠叠翻滚着推开气体的轨道扑面而来，却听不到一点儿声音。

他发觉他走不进白雪的世界。他不甘心，回身向着另一个角度走去，他的手触碰到的仍然是坚硬的外壳，他大叫，捡拾起大叫着向外壳砸去，大叫声陷入外壳消失不见。他无力地头顶在外壳之上，却没有如大叫声般进入白雪的世界。回身，看着连接两个人的管道，这时他才发觉这管道的外延长出一朵又一朵没有颜色的花瓣，花瓣消失于没有颜色的管道进而融入了空间，浑然一体使人恐惧莫名。

就在他绝望之时，突然这管道裂开一道道缝隙，向外迸射出鲜亮的色彩。他站立在球体之前，眼看着这色彩穿透他的肉体射入白雪的世界。他迟疑着将手伸出去，色彩绚丽却近乎透明的怪异球体之内他看到了她的微笑，被彼此看到对方准确无误的神色显然惊吓着他，他的笑容雕刻在脸上。坚硬随着一扇看不到却感觉得到的门的开启逐渐变得柔和，一丝温暖使他冰冷的身躯有了血肉的质感，数以亿计的神经调动指挥着他与她脸上的笑容展现，像小时候玩的搭积木游戏，一点点构成城堡的形状，他却奇怪地看到无数个相同却不同的她的模样——白雪、灵蝶、燕玉、清容、那个像苹果一样的女孩子的面容依次在他眼前幻化显现。

他在轻声发笑，而字体的锵锵之声使他意识到，这或许是与世界尽头的居民相遇？和魔鬼相遇有什么情况发生？他分明看到从白雪的口中吐出的字体显示着以上内容——世界的尽头、和魔鬼相遇……和会说话的蚯蚓相遇，可以分成两段还能活的奇迹。这是她的梦境吗？他无力去证明，只能眼看着一个又一个的字体从她的口中吐出，转瞬间便粉碎在了空中连一点儿存在过的痕迹也不曾留下。他感觉到极累，口腔中却分明分泌出一种类似蜂蜜一样的甘美汁液。在一片漆黑之中，包围着他的球体给了他安全感，温暖仿佛来自于白雪的世界，他并不确定。

他坠落下去。在这不确定来临之际，他并没有发出使人恐怖的叫喊声。之所以如此，李飞刀知道，他不愿意再看到声音从他的口腔中吐出时形成一块又一块的字体。四下皆无，坠落终于停止的时候他寻找着白雪的世界，不知坠落了多久之后，那个球体仍然就在他头顶上不远的地方，这正是他早已预料到的，白雪从未远离他，这使他感觉到些许的欣慰，却同时有一种惧怕在心间慢慢发酵，他或许永远会和白雪以这样的距离存在着。

白雪发亮的球体就在他的上方，她的世界亮亮的，他又一次感觉到，她像飞翔在月光之上，那是一艘船，一艘飞行在一片月光之中的船。他寻找着可以重新来到她的世界的管道，却发现他的周围有闪耀出夺目光亮的无数个球体，仔细看去，有的球体中长满郁郁葱葱的不知名的树木，有的犹如一片荒漠中刮起的沙尘暴，恐怖的黄色席卷球体中的一切，以至那一个球体似乎也在摇撼着似要被摧毁。黑色的暗淡无光的球体他相信是没有梦的世界，有的则是一汪蔚蓝色的海洋，各种各样的球体，红色的、白色的甚至说不出名字的颜色出现在李飞刀的面前时，他的脚下却出现了一条管道，他知道唯一能做的事情便是顺着这条管道前行，除此之外别无他法。

他缓慢行进，他不愿意再滑行，他沉重的脚步踏下去便使管道中溅起一片，却不是流动的物质，他看得到粉碎了的某种物质在他的脚下形成一个又一个的空洞，张着口，只要他将脚步停留，便会再一次坠落向不知名的何方。李飞刀却并不担心掉落，他的肉体实际上是在被吸上去，没有呼啸声，他看到他的身体被拉长，在头部接触到另一个发着红色光亮的球体之前，他的脚仍然在离此不知几万里的下方。在看到“你来了？”的似乎是问候的字体之际，他那扁长的头颅已融入那个球体，他的被拉长的脚才啪地像皮筋一样弹向他的身体。在快速旋转着使人眼花缭乱的姿态中，他的身体将啪啪的字体粉碎冲进红色球体之中。

于是他看到了清容闭起眼睛的笑脸，他奇怪地看到，在清容说出那一句话之时，他在清容的左眼睛里看到的却是灵蝶，右眼睛里则是那个苹果一样的女孩子，清容的模样却似乎渐渐幻化为白雪的面容。他一定是想笑了，在他还没有来得及说给清容知道的时候，他的身体便被一股莫名的推力挤压，使他变形为一条蠕动着的虫子。

接着李飞刀便被抛出球体之外，在他还来得及抬起头看一眼悬挂在他上方的白色的球体之前，他睁开了眼睛，持续缠绕着他的梦在一片幽暗中暂时躲藏，模糊的视线中腕表发散出惨淡的光——**2点52分**。他的嘴里说出了一句莫名其妙的话，之所以如此，是因为他并不知道这是清容所说或者是他所说：什么？

在尚未到来的岁月，当你想淡忘一个人的身影之时，你会发觉那只会让她更清晰！你只会从他人身上看到她的影子！

九

回来了，她回来了，是她回来了。

客人想起了一件事和一个人。君九的糖纸客人只好假装喜欢，在客人看来，只是想在离开十洲之前看到那一张会跳舞的桌子。客人知道假装喜欢对于他自己来说是一件难事，为了什么客人并不清楚，客人只是下意识地去对着君九的糖纸笑出了声音，客人无法理解自己的行为。在离开十洲之前遇到灵蝶的时候，客人同样无法理解自己的行为，于是在和清容告别之前，客人和李飞刀的交谈，使客人感觉到自己在面对着一块坚硬的石头。

糖纸在阳光的照射下显得单薄，客人无法去形容，他只是装作好奇的样子看着那一张糖纸。君九于是得到赞赏，客人于是在君九的带领下去往那张会跳舞的桌子，在看到客人认为似乎要坍塌的房子之后，客人的好奇心无法保持初时的状态。之后发生的一切在客人看来只是君九一个人的表演，是一种人来疯而已。

在回来的路上客人仍然假装看到了不可思议的事情，君九的脸色却显示出他已经看穿了客人的把戏，随后君九就说出了那一句："回来了，她回来了，是她回来了。"

是谁回来了？客人顺着君九的手看到了昆婶。"我想待一会儿。"昆婶追着君九，并没有和客人打招呼，只是露出笑容以示礼貌。两个人的喧闹过后，客人听到为了躲避昆婶已跑到前面的君九在喊："我看见她买了一只鸡。"

客人猜测君九在他看来颇奇怪的举动和某人相关，君九的回答是："我是在逗你，因为你是在逗我。劳爷就是这样说话的。"君九拆穿了客人的把戏，客人却想不起来劳爷什么时候这样说过话。

客人在君九类似胡闹的行为里无能为力，客人并不了解他此时应该做出何种举动。犹豫伴随着君九的喊叫跳跃，像是从十洲的深处传来，如此清晰地出现在客人的耳膜。犹如客人在22层楼上，却听到楼下几个人说话的声音，非常清楚，仿佛说话之人就在旁边一样。客人于是打开窗户，却真的清楚地听到22层楼下的人说话，客人觉得就像是长了顺风耳，客人一直认为这是幻听。

客人于是出门，客人并没有乘电梯，客人顺着楼梯走下22层楼，客人要给自己充分的时间来决定他的行为并不是心血来潮。客人走出楼门，于是他听到各种声音，唯独却没有之前他在22层楼上房间时听到的说话声。客人回忆起一个场景，关于回忆客人始终抗拒，客人并不想回到22层楼继续寻找那说话的声音，于是客人漫无目的地走出去乘上一辆恰好停下的公交车，在客人接了一个电话之后，一件在他的记忆里十分难忘的事发生了：公交车急停，猛烈的惯性使他在车内下意识地抓住了两根横杆，而这个时候身体向后，抵御着反作用力，他感觉自己像一个受难之人却抓住了命运的咽喉一样。客人发呆了半晌，从这个时候他决定改变自己，下车后的客人便已决定前往十洲。

在君九拆穿客人的把戏之前可能是一种愉快，客人并不会认为此时他的举动在君九眼里像是一个看到了会跳舞的桌子之后该有的，反而他从此认为此事与之漠不相关。客人的经验给予他实践的法则，证实的结果只是他不再想着那张桌子，直至李飞刀说出当那张桌子在他的面前颤动之时，预设结果的残酷使得客人知道自己错过了难得的机会，他离开之时面对君九的告别不愿看着他的眼睛，如同客人不愿再看灵蝶的眼睛。

时间在糖纸遮挡的阳光之下呈现出粉红色，客人不知道在这粉红色下面的世界里仰起头的自己像是什么。客人在这一刻有一种强制的不安，使他不得不想起君九似的自己。君九对于一张糖纸的珍视使客人有着类似嫉妒的情感浮现在内心。这使客人依稀记起时间已久远得像是那时的他仿佛并不存在，客人从未想念过他。在糖纸粉红色下面的世界里，他仰起头看到的似乎是他的影子，模糊的显现着变形了的容颜。看着糖纸上隐约可以看得见不甚清晰的客人姿态，使他忍不住哀伤心碎，却在这种复杂的情感刚刚露出水面就又已将这哀伤吝啬地收起。由此惶恐不安的迟疑表现在客人近似发呆的行为里，客人无法去分辨行为与结果之间的关系提供给他的究竟是摧毁性的颠覆或者是坚强意志的胜利，这并不能使客人拥有世界。很多时候就如某一个决定就会使他跌入深不见底的陷阱，小心翼翼在理性的指引下往往使他远离了本身，普遍法则导致位置的偏离最终使无时无刻的怀疑占据。

十洲的小溪水从岩石林木间穿过，如碎豆般砸向深潭，激起一片雨花来。客人却在这使人沉醉其间的迷人景色中感觉到自己如一粒尘埃，如同那一间摆放会跳舞的桌子的、废弃的屋子似的满是灰尘。客人在看到那张桌子周围在阳光下荡起飞舞的灰尘之时，悲凉就在客人的身体内激荡，仿佛这悲凉要冲出他覆盖在肉体之上薄如蝉翼的皮肤。客人知道或许以君九的角度，那张四周皆为灰尘的桌子像是有了生命从而构成了君九世界的一部分，而在客人看到糖纸上映现出他模糊的影像似是时间重回过去之前，那不过是在一个概念中必然的逻辑结果。桌子就是一张甚至有些破旧的桌子而已，永远也不会跳起舞来。客人在意识到像是被抛弃到这个世界从而孤独吞噬身体之前，他看到的自己和那灰尘没什么两样，于是“无论是痛苦或者是幸福，都统统与我无关”成为客人对李飞刀提起的痛彻心扉的话语。

陌生感使客人在阳光下感觉到的是无处可躲的战栗，客人对李飞刀说出似乎是充满某种引导性的话语之际他便懊悔不已。客人在那一刻对自己的判断是厌恶，这具体说出“所有人都会是陌生人，哪怕是你的枕边人也不例外”的肉体，客人看得出李飞刀在以后的日子里会想起他的这句话，这是否会激起李飞刀的关注并最终陷入与他同样的深渊？客人不得不违背使他在面对李飞刀的时候冒出的罪恶感，溯源来自有些局限性的人性本原，直到他临别时听到李飞刀诉说会跳舞的桌子之前，客人拒绝了想象力的召唤。

“一个人要和存在于社会中的一切联系全部脱离，就这么几天也行。”客人终于在临别之际对李飞刀说出了这句话，“你的名字，是割裂了过去吧。”

“她说得没错。”李飞刀的话引起客人的笑直至坐上离开十洲的班车之时，客人仍然时不时会露出笑意。客人对于世事的通达恰恰使他的十洲之行失去本原的意义，这使客人在得到君九的一张糖纸的时候充满了纯粹的欢喜。

或许，客人不能确定他的十洲之行得到了什么，但是唯一可以明确的一点是，在某一个时刻，客人终于明白他此前失去了什么。

十

在某一个时刻，李飞刀最想做的事情是找一个没人的地方住上几年，他宁愿以虚空面对虚空，这种情绪最终使他在回想之时自我嘲讽，以便阻止我做出他并不想看到的举动，荒唐的想法那时却存在于侪鹤的世界。

“他并不是一个以纯粹的理性思考来决定行为的人，在我看来他的问题正是他的理性导致他的行为并不容易使他得到想要的结果。”燕玉不能忍受因一本《三联生活周刊》而使清容做出的道歉，这使燕玉觉得她自己就是一个无理取闹而使侪鹤无奈的一个人。

“他并不会为我改变，我也从来不会期望他会为我改变。”燕玉的解释反而使得事情变得难以解释，“我在意他的感受，我只是说出我的想法，毕竟，他曾经来过十洲，问题是他否认了。”侪鹤伴随燕玉来到了十洲，在燕玉看来这不是一个人的决定。当清容告诉燕玉在夜晚离开十洲并不是一个明智的决定时，燕玉的回答是：“我希望看到一个黎明。”

“他来到十洲之后整整两天没有走出房间。”清容在李飞刀说出关于灵蝶是否失踪的问题后，却告诉那个作家侪鹤第一次来到十洲的情形。

而当侪鹤终于走出房间面对清容说出的第一句话是：“这是一个赚钱的传说。”之后是，“我倒是愿意在这里找一个没人的地方住上几年。”

世界在侪鹤的眼中是不能为人所了解的。李飞刀在短短的时间内显然已感受到侪鹤的变化，虽然这在他的讲述中成为为自己辩解的借口。

“清容就是一个女导游。”在我看来，李飞刀是在竭力隐藏着什么，

“她告诉我从前有一个神仙，他住在一座仙山中，而这个仙山漂浮在空中。就这样过去了不知有多少年，每日悠哉乐哉。有一天，他往下面一看，是他的臣民在下方，他抬头，是天空。他于是就想，我会不会是谁的臣民呢？或许我是否像我的臣民，在我的头顶是否还有另一个像我一样的神仙？这个想法困扰着仙人。天空的上面是什么样？于是他使出法力将他的仙山升起向上，却再也没有回来。或许神仙找到了一个景色优美之所在，没有人知道，或许这是他的重生？”

李飞刀来到了天若岩，而不是走向鹤鸣化，那时太阳挂在下午两点钟的方向。十洲的世界在李飞刀面前呈现出的宁静，使他屏住了呼吸，他极想去做某一个动作来使自己的行为显得与此时面前的十洲相匹配。李飞刀的脑海里刹那间有上百种想法，大声喊一嗓子、跳起来、在地上打个滚、吹个口哨、将手心向上、蹲下身子、骂几句、闭上眼睛等待美好感觉的自然出现。

这一切都被他放弃，他极想念白雪，在他眼前出现的却是灵蝶之前的模样，那是美好在变为难堪之前的模样。在一个景色优美的地方失踪或者在燕玉看来是一种重生，因为和使人沉醉的景色在一起。“看到这个地方就知道她在这里。”李飞刀脑海中出现了使他震惊的话，他不确定这是燕玉的话或者这就是他的想法。存在的永恒，天人合一？一派胡言乱语？李飞刀无奈地抛弃了涨了又涨如潮水一般涌来的安慰自己的念头，消逝的会不会永远消逝，不会再次以不同姿态出现的机会存在于何方？

紧逼李飞刀的种种不安使他如同在荒野迷路的人，李飞刀突然就厌恶了自己，他不想看到自己身体的任何一部分，这使他认为自己是肮脏的一堆烂泥，覆盖着枯枝与败草。李飞刀不愿意再想下去，这个念头却牢牢地抓住他，迫使李飞刀一次又一次将自己撕咬得遍体鳞伤。

他必须做些什么来使自己平静，李飞刀于是以一种非常奇怪的姿势：身体半蹲，左脚向后，右脚向前，双手向左右平伸，眼睛睁大，头向前伸出。这个姿势使李飞刀集中精力去对抗难耐的酸痛，只需要不到3分钟，李飞刀感觉到僵直的脖颈像是被水泥封住，以至于使人怀疑一辈子只能这样向前探伸、额头流下汗水顺着眉毛鼻子嘴唇下巴流下来就好像有一把锋利的刀子在他脸上轻轻划过、左脚尖发紧发酸发麻发胀渐渐地肿大起来像是吹起来的细长的气球、右腿已开始有些抽筋得不听使唤，皮肤下肌肉一点点地跳动，李飞刀相信右腿最终会变成一根木头，身体一切细微变化逼迫他只能将所有思想抛弃最终去对抗身体所带来的痛楚。

尽管有无数次的机会面对自己的身体，但李飞刀从来也没有像现在这样由衷地希望身体代替他的意识。他已经不再需要意识操纵身体来向这个世界做出某种存在的证明，他只需要将自己的肉体彻底放至在磨难之中去承受难以忍受的煎熬。是意识背叛了身体还是身体强行将意识驱赶出李飞刀的身体？

十洲宁静，李飞刀却在这宁静之中经受生不如死的折磨。没有人会告诉他这究竟是怎样的一场战争，他只是将自己放至于某处，最终却仍然无法逃避，除非是意识先于肉体死亡。疼痛不堪的肉体却一直提醒着你，你仍然活着，仍然可以感触得到身体的每一种感觉。他不能活动分毫，疼痛使他的肉体似坚硬的雕像般，唯一使他觉得作为一个人存在的是从嘴里丝丝倒抽的凉气。疼痛渐已转至麻木，麻木的身体已变得像一块石头，而意识仍然顽固地在李飞刀的脑海里不断地提醒着他，它就在这里，你别想把它甩开。

放弃身体的后果只能是更清楚地看到意识以一种你从来没有经历过的姿态告诉你，就算是最深切的疼痛也好过面对脑海中那不愿面对的图景。白雪，一定是白雪，不会是任何人，只能是白雪。李飞刀试图快乐地想起有关于白雪的点点滴滴，这种快乐在意识中只存在了不到一秒钟的时间便消逝不见，犹如此时感觉不到身体的存在，只有一团模糊的轮廓显现着肉体存在的证据。麻木、酸痛等等感觉已服服帖帖地处于肉体之中，不再兴风作浪，李飞刀只能感觉到他呼吸着，一根根针便仿佛和着空气钻进他的身体，顺着每一个可以通过的管道扎进他的心里，像被打了一针麻醉剂，没有疼痛，只有针扎进去迟钝的感觉，他只知道已扎进去。

消逝却存在着的往事并没有出现在李飞刀的意识中，白雪没有出现，连一丝一毫的影子也没有在李飞刀的脑海里伴随着他已无知觉的肉体出现。李飞刀的目的已达到，却没有产生出他想要的某种效果，疼痛过后的无知觉并不会拯救李飞刀，反而将他推进更为不可见底的深渊。身体听从意识的召唤，意识却背叛了身体，两者之间的搏斗使得双方走向最终的灭亡而不是解脱。

确定的怀疑成为李飞刀尝试将身体恢复初时状态的努力，他仿佛成了一个被身体与意识同时遗弃的一个不存在的物体，他深切地感觉到这一点，因此他的怀疑反而成为存在的证明。李飞刀可能犯了一个错误，却又做对了一件事情，他从此明白逃避会成为与不断消逝的时间相距愈来愈远的行为，意识与肉体之间所存在着的自己没有办法强迫二者分离，像他的四肢在失去知觉之后血液的奔流反而会使得四肢获得重生般的火热。

意识最终使得李飞刀的身体改变了些微的姿势使得血液终于冲破僵硬的、似乎堵塞了的血管渐渐地恢复了知觉，仿佛电流一般掠过李飞刀的身体使得意识感觉到手脚在膨胀中快速冷缩回到初时的状态。李飞刀不用看自己的身体就知道手脚都在，意识明确无误告诉他的结果却使李飞刀莫名得沮丧，白雪的身影却浮现在他脑海中，隐隐约约，一个两个三个四个五个白雪的身影交叉重叠在一起向他伸出双手面露微笑。

就是在这一刻，透明的空气仿佛在他四周聚集，气体挤压在一起有了重量。他慢慢地蹲下身，接着将身体俯在十洲的土地，他的影子嵌入地面，似乎有了生命的重量……

十一

重量，十洲的石头像一本700页厚的书的重量。

刘一川掂量着随手捡起的一块石头，他极想知晓手中这块石头的味道。石头的重量若有似无，于是他的头低下去，贴近石头他闻到一股类似生铁在火上烘烤的味道，气味划过嗓子很疼，他只好寻找另一种气味代替以便使自己舒服一些。刘一川将头又抬起，当再一次俯身，他的舌头与石头接触时，他感觉到仿佛和吃食物时相仿却又有着区别。刘一川回忆着，记忆却在与他玩着捉迷藏的游戏，在他就要放弃的时候却又在逗引着他，原来口中满是扑面而来的十洲的清凉。

刘一川疑惑的是，随后空气中有了西红柿掰开之后散发出的味道。陌生的熟悉使刘一川惊诧不已，一时有些出神。他的手腕已有些酸痛，石头越来越重，他舍不得放下，他似乎担心这味道会随着石头的离去而再也遍寻不见。食物难以下咽，不能够引起食欲，外形与香味的诱惑使他只能用水将食物送进胃里，他不喜欢，却是生命延续的必须。

让胃有饱的感觉，为什么只会有饱的感觉？

现在刘一川面对着被他轻轻放置在一边的一块石头，他的目光转向十洲的树林，看着树上随风摇曳的绿，他尝试去暂时忘却伴随着生铁气味的掰成两半的西红柿的那种清凉。他犹豫，最终只好自己来决定是否抑制攀上树枝去品尝绿叶是什么滋味的欲望。

决定在时间一分一秒地流逝中始终未能告诉刘一川答案，这于是成为李飞刀调侃他的理由："关于时间，5∶00，是每秒，毫秒，微秒，这样的时间在当下也是不准确的，在想这个问题时，便又过去了时间的脚步，犹如你只能听到回响着的空洞声音在远去的时间长廊里永恒地发出令人惋惜的叹息。"

刘一川隐藏起冷笑，作为礼貌他继续听，脑海中却回想起那犹豫来。似乎正如李飞刀所言，你有些沮丧无可逃避的命运之余，时间的停止却掐住命运的咽喉……你没有想下去是因为你不愿意再让那个东西出现在你的脑海里，在这个字眼出现之前，你不想给人出难题。你的目光盯在了手表上，仿佛要看出些什么来，滑动的指针经过之处，那时间的印记：一个圆。指针与表盘，空隙之下已雕刻出的那条可怕的改变人命运的痕迹上，在没有接触到的情况下，一根匀速、按固定方向转动并且与表盘并不接触的指针怎么会将印记留在那里？

刘一川在自认为引出那个作家的话语之后，李飞刀一种类似劝告的神情使他自始至终处于纷乱的思绪之中，他并不了解，为什么会对那个所谓的作家说出他的困扰，也并不知晓作家为什么会这么说。

"你不用解释，为什么不让我自己先试着看一看？"李飞刀说，这一句话莫名其妙地出现在刘一川的耳边时，实际上是在他产生的一些想法之后精神状态正处于某种惶恐与摇摆之中。这时他听到那个作家或者在和他说话。

"试着做什么？"刘一川显然并不以为，那个作家的感慨可以影响他的行为。

"你在以另一个角度去观察十洲，你从一块石头中感受到西红柿的味道，怎么食用十洲，十洲会给你带来什么食用的感受。”作家的话简直令刘一川吃惊，他怎么会这么看待这件事情。

“你让我羡慕，知道吗？你让我羡慕。”作家重复着，喃喃的语调使刘一川相信此时的作家因为一块石头的缘故而沉思，“有人不愿意，有一页纸被撕走了，看不出写的是什么。有人画了个图，图上只是一座房子，一棵树，树上有鸟，有人，有太阳而已。这同样使我羡慕。”李飞刀说。

“你是在说自己还是在说我？”刘一川说，焦躁不安使他莫名地烦躁，他只是想找一个看起来不那么精明的人说一说，并不想找到一个解释，而所谓作家的坦诚却使他感受到同情。

刘一川极力改变他的语气，好使两个人看起来同样真诚。刘一川想逃脱他或许并不了解的过去，在踏上十洲之后他并不想回到之前的状态：会把房间里所有的东西像昨天那样放置，他不希望改变，希望最美好的记忆如昨天一样。

“我会告诉你一个秘密。”李飞刀说，脸上满是神秘的微笑。

“你知道我并不想听什么秘密，如果这和我无关的话。”刘一川笑。

“如果你这样认为也未尝不可。”李飞刀说。

“作为回报，你想从我这里得到什么？”刘一川说，直接的反应使他在说出这一句话之后羞愧不已，“好吧，如果你想说的话。我宁可相信我的耳朵而不是我的眼睛，你……”

“我们这样奇怪地说话是为什么？”李飞刀打断刘一川的话，“如果不是你突然告诉我你在一块石头里闻到了西红柿的味道，所以你相信会有一张会跳舞的桌子的话，你认为我们会在这里一起这么无聊？”李飞刀缓和语气，“你想告诉我，只是因为我可以相信你的话而已。”

“……”李飞刀听到刘一川说。

“你再见到了她吗？”李飞刀说，“你刚才说什么？”

“这是你的秘密？”

“我如果离开，你反而留下，这就是你为什么会告诉我你在十洲的经历的原因？”

“没有人能够面对你的问题，你怀疑，甚至是嫉妒每一个人？”

“该说的话已说，该去的地方已去，该出现的人却没有出现。”

“你并不想回答？我同样好奇，但是我并不相信。”

“我是说在某一个消失了的时间里，我的意思是消失了的时间，不存在的时间，我要说是时间死亡使得灵蝶消失在了十洲，你会不会认为这是荒诞的托词。”

“你的意思是也许这个时间并不存在，但她在这里？可我们在十洲，谁也没有再见到她总归是一个事实。你却说出我们的位置，和我们在做什么事情，似乎在场。可奇怪的是，我们谁也没有再见到她，或者是没有注意到她，而这样一个女孩子要想不让人注意是不容易的。她消失了，或者是我们在这一个时间之内消失？”

“丢失的时间，就是这时间之内，她在随后的时间再也没有出现。这就是你所说的秘密？”

“假装了解一个人是可怕的，并不会总是如你所想。”

“的确是这样，可是我不明白你所说的消失的时间与她有什么关系。”

“你认为我们在这里讨论什么？”

“我之所以开口是因为我很尊重你。”

“首先这并不是我的秘密，而我的秘密并不是有关于灵蝶的。我们都不用逃避，这件事情并不使人好奇，说这些摸不着头脑的话也未尝不可，但我认为这是在浪费时间。”

“你想告诉我什么？”

“你究竟想说什么？”李飞刀问。

刘一川似乎一直在等待李飞刀说出这句话，继而刘一川流露出的神情使作家紧闭嘴唇眼眉皱起的同时，刘一川已回答："你一直认为，她是失踪了？"那个作家转而露出在刘一川看来是甚为温和的神色，仿佛是作家在等待着刘一川说出这句话，这使刘一川感到茫然，他的身体感受到莫名的重量，之后才知晓作家所说的秘密不过是一张不知从何处撕下来的纸片，上面写着潦草的字迹：为了那时的感觉，必须在此时甘愿忍受这许多的烦恼和……痛苦吗？

在他意识到显然是具有冒犯意味的问题之前，下一句话已脱口而出："她去了哪里？"

十二

他不知道在这样的时刻该去何处。

于是客人又再次睡熟，睡眠显然并不会使他得到安宁，这可以从他身体在睡梦中不时的轻微颤动中找到答案。当柔软的光线再次照射客人房间的时候，他睁开眼睛，眼前满是黄的红的白的蠕动着的小虫子。这个时间刘一川仍然在睡梦之中，清容已经准备起床为她的游客们准备早饭，这一天的早点将会是西红柿鸡蛋汤。清容准备在汤里切几片黄瓜，撒一点儿香菜，点几滴芝麻磨就的香油。燕玉和侪鹤刚刚闭上疲乏的双眼，一夜的缠绵已使两个人不得不暂时从燕玉理解的甜蜜回归到平和之中。隔壁灵蝶的房间没有一点儿动静。君九仍然将头依在昆婶的臂湾熟睡，黄的红的白的小虫子仿佛将要从他的耳朵里爬出来。昆婶只有与君九讲着流传着的神话故事：神仙是怎么样将十洲搬到这里的，君九才会忘记从三婶子嘴边流出的口水，和从耳朵里爬出的小虫子。那个作家，则已走出房间。对于李飞刀来说，清晨6点的光线比夜晚明亮的灯光更能使他看清这个世界每一个模糊之处。

我的读者，我请你进来。如果你愿意，那么你便会在这里，看到书中的每一个人物，他们是如此生动地出现在你的面前。同样，在你阅读这本名为《庄周睡了，庄周醒了》小说的时候，**你会发现决定人物命运的是时间而不是作者**，从你开始阅读第一页，你面对的是同样的文字，第一次阅读，你将会看到《**十洲死亡之旅**》。**我要提醒你们的是，在你看到最后一页，不要以为故事结束了。恰恰相反，另一个故事刚刚开始**。重新翻至第一页，第二本书《**羽化的蝴蝶**》将呈现在你们眼前。好吧，你会百思不得其解，为什么会存在如此奇妙的、不可思议的故事？奥秘是什么？

故事中的人物会自己来告诉你们，统治世界的是时间，不管是现实世界的你我，或者是映射至文学世界的语言文字。作为作者，我把统治文字世界的时间称为：**时间内生性逻辑**。**这是同样文字会出现完全不同的两本书的基础**。

如果你喜欢讲故事，当你注意到时间内生性逻辑的重要性，那么，你想写出任何不可思议的故事，便是容易之极。**一部作品结构的基础，是时间。问题是，你并不知道时间在文字的世界里，意味着什么**。你以为你知道，其实你并不知道。当你真正明白时间意味着什么，这将会使你从书架上充满坟墓气息的文字中解救出来，想象力将呈现不可思议的本来含义，你将呼吸到从未呼吸过的鲜美空气。

我要说的是，这简直是一片尚未开垦的处女地。

而时间的一个奇妙之处就在于永不间断的延续，没有任何一桩事件的发生是无原因的，这使你可以清晰地看到在人物与事件之间的转换过程并不是孤立的存在。我们只有看着他们，痛彻于在时间的广度并行之下自然的结果就是时间差别的存在，之前之后不会同时发生的奇迹使得一切理所当然，他们就以这样独特的姿态呈现在你的面前。

于是在你震惊于某个事端于人细微的情感变化时，你所看到的是某个人物竟然会如此平静，有时候内心山崩地裂但是外表你只会看到一张麻木的脸，有时候一个细微的动作就会挑动你全部神经，要表达对事物的看法。这会否是人的隐藏了的情绪表达，还是我们在持之以恒深入探究的人性中看不到的地方？

作为作者，我在写作的过程中慢慢地淡忘了已写了多长时间，我只是跟随他们的步伐，不断地观察并描述这个世界却并没有使我获得展现世界的能力。我毫不怀疑我描述世界的能力会随着我痛苦或者幸福的瞬间一次次来临从而使得你面前的文字更有力量，但问题是，我不确定世界在我的笔端会成为你陌生或熟悉的样子。你是如此相信我，或者怀疑你所付出的。于你从未以另一种角度来观察你所存在的世界，时间会给我们所有人一个答案，尽管它或许只存在于少数人的世界里，却并不妨碍这个世界同样美丽，散发着诱人的魅力。你的世界为什么是另一个模样？痛苦或者喜悦或者任何一种情感由此而来，才会成为一个重要的问题。

我知道你一定知道，只不过作为读者，你一直在倾听而已。所以我请你原谅，正如如果孩子将父母给予他（她）的爱回报百分之一，那么给予你生命的人便有福了。时间和所有的人开了一个玩笑，当你深刻地理解这一点时，岁月已一去不复返。年迈的你必须眼睁睁看着同样的一幕发生在另一个人身上而无能为力。若非如此，时间怎么会给予惧怕他的人们以痛苦？

也许你同样有着类似的经历，原本想做某件事情，却由于莫名的恐惧转而做另一件事情，虽然某件事情是非做不可的。语言在这个特殊的时刻退缩于后，在熟悉的面前内敛含蓄。但在一个陌生的空间，面对一个陌生的人，行为却总会透露出点什么。彼此陌生，却使我们在某一个时刻暴露自己的内心世界。

人的行为举止透露出的信息使得有另一种观察的角度使你暂时"忘记语言"，来看看我们能够得到什么，看着他人的生活而使我们没有时间感受自己独有的世界的结果之一就是重新审视世界存在于你身边的状态。现在你接着看下去，你的目光跟随人物的举动……

他被厌弃，他被抛弃，他已离开，他已失去，他便猛醒了。

李飞刀面向初升的太阳，睁大双眼，这个时刻他只想认真观察似乎永恒的太阳。在光线照射下他的眼睛里出了血样的泪水，李飞刀仍然没有闭上眼睛的意图，他固执地将目光投射在东方。他的面前一片模糊，世界在他的视野里像是下了一场雨。他的面前渐渐一片漆黑，在这普照大地的阳光遍洒十洲的时候，再直视太阳的话他就要瞎了。

于是李飞刀低下头，双手的中指在双眼的上方、眉毛的下方用力按下去，在坚硬的骨头与中指的相互挤压下，疼痛使得泪水如决堤的河水冲出，一滴又一滴坠落在十洲的地面，终于连成线，打湿一片。李飞刀嘴唇微动，计算泪珠坠落到地的时间。

时间会让李飞刀在此时并不想看到的一个人出现，这并不是他所能够做出某个自己的决定便能够避免的。几分钟之后，清容会看到李飞刀又一次以奇怪的姿势出现在她的面前。清容摇了摇头，回身将门关上，发出不大不小的声音来。

"……"清容双眼含笑，脚步移动来到李飞刀的右前方，嘴边轻轻地吐出，空气中荡漾出一圈圈的透明波浪，像是惊醒了李飞刀。李飞刀的双手放下，却并没有转身面对清容。

"……"清容终于笑出声来，嘴唇启开成圆，牙齿露出如贝。透明的空气中飞舞着雪样的微尘，在两个人周围旋转起落。一片清凉中，有风吹过，李飞刀的衣服在微微抖动。在火红的太阳照耀之下，火焰以惯常理解的方式在李飞刀的周身、在他的衣服下面燃烧，这使得李飞刀的皮肤感觉到难耐的灼痛，他的双手还没有来得及擦去脸上的泪痕。

“……”清容的右手就在这个时候放在李飞刀的左肩膀上，动作轻柔。清容看着李飞刀，眼中却已没有笑意。李飞刀竭力不去看她的眼睛，他的眼睛酸痛，眼睫毛上满是水样的湿滑。停止颤动着的身体向后退了一步，闪避开清容的眼睛，李飞刀房间的门仍然敞开。

“……”李飞刀只好回身，他的头抬起，手指向东方，做了一个滑稽的姿势。清容脸上却没有笑意，她的手似乎没有放处，只是重复将秀发拢在脑后，又拢向脑后，喉咙里发出清嗓子的声音。清容的手终于梳理整齐本就整齐的秀发，转身，抬头，目光随着李飞刀手指的方向眯起眼睛，一会儿的工夫，眼泪便顺着柔嫩的肌肤滑落。阳光里似乎有了湿润的味道，清容的左手遮在眼前，右手拇指从右至左擦拭眼泪。短暂的笑声就是在这个时候从清容的口中响彻在院内，伴随着李飞刀一声重重的叹息，笑声戛然而止，清容侧过身，闪动着泪花的双眼看着李飞刀。

“……”李飞刀只有跟随在清容的身后，来到厨房，手在头的左右上下前后划着圈，看着清容在拿出西红柿冲洗，转身却又出去，坐在饭桌前，一只胳膊搭在桌子边沿，一只手轻轻地在双眼上按摩。

“……”昆婶就是在这个时候走进饭厅。李飞刀微微抬起头，站起身来重新又坐下。昆婶进入里间，清容向外指指。李飞刀重新站起，又坐下来，身体与椅子似接未触，终于又站起来，将椅子搬到院里，回到自己的房间里拿出一个洗脸盆，在院子里接满水放到椅子上。

“……”清容左手拿着一个西红柿，右手拿着一把香菜，李飞刀回身，看到的是清容满脸的笑容，还没有接过清容手中的西红柿，门响，客人跺着脚走出房间，伸着懒腰，打着哈欠，经过李飞刀身边，从清容手里接过西红柿，在李飞刀眼前晃了晃。

“……”门铃声响，客人已走出院门。清容在身后大笑，李飞刀还没有来得及笑出声音，刚刚挤出的笑意在还未展现之际，“……”昆婶的声音隔着饭厅就传了出来，清容吐了吐舌头，却没有回到厨房，而是直接走到灵蝶的房间门口。

李飞刀像是兔子一样地跳回到椅子面前，这时候清容的手还没有在灵蝶的房门上敲响，李飞刀的脸就已经扎入了清水之中……

十三

就像掉进了深不见底的一条裂缝，似乎遍布大地的狭长黑暗张开巨口，在看到光亮回到地面之前你宁愿相信这是一场梦。

燕玉是什么时候醒来的呢？侪鹤不愿意醒来。

燕玉一动不动，头与肩膀接触床的部位已经酸麻难忍，她努力抵御着手指尖似要弹跳起来的欲望。侪鹤不想睁开眼睛。燕玉在静静地听侪鹤或长或短的呼吸。这长短不一的呼吸使燕玉怀疑侪鹤随时都会回复到两天以前在那一家三星级酒店的状态——如果那一家酒店可以算作三星级的话。燕玉宁愿把这短暂的甜蜜当作永恒，而不愿再一次面对侪鹤的心不在焉，用另一个词来形容就是心不在焉之后的莫名暴怒。这样的词出现在燕玉的意识中的时候，她只有将自已欺骗。她不知道是什么原因使得侪鹤突然温柔如此，她现在只想牢牢地抓住他。这使她永远也不会认识到某种存在，一个人的所爱之处日后会不会成为一个人的所恨之处，又是从什么时间开始的？也许燕玉意识到却不会承认，开始之时正是结束之际，问题是你总会有一个开始，意味着结束就在不远的地方，你无法分辨其中的界限在哪里。

她盼望这种甜蜜的感觉再延长一些。他想这会不会是一个梦，醒来之后一切一如往常。

侪鹤在他认为变了味道的诚恳面前退却，转而将现实解释成为梦幻。燕玉成为自欺的奴隶，却丝毫没有想过怯懦会以另一种姿态出现在她的面前。在凌晨6点的光线透过窗帘微弱地射进房间的时候，两个人仍然感觉处于一片黑暗之中，现实中荒诞的一幕出现了：**两个人彼此相对，却又远隔天涯**。

他胃里的酸产生出令人难耐的烧灼，侪鹤感觉得到。燕玉左脸的麻木渐渐地侵袭到右脸，麻痹与酸楚之间的边缘如此清晰，像是水流过干枯的土地，冒出的气泡伴随着扬起的微尘飘洒在空中。

他醒了，他想翻个身。燕玉不知道为什么她会这么想，她只是感觉到一个声音清晰地出现在她的脑海里。随着侪鹤的轻微动作，奔腾的血液终于流过燕玉酸麻的左脸。

她一定也醒了，不知道她为什么会一直没有像以前一样睁开眼看看他熟睡的样子。他感觉得到，假如她现在睁开眼睛出神地看着他入睡的模样。侪鹤似乎听到燕玉的回答：我只想让你好好地休息，我知道你一定很累，你知道我并不愿意打扰你。我只是要让你知道，我在你的身边，并不会是你的负累。

微弱的光线穿透窗帘时发出犹如撕裂绢布的声音，燕玉仿佛听到这一种声音，伴随着脆弱的破空声，侪鹤的声音出现在她的耳边。燕玉一时认为是她的心中所想不小心说了出来，这才引起侪鹤的回答，却只听到侪鹤均匀的呼吸。

你听得到我的想法吗？

听得到。

我知道这是我的幻觉，这也许不是一个……

这是一个不错的兆头。

我知道你讨厌我的兆头，就像你讨厌来到十洲。你本来不愿意来，可是你为什么还要来，这是你的决定，却将我重新拖入泥潭。

为什么是泥潭？是什么样的泥潭？告诉我。

我不知道，我只是感觉到我的世界逐渐变得一塌糊涂。我的感情随着你的冷淡越来越不知所措。

我并没有冷淡，我只是以这样的方式来表达而已。

这样的方式，争吵吗？

不是，你知道，我并不想。

那你为什么来？

我不知道。也许来或者不来都不是一个好主意。

我感觉不到你。

我就在你的身边。

可我仍然感觉不到你。

唉。

如果这一切都是命中注定要发生的，那么现在我应该做些什么？你能够告诉我些什么？我不想只是这一刻在你的心里。

我最大的幸福就是因为你，你还不知道吗？我最大的痛苦也是因为你。正是由于你的存在才使得我觉得还活着，这是我觉得还是一个活生生的人的理由之一，能呼吸，能看到这个世界的一个人。我想满足层出不穷的欲望，但是没有你，这一切都毫无价值。

你说的是真的吗？唉，身边的事情都以自然的状态发生，也许该发生了，也许早就发生，可是我找不到它曾经发生过的证据。我不知道。他也许认为就应该是这样，它就是应该像现在这样的方式——以展现在我面前的方式发生。直到有一天，他也许发现这根本不可能，就像吃饱了饭就会不记得饿，但是他说有时候吃饱了饭反而更难受，他说这样会让他认为他更像一只动物。我理解他所说的话，问题是这样的话说明了什么？有着怎样的预兆？该发生的会发生，也许是一种没有选择的选择，他被动地接受这一切，没有掌握命运的机会，他在重复父亲的生命，只不过大家看到的是他这张脸，而不只是有父亲影子的脸。如果生命以这种方式延续，这该有多么可怕。我想他不会清楚地知道，他付出的是什么，得到的是什么。困境，生命的困境，他知道，只要他这样想，那么他就被他人认为这是错的，而他将拥有重新认识这个世界的开始。他怎么决定？是以一个人的牺牲来让所有人满意？还是来到十洲这个或许能够使我们两个人得以重生的神奇土地？

是吗？为什么你会这么认为？原因是人不能接受重复的生活而你却一直爱着她，周围的声音引导你，之所以如此是因为这里也有幸福的存在，微笑、温暖。直至这一刻你认为这是谎言，善意的或是怜悯的，总归是谎言，它将事实真相隐藏转而展现出迷惑人的魔力。你知道，对于你一个人来说，也许，也许使自己爱着为你所厌弃、诅咒的一切只是因为你并不厌弃自己而已！

不要说了。不，说下去。我知道这都是我的幻觉。就让我内心的你站出来对我说。

你一定有这样的感觉，犹豫。你一直在推迟几个小时以前就决定了的事，直至不做不行，这个念头在他做某件事之前使你心神不宁，坐立不安。你终于明白，之所以如此，就是那句刚刚想到的莫名其妙的仿佛是另一个人说出的话，是为了让自己在将来有事情可做而不至于为此惶恐不安，一个未来无意义的时间存在拯救了现在的自己。

不是，我实际上是为了看看你走过的地方，这个可怜的她希望能找到过去消逝的世界，他曾经来到过十洲，不是吗？莫不是从他的口中我才第一次听说了种种神奇的传说。如果能够找得到。

并不是你所想的，我要告诉你的是，如果你想听的话。

我想听，虽然这并不是一个离他更近的好方法，也许……

他是被周围的一切裹挟而去，像是有一双手架着他的臂膀，只能朝向某个方向，而那个地方他绝不想去。他顾望四周，却不能停下脚步，世界就是这么一个奇怪的东西，他憎恶了在此之下的：爱。

我的爱……吗？

我不知道。你似乎不是从前的你。

为什么？

我不知道。

我想对你讲一个故事，但是，不是现在，你也许听到了，也许没有听到，我决定不再犹豫，我要把心里所想的都告诉你。不只是我爱着你，而是我的生命和你的世界连接在一起。

你总是对我讲一个又一个的故事。为什么你总是要对我讲一个别人的故事，而不是你的故事？

现在，我要对你讲一个只属于我的故事。

我在认真地听。

燕玉不确定侪鹤是不是醒着。她闭着眼睛说了一句："你刚才听到了什么？"

这时侪鹤的身体还没有像虾米一样地躬起来，燕玉只听到一个声音传来："你刚才说要对我讲一个你的故事。"

就是在这个时候两个人听到院里传来清容的笑声，隔壁随后便传来敲门声。

隔壁有些沉闷的敲门声打破沉默，燕玉睁开眼睛，她看到侪鹤仍然闭着眼睛，脸上却满是强忍的笑意。

燕玉问：“你刚才说了什么？”

侪鹤答：“我说我刚才听到你说你要对我讲一个只属于你的故事。”

随着隔壁房间灵蝶一声清脆的回答传到房间，侪鹤睁开了一只眼睛，看到了燕玉那由于惊讶而瞪圆的双眼。

“这是可能的吗？”

“如果你心里想了，而我听到了，这便是可能的。”

于是在这样一个时刻，在侪鹤看到黄的红的白的小虫子之后的9小时之后，燕玉与侪鹤，她似乎能听得到他的想法，而他似乎也能够听到她的想法。这让两个人都似乎感觉到一种久违的灵魂战栗，终于在不可能的可能之中驱散了两个人之间光线照射不到的黑暗……

十四

那样一个时刻，李飞刀是将脸深埋在水盆里的。

他感觉到仿佛潜入了湖底，放松四肢，身体甚至有着向上漂浮的能力，尽管睁开眼可以看得到水盆内沿色彩鲜艳的红色鲤鱼。闭上眼的某一个时刻，是什么时间？确切地说他无法判断，在他脸上扫过的是否即是鲤鱼搅动而起的水流的痕迹？

李飞刀的一只手掐在腰间，另一只手扶住脸盆，将他的脸慢慢地抬起，直到一层层的水剥离了附在皮肤上的空气。他再一次一点点，一点点地将脸慢慢沉入水中，水覆盖在他的脸上，浸入毛孔逼出的气泡似乎割断了他与时间的联系，一时之间，浑噩不明离他而去，他迷恋于这种奇妙的透明清澈的包容。

水面倒映影像，犹如从梦境中苏醒之后零碎片断持续的刺激，连接起碎片的无形绳索打开了逝去时间的通道。有那么一刹那，他觉得能够从脸盆内升腾而起的气泡中看到世界的倒映，天空、树木、尘埃、光线等等交织在一起。他仿佛是从水底看到了水面，脚踏的土地恍惚成了水面，而他就在水面之上穿越时间的阻隔看着因被抛弃从而出现在另一方无所寄托的自己。他一时分不清，他是在上面或者是在下面，只是静静的近乎贪婪地看着对面之人，犹如狂风般的思绪甚至使他的思考不能相互连接。

李飞刀的脸埋进水里（清凉的水，没过他的鼻子，有一点儿凉，一点儿又一点儿的凉，这使他在清醒当中，更加清醒。）。一夜安睡，睡意的残余似乎仍不愿离去，（再埋进去一些，再凉一些，于是他的脸一点儿又一点儿地浸入水盆中，天呐，他暗自惊讶，还从来没有这样的经历，凉凉的水的层次感使得他脸庞热得像是着了火，应该是他第一次发现）很好玩（一个气泡，顺着脸盆的内沿冒出来，他睁开眼，能看得到气泡形成一个又一个晃晃悠悠的变幻形状的圆）。他眼看气泡从他的眼前浮起，（气泡，无数的小气泡，紧紧地依附在脸盆内沿，他觉得好玩，这是小时候的把戏）。他脸部的皮肤挤压出笑容的同时挤压出更多的气泡（他的脸上都是小气泡，他突然想起来，如果他从脸盆的另一个方向看到这个情形，他一定会做什么。他会拿个小棍子什么的去把气泡都弄没了，这个想法已经过去了5年？7年？还是17年？啊，时间过得可真是快，有这么快吗？）。一个大气泡（他故意张开了嘴，轻轻吐出一点点的空气，空气挤压着水里的空气，包裹气泡形成动荡着的圆），气泡从他的眼前向上浮起（浮起、浮起清凉、清凉、清凉，睡意没有了）。他不忍心打破这一切因为存在着的世界是可以体会到的世界，直至感觉到了水中有了升腾着的气泡的阴影（水面可以当镜子，水的中间也可以啊）。

李飞刀的身体就这样晃晃悠悠地随着升起的无数奇形怪状的气

泡向上一直漂浮，阴影在他的下方铺陈开来，一会儿就成了一个个的圆点，终于连成一片。这意味着他越来越快地向上漂浮，他只有下意识地紧紧抓住脸盆边沿稳定站立不定的身躯，这触摸到的实体使他手指尖上的温度不见，他感觉到了寒意，界限的分明使他身处不同世界的夹缝之间。夹杂其间的作家啊，突然就从水泡的缝隙中看到了人影。

他回过头看看，身后是很多人在叫喊，而前面，是在灰色的天空下荒芜得让人惊心的一望无际的土地。一棵草的踪迹也会使人心安，可叹的是没有一丝阴影落在土地之上，只有一轮黑色的太阳悬在半空，下面是那一株没有颜色的草，为什么那么一株渺小的草我会看到？他一步步颤抖着虚弱的双腿却是坚定地走了过去。他突然记起劳爷的话，这时他便明白，他要做的事情是要去撒种子。

在李飞刀眼中，劳爷像是一个独自出海的水手，面对不可知的神秘大海掌握自己的命运。大海是不是生命的海洋？为什么在生命中却找不到它的所在？

一个人独处使他手足无措，茫茫然不知做何事，他站起身走到书架边，翻出一本看一眼便放回原处，他已经不能安静地哪怕看上一页纸。在打开电视的那一刻起，他便从头到尾换按着遥控器，没有一个节目能让他看上10分钟。他迫不及待地想要走出去，看着满街的人也会使他感觉上好很多。他渴望平静，他得到了，却怀念一个人独处的滋味。他觉得，这才是他想要的，却发觉两者之间相隔万里，永远不能架起一座桥梁。他曾经得到了这种孤独，为了现在的处境，临了却又怀念那时的沉静，这不是他想要的，这不是每一个人都羡慕的生活。这使他得到尊敬，自己的笑脸和他人的欢笑，交换的则是心灵的平静，像水面一样的平静。

睡梦中他看到他和自己在搏斗。他心乱如麻，他猛然发觉自己的心在这里，人却早已飞到了不知什么地方。也许是今天早上去的公司接待台旁边漂亮的女孩子那里，他需要心再飞回来，要么稳稳地在他的胸膛里感受着奇遇般的跳跃，要么不再回来从此成为一个空心人，因此他知道为什么是活着或者是他还在活着，现在则空空落落，他觉得他的心就像小时候顽皮地将西瓜开一个口子掏空之后的那个模样，表面上完好，每个人看到都会想起吃一口，实际上却只有空壳子。

他触摸到绝望是一种怎样的滋味。

当明白某事，当知道这世界并不能这样一天天过下去，他感到恐惧，半夜里醒来毫无睡意，耳朵里回响着时间的声音，就这么呆呆坐到第一道阳光透过窗帘。他无法思考，灵感像是与他捉迷藏，停留之后写出来的却是他对未来的恐惧感。他不是不明白，他在浪费他的生命，就像一本印刷出来后无用的书籍，从头至尾都是一本蹩脚的废品。每当想到这些，他的灵魂都在颤动，却又反抗无力。难道是我想做什么就能做什么，没有人在控制我，这个社会每一个和他相识的人或不相识的人在影响着他的生活，我活着，却在渐渐走近死亡的认知，重新将无限渺茫的征途化解为超越平庸的契机，这在第二人的眼中却是感知世界、珍惜生命的一个小插曲。从现在开始就知道迈入死亡是什么感觉，有人在享受世界，隔壁的邻居每日里在游戏惨烈的厮杀声中找到快乐，唯一有一次看到他是在楼下，他把大包小包提上楼去，一星期一次，全是吃的喝的。直到有一天有人找到他，砸碎了电脑，将他拖上汽车，他才15岁，他听到这个数字，突然跑回家里大哭起来，以后的时间似乎从他的世界里消失了，直到现在他来到了十洲，是的，他来到了十洲。

这是假象！他不需要假象，周围的人却在羡慕地啧啧称叹。唉，他叹一声，世界的假象，他不需要却身处其中，他被这种感觉抓住，就这样如摆放在不知多少年的老房子里那年久的时钟吊垂着的钟摆，从左至右又从右至左不间断摇来摆去，一瞬间他感到仿佛就此他成了钟摆，从这里去往那里，从那里去往这里，永无休止。

“还在玩游戏？”他听到声音，悬浮的身体重重地落回到地面，甚至使他的腿在弯曲着颤动以冲抵巨大的冲击力。一大串气泡从水里冒出来。

“练习肺活量。”他抬头（看见一张脸，脸上的眼睛，眼睛下的鼻子，嘴巴中间的白牙齿）笑了（她永远不知道他为什么笑，那牙齿，他笑了）。

灵蝶却不笑，只是眼眉一挑，用手指了指自己的下巴，他中了魔法似的随着灵蝶的手指也低下头。这时灵蝶却笑了：“能看见下巴吗？”

十五之外

哪一个时刻，你成为了我？

你没看错，你，是，我。

他（她）呢？

十五

你知道，我无法在这样的时刻面对她。

然后我便不知如何回答，能够肯定的是发生了一件什么事情，它使我哀伤，天空在下雨，这个世界变了颜色。在这样的时刻，你知道……

8小时22分之后，当那一片如玉色温润的月光穿越鹤鸣化，李飞刀面对着眼前碎银般闪烁的湖光时，侪鹤同样无法回答燕玉的问题。

她说，我们是从什么时候开始的呢？

而那时侪鹤的喉咙里却有了难以抑制的痒，侪鹤马上想起了夜里刚有了睡意，便被一阵抑制不住的咳嗽声吵醒，重新回到清醒之中。那咳嗽正是由痒引起的。嗓子眼里的痒，这咳嗽使他身体翘得像煎锅上的虾米。

“如果有可能的话，”燕玉紧接着说，“我希望我活在我能选择的那个年代里，在那个时间里能够有非常好的状态。虽然这不可能，但是那种内心的安宁能够使我感觉到我们曾经的状态，而这种状态是我梦寐以求的。”

侪鹤的喉咙里咕咕吞咽着干枯的空气，似乎他的身体又要躬成一只虾米。

“但是如果真的回到了过去的时间，这当然是不可能的，在那记忆的时间中得到了那种我希望的状态，那时你才会明白当时发生的一切究竟对我意味着什么。我不可以接近我的生，但是我可以接近我的死，以我所愿意的方式来面对时间。或许，可能，过了很多年以后才能了解当时这种感觉到底对你意味着什么。”

“我在想。”侪鹤说。

“想什么？我们就要离开十洲了。”燕玉说。

“你决定要走？”侪鹤的喉咙里舒服了一些。

“我有时候想不起来，这让我很害怕。”燕玉的眼前一片迷茫，这使她的手几乎要控制不住地颤抖起来。

“那是已经发生过的，谁也不会改变。”侪鹤说。他的眼睛一直盯着远方的某处。

“但是我仍然害怕。”她一直在用力，手指尖却僵直。

“有人告诉我生活在只属于你的地方，你觉得我在听到这句话时应该说些什么？”燕玉用因努力压抑激动而显得变调了的声音，告诉侪鹤她渴望得到回答。

“什么是只属于你的地方？”侪鹤的记忆终于来到他的身边。侪鹤想起为了证明自己的勇敢他极想跳进海里，或者爬上城里最高的楼边喊叫她的名字，边挥舞手臂在空中划出对她的迷恋，但是理智告诉他这么做并不能得到她的心。于是他放弃了疯狂的想法，向他从来不屑一顾甚至是鄙视的其他人的举动学习，最终吸引她的仍然是被她贬斥为俗套的东西。这对两个人的爱情是一个莫大的讽刺，淡忘了以前是多么憎恶现在所做的。只管在这被嘲笑的种种事件中，得到赋予死亡复活般的温暖且沉醉其中。

只因在诱惑的面前张口，只不过是最实际的欲望被逗引出来。

“我一直在想，但是我怕告诉你。”

“你可以告诉我，如果你想的话。”

“我要说什么连我自己恐怕都不知道。”

“我们现在，出发？”

“我一直在使自己相信。”

“我想这里就是能够把名字刻在心里的地方，如果你能够感觉得到，我已经在这么做。”

“我一直在相信我的回忆，但是，你知道，我不知道你会不会有那样的感觉。我必须说出来，你不要说话，求求你现在千万不要说出哪怕是一个字。因为我担心只要听到你所说的任何一个字，我都会失去你。”

“……”

“不要握着我的手，我的手已经冰凉。求求你也不要碰我的脸，我的脸上已经全是泪痕。我知道你一定会再次沉默，我希望这是最后一次。因为我不敢告诉你的是，我的世界里找不到我们的回忆，是的，你不要看着我，我要你看着眼前的一切，眼前的十洲，眼前的鹤鸣化，只是不要看着我。”

“……”

“我的心在痛，是因为这里是一个能够把名字刻在心里的地方吧。假如是这样，我无数次想过这样的一个时刻来临我会是以怎样的姿态来面对。现在我仍然不知道，因为此时我的身体已经不再受我的支配，我的身体已不再是我的身体，对不起，我不知道我在说些什么，因为我的话从我的嘴里说出来的时候已经失去了活力，我的话并不代表我的想法，我不知道这些话是如何出自我的口中，我也不知道现在我和你站立在鹤鸣化是不是能够让你的名字刻在我的心里。我只是感觉到我的心一点点地在痛，我只是感觉到我的眼泪似乎要将我淹没。我知道我必须要告诉你，否则我就会永远永远失去你。”

“……我需要做些什么？”

“你只要站立在这里，我只要你站立在这里。”

“……”

“我要告诉你的是，不知道从什么时候，我找不到开始，因为好像什么时候都是，但是什么时间点又好像不是，又是什么时刻结束？”

“因为他人的身上有你的影子？”

“我不知道，我又好像知道，你知道我不知道，我知道你知道，因为什么？”

“爱情或许不需要理智。”

“这不是你想说的？你是在找一个借口为你的行为作出解释？”

“在鹤鸣化，在这个能够把名字刻在心里的地方，我不认为我是在找一个借口，如果你真的想听的话，我认为你已经听到。”

“……”

“我刚才在想，我是不是也已经忘记了是什么时候开始的？我能够确定的是我们现在在一起站立在鹤鸣化。我不敢想象，因为我同样担心失去你，我不能确定的是，我是否还会像你一样地来爱着我。现在我确定了，在我听到你说找不到开始的时候，我的心里像是被一把没有了锋利的刃的刀子割过一样，一刀刀地提醒着我。那不是一种痛楚，我的心里没有痛楚，那是一种温柔，就像是我第一次看到你时一样。”

“……”

“我一直认为我不可能看到你所说的那幅画，我也从未告诉你我没有相信过那幅画的存在。现在，我要告诉你的是，《庄周睡了，庄周醒了》，是的，是这个名字。第一次看到你的时候，我就应该意识到。好了，刚才我想到了过去，当我看到不远的远处有一条路的时候，我知道我们就要出发，不是回到过去，也不是寻找。”

“我该说些什么？”

“你听我说，我不敢想这个问题，或者我也从来都会阻止自己去这么想。什么时候开始的，这会在过去的时间里成为一个坐标吗？由于这个坐标会记忆起过去的岁月？我知道的是那里只有情景再现的不可能。我们需要一个开始。”

鹤鸣化前，在将要离开的时候，虽然燕玉与侪鹤都没有做好准备接受看起来不那么一样的对方，两个人试图理智思考的结果是错将冷静当作理智，渴望在一团乱麻中理出头绪，身体听从意识的指挥，混淆行为与姿态之后，谁知道那个支配了身体与意识的结果就使两个人相信此时脑子里想的事情是正常的。两个人在本当疯狂的时候恰恰理智，需要理智的时候却跌入了疯狂的旋涡。

“如果我是你，你希望我怎么做？有时候我会克制不住自己这么想。”侪鹤小心翼翼地问道。他听到的则是燕玉犹豫的回答：“我希望你这么做，但是，如果你这么做，我，该怎么办呢？”

十六

这里为什么叫作月湖而不是月潭？

于是李飞刀决定做一个荒唐的事情，他会把它称作月潭。当然，这样认为的并不是只有李飞刀一个人而已。

李飞刀走在去往鹤鸣化的路上，他知道这是会将名字刻在心里的地方。在天若岩听到歌声之前与灵蝶的再一次不期相逢，使李飞刀相信燕玉的一句话，这会是一个好兆头，而不是一块口香糖粘在他的脸上，对于这一点，李飞刀宁肯相信是后者的原因使得灵蝶发笑。

“是一个好兆头吗？”

灵蝶站立在天若岩看着脚下的月潭，那时她并没有任何征兆显示她将要有跳下去的举动，而李飞刀在她的面前只有老实地回答：“我认为会是一个好兆头。”他并没有回答她的话，实际上谁迷上了谁并不重要，她看着月潭，李飞刀同样看着月潭在她的一声叹息中隐隐浮现出哀伤。

我会不会是一个有趣的人？没有来得及说出口的话含在嘴里，灵蝶便向前踏出一步，李飞刀受惊的原因并不是她做出这个举动，而是他并不知道如何面对她的举动，在她笑着将脚步从空中稳稳地落回到地面之时，李飞刀的意识僵硬如她脚下的天若岩。

灵蝶的声音似乎离水面很远，却又极近，从远处流向月潭的水声随着映在月潭颤动着的月光渐行渐远。夜的十洲，夜的天若岩，夜的月潭，把两个人带进宁静中。似乎是为了那宁静，水声反而溶入那宁静当中，就在这水声消失在宁静中的时候，一丝惆怅浮上李飞刀的心头。如在水面航行的小船上的一灯如豆，像你心里的一点愁绪荡漾起涟漪。极幸福着的寂寞，寂寞，在这个时候是幸福的。有虫鸣，和着桨声的节奏，月潭之上两个剪影的轮廓在一片月色之下割裂开碎银般的水面。面对这一幅使李飞刀仿佛和白雪重逢的最美的图景时，白雪如充盈月潭水面颤动着的月色，便变成了你胸前那一点儿说不尽的愁，而在李飞刀的心里，便犹如得到了世间最可珍贵的宝物。

“你在担心？”

“是的，我在担心。却不是对你。”

“不要妄想这样的回答会给你增加迷人的机会，这只是针对你而言。”

“在月湖？”

“不，是月潭。”

“月潭？”

“你兴奋什么？你的手举起来指向你的月湖是什么意思？你终于看见了，你的下巴。”

“没有，我只是认为月潭这个名字更加适合而已。”

“如果你是在嘲笑这两个字的话那就是你的愚蠢。”

“她是这么说的，我敢肯定，你并没有听错，这样才会是她。”几分钟之后，当李飞刀循着歌声走到清容的面前时，清容在李飞刀诉说的时候如灵蝶一样在笑，而歌声就消失在了笑声之中。

在李飞刀离开天若岩的时候他并没有想到这是他最后一次见到灵

蝶，李飞刀只是不想打扰一个人在如此的月色之下，独自享受在他看来是难得的心境而已，如果李飞刀不想总是处于一种莫名的尴尬之下。

她在哼唱一支歌。在十洲，李飞刀曾经数次听到过这歌声，他想问她在唱什么，她低笑不语，又唱起来。他仔细听，却仍不知道她在唱什么。此后无数夜晚，李飞刀的脑海里一直在想着这歌声，月光下他仿佛看到她伴着歌声飞舞。李飞刀是在以后才明白，她并不是在唱歌，而是从心底流出的倾诉，便是最自然的歌声，随心所想，却没有一句歌词。

李飞刀的激动却在以后的日子里成了他怜悯自己的死地，他听懂了她在唱什么，却是在远离鹤鸣化的地方。可只是一会儿工夫，在热情还没有来得及变为热情之际便冷却下来，他也许听懂了却知道，他一生也不会这样唱歌。残酷这两个字像一盆水倾倒在似烈焰般的热情之上，一股焦糊的味道扑面而来，李飞刀几乎不能呼吸，他流下了为此深受折磨而痛心的眼泪，却只有眼角的一滴，在还没有流过脸颊便干枯，那时的一滴泪此后对于他而言，便再也没有了。

真是残酷啊，那么李飞刀意识到了这一点，并且为此懊恼或是痛苦地在内心失去安宁后从而引起的争斗，到底是好还是不好？傻子比所有人都幸福，李飞刀是这样想的，这句话肯定是从一个极端迷惘的人的口中说出的。他笑了笑，苦笑，这个词意味着什么，是什么感觉，他算是明白了一点点。

但是她就在那里，用如流经十洲汇聚为月潭之水般纯洁，朝气如清晨叶端的露水般清新的声线在歌唱，她唱给谁听？在此后的日子里李飞刀无数次地会去问自己。十洲的一切在唱给她听，她同样唱给十洲中的一切听。这种心境，这种情绪，李飞刀是触摸不到却又极想融入其中的。似乎有那么一瞬间，他感觉到了，他也曾有过这般时候，出航，如一艘出航的小船遭遇了暴风雨后远远地看到了泊岸，船上却不曾有一条鱼的收获。一如现在他就站在她的面前，却已感觉不到她的喜悦。残酷，他又一次对自己说，只有残酷，他已找不到其他的词汇，而以前，一个他最乐于做的小游戏就是用不同的词汇来表达同一事物，现在他离此不远，周围的人却以为他已经是了。他却在此时失去了这个能力，于是他踏上了去往十洲的路途，而在此刻，他只有无力地重复着这一莫大的讽刺，真是残酷啊。

那么李飞刀倒宁肯于此时和着无词之歌轻轻唱和，伴随着远处传来的淙淙流水声，与同十洲间的林木山水唱和的她一样，这只是一个想法，李飞刀清楚地知道他不会做到，就让这个想法安慰他此刻的心情。人很容易在此种臆想中找到一些安宁，虽然这或许只是欺骗自己从而得到暂时满足的一种极为荒诞的行为，而正是这种臆想他才没有疯掉。也只有臆想才不会有人去窥探是否和现时世界格格不入，这只是一个人的事情。于是李飞刀只能成为自己的囚徒，而牢笼，就是他自己一根根焊死的，牢不可破。是的，他和她之间有一道无形的牢笼，他软弱如婴孩儿，残酷得却正是李飞刀从来也没有从其中得到任何启示进而改变。他只是嵌入十洲的一根刺，尽管不协调，却给了他痛感强化了存在着的意识。

李飞刀是怎么一根根不自觉地为自己搭建起一座囚室的，他或许只是个平庸的人而已，“我是一个平庸的人，我没有太多的想法”，这样的话周围的人都不会相信。反而会认为这是什么？在他人看来是虚伪，是矫情多于虚伪，为什么当人袒露真诚的时候他人会这样冷酷地把他重又推回此前的境地？于是他刚刚用力扯开的牢笼又重重地关上。李飞刀在其他人眼中，是很成熟、很稳健的一个人，不会做出向某一条他人认为的歧路前行的举动，虽然并不会有一条鱼的收获会成为一种象征。

李飞刀静静地听，他也只有静静地听着清容那清凉的无词之歌将他一步步引向一个不知名的所在。他仿佛看到，在这无词之歌的吟唱中，一条在月光下飞行的船闪现在他的眼前，白雪就在这条船之上飞翔与歌声共舞，而这正是他可望而不可得的。李飞刀似乎感觉到胸前白雪抚摸过的地方随着这歌声一点点地无声裂开，他极想感受到那几个字血淋淋地刻在上面的时候是什么感觉，他只是感觉到了一种虚虚的痛，无处着力却牵引着李飞刀穿越可衡量的时间长度回到过往，在被掩盖的消逝了的时间之内，他终于知道，他的心里或许早已刻上了白雪的名字。李飞刀并不肯定，耳边似又听到白雪的话语："像刺青一样地刻在心里，有没有这样一个地方？会将甜蜜的话语以血淋淋的方式保存？"

"我在听。"

"你在听？"

"我想早一些出发，我知道，在背起行囊出发的那一刻，我便距离你更近一些，虽然在同一时间之内，你在那边，我在这边。"

"我了解。"

"你了解。"

"是的，我了解，因为我们都是人啊。"清容说。

李飞刀做出笑的模样，这使他的脸上出现笑的裂痕，他知道这更像一颗心的模样。

"我能感觉到你很痛苦，对于你来说，这是一件好事。痛苦使人清醒。"

"为什么？是的。"

"我以为我早已失去感知事物的能力，因此我也许永远也不会懂得你所唱的歌。"

"你并没有想要听得懂。"

"没有，真的没有，我不知道什么时候，是从哪一天开始的？**是在什么时间里黑暗渐渐地取代了白昼**？**那一抹黑色是怎样挤进光明的**？从此让我的心再也听不到什么声音，堕入惊慌与恐惧之中反反复复。你说的每一句话都使我感到痛苦，却又仿佛从这痛苦中得到的是快乐，你可以看得到，我的脸上有细密的汗珠，我渴望你说下去，却又担心你说出来。”

清容并没有回答，她或许不知道如何回答，在更为宽泛的意义上清容面对着此刻的李飞刀之时她只有同情，也或许她只是让李飞刀说出来而已。虽然在鹤鸣化，白雪在月光之上飞行的妩媚使李飞刀相信，如果她的腋下生出两个翅膀的话就是时间的精灵，由此可以相信很久以来的无数传说。

在那一刻，我想的是，也许时间并不是以我们所知道的方式存在，它只是包裹着我们。

而李飞刀说的却是：“越过许多人群，我还能再次看到她吗？”

十七

“能。”

“能吗？你肯定？”

“我肯定，为什么你会有这样的问题？因为你是一个作家？”

“不，我想称呼我为一个作者可能更为合适一些，我该称呼你什么？不是名字，比如说你为什么最后一个离开十洲？”

“你的问题，有没有想过可能会使我感到难堪？”

“你是指我的推断也许是一个玩笑？在你理解？”

“一切与你所看到的可能会有所不同。”

“即使在这个使你不愿谈起的人可能是失踪了以后？”

“或许只是愿意想象自己所愿意想象的事情，或许你只是想让这件事情按照你预想的方向来发展。记忆充满了不确定性，你会怀疑。”

“你会再一次见到她？”

“能。”

“为什么？”

“就像你坐在马桶上拉不出屎来，我们之间的交谈就像这样，你不知道你究竟在干什么。”

刘一川竭力使自己的语调缓和，可这一次就连他自己都可以听得出其中所蕴藏的焦躁和怀疑，如同他把一封信委托清容寄出时的心情。

一封信。清容会把信依照他看似无所谓的交代去交给邮差，你只是将信丢到清容面前的桌子上，你并没有交到她的手里。重要的一封信，刘一川随便地委托给了清容。清容会不会问，这封信将会寄给谁？近乎白痴的问题，刘一川看着信封上的名字。笑容永远会出现在清容的脸上，刘一川听到她自言自语般地小声说话。

“这封信你要寄给他？”

“一个惊喜会使人心情愉快。”

“时间还早，你明天走的时候可以给我。”

“我担心我忘记了。”

清容并没有问，刘一川却似乎从笑容中看到几乎使他不能回答的话。因此当李飞刀在离开十洲之前最终提出那个问题的时候，刘一川脱口而出——“能！”肯定的回答使得刘一川的不安暂时转变为强制的某种兴奋而掩饰焦躁。话一出口闭上嘴的时候他清晰地听到牙齿撞击出“哒”的一声。声音之大使得刘一川的耳膜嗡嗡长鸣。李飞刀一定会听到，他是一个作家。隐藏会成为笑柄，像走进黑夜之时，一束灯光会给予你温暖一样，莫不如说是驱散了不安的安慰。如同无数个日子里，你面对着自己的内心无所适从，最后却发现根源只是你躺在床上时面对的一堵墙，耳膜里是无数种声音，哒、哒、哒……

他是一个作者，最起码还是一个知道自己是作者而不是作家的人，她在看着我笑，那一封信。李飞刀不会看到，可他会知道，我要告诉他什么，绝不是这封信，**愿意想象自己愿意想象的事情**。事情从来不会按照你的方向来发展，就像你坐在马桶上拉不出屎来，点一根烟回来仍然是拉不出来，你听不到落到水中使你安心的声音，你只能在一分钟、两分钟、10分钟、20分钟之后起身闻着伴随骚臭味的清洁的水，看着水面映出你的面容按下冲水犹如完成一个神圣的仪式，形成旋涡的水流沿着马桶壁扫荡如同龙卷风卷走一切，你坐在马桶上的行为得到了你的谅解。你知道了你是谁，此前，你只是坐在马桶上拉不出屎的一个人。

“如果你真的想拉出屎来，最好坐到马桶上之前先吃饱肚子。”

“就是这一句话还像是一个作家，不对，是一个作者。嗷，像一只狗一样的叫唤，声音拉长一些。”

“几分钟之后我们会说些什么？”

“你想说什么？”

“那一坨屎你会不会拉出来。”

“我得先吃饱肚子，你会不会拉出来，坐在马桶之上你想到这一点的时候会不会去按照你所想的去做？”

“你能吗？”

“能。”

“只要你想到。”

“你究竟想说什么？”

“我也不知道，我不是太清楚，我和你交谈些什么，我们的对话有什么意义，很长时间以来我都不知道。”

“你想从我这里知道些什么？”

李飞刀想从我这里知道些什么？绝对不是吃饱了肚子才会拉出屎来。我不敢说出口，我知道李飞刀已经问了，而我却没有回答。**我知道问**

题的答案，但我仍然不愿意说出口。可怜的生物，就像在猎枪下瑟瑟发抖的一只动物，在目睹了同伴被猎杀的惊恐还未消除，就要面对下一个该轮到谁的恐惧。

“只有当你成为我的时候，你才会明白我的痛苦或者幸福，而你永远不会成为我。”

“或许，但是……”

“从什么地方来的人会使我忐忑不安？迎接他的话语不会是‘你好’，而是‘为什么现在才来’？”

刘一川无法回答。

“美吗？”

刘一川无法回答。

“什么感觉？”

刘一川无法回答。

“倘若你……”

“你不能想象地球的另一端正在发生什么。我可以告诉你的是，你不能想象地球的另一端正在发生什么。你在强迫我回忆，你在想，我会不会满足你。”

是的，作家在强迫刘一川回忆，这使得意识到这一点的刘一川甚至笑了起来。

“为什么不说是卑鄙的想法。为了让你更加清醒地认识到这一点，同样的话你可以针对我。只有当你成为我的时候，你才会明白我的痛苦或者幸福，而你永远不会成为我。”

李飞刀的心像是被刘一川捏在手里，被把玩着的痛楚使李飞刀索性将由于对话开始便已呈现的误会袒露，呈现的结果使得狂热般的理性与感性之间终于出现与现实连接的通道。刘一川感觉到了，不过他的心是被李飞刀捏在手里。李飞刀同样受此煎熬，尽管模糊，但正是如此使得此刻冷静不足热情有余的所谓作家与刘一川，把我们引向另一个看似不可能出现的结果。

李飞刀不再说话，他看到同样沉默的刘一川扭转头望向远方，眼睛似乎穿越了阻挡视线的墙壁、树木、人群。一时之间，两个人望向远方，就像是看到了一幅最美的图画……

十八

在看到使你不知所措的那一幅被你称为油画般最美的图景之前，重归于时间之内的重复恍若你每天往嘴里塞满不同的食物，却永远只是一个味道与一个结果，后者使你莫名恐惧。你感觉到就像欺骗了胃，欺骗了舌头的味蕾，你感觉不到饥饿，因为味道，身体一天天消瘦下去，变得无精打采，无所适从。

同你相仿，刘一川不愿意以任何字眼去描述他所看到的一切，仿佛任何一个词语都会亵渎了眼前梦幻般的图景。刘一川只愿意让美丽存在于脑海之中、眼睛之内、十洲之前。

“有时候费尽心力去描绘恰好是破坏。”刘一川当然会这样说，“你说出来就会将最美的图景消逝于无形，就那样存在，天空中飘着1朵、2朵、3朵、4朵、5朵、17朵乳白色的云，静静地悬在头顶。像某个人的油画，占据着墙壁上不大的空间，你的墙壁就此化为迷人的景色。”

所以你才会在游戏中对灵蝶提出一个得不到答案的问题：“你为什么会来到十洲？”

于是你毫无理由地相信，她将永远凝固在此刻，而由此引起的激动致使你的眼眶即将涌出泪水，在那幅精致的油画上的表现则是：画布反衬出光亮的颜料涂抹而成的凸起物。之后在刘一川确定了的时间：用了**42分钟**的时间使自己回归正常（在此之前，你准备好接受嘲讽，看到的却是李飞刀坦诚的目光），眼前看到的是流动的暗影。

暗影之中，你记忆起你的手指曾指向餐桌上的美食，你记忆起你的痛楚，既然把这些所谓的美食泡开拌成糊糊，和你吃到胃里时形成的状态一样，为什么还要在这上面纠缠？你记忆起你点着头，夹起圆的扁的长的短的粗的细的美食放进口中，很简单，我们是在享受过程。你记忆起你似乎参悟了困扰你的问题，任何事情便如此时，只有一件例外：死亡。你记忆起你笑了笑，光的影响之下夹起的食物泛着油的光亮，笑容似乎在这油光的煎炸下变得焦脆，吞咽之前牙齿感受到的一定是，可口的、酥酥的笑容，由此你记忆起你的鼻孔之中像是要喷射出炙热难耐的火焰来。你了解问题症结所在，你记忆起你逃离不开的原因即是你不能回归到问题的原点：死亡之前的时间如何出现在你的周围。

就在暗影流动着向你奔涌而来而身体浸泡在其中之时，一股香甜包裹遍布身体的肌肤，强悍的近乎创造文明的人们攻城拔寨，血腥的屠杀与征服传播火的种子，撬开闭合的毛孔，尖厉地透过数亿个张开的缝隙渗进体内。一种固定的味道（这曾经是他最喜欢的味道）转变为千万种难以辨别的味道，不再只是奶糖的滑腻。

在此之前，无论你的口里填塞着何种食物、甚至是泥土、树叶、衣服上掉落的纽扣等等可以是另一种味道的物质，或者是在你看来是享受何等美食的之前之后，通过味蕾再品尝什么都是一个味儿，都是记忆中的奶糖味道。这曾经的可怕使你对一切淡然无味，不再感觉到兴趣。最喜欢的味道成为你的魔障，哪怕是你渴望着的永恒。之前味道的记忆消失了，什么味道都是一种滑腻，如同你所不能感知到的时间。

十洲，天若岩。当灵蝶出现在你的面前，脑海之中，眼睛之内，十洲之前，42分钟之后，消失的时间存在于流动着的暗影之际，你在回忆着味道，空气里可能是什么味道？你一时无法辨别，看到的一切应该是什么味道？都只是猜测。最后你拿起一块小石头，虽然看起来像是一块小石子儿，但你更想称呼它为石头而不是任何一个其他的称呼。你霸道起来，实际上却是你在强迫另外一个声音出现在你的脑海之中。这一次似乎是你胜利了，你走到湖面用清水洗了洗，将你的舌头放在石头上面。“是另一种味道。”一个声音出现在你的身体里。你被惊吓，却又欢喜。不是记忆里的味道，完全是另外一种味道，你在记忆里搜寻不见，因此你无法表达，或者说你感觉不到这种味道是什么。你在回想之前的所有记忆里的味道，却没有找到任何一种可以与此相吻合。因此，你把有味道的石头用糖纸包起来。你不想让人看出来，你只有一种味道，但又不是味道全失，你吃何种食物味道虽不同，但是感觉就是一种味道，最后总是回到那个味道上去。你的记忆里出现了清晰的层次分明的味道。湖光鲜美，翠绿多汁，腾起的看不真切的水气绵绝、松软。

你终于记忆起水气这湖光实际上就是奶糖的味道，不要问为什么，霸道或许只是软弱？只是咬了一口苹果，甜甜的奶糖味道；喝了一口粥，也是一样的奶糖的味道。你以为不对，之后所有的一切，都是一个味道，你才知道是了。什么最后也会成为奶糖的味道，而不是任何其他梦寐以求的惊喜。

于是你将这十洲的颜色放进口中。树像邮局的颜色，有着清爽的味道。你张口，吞咽，咀嚼，十洲的味道充实你的全身，填满你全身可能出现的每一处空隙，突如其来发生的一切使你经历了犹如高潮般的战栗。你的面前出现了一条鲜花铺就的小路，这不是幻觉，你知道，一个早已凝固了的世界已被打碎，全新的世界如花朵绽放在你的眼前。

于是你向信封里装满了十洲的空气，这样在离开十洲回去的时候，你在家中恰好能收到信。你并不能准确判断恰好的时间是否会出现，但你已做好充分的准备去迎接它，而信里则会满溢出十洲的味道，信封上则是你的名字。

委托清容，交给邮差。从此以后，死亡之前的时间如何出现在你的周围便不再是你的困扰。你的世界可以闻得到十洲的味道，记忆便将雕刻在画布上的图景保留，而你便不再思考如何描绘，她总会在那里。

“你不能想象地球的另一端正在发生什么。”你摸不着头脑地冒出一句，几分钟后，你脑海里仍然空白，这句突如其来的怪念头将你的一切思维打个粉碎。你看着眼前的事物，辨认出这是在一个院子里，碎石成圆圈状围在一棵树前面时，正是不知多长时间以后了。你失去的时间存在过，谁都知道，却偏偏没人在公开场合谈论它。你沮丧地将头抵在树干之上，脸上却露出暧昧的笑容，像是看到了一个朝思暮想的情人，裸露着躺在床上，身下是洁白如雪的床单。你认为自己是疯了，每个人都有发疯的时刻。你自我辩解，不知道那些疯狂的想法是怎么冒出来的，什么是它的刺激物。你决定走路，走路会使人恢复理性。你理所当然地想，这是正常的思维。

刘一川的脚步移动，像一头小鹿，跳跃着前行。不过刘一川很快发现，这样的举动使他显得傻傻地像是一块石头。光影在黑暗里溶入，杂草与乱石之间突兀地出现了他跃动的身影。林间深处漆黑一片中，从天空射入的光线却闪烁着牵引他的脚步。“走到哪里呢？”

刘一川想着这样莫名的句子，这使他放弃努力思考下去的勇气，仿佛一切都是既定的现实，只不过你是在等待着它的发生。对于紧随着的过程，刘一川想做的只有一件事情，笑出声音来。他笑了，身边的一切随着这笑声震碎为裂纹，裂开，细纹，哗啦一声，在他面前便展露出崭新的一个世界来。郁郁葱葱的神秘被天然的景色隔成一道屏障，树林之后，灵蝶就是以一种奇异的姿态出现在你的面前。

“内心，我感觉到压力在我，不在她，当我面对着她，周围只有树，石头，风，空气的时候，我不该看到，她忘情了，看样子，像在仙女的世界，我却还在世间。”

她忘情了？这个灵蝶在不可能出现的空间，在不可思议的时间出现在了你的面前。

“或者只是她走过了我的面前，笑，最美的笑，她走过去，很久之后，我则走到她忘情的地方，又站住，只要迈过去就可以了，但是一条无形的线逼视着我，我不得不站住，我心里充满了犯罪感，远远望着她曾站立的地方。最美的图景。因此那是个好时光。”

她肆无忌惮的话极富侵略性，这让刘一川看到自己的阴暗。“在美的面前退缩，虽然如此，你想，她不必那样说的。”

“喜欢？正常！”

刘一川似乎又听到了灵蝶的声音：“美吗？什么感觉？”

“她走到了我的面前，笑，最美的笑容，我则走到那里，脚步不自主，却又似乎有一条禁令逼迫着使我站住，一条无形的线审视着我，不由得我感觉到惭愧，这是一种说不清楚地，像是你看到了圣洁，你却满身污秽。我不得不站住，远远望着她曾在的地方，最美的图景，因那个女孩子，因此我不认为她如你所说的是失踪，她只是……我不知道。”

“喜欢？”你永远记得那笑容。

“正常。”她是这样说的。

“美吗？什么感觉？”

然后你只有怔怔地听着她呓语般的话：“这座城市里会有多少伤心的人，这些面无生气人的面孔下面隐藏着多少的往事。我离开了这座城市，这里使我伤心。我不想再看到这里的每一座建筑物，我突然想，为什么我会伤心，是因为看到了什么？如果没有这些，会不会将自己忘却在另一个世界里。我不会知道，但我想试试。于是就这样出发了，从地铁赶往机场，这是我最后一次和伤心如此之近。这是一座伤心至极的城市，而我将把伤心留在这里，只把自己带走。”

她就这样在你的面前无所顾忌地重复，全然不在乎你看到了什么，也并没有想着找点什么遮挡裸露着的光洁的肌肤，这反而使你进退两难，在她面前，你犹如透明的空气，这使你在向我诉说之际仍然自惭形秽。

“这就是他吸引我的文字。伤心是所有人的宿命，而不是悲伤，我想，就在写信的时候就已彻底地将伤心带给了我，情绪弥漫在我的周围，他打开了闸门，是吧。伤心离去的时候，我说做什么来着，我想跟着我看到的一个人默默地跟在他的后面，走进他的世界，就那么一会儿也行。这样尾随者的兴奋会带给我更大的激动。每一个人都会做的事情是什么？这个世界与我无关，只是在某一个念头中，我们走到了一起，却没有开始，那就意味着没有将来。将来——这最为可怕也最让人兴奋的名词。说不定这是我的开始，也是他的结束，然后两个人一起开始，开始是什么。变为互相吸引了不起眼的小情调，重复，于是没有开始就已经结束。离开总比不知道要去哪里要好的。”

只有当你成为我的时候，你才会明白我的痛苦或者幸福，而你永远不会成为我。无论是痛苦或者是幸福都会在我这里被放大10倍。这是我听到的最为透彻的表达。

所以李飞刀所说的灵蝶失踪，听到这样的话你的第一个反应就是摇头。“或许我也盼望着能够如她一样消失在十洲，而不是消失在……”你没有说下去，在此后的日子里你知道，每个人都把自己当作道德的审判者，一瞬间十洲不再是圣地，每一个人所寻找的也成为荒诞的东西。直至灵蝶“失踪”，或者不如说，灵蝶如你此后的日子里一样，融入了十洲的世界!

十九

我想她已融入了我的世界，无论在此前或之后，当我想淡忘一个人的身影时，我发觉只会让她更清晰。多久之后？我似乎明白了，无论你在何处，她总会是在你的身边。

李飞刀感觉到了白雪的身影实际上从未离开过他的身边，这并不是之前他不知道，而是如空气一般，你不会想象没有空气你会不会死亡，因为这一点从来不会发生，或许会发生，而你只是从来没有意识到而已。这是李飞刀真实的想法？只是又一个借口或者是如微不足道的一粒尘埃漂浮于空气，依附于地的同时变为泥土再也不会有第二次漂浮的机会？

"我仍然活着。却已死去。"李飞刀宣布似乎使他生不如死的煎熬，眼睛呆滞地直视地面似乎表达着剥夺活着乐趣的残酷事实。沉默完结于3分钟之后，像是时间在寻找着死亡的途径过程中失去了兴趣，而最终明白在他面前还有一段路要走，虚无与痛苦之间的距离近在咫尺又远隔天涯。

"一个人对着镜子说，你会不会想象，镜子中会不会浮现出幻相。"李飞刀自己对自己说，在清醒的状态下试试此种行为所能够引发他的状态下，他是否能够接受？仿佛面对着一面镜子，"我会不会在之后的时间里脑海里全是反思，由于一件什么事情，预想30年之后的自己，仿佛看到，一直努力的方向没有了。人的焦虑，缘于一个梦，她看到30年之后的自己，醒来后会不会就这样想下去。他厌恶了自己的名字，躺在床上，将胳膊放在一本书上，朦胧中一点儿冰凉连接起与这个世界的触觉，人仿佛不存在了，只有那一点儿冰凉成为世界。他想再次梦到，却没有。生活，在那一刻开始改变。我一直想象树林里有什么，现在明明没有一个人，我想象眼睛看到了什么，我想象耳朵听到了什么。这一次假如我掌握了想象，如果最后不是想象，这是真的，会不会成为一个轮回的圆？起点在那里？你瞧，可怜的我已语无伦次，只是因为你出现在我的面前，看到我此时的状态。”

重生会出现在忘记之后的现实吗？就像口腔中的异味并不会给你味道的不同，他遮蔽了真实的味道，而你还以为这是另一种的不同所给予你的惊喜。犹豫在选择的过程中成为障碍，克服摇摆不定的欲望成为行动的借口，意欲何为？李飞刀只能嘴里咬着一支牙刷和一根香烟嚼得嘎吱嘎吱直响，在清容眼中像刚刚从坟墓里爬出来的一个人。

对于李飞刀而言，荒谬的简单从来不会比现实的纷繁复杂更能给予人恐惧时间的可能。李飞刀仿佛掉入了一个梦境，确定与不确定之间充满恐惧的意味。梦醒之际便是死亡之时，反而这并不会使他痛苦，在知道了死亡的确定时间之后相比荒诞的梦境活着更有意义。犹如间隔许久的决心与同样间隔许久的行动之间的阻隔，一行一行并排互不相干，你却清楚地知道串联在一起的可能性并不是简单的一个决定就能够做到。现实与梦境之间的混乱中有着清晰的界线，就像……

“你就像一条虫子？”清容说。

“我不会相信这句话出自你口。”李飞刀说，“只是因为耳朵出虫？我相信耳朵会出虫。”

“我是指在我的梦里。”清容说。

李飞刀初时的理解为在离开十洲之前清容的一个玩笑。在清容说出是在她的梦里出现时，一切都不再是他设想的那样出现了。

“你是指我在你的梦里像一条虫子？”

“不过不是三婶子耳朵里熏出来的虫子。”清容说，“你要听的话，我知道你会有兴趣。”

“我也看见你了。”李飞刀说。

“我知道，”清容笑着说，神情并不像是在开玩笑，“我也看到你了，你的身体拉得很长，所以说像是虫子。”清容不理会李飞刀惊愕的表情——这是特意做出来以使她发笑的，接着说，“你是在寻找什么人？”

“谁？”

“你说呢？”

“我不是你，我怎么会知道？”

“你知道。”清容转身离去，又回身，“肯定不会是我，更不会是她。”

是白雪。那句找不到的话是什么？李飞刀似乎听到了，感觉亲密了些，感觉的可憎却使他与这种感觉莫名其妙地有些距离。字体形成的方块在李飞刀的脚下铺排成管道，隶属于它们的主人却在寻找它们。或许刘一川包括客人都会比我更能清楚地知道我想说的是什么？李飞刀心内酸楚却不能化为眼泪流出。此时白雪这两个字频繁地出现在他的口中，却听不到发出这两个字的声音。李飞刀疲惫不堪，脑海中纠缠的是灵蝶的身影。

不，白雪不会以任何一个姿态出现在我的面前，她只会以她独有的姿态出现在我的世界里。为什么是灵蝶代替了白雪？李飞刀只有将杂乱的思绪压制在回想白雪的过程中。“出航，如一艘出航的小船遭遇了暴风雨后远远地看到了泊岸，船上却不曾有一条鱼的收获。”

不同的声音却出现。

“我应当到哪里去，寻找你的身影？沿着邻近的那条小河，我还能否听到你的声音？”

“掩饰是需要代价的。”

“你观察不到真相，只是因为你被眼前看到的事物迷惑。忙忙碌碌是你眼前的一切使你丧失了判断力，对不对？老掉牙的论调，哈哈。你真是一个可怜的人。”

“像刺青一样地刻在心里，有没有这样一个地方？会将甜蜜的话语以血淋淋的方式保存？”

“我会把你说的这句话刻在我的心里。”

“我去前面，一会儿就回来，想等就等等我。”

“你知道一句话怎么样才会被刻在心里？”

“什么？”

“掩饰是需要代价的。”

“怎么解释面对她的行为时你的行为？你从来没有想过，只是就那么做出反应，这就是你自己？”

“你为什么会捂着你的心脏？”

“我在想把那几个字刻在这里时会不会痛？”

“你为什么会捂着你的心脏？”

李飞刀张开口想回答。

“你为什么会捂着你的心脏？”

那句话却找不到了。

“你为什么会捂着你的心脏？”

那句话是什么？

李飞刀极想痛苦地剖开自己的内心，他清楚地知道自己只是想做出一个身处某种状态之下的状态，这一点却隐藏了此时他的真实。拿出来甩在一边，不再去想是什么导致他如此。可笑的是他却知道这是办不到的事情，他清楚地知道自己如此忍受痛苦的煎熬究竟是为了什么，他是在对自己欺瞒，从不愿它浮上水面。是在清醒的时刻，无数的声音冲突在他的脑海中，他并不清楚他需要什么，却又清楚地知道这一切或者只是另一种方式的可能性被强行毁灭的兴奋，正是这一点使他此刻愿意在瞬息万变的世间呼吸。

如果最后是新生，我需要某种物质的滋养，不要说明是什么因为我不知道。水、空气、食物而已。他不再说话，追求的一切刹那间没有了意义，这只会给人类文明增添丑恶。一只老鼠走过去，恍惚间，李飞刀认为是一只老鼠走了过去，那只老鼠的阴影拉长并最终在他身上覆盖，李飞刀感觉到有东西被无形地逼迫着从他的体内出来了。在没有看清是什么之前，喜悦已使他微笑，阴影似乎随着那东西的离去已散去。他知道自己不再是无可奈何地看着它覆盖在身上而无能为力，这时他却仍然感到忐忑不安。

是否就此消失不见，永不复返？

“在这个时候，我在想着什么？我应不应该告诉你？这或许会使我解脱，处于你严厉的审判之下。”李飞刀的话语低沉，却不知是在对谁言说。

“我想到了我会在她的梦境中出现时像是一条虫子。”李飞刀说，“我能看见他们的梦，他们也能看见我的梦，如果这是真的……”

读者诸君，你的眼前会出现一个场景：根据故事的进展，通过文字的描述可以看到房间里有两个人，他们似乎是喝了许多的酒，一个呆坐，一个斜躺；一个眼神迷离，一个目光炯炯；一个似乎就要睡去，听着另一个人的话语犹似在一个梦境之中，一个激动莫名，讲述从一开始就可能会将他推到万劫不复境地的故事。他的嘴唇在动，手随着嘴唇张开或大或小、上下翻飞如振翅飞翔的蝴蝶。你已知道发生了什么事情，也已进入他的梦中去看一看，故事的线索使得时间就此存在于时间之中。

我知道，我们的想象力正在接受挑战。那么你会不会在现实与梦境中发生事情时相遇？之后你是否会决定如实地告诉对方，我做了一个奇怪的梦？在某一个时间点上我们会合，遇到了神奇的事情。而你，就在那里！

“我也是。”李飞刀苦笑，“虽然如此，正如白雪所说，你并不确定，在属于我的世界里，我究竟会想些什么。”

二十

你在想什么呢？我与你之间既渴望了解又只能互相猜测的现实矛盾遮掩了真实。

如同刘一川的味蕾一段时间之内只能感觉到奶糖的味道那样——一直存在着不同的味道，在某一个时刻却只会在他的味蕾可怜地呈现出仅存的一种味道。千变万化逝于无形，嗅觉、味觉、视觉、触觉等等各种感受世界的通道和世界所存在的状态一样，不过其对象不是一杯酒、一片森林、一幅油画而是十洲。

客人问李飞刀的问题就像他在问自己：“为什么要去一个陌生的地方去寻找快乐和放松？在熟悉之间得到的却是痛苦与迷惑。如果你是一个作家，或者说是一个观察世界的人。”

李飞刀的回答如果换一种说法，便是指对熟悉与陌生之间细微差异的搜寻相对此时客人的问题更有意义：“如果你来到十洲之前，你的指头被扎了一下，这是你的触觉，疼痛的感觉，来十洲后抚摸十洲的感觉是舒适或者什么？其间的区别并不比你看到像蝴蝶一样的土地差别更大。”由此李飞刀的回答对于客人而言充满了启示的色彩，却并不能解释客人的疑问，客人仍然没有告知他的名字。

客人将一张纸片交给李飞刀，客人履行了他的诺言。于是李飞刀看到似乎是在狂乱中写下的字迹，字里行间充斥着压抑着的情感：为了那时的感觉，必须在此时甘愿忍受现在这许多的烦恼和……痛苦吗？

“你似乎明白？”

“我只是做了我所承诺的而已。”

李飞刀并没有问客人为什么需要一间失魂落魄的人居住过的房间，在看到这张纸上的字之后，他只是对于客人的所作所为由猜测转变为更多的理解。由此李飞刀才知道这或许是清容故意这么做的，虽然清容并没解释，看着她的笑意隐藏在皮肤之下，李飞刀只有回报以笑容。

事实本原的拼凑虽然艰难但并非是不可能的，李飞刀直到这时才明白燕玉在游戏中所言，侪鹤为何会说出那句“我回过头来看着你，仿佛看到了我自己”。侪鹤在十洲走过的路、看过的景色燕玉都要走一遍，以独特的方式来感受侪鹤的世界，虽然这也是一种爱恋的表现，原本简单的就此成为复杂。你或许可以想象，他为什么这么说？而她的潜台词是什么？这样说和此前表达的有关系吗？完全没有因果关系的话，那么无意识说出的话和沉默的内心之间隐含着什么信息？这是一个有趣的过程，如同钢笔写在纸上的文字，从笔尖落至纸面滑行，那湿润了纸面的颜色在闪烁中已经完成了文字的痕迹。

薄薄的一张揉搓成一团的纸张承载着我们的困惑与忧虑，一点不确定的希望潜藏其中。谁和谁一条战线并非是重要的，并不是敌对的双方开始了一场需要提醒有无意义的战争，千百年来的愿望或许并未实现，无意义的敌对使得贪得无厌得到最为彻底的诠释，这便是我们的过去、现时及未来吗？

李飞刀并不确定清容那时为什么会说出“战线”这一相对残酷的词，他的思绪现在面对着的是客人，而面前的客人同情地看着他，就像是李飞刀如同一个在只有齐膝深的水中前行却慌乱大声呼救的溺水者，恐惧的水花溅至四周如沸腾的水面，李飞刀就在这滚开的水中奄奄一息。

“你知道我想起了什么？”客人看了一眼手表，李飞刀在客人的动作中不由地打了一个寒战，“现在是9点42分，我请你陪我的时间足够长了，作为你的好奇心的交换，对于你所谈到的时间之类，这并不是沉重的代价。你怎么了？”

“没有。”李飞刀在客人的眼中似乎是经过长途跋涉后最后的一丝力气也在悄悄溜走的人。客人的惊讶使得李飞刀从脸上勉强挤出一丝笑容：“我只是有些累了。”

客人由此说出了使李飞刀发笑的话：“疲倦能够带给你的唯一好处就是你终于可以停下你的步伐，不管你对于这个社会有多么重要，勉强支撑只会使一个人离开得更快。像是担心不会有下一顿饭的食客，撑死或许比饿死更为好受一些。”

“饿。”李飞刀听到清容说出的话时的反应不会使他发笑，“我有一阵子没有感觉到肚子会不会饿了。轻松一些的话题会使离开更为悲伤。”

人群聚集起来，将李飞刀和客人挤到一个角落，客人或许并没有听到李飞刀的话，他没有做出任何反应，连一个表情都没有，李飞刀并不了解客人是刺激了他或者是他只是寻找着一个机会，接着说：“在你眼里，你会不会对饿有记忆。”

“我要走了，我想请你替我买一张车票。”客人说，没有回答的意思，直至漫长的6小时22分钟之后，李飞刀离开十洲之时，才意识到客人或许复杂的情绪。

“去哪里？”李飞刀说。

“终点。”客人回答。

“那里的终点？”李飞刀从客人的神情中看到同情的意味更为浓烈，客人的眼睛微微眯起，像是准备好要露出笑容。

“这里是100元，”客人从皮夹里用两个指尖小心地将100元捏出，放在李飞刀的手中，“我只是不想自己去买。”

“不需要这么多。”李飞刀的手躲闪了一下，看到客人在见到他的这个小动作时流露出的甚至有些凄凉的神色，李飞刀说了一句：“而且完全可以我付钱。”

“我只是想有个人送我一程。”客人突然说，“余下的算是我送你一程，在你离开的时候。”

“你想说什么？”李飞刀说，“我有些受宠若惊了，你知道我不认为……”

“或许我们并不是朋友。”客人沉默，然后说，“在我问你今天上午有没有空儿的时候，那么我可以告诉你一点儿你所感兴趣的，你的回答使我感到，你得到了一件礼物。”

“你会睡得更安心一些。”李飞刀说，“我道歉，如果你这么想。”

“我想我会睡得更安心一些，”客人说，“你总不能将睡觉作为一种，什么呢？”

“是什么呢？”李飞刀说，“睡觉，睡觉，睡觉。”

一时无语，所谓的作家和客人在目光平视向各自不同方向的过程中等待未可知的或许永远不会到来的答案。

10点11分，班车徐徐开来，吞吐着来到或是离开的人，李飞刀的眼前出现刘一川背后那仿佛永远不会放下的背包，招揽住宿的人涌上前去介绍，徒劳地将热情抛洒。客人转过身笑笑，手指向班车做了一个买票的动作，李飞刀于是上班车下班车。客人将车票接过来向年轻的售票员递过去，售票员奇怪地看了一眼客人，又看了看李飞刀。客人已经走到了车厢最后一排的角落里坐下，李飞刀只有对售票员笑笑，交代了一声到站了记得提醒他一下。

班车那两扇似乎要掉下来的门呯的一声被售票员关闭，发动机突突启动，在一团黑色的烟雾中鼓噪，仿佛是特意制造使人难耐的声音。几声响亮的嗵嗵声之后发动机终于顺畅运行，班车在一团升腾而起的黑雾之中发出吱吱的声音向前行驶。李飞刀在一片烟尘中甚至没有看清客人是否伸出手向他作别，李飞刀这时才猛然想起，客人并没有带走任何一件行李。

一刹那李飞刀被孤独地抛弃在沿着笔直的大路缓缓驶去的班车之后，而在喧闹的人群之中，仿佛只有他一个人站立在那里，手中握着的钞票似乎已成为离开十洲的另一张车票……

二十一

一座房子孤独地立在那里，没有人知道为什么建的，也没有人知道建了多久，仿佛它一直在那里。

客人第一次看到修建在通往鹤鸣化道路旁边的那一座房子时，只是走过去；而在他为劳爷的土地取了一个“蝴蝶”的名字之后，再次经过时，他回过头，有些呆呆地望着那一座房子莫名出神。

在看到那座孤独的房子和关于劳爷的谈话之前，客人从来也没有认真思考李飞刀整个天空一直在下雨的说辞。客人认为这虽然是浪漫的想法，却不是他这个年龄要做的事了。现在，世界在他的眼前改变了颜色。

有着蝴蝶翅膀样的土地，房子就是蝴蝶的身体。在客人看来，他告诉劳爷他的想法只是因为他不能不说出来。

“你看什么呢？”4分钟后，劳爷问。

“这像翅膀，蝴蝶的翅膀。”客人回答，“你去过那里，但是你从来没有注意到。”

“你是说像蝴蝶？”李飞刀问，“不可思议，怎么会是蝴蝶？”

“不规则的土地上种满了蔬菜，也许土地不会说话，但他就是像，一左一右，房前的椭圆形不大的一块，是蝴蝶，在我的眼里。”客人慢慢地说。

“你给它取了个名字。”劳爷笑。

“你告诉我做了一件什么事。”客人也笑。

“有一天这一只蝴蝶会不会飞走？冬天？”李飞刀像是自言自语，目光落向遥远的远方。

“如果你告诉我天空可能会飘散雨滴，那么也可能会吧，你为什么不自己去看一看？”客人略带讥笑地对李飞刀说，看到李飞刀的神情，面容上便不由自主地严肃了起来，客人知道李飞刀说的是真的，便叹息了一声，接着又是一声。

“过来坐坐？”劳爷指了指地上的小板凳。

“这是你孙子辈坐的吧？”客人坐了下来。

“我也坐。”劳爷答。

“好，就是这肚子有些憋，有些低了。”客人松开了腰带上的两个扣，“人真是难做。”

“有钱就好做人？”劳爷说。

“好像明白了，又从来没有像现在这样糊涂。”客人苦笑。

“劳爷告诉我说他只是在这里撒满了种子而已。”李飞刀自言自语，仿佛没有听到客人的话。

“到了我这个岁数什么也就明白了。”劳爷笑，暴着青筋的手拍打装在裤管里的腿。

“我看还不到这个岁数。”客人说。

“到不到的总归是这样了。”劳爷说。

“怎么？”客人问。

“我都在这里住了一辈子了，都没有看出来我住的地方像蝴蝶。”劳爷嘴里吭吭着，费劲儿吐出一口气。

“你是怎么看出来那里像一只蝴蝶的？这和心情相关吧？”李飞刀朦胧地明白了那一张会跳舞的桌子为什么会出现在他的面前，但随后李飞刀就明白这只是一个猜测，没有人会知道客人那时究竟怎么想的，十洲的世界只是在他的面前展现了不同的姿态。

“一切都是那么简单、明了，劳爷和我说过，他只是撒下种子，于是你看到了蝴蝶样的土地。”李飞刀说。

“我只是瞎说的。”客人说。

“你这么一说还真是有那么点儿像。”劳爷平息着胸膛，有意向客人点点头。“看你的脸色不好，夜里睡不好觉？”

“您经常这么猜测路人？”客人说。

“在这种地方心情不好可不是个好主意。”劳爷脸上似有笑意。

“从来没有过坏心情？”客人的话有些嘲讽的意思。

“坏心情？”劳爷奇怪地看着客人，“有啊，怎么会没有。那是我离开这里以后，烦得我也是睡不好觉。在这里过得久了，出去适应不了。”

“我不知道。”客人一时之间竟然不知身在何处，似乎是沉思，却又茫然地看着某处，客人琢磨着劳爷的话。

“这日子过的，还不舒坦？”劳爷笑。

“不错，这是您的，不是我的。”客人保持着礼貌，“你听到了下雨的声音，在此之前我认为是你在放屁。”

“那什么才是你的？还是从来没有过，劳爷比我们都活得踏实。”李飞刀说，“在这片有着蝴蝶样的土地上。”

“你似乎比我明白，可惜的是你不会看到是不是真的像一只蝴蝶。”客人说。

“那什么才是你的？”李飞刀像是在问客人，莫不如是在问自己。

“说真的，我还是第一次听到有人说我这里像一只蝴蝶，我怎么就没有看出来呢？”劳爷起身，看着他的土地说。

“在这里看不到其他人家里有这么大块的土地种蔬菜。”客人说。

“是啊。”劳爷得意地说，“这是我一筐筐把土背过来的，以前也没有这么大。”

“一筐筐背过来，你要知道劳爷有多大年纪了，我去过，不要再说我没有去过。我也和劳爷聊过天，不要认为什么事情都只有你看得见。”李飞刀突然加大了声音，他看到这一次客人真的是在笑了。

“没什么事情，找点儿事做，我理解，可您这么大岁数了。”客人说。

“不是啊，很早就开始了，一点点背的。”劳爷开心地说，对于客人的话摇了摇头。

“劳爷告诉你了他去过一个地方，那里的人房前屋后都种满了各种各样的蔬菜？”客人问。

“劳爷告诉我他喜欢。”李飞刀说，“我也见过这样的人家，我同样喜欢。我也会想，要是也有这么一块土地该多好。但是我从来也没有想到会去做，我们都没有这样的条件。”

“什么样的条件？把这里最终变成一只蝴蝶？”客人问。

“劳爷。”李飞刀叫了一声。

“这里土地少，就把石头捡了，从远处的地里运土过来。有时间就去背，现在也吃上菜了不是。”劳爷说。

“这种事情在你看来充满了传奇色彩？”客人问。

“没有，很正常，传奇只是因为没有发生在你我身上而已。”李飞刀答。

“或者是发生在你身边的人的事情，你不会认为那是一个传奇般的故事？”客人说。

“我该怎么回答你的问题？”李飞刀说。

“我怎么会知道，据你来说你是一个作家，我从来没有机会认识一个作家。”客人的话里充满了嘲讽，客人并不避讳，客人希望李飞刀能够听得出这句话里的意思。

“你告诉我这件事情，希望从我这里得到什么？”李飞刀看着客人，在客人眼里李飞刀的目光中满是凄楚。

“唉，我看来真的是要叹一口气了。”客人却并没有叹息，“你认为我该怎么说呢？”

“我知道，但是我不愿意这么去想。这会让我在你的眼里显得不再那么值得交谈……”李飞刀的声音低落下来。

“我要是说你的猜测是不正确的呢？”客人说，“实际上我也不知道为什么和你说这些，我只是认为你是一个值得说的人而已，也许没有那么多的理由。”

“只是你没有去做，你们是做大事的人，不会像我有时间。”劳爷说。

“也许吧。”客人回答。

“什么时候回去？”劳爷问。

“时间，没有时间这是一个借口吧，在我看来。”李飞刀说，他在回忆着和劳爷的交谈，却遍寻不见劳爷说了些什么会和客人所说的相关。

“是不是一个借口，我们都不会去做。”客人回答。

“无效的必要条件在你我身上都并不存在，你认为你看到的劳爷和我看到的劳爷有什么区别吗？”李飞刀问。

“你想说的是为什么劳爷会这么做，而那一只蝴蝶怎么会出现在我的眼里吧？我也奇怪，为什么会在我将要回去的时候才会发现那一只蝴蝶？”客人说。客人想告诉李飞刀，也许李飞刀应该再去看一看，如果他的话对于李飞刀而言是重要的事情，话到嘴边却成了另外一个模样。客人并不奇怪，这是一直以来总是会出现的情景，就像他以为他睡觉了，而劳爷却从他的脸上知道了客人夜色难挨。

“你什么时候走？”李飞刀问。

“快了，也不用忙，想回去的时候就回去了。”客人认真地对劳爷说，客人感觉到了劳爷的真诚。

“这么说你也来了有几天了，还没有尝过我种的菜？”劳爷问。

“昆婶那里有。”客人回答。

“你住在昆婶家？有一天专门有一个女孩子来这里取菜。”劳爷开心起来，话语中透着欢快，“说是想看看这么好吃的菜是什么人种出来的。”

“劳爷没有说是谁？”李飞刀问。其实李飞刀的心里有了一个答案，但是他希望这个人的名字会由其他人说出来。李飞刀要借此证明什么，他愿意做一个尝试，或许纵然这个尝试是徒劳的。

“你猜不到吗？你认为会是谁？”客人回答。

“来我这里的人很多，他们都愿意和一个老头子说几句。论论古，看看景，听听话。只有你一个说我这里像蝴蝶。”劳爷说。

“没有人注意，却隐藏着一个传奇，嗯，一个心思？”李飞刀慢慢地说。

“我猜不出来劳爷用了多少心思，不过这菜确实好吃。劳爷不做这些事情，我就吃不到。”客人说。

“那个女孩子是这样说的。”劳爷笑了，“差不多是这个意思。”

“她说的对。”客人也站起身来，客人的腿都有些麻了，客人的手在揉着。

这时有笑声传到客人耳中，笑声来自于劳爷，劳爷的手乱颤着，“你们都这样说，只有你给我这里取了一个名字。你还是不一样，看起来有点儿阅历。”

“劳爷这样说的时候，如果你要是想知道蝴蝶样的土地，在我离开之前你最好认真地去听。”客人对李飞刀有些不满，“你不会去的，因为你不会容忍在你的眼中那里只是一片菜地。”

“在我的眼中只是一片菜地？”李飞刀自问，“你告诉我吧，是什么样的心情使你认为是一只蝴蝶。”

“我看你岁数不是很大。”劳爷说，“比我儿子大不上几岁，我托个大。”

“您夸奖。”客人说。

“是什么就是什么，不用夸。”劳爷说。

“接下去我就感觉到非常不好意思，面对这样一个老人我没有办法再待在那里了。我只有走了，如果有机会，我会换一种心情。”客人说，“然后我就准备要去鹤鸣化，我去过那里许多次，但是从来也没有听到唱歌，也从来没有感受到把名字刻到心里是什么感觉。我渴望，但是我不相信。在这样一个时候，在我看到劳爷的土地像是一只蝴蝶的时候，我想去看看会不会有什么不同。就这样我看到了那一座房子。”

在那一刻，客人突然就明白了点什么似的，如劳爷般长长出了一口气，绵软的手拍打着胳膊，很不情愿地从嘴里吐出一口气来。客人就在这个时刻感觉不再如往常那样厌恶自己的名字了，他极想说出一句什么话来表达此时的心情，客人从来没有这般清晰地知道自己想要表达什么，却眼望着那座房子遍寻不见。客人的心里空空的，却又有一点点的东西像小溪水流入将其充实。客人的心中所想是，或许……恰恰就在接近的时候，他却没有想下去。客人意识到了，想下去对于他来说是一种嘲讽，就是在这个时候，客人感觉到天空在下雨。抬起头，阳光普照。不远处走过来几个人，一条狗叫着跑在前面，不时停下来回头汪汪叫着。

片刻之后，客人终于轻轻地吐出一句：“**名为**，**无物**。”

这时客人才明白，李飞刀为什么会说他要做的事情是要去撒种子。就是在这一刻，客人在阳光遍洒中仿佛听到了下雨的声音……

于是一团湿润包裹起身体，李飞刀感觉到风声从天空传来，从远处的天空传来，发出像闷雷一样的声音。

天地混沌如鸡子，盘古生于其中。万八千岁，天地开辟，阳清为天，阴浊为地。盘古开天辟地之初，从黑暗中所迸发出的光穿越千万年来的春夏秋冬，照耀着世界。黑暗中的光亮成为时间的时刻表，却静静不动闪现，意味着时间的肢解可能。那一使人神往的时刻究竟发生了什么？奇迹由此得以永恒。一抹光线穿越千百年来的春夏秋冬，直至此刻出现在“我们”的眼前而并不仅仅是“我”的面前。我，在此刻，已显得如此微不足道了。

盘古在没有光明的时刻创造出了光明。黎明，即此时刻到来。一只蚂蚁顺着或陌生或熟悉的道路平静地向着不可预知的未来前行，一滴水的聚集在它的面前会成为一个湖泊。随着时间跳跃的回转，光线向来处收缩的可能使水滴向上蒸腾，时间的存在与消逝变幻着水滴的坠落反转，于是我们会看到一个湖泊的原始形态。

千百年来的春夏秋冬在你的面前消耗着生命的色彩，耸立在地面上的建筑和曾经给予人安宁的山顶洞窟没有区别，容身之处的变迁在日益不再纯净的水与空气之间，将世界最崇高的理想凝聚成一个还**未完成雕塑式的古板**，**意义在此过程当中谨慎地被猜测**，由此自然世界这幅作品得以完成的希望渺茫反而赋予了生命渴望着的温情。

或许一切皆如一束光线于春夏秋冬中的姿态，来到与离开之间从来如一滴水的蒸腾与凝聚，两者之间无法区别。正如李飞刀离开了十洲，当他的脚步踏上客车的那一瞬开始，他无法确定一个消失了的灵蝶是否如他一样离开，如此不确定在刚刚浮现在他脑海中的时候，他便知道他掉入了自己所设的陷阱，他知道自己想问的是：那个消失不见的人什么时候会在另一个人的存在中出现？但他唯恐得到如此的回答：或者消失是因为觉醒？或者成了另一个不同的自己？更加难堪的是，李飞刀恐惧如下的想法：我一直深信，她会在另一个我不知道的地方出现，这会是她却又不是她，此想总会使我自问，我会不会如她一般，只不过不是消失在十洲，而是消失在这个我所存在的世界？李飞刀知道这一切都只是在为不再困扰寻找借口，以便看起来此时的自己不是那么傻。问题的提出即是一个错误，存在着的本身便是一个答案，她已经发生，这便已足够。

知道我感觉到了什么？那几个字已刻在心里了，没有疼痛，却泪流满面，脸上道道清凉，我感觉到如这十洲山水颜色，霎时把世界的美丽溢满全身。热情或是雄心随着黎明还未到来就已消退，日复一日地面对醒来虚妄的不安，随着泪水的涌出而消逝？不！热情或是雄心与存在着的世界必然结合如这十洲的山水般清晰可辨，构成对于存在者而言意味着合乎自然法则的逻辑将我们拯救。

我会爱你，一直到将来有一天等你老去。

我从此知道可以将时间紧握，我们可以透过你的眼睛去看这个世界，但是在遇到你之前犹如身处两座山崖之中却没有索桥，从而无法解释是什么使得我们相遇。当你阅读至此的时候，这部小说也已接近尾声，我知道你的世界与我不同，我们的想象力已然逐渐枯竭？不，时间在我们面前展现着迷人的魅力，我此时极想对你说的是：嘿，我们一起去吧！

或许因此在尚未到来却已注定消逝的未来，有一个人会作如此想：我知道现在是2999年的某一天，你却在经历着2000年的事情……

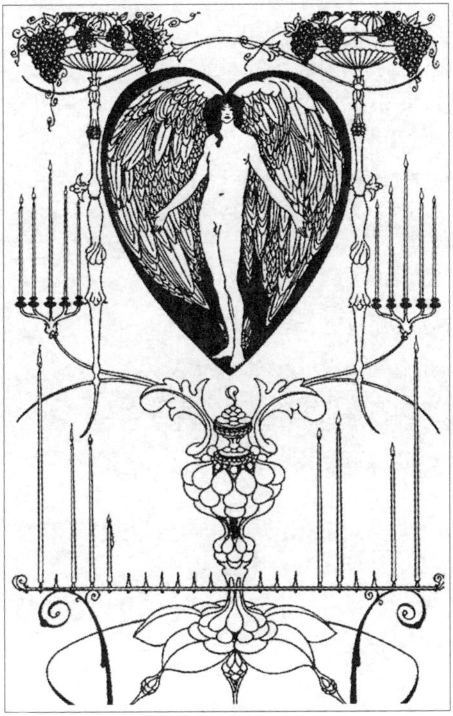

第一本书结束。

但冒险只进行到了1/2。

请重新翻到第一页，

将人物的名字替换为“他”或“她”，

同样的文字，

将会为你呈现完全不同的第二本书。

这是一本叫《羽化的蝴蝶》的爱情小说，

讲述的是一个浪漫圣徒在爱中重生的离奇故事。

昔者庄周梦为蝴蝶，栩栩然蝴蝶也。自喻适志与！不知周也。俄然觉，则蘧蘧然周也。不知周之梦为蝴蝶与？蝴蝶之梦为周与？周与蝴蝶则必有分矣。此之谓物化。

——庄周《齐物论》

庄周睡了，庄周醒了

孟繁勇 著

時代文藝出版社